移民者的告白

木 兰◎著

中国文史出版社

图书在版编目（CIP）数据

移民者的告白／木兰著. — 北京：中国文史出版
社，2019. 12
ISBN 978－7－5205－1508－5

Ⅰ. ①移… Ⅱ. ①木… Ⅲ. ①长篇小说－中国－当代
Ⅳ. ①I247. 5

中国版本图书馆 CIP 数据核字（2019）第 240980 号

责任编辑：窦忠如

出版发行：**中国文史出版社**
社　　址：北京市海淀区西八里庄 69 号　邮编：100142
电　　话：010－81136606　81136602　81136603（发行部）
传　　真：010－81136655
印　　装：三河市华东印刷有限公司
经　　销：全国新华书店
开　　本：710×1000　1/16
印　　张：21. 5
字　　数：323 千字
版　　次：2020 年 1 月北京第 1 版
印　　次：2020 年 1 月第 1 次印刷
定　　价：78. 00 元

序　言

中国有句老话，"树挪死人挪活"。这是一种经验之谈，听起来也蛮有道理，人如果换换环境也许能有更好的机遇和命运。可仔细想想，树挪就一定死，人挪就一定活吗？同样都是生物，应该都遵循相同的生存法则吧。无论是树挪还是人挪，能不能活恐怕要取决于新环境是否适合生存，而不是取决于你是植物还是动物。

20世纪八九十年代，在出国潮的推动下，一批有志的中国青年留学并移民到了国外。欧美的先进发达和优越的生活条件让他们义无反顾地留在了那里，他们或许也想要挪一挪环境，想要寻求更好的发展和追求。有人说命运取决于主观，其实大多数时候是取决于客观环境的，因为人的主观意志在客观环境面前显得太渺小。所以，挪动环境就变成了大多数想要改变命运的人的选择。

在这种新环境、新国度里，新移民们无论愿意不愿意、接受不接受，人生格局和命运都将发生彻底改变。可是，这些改变并不见得都是他们想要的。他们跨越的不仅仅是两个不同的国度，还是两个有着天壤之别的制度、文化和世界观的国度，改变就成为一种必然。以前的一切人生格局和架构不得不被拆得七零八落，甚至归零，只能依照新的环境进行重新构建；有人在这个过程中迷失了自己，找不到归途，而有人却搭起了自己的宫殿。

"这些人到了美国怎么都变了？"很多国人发出这样的疑问。其实，这样的改变大多不是主观意志的作用，而是客观环境的产物。改变在这种迥异的环境下是一种必然，是不以人的意志为转移的。制度和经济的压力、文化的差别、认知的转变，都在悄然而猛烈地推动着这些改变的发生。

来到国外，以前在中国固有的一切家庭、社会、经济的格局都被打破；以前有价值、有光彩的东西不再有。每个人都必须从零开始。你在这里的成功与否不仅仅取决于你的智商，还取决于你的生存能力和抵御逆境的能力。可是，绝大多数新移民们当时还无法深刻地认识和理解这个光鲜亮丽、高度发达国度表面和背面的真正实质。在这里，生存却是另外一种概念。你当然饿不死，可想要在这种全世界社会竞争最激烈、最残酷的环境中生存下来却是这些新移民们要面临的巨大挑战。如果你不想做乞丐，还想在这里活得像个人，那你走的每一步都需要你付出巨大的努力和代价去赢得竞争。比如，争取留下来的身份、争取学位、争取工作机会、争取更好的待遇……

不错，这里是很先进发达，特别是与 20 世纪 80 年代的中国相比，这里有人们羡慕和向往的优越生活和外部条件。可是，这里的有一些问题是这些新移民们从未面临过，但又不得不面对的：比如种族歧视，比如残酷的竞争和弱肉强食的环境，比如被不公平对待，比如势单力薄、没有社会根基，等等。来到这里，如果你适应不了这些，你不能在歧视和不公面前低头和保持心态平衡，你就很难在这里生存下去。也就是说，受到歧视和不公是你在这里生存所要付出的代价之一。其实，许多要强的人、有能力的人，都接受不了。那你就要问问自己适不适合待在这里了。这些是你必须学会的功课，如果你选择这里。

对于新移民而言，婚姻有时已不完全是爱情的需要了，而是生存的需要。这种与当地人的婚姻可以让他们改变移民身份，可以从社会的最底层一跃成为社会的中层，甚至高层。在任何一个社会里，婚姻都是建立在某种社会关系和某种价值观的基础之上的。来到这里，以前的一切都不复存在，无论它是好的，还是坏的；是有利的，还是不利的；是高级的，还是低级的，一切都将重新衡量它的价值。在这样一个完全不同的国度里，在一个以前的一切不复存在的状况下，婚姻和婚姻观的改变还有什么奇怪的呢？

在这场生存战中，如果你想成功地生存下来，而不只是活着，你需要的是坚强的意志、顽强的韧性、高级的智商，甚至强大的心理承受能力。而且，你还必须要有能力适应和接受这种不同国界、不同制度、不同发展程度、以及不同种族所带来的人生价值观、社会地位、经济能力和婚姻生活等的改变，才能真正在这里生存下来。其实，并不是每个人都具备这些能力的。有时并不是你的智商和能力不够，而是你无法情愿接受或适应这种改变，也没有经受巨大挫折的心理承受力。

因此，无论是挪树还是挪人，重要的是新环境是否适合生存，是否适合"你"生存。有时候所有人看来是好的东西，未必对某些人是好的；而所有人看来是不好的东西，未必对某些人是不好的。真正有智慧的人是既能认清环境，又能认清自己的人。可惜，很多时候人们既认不清环境，更认不清自己。

目　录

漂泊的玫瑰

一　异国的新奇感

　　下午 4 点左右，蒋燕妮行色匆匆地背着她那洗得有些发白的双肩包跨进了这个在美国波士顿市区里像她的包一样陈旧的公寓楼大门。楼道里响起了脚步声，她抬起头往楼梯口望去，只见一个女人正双手挽着王昊的左臂从楼上走了下来。这大概就是王昊刚从国内来的夫人吧，前几天听说他的夫人已经签上证了，没想到来得这么快。当蒋燕妮的目光落在那女人的脸上时，她几乎被这女人的美丽惊呆了。她不自觉地盯着那女人的脸呆望了好几秒钟。见上来的是蒋燕妮，王昊满脸喜气地介绍说："燕妮，这是我太太秦琨，昨天刚从中国来。"蒋燕妮向那带着一脸新奇和兴奋的女人点点头，"哦，你好。"她招呼道。蒋燕妮的目光还在那女人身上，直到他们从她的身边走过下了楼，她才回过神来。

　　那依偎着王昊胳膊的女人身材高挑，一头浓密的黑发烫着弯曲的小卷直披到肩上，脸型虽是瓜子脸，但颌骨线条分明、轮廓清晰，眉眼细致而清亮，高隆的鼻梁正像雕塑家手下希腊女神的一样高隆挺直，鼻下的红唇嘴角微微向上翘起。这整个轮廓显得精致而优美，又不失高雅。她的眉宇之间透着一种高贵脱俗的气质，笑容和举止却又让人感觉亲切而有活力。这样的美是不能用中国那种温婉秀丽来形容的，这是一种超凡脱俗而又不失奔放热情的美丽。那天她正好穿着一件红色的薄尼外套，看上去正像一朵开放着的名贵而散发着奇香的红色玫瑰。

　　蒋燕妮不禁又回头看了他们一眼，只见王昊一脸满足自豪的神情，挽着比自己高半个头的漂亮老婆走出了门。王昊那不到 1.75 米的个子在这穿着高跟鞋女人的衬托下好像越发显得有些矮小，在他相貌平平的脸上除了架在鼻梁上的那副眼镜给他增添了几分书生的儒雅之气外几乎找不到什么有特点的地方。"没想到王昊一个不起眼的书生竟然能娶到这么漂亮的老婆。"尽管 20 世纪 80 年代末的中国还是一个重才不重貌的年代，但这种明显的外貌上的差异还是让蒋燕妮不得不这么想，"也许，王昊有什么过人之处吧。"

蒋燕妮上了楼，经过公用餐厅时，听见了里面两个中国留学生的谈话。他们刚才大概也看见了王昊和他太太下楼。

"王昊这小子艳福不浅哪，娶了这么漂亮的一个老婆。"其中一个说。

"是啊！我要能娶到这么漂亮的老婆，这辈子足矣。"另一个笑道。

"没想到王昊一个貌不惊人的小个子也能有这等福分呢。"

"你可别小瞧他。听说，他可是北京协和医院博士班的高才生，而且十几岁时曾经进过市体校羽毛球队，还代表中国队参加过国际比赛呢。说起来他也算是文武双全的才子啦。"

"那难怪他老婆这样一朵美丽的鲜花会落在他家了。"

……

这楼大概建于 20 世纪初，到现在也有七八十年的历史了，楼外的红砖墙已显得有些发棕色，墙角的阴暗处由于长年雨水和潮气的侵蚀已经发黑，甚至长出了青苔。楼里的地板总是发出咯吱咯吱的响声，只要有人走路，就会像打击乐伴奏，精确而有节奏。这楼其实是一个旧别墅楼，有上下三层，共有十几间大小不一的卧房，有两个公用的卫生间和一个公用的厨房和餐厅。由于它离波士顿大学很近，房租又便宜，中国来的留学生都喜欢住在这里。这里面的房客大半都是中国人，所以中文是这里的第一语种，大家不必费劲装腔作势地说英语，都很轻松自然地说着中文。

蒋燕妮来到了自己的房门口，打开了门，进了这间十几平方米的小房间。这是一间卧室兼起居室的房间，里面有几件简单的旧家具，一张单人床、一个简易衣柜、一个小书桌和一个有靠背的椅子。房间看起来还不算拥挤，但小壁橱里塞满了燕妮的箱子和杂物。这地板虽然陈旧，但它的木质感和那个面朝街景的小窗让这个房间还存留几分温馨和舒适感。她把背包放在了靠窗的小书桌上，来到了衣柜门上长长的穿衣镜前。她眼前出现了一个中等个头、30 岁左右的成年女子，头发往后揪起了一个马尾，上身米黄色外衣，下身牛仔裤。她又往镜子前迈进一步，想看清楚脸庞。这张圆脸上没有了往日的红晕，带着疲惫和愁容；两只大眼睛也失去了往日的光彩，有些微微外翘的嘴唇上也没有了血色。她不觉有些自卑起来，心里想，这张脸与刚才那女子相比也太逊色了吧。其实，如果不是最近忙于考试和申请研究生把自己弄得狼狈不堪的话，燕妮还是有一张活泼可爱的脸庞的。当她精神饱满，眼睛有了神采，脸上泛起红晕时，再加上活泼外向的个性，她的容貌还是很讨人喜欢的。

燕妮在小书桌前慢慢坐了下来，很不情愿地把书从包里一本一本地拿了出来，想接着复习那个她无法逃开，也无法躲避的托福考试。她叹了口气，翻开了复习资料，可怎么也看不进去。她想起了自己在国内的丈夫和孩子。王昊比她还晚来美国，现在连太太都签上了证，来到了美国。她不觉有些沮丧，真不知什么时候才能把自己的丈夫和孩子也能办到美国来。

一年前，燕妮在一个朋友的帮助下，以访问学者的身份来到了美国。她的这个在哈佛大学读博士的朋友对她说："帮你办到美国来是我对我们多年友谊的回报，这也是你最想要的。现在，你已经到这里了，我希望你不要再过多地来麻烦我了，今后的一切要靠你自己了。"燕妮始终没有忘记这句话。无论她在美国遇到多大的麻烦，经历多大的艰难，她都没有再去找这个朋友。她要靠自己在这里生存下去，靠自己把丈夫和孩子办出来。她必须要考上研究生，转变成学生身份，一切才能有希望，才能让自己留下来，才能把丈夫和孩子办出来。所以，考上研究生是她的必经之路，别无选择，无论她愿意不愿意。

燕妮的婚后生活是美满的、舒心的。丈夫对她是百依百顺，承担起了家里几乎所有的大小事务和家务。有了孩子后，丈夫更是把她和孩子捧在了手心里，小心翼翼地呵护着、疼爱着。燕妮早已习惯了这样的家庭温暖和丈夫的关爱。来到美国后，在这一年多的日子里，燕妮承受了前所未有的精神压力和孤独感，让她常常想起她温暖的小家和疼爱她的丈夫，有时还会掉下几滴相思的眼泪。

没有了丈夫的关爱和帮衬，且不说她不得不独自面对这完全陌生的工作和生活环境，就是这不同文化和语言带给她的困扰都让她倍感艰难。每天除了去实验室做实验，照料自己的生活外，她还必须抓紧时间复习托福考试。她感觉自己像机器一样在连续地运转着，完全没有了生活的滋味。刚来美国时的那些新鲜感早已过去，她几度想放弃这一切，回国去算了，可又有点不甘心。看看周围的中国人，没有一个愿意回去的，谁不是想方设法留下来呢？那些没了身份的，只要没来抓人，就算黑了也要赖在这里。想想也是，费这么大劲来了，家里几乎都砸锅卖铁了，最后就这么回去了是不是有点太不划算了。再说了，20世纪80年代的中国人拼了命也要来这里，绝不是为了游山玩水，人人都是为了能有机会改变命运。而改变命运的捷径仿佛就是能留下来，感觉只要能留下来命运就会不一样，毕竟20世纪80年代的中国与这里的生活质量有着天壤之别。就是国内的人，也都在劝她不要回去。

燕妮不得不打消回去的念头，硬着头皮去考研究生。对于她来说，要想留下来，"读书"仿佛是唯一的出路，也只有这样才能把丈夫和孩子办到美国来。

燕妮克制住自己的思念，把头埋了下来，眼睛盯住那一个个枯燥的英文单词，开始记了起来。她计划半年后一定要去参加考试。其实，除了托福外，她还必须考过GRE（美国研究生考试）。想上学，对于她来说，真的是一件任重道远的苦差事。

这时，王昊和秦琨已经来到了波士顿著名的查尔斯河畔。波士顿大学的老校园建得很早，现在已是在波士顿的城区里，紧靠查尔斯河，中间只隔了一条快速公路，从学校的学生公寓走到查尔斯河只需十几分钟。他们漫步在河畔的草坪和绿树丛中的步行道上。在他们的左边是平静的查尔斯河，右边公路的对面沿路是一些三四层的欧式红砖小楼群。这些都是上百年的老房子了，但并不显得陈旧，却给人一种悠远古朴的感觉，与远处的现代化大高楼形成了鲜明对比。尽管还有些时差，但秦琨还是抑制不住内心的兴奋和好奇，她早已没有了困倦和睡意，睁大了眼睛观看着这周围既陌生又新奇的一切。平静的河水、奔忙的道路以及在阳光下反射着光芒的楼群都让她产生出无限的遐想。这一切比她想象的更让她惊奇和震撼。

"喽，这就是查尔斯河了，贯穿整个波士顿城，在这一带算是比较有名吧。特地带你来看看。每年夏季，在这河上还有划船比赛呢。"王昊说。

"哦，是吗?"秦琨看着远处波光粼粼的河面应道。

"今年过季了，明年赛季的时候我们来看吧?"

"好的。"秦琨冲王昊亲切地点点头。

……

秦琨顺势又挽住了王昊的胳膊，挽胳膊是秦琨特有的亲昵表现，仿佛这种些许的肢体接触才能表达出她的亲密和依恋。两人亲热地沿着查尔斯河畔边聊边往前走去。

他们来到了附近的一家超市，想要采购些食品回去庆贺一下再次团聚的喜乐。当秦琨挽着王昊的胳膊走进宽阔明亮、五彩缤纷的超市时，她的脸颊泛起了兴奋的红晕，发光的眼睛四处张望着，半张开的嘴唇因兴奋和震撼在微微地颤动着。这种景象她从来不曾见过，这一切太让她惊讶和意外了，甚至有些感动。那一排排货架上各色各样、琳琅满目的商品应有尽有，那绿油油的青菜、黄灿灿的橙子、红彤彤的苹果都闪着鲜亮的光彩。她感动了。她从未见过如此名目繁多、丰富多彩的食品，以及那光鲜透亮的果蔬。20 世纪 80 年代初的中国市场仍然是物资缺乏、供不应求的年代，有钱也买不到好东西，常常不得不为了一斤肥肉或两斤酸橘子排很长的队，有时还买不着。出国之前，她也知道会有差别，但没想到会有这么大差别，真让人不敢相信。她拿起一个发亮的深红色苹果，在眼前仔细查看了一番，"这苹果看起来像假的一样"。她忍不住用指甲掐了一下，想试试它是不是假的。

"中国好像没有这种苹果吧?"她惊奇地问旁边的王昊。

"这是美国的特产，叫 Red delicious（红蛇果）"王昊说。

"红得有点发黑，像假的一样，一点都不像国内的国光苹果。不知道味道怎么样?"

"挺甜的，没有什么酸味。"

"要不要买几个尝尝?"

"好啊。"

来到了肉类区，那一块块发红的各类肉块在一个个白色的塑料盒内，用透明薄膜包裹得整整齐齐，看着又干净又新鲜，真让人有食欲。秦琨想起了国内买肉时，用一根小麻绳提回家的景象。看来这里永远都不会买不到肉了，而且牛肉、羊肉、猪肉应有尽有。

"你看看，今天的鸡腿又打折了，才两毛五一磅。"王昊指着玻璃冰柜里的鸡腿说。

"啊？这么便宜？"秦琨惊讶地问。她想起国内的鸡是多么的珍贵，只有产妇和病人才能买来补一补。

"美国人不像中国人那么爱吃鸡，而且他们是鸡场大规模养殖出来的，所以比其他肉类更便宜。"

"那也太便宜了点吧。你看那些青菜还要一、两块钱哪。"

"是啊。这就是美国。"

秦琨看了看，那鸡腿不只是腿，还带了腿后包括背部的一大块肉，美国叫"quarter"，四分之一的意思。这还挺形象，真有整个鸡的四分之一的鸡肉在上面。

"我们多买一些吧，存在冰箱可以吃一阵子了。"王昊说，"中国人都这么干。"

"好啊，好啊。你看，那上面可以切下好多肉呢，用来炒鸡丁，剩下的骨头用来熬汤。"

俩人喜滋滋地买了一大堆"四分之一"回家了。

秦琨现在终于明白中国来的人为什么都死活要留在这里，不愿意回去了。这里的物质生活条件在当时的中国是望尘莫及的。"温饱"在这里连乞丐都能做到，而在中国却是人们不得不努力的目标。

可是，秦琨和绝大多数来到这里的中国人一样，当时还无法深刻地认识和理解这个光鲜亮丽、高度发达国度表面和背面的真正实质。在这里，生存却是另外一种概念。这里与中国相比是完全不同的两个世界，你当然饿不死，可想要在这种全世界社会竞争最激烈、最残酷的环境中生存下来却是这些来到美国的中国人要面临的巨大挑战。想要留在这里的人们似乎从来没有想过，牺牲以前的一切，呕心沥血奋斗半辈子就是为了能生存在这里，是不是真的值得，是不是真的有意义。

二　重逢的喜悦

秦琨的到来让王昊有些欣喜若狂，半年艰难困苦、孤独寂寞的单身生活终于结束了。有老婆陪伴的日子是多么轻松和甜蜜啊。这让他刚来时有着重压的工作和语言环境仿佛变得没有那么沉重了，一切变得柔和和轻松起来。在房间里，他情不自禁地从背后双臂搂着正在做饭的秦琨的腰，头靠在她的肩上，久久地站立在那里不愿撒手，用嘴唇在秦琨的脖子和长发上慢慢地亲吻和嗅吸着那美丽女人身上散发出的淡淡清香。那情景看上去是恋人的相拥，但更像是依偎着母亲的孩子一样恋恋不舍。秦琨顺从地让他拥抱着、亲吻着，没有动弹。两人都沉浸在这种爱恋般的依恋之中。

王昊的成长经历充满了阳光和庇护。他对母亲的爱有着一种强烈的依恋和需求。由于他家庭的地位和他自身的聪慧，使得他得到了比一般人更多的关爱和成功。他有着一颗比别人更敏感、更自信、更骄傲，甚至更脆弱的心。

王昊的父亲是中国顶尖医疗机构里最有名望的医生之一，母亲也是一位德高望重的内科医生。他们虽然都不是什么高官，但凭着他们的医术和在医学界的名望，在社会上具有一种特殊的地位，毕竟谁都缺少不了医生。王昊是家里的独生子，从小就受到了母亲无微不至的关怀和疼爱。家里的环境和条件都是当时中国最优越和体面的，雇有专职的保姆和厨师。王昊从小在这样一个优越的、衣食无忧的环境中长大，这种优越和自信从小就渗进了他的骨子里。在学校，由于父母的名望和地位，他从小就受到学校和老师的关注。他自己的聪明和敏捷也让他给自己赢得了比别人更多的良好待遇和机会。他被选拔进入了高才班，受到过名师的点拨与教诲；10岁时，被招进了市体校羽毛球队，受到过专业的羽毛球训练和培养；中学期间，还代表国家队参加过国际性的比赛。

少年王昊的优秀和成功让周围所有的人望尘莫及、羡慕不已。他得到了太多的赞扬和崇拜，被人们以"神童"的名号加以冠之。这个少年得志的"神童"成功之路还远没有结束。北京医学院毕业后，他以最优异的成绩考入了协和的博士班。也许是他医学世家的遗传和影响，在六年的博士攻读和研究中，他展现出了医学上非凡的才华与天赋。许多同行的老者都惊叹后生可畏，认为他今后的前途和发展不可估量。他就像一颗即将升起的灿烂星座，让许多人都感觉到了他将要发出的耀眼光芒。博士毕业不久，他就被国家作为重点人才派往美国继续深造，作为博士后培养。多么让人羡慕啊！有谁能估量得出他今后的辉煌呢？

秦琨把做好的鸡肉端上了桌。她果真把鸡肉从买来的"四分之一"上切下来，做成了青椒炒鸡丁，又把鸡骨头顿了一锅汤，里面还放了几叶白菜。她和王昊围坐在小桌旁准备开始吃晚饭了。看着桌上热气腾腾的饭菜，看着忙前忙后的秦琨，王昊心里暖洋洋的，好像一种熟悉的、家的感觉又回来了。秦琨夹了几块鸡肉放到了王昊碗里。王昊已经有些迫不及待了，拿起筷子就狼吞虎咽起来。

"这鸡肉真香啊！好久没有吃到这么好吃的饭菜了，真正的家乡味。"王昊边吃边说。

"慢点吃，别噎着了……"秦琨看着他的样子，笑着说。

"真的，真的，这是我这辈子吃过的最好吃的肉了。"

"能有你家里厨师做的好吃吗？你只是好久没吃了。你也是，这里什么都有卖的，而且也不贵，为什么不买点来自己做呢？"秦琨有些责怪地说。

"不会啊。以前从来没有机会学。"王昊嘴里含着鸡肉说道。

"那就现在学吧。"

"你来了，我还用得着学吗？"

秦琨的到来让王昊终于解脱了他有生以来最孤独、最艰难的一段日子。他再也不用在清冷的房间里独自对着电视机吃方便面了。以前家庭条件的优越，王昊长这么大还从来没为生活、为吃穿、为油盐酱醋茶操过心；衣服都是保姆洗的、母亲准备好的，饭菜也是厨师做好的。他过惯了被别人小心呵护和照顾的日子。来到美国后，离开了母亲的照顾，他好像感觉有些寸步难行。长这么大，他头一次感觉到生活的不容易，不知道饭是怎么做熟的、衣服是怎么洗干净的。他头一次面临生存的挑战。奇怪的是，这种挑战竟然是生活最起码的技能。可是，在近30年的人生经历中，他从来没有面临过，也从来没有学到过。他就像一个缺乏自理能力的孩子一样，把自己的生活搞得乱七八糟。中国发给他的800元生活津贴绝对不够他天天下馆子的，他只好买来成箱成箱的方便面，几乎每天都用它来对付无法逃避的饥饿感。带来的衣服一件一件都扯出来穿了，穿得发了臭都没法去洗，后来听说街上的洗衣机交钱就可以洗，这才把所有的脏衣服扔进了洗衣机。

两人婚后不到一个月，还在甜蜜的蜜月期，王昊就不得不离开自己的新娘，奔赴美国了。两人在美国的再次重聚犹如新婚的再度延续，他们要把新婚后离别的思念和牵挂补回来，要让这段时间的损失得到充分地补偿。除了王昊在科室里的时间外，他们几乎无时无刻不腻在一起。无论是去超市买菜，还是外出散步，两人脸上总是洋溢着幸福而甜蜜的神情，手挽着手，双进双出，亲密无间。这着实让周围的许多人羡慕不已，特别是那些单身的中国留学生。

在来到美国后半年多的日子里，王昊日思夜想，每天都在盼望着秦琨的到来。对恋人和妻子的思念的确不假，但对王昊现在的处境来说，他更多的是希望能有一个人来照顾他狼狈不堪的生活。他几乎像盼望救星一样盼望着她的到来。现在，秦琨终于来了，他终于可以解脱了，终于可以不再吃方便面了。

这几天，王昊有些按捺不住心中的喜悦之情，脸上总是喜滋滋的。朋友见了开玩笑地问："老婆来了高兴吧？"他也毫不掩饰地笑着说："嘿嘿，老婆来了，我觉得好幸福啊！"

秦琨给他带来的喜悦和幸福感，让王昊不禁想起了在中国时初次见到秦琨的情景。那是两年前的一天，他去北医参加羽毛球友谊赛。比赛结束时，陈老师过来打招呼。陈老师旁边跟着几个北医的学生，正用欣赏和崇拜的眼神看着他。

"你打得太棒了，只能用神奇来形容了。"一个男生对他夸赞道。

"当然喽。你们还不知道吧，他就是王昊啊，也是我们北医毕业的高才生，现在是协和的博士研究生哪。"陈老师带着几分骄傲的口吻介绍道。

"哎呀，真没想到。我还以为是哪个专业队请来的呢。"一个女生惊讶地叫道。

"这你就不知道了吧，他就是专业队的，从小就进过体校。只不过现在专心研究医学了。"陈老师说着，向王昊挤挤眼。

"哦，原来是这样啊。"那女生更增添了几分崇拜。

"他可称得上文武双全的才子了。"陈老师又加了一句。

"哪里，哪里，太过奖了。"王昊淡淡地一笑，一脸平淡的表情说道。他的身上有一种孤傲、倜傥、不染世俗的气质。

"我真的有点崇拜你了，能不能拜个师啊，跟你学学打球？留个电话吧。"另一个女生一脸真诚地说道。看样子她还真有心想学学打球。

"哦，介绍一下，这是我们医疗系毕业班的学生，比较喜欢运动。她可是我们的校花哦。"陈老师笑着说。

王昊这时注意到了这个女生。这女生美丽不俗的容貌，让他眼睛亮了起来，脸上也露出了几分兴奋的光彩。

"好啊，有时间我们可以去球馆里打打。"王昊欣然答应了，随即给了这个女生一个电话号码。

从那以后，俩人的关系发展得很迅速，很快就从师徒变成了情侣。这个女生就是秦琨。其实，王昊身边不乏追求者，像他这样年轻有为，又有着出众才华的青年，当然是让许多女孩子仰慕不已的。他也不是一个低俗的、只追求外表的人。秦琨真正能打动他的不仅仅是容貌，而是她高雅的气质和不俗的谈吐，以及没有许多女孩子的那种矫揉造作和装腔作势。自从王昊认识了秦琨后，可谓是一见倾心，再没有任何一个女孩能入他的慧眼了。秦琨从医学院毕业后不久，他们就结婚了。

每当王昊回忆起俩人偶遇的情景，都会觉得是一种奇特的缘分，有一种满足和欣慰的感觉。"上天就这样安排了，不相信缘分也不行啊。"他笑着对自己说。

三 学习的渴望

秦琨在中国获准来美签证的那一刻起，对王昊的思念之上又增加了几分感激之情。她觉得，如果不是王昊，她可能不会有机会去美国，至少没有这么顺利。当时要想出国，特别是去美国，那就如同"鲤鱼跳龙门"一样的困难和稀有，没有几个能顺利获得签证的。若不是王昊公派的身份，她无论如何也不可能这么快就能以探亲的名义拿到签证。看着每天在使馆门口排队的成百上千张渴望的脸，有人签了好几年都没能拿到签证，她就不得不为自己感到无比的幸运了。

来到美国后，长久的思念和重逢的甜蜜以及异国的新奇让秦琨无暇顾及和注意到别的什么。王昊狼狈的生活状态，让她觉得既心疼，又好笑。"他怎么会把自己搞成这个样子。"她心想。可是，她好像也并没怎么在意，毕竟男人本来就应该以事业为主，不是吗？在婚前婚后与王昊相处的日子里，她从来没有看见过王昊的这一面。他们也几乎从来都没有机会单独两人生活过，就是婚后的一个月也是在王昊家度过的，保姆和厨师负责了所有的家务和饭食，根本不需要他们操心。现在，王昊如此低下的生活能力在她眼前显露无遗，还真让她觉得有些吃惊和意外。在她心目中，王昊从来都是春风得意、高高在上、无所不能，没想到生活自理能力却像一个未成熟的孩子，根本无法照顾自己。看来，今后她不得不承担起俩人生活的所有家务了。

王昊每天都要去医学院上班。秦琨不愿意自己一个人待在家里，常常陪着王昊去医学院。王昊去了科室，她就自己一个人在医学院的大楼里转悠。她喜欢这里的一切，喜欢这里所特有的某种气氛和感觉，喜欢大厅里大理石的地板和天顶垂下来像彩虹一样的七色彩绸带给她的新奇和艺术感，喜欢图书馆里柔软的地毯和舒适的桌椅给她的高级和现代感，也喜欢里面那一排排放满书籍的大书架给她的高深莫测感。她走进了图书馆里的视听室，在一个透明的小隔间里坐了下来。她拿起桌上的隔音耳机戴在了头上。她并不想听什么，也不打算听什么，只是想体会一下坐在这里的感觉。她是多么想走进这个殿堂，成为这个大楼里的一份子啊。

那些穿着白大褂，挂着听诊器，匆匆走过的青年医生们常常让她觉得高不可攀，羡慕不已。她想，如果是在中国，她早该像他们一样是一名北医的医生了。中国的医生，在美国也能做医生吗？可能吗？真这么遥不可及吗？据说，进入美国的医学院必须是本科毕业，学5年出来后相当于博士，而且学费很高，又没有什么奖学金。现在来的中国人身上除了两只箱子和几百美元再也没有更多的东西了，想要读医学院就像是天方夜谭一样的不真实。而且，医学院毕业后，还必须通过全美的医生资格考试，才能真正成为医生。这听起来几乎是不可攀越的高峰一样，有谁敢想呢？尽管如此，她还是抑制不住自己对这里的渴望。她多么渴望能真正走进这里，能有翻阅那些大厚书的机会，能穿上这里的白大褂，能挂上这里的听诊器。这种向往让她陶醉，也让她忐忑。

"今天我在医学院的大厅里看见了那些穿着白大褂、挂着听诊器的医生们，觉得好神气哦。"秦琨在饭桌上对王昊说。

"是啊，这里的医生与国内的不同，相当于博士，而且工资很高。在美国属于比较有地位，又比较受尊重的职业之一。"王昊回答说。

"是呀，想想国内的医生真没法与这里相比。"

"现在来的中国人想在这里当医生不太可能。像我，就算是学医的，没有美国的医生资格证根本连处方权都没有。只能站在旁边看看，观摩观摩而已。"

"是吗？"

秦琨沉默了。她心中的那个模糊的梦想变得更加模糊了，仿佛是天边的一片红霞，可望而不可即。

她生长在无锡的一个小知识分子家庭。由于父母是搞地质工作的，常年出差在外，她和姐姐俩几乎是在爷爷奶奶家长大的。爷爷是一个旧时代的知识分子。他身上保留着 20 世纪三四十年代学者的气质和风格。虽然已是花甲之年，但从他脸型的轮廓和不凡的气质你仍能找到他当年的英姿和潇洒。秦琨的容貌酷似爷爷，特别是那高高隆起的鼻梁。她还保留了爷爷身上的某种气质和风雅。当然，秦琨脸上还多了几分女人的妩媚。爷爷对秦琨姐妹俩的影响是深远的。在秦琨幼小的心灵里，爷爷什么都懂，是最有知识和才华的人。她对爷爷的崇拜胜过了爱戴。爷爷讲过的那些历史故事和历史人物陪伴她度过了童年时期，爷爷崇尚科学和知识的精神激励她努力和奋斗到了青年时期。成年后的她，尽管容颜如玉，但身上却没有多少女人的脂粉之气，有的却是如男儿般的高远志向和胸怀。

几个月过去了，秦琨刚到美国的那股兴奋和新奇劲开始淡化了。她开始厌倦这种像家庭主妇一样整天待在家里煮饭洗衣的日子。她想出去，想去读书，想去上学，像许许多多留学生那样，那才是她真正想要和向往的。好不容易来了美国一趟，怎么能天天待在家煮饭洗衣呢？这太浪费青春和机遇了。崇拜知识和才华的秦琨怎么能让自己成为一个庸碌的煮饭婆呢？她自己也梦想成为一个有知识、有才华的人，一个让自己也能佩服的人。只要条件允许，她就会朝着这个方向迈进。她的生长环境赋予了她果敢、干练、坚忍不拔的个性。她血液里流淌着爷爷遗传给她的敏慧和睿智，以及勇于追求的精神。她具有走向这目标的一切条件和愿望，可当时的她对自己没有十分的了解，也没有十足的把握，面对外面这个陌生而神秘的大世界也有些琢磨不透。但是，她的欲望和野心是强烈的，是势不可当的，无论是什么人，包括她自己，也不可能阻挡她迈向这个目标的脚步。

不能当医生，最起码也该读一个理科研究生吧，她这样对自己说。她借来了 TOLF（美国英语考试）和 GRE（美国理工科研究生考试）的复习资料，准备参加研究生的入学考试。她努力地复习着，准备着，常常搞到深夜。王昊半夜醒来，看她还在伏案夜读。

"实在不行就算了，也不一定非要上学不可。"王昊睡眼惺忪地劝道。

"怎么不行啊？试都没试怎么知道不行？"她头也没抬地说。

"好好，随你，去试试吧。"王昊嘟囔了一句，翻个身又睡了。

王昊转念一想，她若真能考上研究生，也许在美国的身份问题就可以解决了，就可以从公派人员配偶签证转为自费留学生签证了。那样的话，秦琨，包括他自己，就都能在美国长期留下来了。不然，他的公派人员签证再过半年就到期了，该回国了。他不再劝了，让秦琨去试试吧，考上了也好。

在公寓的厨房和餐厅里，燕妮常常能看见秦琨的身影。每次见到秦琨，燕妮都会忍不住多看她几眼。她喜欢这个女人美丽而不妖艳的姿容，也欣赏这个女人高雅而不傲慢的气质。刚开始，她们只是点点头，打打招呼。后来慢慢熟了就开始聊起天来。

"你来探亲吗？"燕妮问。

"是的。"秦琨把洗菜盒放进水池答道。

"准备待多久呢？会很快回去吗？"

"也许……不会吧。你看，现在来的人哪有回去的，不是都在想办法留下来吗？我大概也不会例外吧。"

"对对，都费了九牛二虎之力、砸锅卖铁才出来的，怎么能轻易地就回去哪。我有一个朋友，下了飞机，双脚刚踩到美国土地上的那一刻就发誓再也不回去了。哈哈……"燕妮笑着说。

"这也有点太极端了吧。我想我还是会回去的，但不是现在。"秦琨看着手上正洗的菜说。

"那你打算怎么办？"

"看看再说吧。"

"你在家反正也没什么事吧，不如去赚点钱，如果不得不回去的话还可以带些家电回去。"燕妮用询问的眼神看着秦琨说。

"怎么赚钱？"秦琨抬起头惊讶地问。

"想不想去打工？我认识这里中餐馆的老板，可以介绍你去。"

秦琨沉凝了片刻没说话，随后接着说："钱可以赚，但不是什么长久之计吧。要想留下来，还是应该去上学，这样既可以过语言关，又可以铺垫今后的路。"

"不错，还可以转变身份呢，就可以留下来了，不是吗？"燕妮眼睛一亮说。她看着面前这个有着姣好容貌的女子，没想到她还能有几分雄心壮志。"我同意你的观点，我就正在准备考研究生呢。"燕妮接着说。

"哦？我也在准备呢。你想考哪个专业？"秦琨关掉了水龙头兴奋地问。

"我以前是学医的，也学过点生物化学，我想我还是考生物化学吧。在这里，咱们是上不起医学院的。"燕妮说。

"你是学医的吗？这么巧。我也是学医的，也准备考生化专业哪。"

两人都兴奋了起来，好像一下子找到了许多共同点。她们很快就成为朋友加战友了。在考研的战斗中相互鼓励，相互帮助。

很快燕妮就发现，秦琨的确不仅仅是有着姣好的容貌，她身上还有着许多优秀的品质。她思维敏捷，记忆力一流，性格果断而坚韧，又有着奔放和开阔的胸襟。在她身上，却并没有一般漂亮女人那种自以为是的矫揉和造作。燕妮发现自己越来越喜欢这个比自己小几岁的朋友了。她常常会以大姐的姿态给秦琨一些生活经验的指点。秦琨有时也会以小卖小地在燕妮面前撒撒娇。如果她想让燕妮陪她去什么地方，燕妮不想去，她就会咧开嘴，笑嘻嘻地双手抱住燕妮的胳膊前后摇晃，撒娇地说，"去啵，去啵，就一会儿……"燕妮忍不住，只好依了她。两人现在已经无话不谈了，各自好像也找到了可以倾诉和倾听的对象。在这片陌生和举目无亲的土地上，这是多么的重要和难能可贵啊。

燕妮和秦琨一起开始复习考研后不久，燕妮就发现自己快赶不上她了。尽管燕妮比秦琨更早开始复习，但她发现，自己曾经背过的一些单词和词组秦琨都知道，自己却想不起来了。燕妮不得不自叹不如，知道自己的记忆力不如秦琨。考试日期临近了，如果她们想赶上今年的秋季入学申请，这就是最后的考试机会了。

考 TOLF（托福）的那天，两人一起去了。两个小时很快就过去了，走出考场时，两人脸上都带着笑。她们约好在门口见面。一见面，两人立刻讨论起考题来了，都觉得这一次的考试题不算太难，考得还可以。

"哎，有一道判断题好像是'…other than…'你说这 other than 后面是肯定语还是否定语啊？"燕妮问。

"应该是否定吧……"秦琨说。

"呀！遭了，我答错了。"燕妮捂着脸说。

"哎呀，错个把没关系的。"秦琨安慰说。

俩人一路走一路说地回到了公寓。

回到了公寓，秦琨推开房门一看，王昊正跷着二郎腿看电视，等着她回来做饭呢。她不觉皱了一下眉。

"早都过了饭点了，你不饿吗？"她问。

"那有什么办法？你不回来，我又不会做。"王昊说。

秦琨没说什么，拿着米和菜下楼做饭去了。饭做好，端上了桌。两人一边吃一边聊起了今天的考试。

"今天你考得怎么样？"王昊漫不经心地问，俨然一副冷漠老师的口气。

"嗯，还可以吧，应该可以拿到550分以上。"秦琨答道。她又兴奋起来，绘声绘色地谈起了考试的情况。

"你呀，还是有点抱佛脚的劲头，早让你重视英语你不听，现在还是显得有些基础不扎实吧。"王昊有点教训的口吻。

"我觉得还可以啊，才复习了几个月的时间。"

"这你就觉得可以啦？你知道现在国内考过来的学生能考多少吗？600多分哪。"

秦琨闭上了嘴，不想再说什么了。王昊教训的口吻给她兴奋的心情浇上了一瓢凉水。她觉得有些委屈，不明白为什么王昊就不能给她点鼓励和赞扬。几个月的复习时间能考到这样的水平，她觉得已经很不错了。王昊为什么就这么不能体谅和理解人呢？总是用一种绝对的标准要求人。秦琨心里冷冷的，感觉来自燕妮的鼓励和理解更温暖些。

也许，自王昊和秦琨成为恋人以来，两人之间就形成了这样一种不平衡的格局。王昊总是处在一种居高临下、受人崇拜的位置；而秦琨总是处在低处仰视和崇拜的位置。以至在他们之间总好像是老师与学生之间的交谈和氛围，王昊的口气总带有几分教训和教导的意味。在以前热恋和崇拜中，秦琨觉得王昊总是对的，总是英明的。可是现在，秦琨听起他的这些话来，怎么感觉有些刺耳和不舒服呢？

吃完饭后，秦琨急忙收拾起碗筷，想让王昊下楼去洗洗。她好腾出点时间再看看GRE（研究生考试），过几天就要考了。"你洗完碗再看书能耽误你多长时间啊？"王昊没好气地说。随后又坐到了沙发上，接着看电视。秦琨无奈，只好下楼去洗碗了。

很快，GRE 考试也结束了。秦琨和燕妮都在焦急地等待着成绩的公布。其实，对于中国上过大学的人来说，GRE 的数学和逻辑部分并不难，都是中国初中的一些东西，但阅读和词汇部分很难。因此，对于中国人来说，GRE 实际上还是在考语言。你英语好一点，成绩也就会好一点。

两周后，她们都收到了成绩单。燕妮的托福 550 分，GRE 1600 分。秦琨的托福 570 分，GRE 1700 分。这样的成绩，按学校的录取标准，两人都合格了。燕妮并不在乎成绩比秦琨的低一些，她满足了，只要能上成学就万事大吉了。其实，她真正的目的是转成学生身份，多几分、少几分并不重要。也许，下半年她俩都可以正式成为生化系的研究生了。

王昊知道了秦琨的成绩后，知道她很有希望成为研究生了，心里也很高兴。但是，他并没有显露在脸上，连一句赞扬的话都没有。秦琨也不奢求从他那里得到什么赞扬了，自顾自地高兴了好几天。一见到燕妮，她就会宣泄一下心中按捺不住的喜悦和兴奋，再谈上一阵子申请手续和录取的事情。

"你说咱们考的这个成绩学校录取的希望大吗?"秦琨兴奋地问。

"应该没问题吧。按托福 500，GRE 1500 的录取线，咱们都过了。"燕妮说。

"没拿到录取通知书之前还是有点不踏实。"

"你考得比我好，肯定没问题。你就安心等通知书吧。"

过了一会儿，燕妮又开始问秦琨想不想打工的事。

"现在试也考完了，离下学期开学还有两三个月呢，要不要跟我去餐馆打打工，赚点钱?"燕妮又问，"反正我明天就准备去了。你要愿意就跟我一起去。"

"我可从来没干过，人家会要我吗?"秦琨没把握地问。

"没关系，学学就会了。我教你。"

"那我跟王昊商量商量再说。"

"我一般都是打晚餐，白天实验室做完实验再去。晚餐小费也多一点，不如你也跟我去打晚餐吧。"燕妮最后说。

餐馆打工是在国外的中国人最方便省事的赚钱方式。它不需要太多的技能，也不需要很好的英语，有时甚至不需要合法的身份。有的中国人以此为生计，有的中国人以此赚点外快，还有的中国留学生以此赚取高昂学费。中餐馆同时也是留学生跨入美国社会的第一步，它就像是美国社会和制度的一个小小的缩影。20世纪80年代的中国留学生有谁没在中餐馆里干过呢？如果你在中餐馆里都干不了，那你今后就别想在美国的社会里混了。

秦琨跟王昊谈了去中餐馆打工的事，王昊没有表示反对。按理秦琨作为王昊配偶的签证和身份是不能在美国打工的，因为王昊访问学者的身份是有工资或奖学金的。可是，中国公派的奖学金实在太低，除去房租没剩下几百元了，生活还是紧巴巴的。有些的访问学者想赚点钱，自己也偷偷去打工。王昊是绝不会去打这种工的，一方面觉得有失身份，另一方面也受不了。就是到了美国，王昊也很难忘记他长期以来形成的优越感，他仍然要端着他那高贵的架子，绝不愿意去干这些下九流的营生。其实，他大可不必这样，这种心理和想法对他是不明智的，极不利于他在这样的环境中生存。在他的成长过程中，他可能从来也没学会在面对不同的环境和情势时应该调节自己的心态和想法，去适应周围的一切。

到了国外的中国人，都会感受到一种只能意会、不能言传的特殊氛围；到了国外，在中国以前的那些阶层、等级、包括个人成就都被打破，不再存在。哪怕就是在中国人的团体和社会圈子里也是如此，仿佛人人都变得平等起来，无论你以前在中国有多高的官职、多好的家庭背景和社会地位，包括你的名声和成就，到了这里都化为乌有。在这里，大家都一样了，没有谁比谁更高层、更优越，都变成了这里的最底层。有些在国内有点背景的人来到这里，在中国人的团体里不免还是会显得有些傲慢、目中无人的神态，那背后的潜台词仿佛在说，"我家可是某某省、某某部的高级干部"。而周围的其他人却会斜眼看看他们，一点也不以为然，"你摆什么谱啊？在这里靠的不是你们家的背景，而是生存的能力"。的确，在这里，被人羡慕和尊重的不是你以前在中国怎么样，而是那些能上学、能拿奖学金的人，是那些能找到工作、能拿高薪的人。在这里，无论你以前多高贵，或多低贱，都在同一起跑线上，生存能力是首要的。

其实，像王昊这样在国内有着较好背景和根基，又具有走向巅峰的一切条件和环境，是不应该舍弃以前的一切，选择长期留在这里的。这里无论对他事业的长期发展，还是个人生存能力，都是极为不利的。他相当于抛弃了自己的优势，而用自己的劣势在迎接这里的生存挑战。可是，在当时那样的环境下，谁又能有这样的通透和彻悟呢？当时的人，包括国内的人，没有一个不认为留下来才是最好的选择，才有更诱人的未来，而回去的都是无能之辈，无法混下去的人。根本没有人去想，是不是所有的人都适合留在这里，是不是值得用这么大的代价去换取在这里的生存。

四 中餐馆

秦琨跟着燕妮来到了波士顿的中国城。这里的中国城虽然没有纽约的大，但看起来比纽约的新，也规整得多，算是在城市比较热闹的中心地带，靠近地铁南站，离海港也不远。一条宽大繁忙的街道莎菲斯（Surface）紧靠在中国城的入口处。在通往中国城的主路口 Chinatown Gateway 还立了一个巨大的石柱绿瓦的门楼牌坊，正面写着"天下为公"，背面写着"礼义廉耻"几个大字；石柱上还雕有花纹和图案。据说是当年台湾来的移民给立的，看起来还真有点民国时期的味道。秦琨目不暇接地张望着这些写着繁体中国字的门楼和店铺，感觉熟悉又陌生。一家家门面虽不大，但什么都有卖的，有中国的珠宝和玉器、中国的字画和工艺品、中国糕点、中国餐馆、中国超市……走在这里，感觉像走在中国的老式街区一样。

燕妮带着秦琨走了好几条街，来到了北京楼，一家这几年新开的中餐馆。北京楼自开张以来一直生意很火爆。虽然中国城里有不少早期香港移民开的老牌中餐馆，但他们大多是粤菜系，主要是以海鲜为主。北京楼却是以北方菜为主，它的京味菜肴，如北京烤鸭、涮羊肉、京酱肉丝等在这里还是别具一格，蛮受欢迎；特别是这几年出来的一些年轻的中国大陆人比较喜欢。

燕妮拉着秦琨来到了后厨的老板面前。"老板，她是来探亲的，在家没什么事，想来打打工。"她介绍说。老板是前些年因亲戚关系从大陆去了香港，后又来到了美国。他也是这里的主厨，自己抢锅炒菜。他撩起围兜擦了擦手上的油，上下打量了一下秦琨，立刻说："行吧。你明天就来上班吧。试用一星期，一星期后若没什么问题，你就是正式的服务生了。"

秦琨还有点蒙蒙的，没想到这么顺利老板就同意用她了。她开始还有点紧张，担心自己的身份不能打工，老板不收。她还准备了一套话，准备万一老板问到的话，能巧妙回答。结果，话还没说呢，她就被接受了。燕妮和她俩人高高兴兴地来到了餐馆门口。

"这老板挺爽快的嘛。他也不问问我的身份可不可以打工。"秦琨对燕妮说。

"哪有这么多符合身份的，他心里清楚。他需要人手。再说，很难真的有人来查的。"燕妮轻声说。

"那他怎么能确定我就做得了？"

"这还不学学就会了，你又不笨。有你这样容貌的服务生，店里光彩不少，说不定生意都会好一点呢。老板阅人无数，心里明白。"燕妮笑着说。

"别瞎扯了。"

"还有，餐馆老板都喜欢用中国留学生，价钱便宜，人又灵光。"燕妮说着做了一个鬼脸，"好了，我不跟你说了，该进去上班了。你就自己回去吧。"

秦琨开始去北京楼做服务生了。她每天下午4点出门，晚上11点多才能回来。出门前，她必须把饭菜给王昊准备好，不然王昊就有可能饿一顿，直等到她晚上回来弄点吃的。第一个星期，秦琨有些紧张，老板的眼睛常常盯着她。她跟在燕妮的身后看了两天，基本学会了点菜、端菜、收拾桌子等。很快她就可以独立上手了。老板的脸开始不那么严肃了。

一个星期很快就过去了。秦琨的表现让老板很满意。老板认为她脑袋清楚、手脚麻利，而且从来没点错菜。"你可以正式成为这里的服务生了。每天我付你4美元的底金，其他就靠你自己赚小费了。"老板对她说。

秦琨开始了自己服务生的生活，虽然忙忙碌碌，但没什么压力。小费赚得多的时候，还挺开心。生意好的时候，一晚上可以赚到100—200元的小费。她拿着这么多的钱，心里美滋滋的。这要在中国，该是2000元了，可以是爸妈全家人的工资了。她头一次感觉到了自己的价值。一个月下来，她赚的钱是王昊奖学金的好几倍。他们的餐桌上开始增添了以前想吃而不敢买的菜肴；他们不用再为几个生活费精打细算、费尽心机了。秦琨头一次感觉到，在这里她可以自己养活自己了。

可是，唯一让秦琨不舒服的是老板骂人的时候。尽管骂的不是自己，也会让她感觉难受。有服务生动作慢了点，老板就骂道："你磨蹭什么哪！那一桌早就吃完了，还没有收拾。做服务生哪有你这么一步三摇的，一晚上才能打几桌？服务生得脚底生风，走过都能感到一阵风；手上端上几个菜，一滴菜汤都不能掉下来。你以为服务生这么好做吗？你已经不是新手了，如果总是这样的话，就回家抱孩子吧。"那被骂的服务生难受得差点落下泪来。秦琨在旁边听得直皱眉头，心想，"也许她生性就比较慢，为什么要这样苛求她呢？"秦琨开始感觉到了资本主义的残酷。在这里，有什么不受金钱效益的驱使呢？人情太淡漠，没有人会去理解和忍受你的弱点。

有一次，一个服务生端错了菜，把葱爆牛肉当作黑椒牛柳端给了客人。老板把他叫到厨房里破口大骂："你瞎了吗？看不见啊？这两种菜这么大差别。你都在这儿干了两年，不是新人了，还会出这种错。你他妈的就是个白痴！你这一搞，坏了我两盘菜，不让你赔偿你就不会给我他妈的长记性。"那服务生低着头一声不吭，面无表情地干着自己该干的事。秦琨惊讶不已，他为什么一句都不辩解呢？她看着这个戴着眼镜的文弱书生，有些心生同情。

"算了，算了。他也是一时粗心，以后会小心的。"秦琨对老板说。

"你少废话！我要不教训他，以后还不知道会出多少错哪。"老板转身冲着秦琨嚷道。

秦琨吓了一跳，不出声了。所有的服务生都没有出声，小心翼翼地干着自己的活。他们都知道不把火引到自己身上来，只有秦琨新来的不知道。秦琨心想："这简直是辱骂嘛。你资本家就可以随便侮辱人吗？才早来几天啊，就在我们面前甩资本家派头，骑在别人脖子上拉屎拉尿。如果是我，我会把菜谱往他脸上一摔，拍拍屁股走人。"可是，她转念一想，走了是挺痛快，可上哪儿去赚钱呢？那服务生没有奖学金，还指着这份工作交学费呢。看来，想在这儿待下去就不得不适应资本主义，生存法则之一就是学会忍气吞声。"唉……"秦琨叹了口气，想想在国内，虽然没有这么多钱，日子清苦一点，可谁受过这种气啊？

也许，这就是所有中国留学生所要经历的第一个心理转变：人民当家作主的感觉消退了，取而代之的是对老板的俯首帖耳。老板就是你的上帝，他决定了你的生存，也决定了你的命运。

餐馆的工作越来越顺手了，秦琨还结识了不少老顾客。他们大多是早年从中国大陆去香港或台湾的，后来又移民到了美国。秦琨可爱的笑容和称心的服务让他们感觉亲切。吃完饭，他们有时还会跟秦琨聊聊大陆的事情。看得出，他们对久别的大陆有着一种特殊的情感和思念。

"大陆现在怎么样？还在搞'文化大革命'吗？"一个顾客问。

"结束了，结束了。现在邓小平上台了，要搞'四个现代化'了。"秦琨回答说。

"哦？什么是'四个现代化'啊？"

"就是农业现代化、工业现代化、军事现代化，嗯……哦，还有科技现代化。"

"哦，要搞生产了。"

"对对，还要搞'改革开放'呢。"

"哦？什么意思？"

"就是改革以前的政策，打开国门，向外开放。"

"哦，不再关起门与外界不来往了。"

"对啊！不然我们怎么能有机会出国留学呢。"

"好好，好。"

有时，秦琨也会遇到一两个奇怪的美国顾客。菜都上齐了，秦琨要去别的桌子服务。他却总是把秦琨叫过来，可又没有什么需要的了，好像就是想让秦琨站在旁边。秦琨不可能整个晚上都服务他一个人，心里有些恼火，搞不懂他什么意思。也许，他对漂亮的中国女孩有某种特殊的兴趣，但在这种情形下又不知该如何交流和表达吧。

四个月很快就过去了。秦琨该上学了，餐馆老板有些舍不得。他也知道，像秦琨这样漂亮能干又招顾客喜欢的服务生不可多得。秦琨临走时，他说："上了学，有空还是可以回来做做。我付你双倍底薪，你什么时候愿意来我都欢迎。"

五　学生生活

蒋燕妮已经收到了波士顿大学生物化学系寄给她的研究生录取通知书。她兴冲冲地去找秦琨，想看看她是不是也收到了。她敲了敲秦琨的房门，门开了。她走进了房间，秦琨看起来有些心事重重的样子。

"你没收到录取通知书吗？"燕妮问。

"收是收到了，可还有附加条件。"秦琨皱着眉说。

"什么附加条件？"

"他们说我的分数是够录取线了，但从中国大陆招来的学生 TOLF 都在 600 以上，GRE 都在 2000 以上。我的分数相比起来比较低，让我先上一学期的课，如果能拿到平均成绩 B 以上，就可以成为正式的研究生。"秦琨有些惆怅地说。

"怎么这样啊？那意思就是对中国学生的录取标准提高了呗，不拿到 600 和 2000 以上就不行。"

"看来是这样。你怎么样？"

"我……倒是拿到了。可能与我提前修了两门课有关吧。"燕妮有些犹豫地轻声说，怕会刺激到秦琨。

燕妮和秦琨都没想到会是这样的结果。本以为秦琨分数高一些，希望会更大一点，没想到反倒成了预备生。燕妮也替秦琨觉得有些委屈。她想，可能是她在生化系做了一年的访问学者，系里比较了解，就把她收了。

"修一学期课就修一学期，有什么呢？反正都得修，也不会多耽误时间。"燕妮说。

"对，就去上一学期课，看看什么结果。"秦琨干脆地说。

1990 年的 9 月，秋季入学开始了。秦琨注册了三门课，其中一门就是生物化学。她觉得要进生化系，首先要修好生化课才有说服力，再加上自己在国内上医学院时也学过生化，应该没有什么问题。

上了几堂课后，秦琨发现，自己虽然英文基础还不错，可离听懂讲课还远着呢。她只好自己下来看书。半期考试完了以后，其他两门还可以，可这门生化秦琨只拿了 70 分。她觉得考试好像并不是那么难，她都按自己的理解答上去了，老师为什么不给分呢？也许没按他讲的答？这门课是研究生的低级课、本科生的高级课，许多要考医学院的本科生都来修这门课。这些学生都是美国学生中的佼佼者，跟他们一起上，其实竞争是比较大的。秦琨开始紧张起来，搞得不好，这门课真要吃 C 了。如果拿不到 B 的平均分，她就完了。秦琨意识到，必须要改变策略，不然就是死路一条了。

跟秦琨一起来上生化课的还有另外一个生化系的新生，捷夫。他是一个美国白人，个子不高，棕色头发。秦琨在生化系见过他，也算认识。再去上课时，看见捷夫，秦琨跟他说自己英语不够好，想借他的课堂笔记抄抄。"没问题。"捷夫爽快地答应了，"别说你记不下来，就是我也困难。这可是个很难搞的老师。"他说完笑了笑。秦琨现在可没有闲心去评价老师，她关心的是怎么才能过关。她感到了前所未有的心理压力。

秦琨比以前更努力了，她花了更多的精力在这门生化课上。除了啃课本外，她每次都把捷夫的笔记带回来仔细对照一下，把自己没记下来的补上去。

"书不重要，关键是课堂笔记。"捷夫对她说。

"为什么？老师不按书讲吗？"秦琨诧异地问。

"不会全讲。考试时一般都是老师讲过的。"

"哦，……"

秦琨恍然大悟，心想，外国人不是很吃亏吗？笔记一般都记不全，听不懂也只有看书了。秦琨每天都学得很晚，忙的时候都没有时间吃饭。可是，如果她不做饭，她和王昊都没饭吃。

"赶紧去做饭吧，都饿死了。"王昊对伏在桌上的秦琨说。

秦琨从书本上抬起眼睛看了一眼电视机前跷着二郎腿的王昊，"我快要期末考试了，挺忙的。今天你去做饭吧，好吗？"秦琨央求道。

"我不会做啊。"王昊没好气地说。

"你随便做，做什么我都吃。方便面也行。"

"我可不吃方便面了，吃了半年都吃怕了。"

秦琨皱起了眉头，觉得王昊太不能理解人了，更不用说照顾人。"就这几天嘛，考完试就好了。"她还没放弃希望地央求道。

"几天？你还要读五年哪，天天吃方便面？"

秦琨沉默了。是啊，还有好几年哪。如果学习这么紧张，还要承担所有的家务，谁受得了？我连自己都顾不上，还要照顾一个衣来伸手、饭来张口的人，我能完成学业吗？怕是很难啊。

"我不饿。你要饿就自己先对付一下吧。"秦琨说着又低下头看书了。

王昊打开冰箱，没找到什么可吃的，就把剩下的几片面包吃了。秦琨只好饿着肚子看书了。

秦琨几乎每堂课都坐在捷夫旁边，下课后就找他对照笔记。快期末考试时，她还约了捷夫一起复习。她感觉这样还是比较有效的，一来抄全了笔记，二来可以了解美国人的学习方法。毕竟他们更适应这里的教学环境和方式。

考试结束后，拿到成绩单的那天，一个大大的 B 字映入了她的眼帘，她兴奋得脸上泛起了红晕，眼睛也在闪光。她长长地舒了一口气。这意味着她不仅通过了这门课，而且也通过了生化系的考察，下学期她将真正成为生化系的研究生了。

她抬起头，向远方望去，校外城市的楼群矗立在那里。她头一次觉得自己的双脚站在了这块土地上。

燕妮远远就看见了脸上放光、充满自信的秦琨。她猜想一定是成绩通过了，也替她松了口气。秦琨刚来时的满头小卷已退去，齐肩柔软的直发让她更显清丽和青春。"唉，这么美丽可爱的女子要在这样激烈的竞争环境中拼杀，实在有些不忍。她现在正是该享受自己青春和美丽的年龄。"燕妮心里惋惜地叹道。

看见了燕妮，秦琨兴奋地上前拉住燕妮的一只胳膊，前后摇晃着说："过了，过了。我的成绩都上 B 了。"兴奋和欣喜从她的眼睛里往外溢出，感染了燕妮。"看出来了，我为你高兴着呢。"燕妮笑着说。俩人手挽着手，一边聊一边往回家的路上走去。

回到家，秦琨还在兴头上。她跳上前去，搂住了王昊的脖子。"过了，过了。我的成绩过了。"秦琨兴奋地叫着。

王昊的表情冷冷的。他冲着秦琨兴奋的笑脸道："去做饭吧，中午了。"

秦琨的笑容僵住了，仿佛王昊吐出来的不是话语，而是一块块的冰，让她发冷、僵硬。她身上散发出的活力和热情，还有脸上的红晕瞬间熄灭了。她慢慢把胳膊从王昊脖子上拿下来，也冷冷地说："你就不能学着做点吗？"

"我从小就没学过，以后也不准备学了。"王昊还是冷冷的口吻。

"学一点，以后你自己不用吃方便面。"秦琨有点嘲讽地说道。

"有你在就行了。"

"现在家里没有保姆，我俩都该分担点家务。以后我恐怕会很忙。"

"上学可是你自己要去的，现在觉得忙不过来了？"

秦琨不想再说了，拿着锅和菜盆下楼做饭去了。她一边洗菜，一边心里委屈地流下了眼泪。秦琨不觉想起了他们第一次见面的情景。

羽毛球的赛场上正在激战，王昊是场上最吸引眼球的运动员，秦琨是场下的热烈观众。王昊代表着协和队正与北医队在激战。王昊在场上显得轻松娴熟、潇洒自如，就像表演一样。时不时，他还能玩出点小花样来，让人看得赏心悦目、眼花缭乱。本来是来给北医助威的观众也不得不被他的精湛球艺所折服，为他爆发出阵阵的喝彩声。只见一个高球过来了，王昊没有等着接球，而是转身跑到后场，背对着球网，从自己的胯下把球接过了网。"好！好！"又爆发出一阵喝彩。大家都觉得不可思议，他怎么能背着球网把球接过去的呢。他的对手有些目瞪口呆，一时有些手忙脚乱，让球掉在了地上。

在一旁观看的秦琨被这位高手的一举一动给迷住了。这太神奇了，这简直不是打球，是在玩球；球在他的拍子下是那么地随心所欲、玄妙离奇。她听见了旁边两个观众的对话。

"这好像就是王昊，前几年从我们北医毕业的，现在是协和的博士生。"一个说。

"是吗？还能把球打得这么出神入化，真不可思议。"另一个说。

秦琨没想到，这位高手竟然是个医学博士？这太让她意外了。她不禁对这位高手肃然起敬了。她突然萌生了向这位高手学习打球的想法。就这样，秦琨成了王昊的徒弟。

王昊的才华和传奇式的经历对秦琨产生了前所未有的吸引力。一种无法抵御的、强烈的崇拜感从秦琨的心中喷发而出、势不可当。她最后搞不清楚她对这位才子的感觉到底是一种崇拜呢，还是爱慕；也许两者都有吧。王昊的脸上虽缺少英气，但太多的成功和赞扬让他脸上具有某种特殊的气质。那是一种清高、淡然，甚至有些厌世的神情。秦琨虽然解释不清这种神情，但她喜欢，对她有一种特殊的魅力。

秦琨跟着爷爷奶奶生长的环境是一个简单的、没有多少复杂社会关系的环境，人与人的关系没有那么多的顾虑和猜忌。这让她形成了单纯、执着和没有太多虚掩、伪装、心机深重的个性。再加上她生性果敢和决断，她可以勇敢地、毫不犹豫地去追求自己喜欢和渴望的一切东西。

水从池子里漫了出来，秦琨赶紧关上了水龙头。她从回忆中清醒过来。现在王昊的情形是她在热恋中从来没有料想过的，让她如此地失望。环境的巨变让现在的王昊已经失去了以前的光环。他的那些让秦琨崇拜的知识和才华在这里没有了任何施展和体现的机会。在这里，他别说做有权威的医生，就是做普通医生的资格都没有。他的家庭在国内医学界的背景和地位，以及他本人的名声在这里已经不复存在。做完了博士后，他如果还想留在美国，大概都不知道该干什么。他身上还剩下什么呢？那种与生俱来的骄傲和优越感，以及那大少爷般的生活习惯，还有就是那不食人间烟火的低级情商。秦琨觉得，现在在她面前的王昊越来越无法让她忍受了。如果，他愿意随着环境的改变也能改变改变自己的话，也许情况还不至于太糟。秦琨感觉，现在不仅没有了王昊光环下的照耀，他还变成了自己一个巨大而沉重的包袱。她能背着这个包袱在这样严峻和残酷的环境中走多远呢？如果这是一个永远的包袱，她愿意背下去吗？她开始犹豫了。

饭端上了桌，俩人拿起碗筷开始吃饭。俩人都沉着脸，没有说话，各自想着自己的心事。其实，王昊是希望秦琨能够成为学生的，这样他也可以转为学生家属留下来。但是，这种由主转为附的身份转变让他有些心理不平衡。他现在反倒要成为秦琨的家属了，心里有些不是滋味，可他也没有更好的选择了。他不愿在秦琨面前表现出很高兴她成为学生、自己即将成为家属的现状。

第二个学期很快又开学了。秦琨正式成为生物化学系的一名博士研究生了，随之而来的是她学生身份的确立，以及每月1200美元奖学金的生活保障。这一步，她算是成功地跨出去了。她终于可以不靠任何人独立地生活在这里了。她开始进入实验室做例行的实验室轮转了。她将轮换三个不同教授的实验室，进行尝试，最后选择一个教授做自己的导师，并在他的实验室完成博士论文。

第一个实验室，她来到了系里一个很有名望的大教授的实验室。她有生以来第一次走进实验室。宽敞明亮的大实验室，中间是过道，左右两侧各有三排大实验台，每个实验台中间有一排三层的试剂架，上面摆满了大大小小的装有试剂的瓶子和盒子。试剂架的两侧就是做实验的台子，每个试剂架两侧的实验台可以容纳至少3个人做实验。在实验室的角落或靠墙的地方放着高低大小不齐的实验仪器或冰箱。这里给秦琨的第一感觉既神秘又可敬。那些伟大的科学原理就是在这种地方做出来的吗？太了不起了。

实验室里人很多，五六个博士后，三四个博士生，还有两个技术员。教授在旁边的办公室跟新来的秦琨简单谈了几句，然后就叫进来一个30多岁，穿着T恤衫和牛仔裤的白人男子。"这是约瑟夫，加州大学毕业的博士，在这里做博士后。你以后就跟着他吧。"教授介绍说。教授太忙，没有太多时间顾及她这个新来的学生，就让她跟着这个博士后做实验了。

约瑟夫带着秦琨熟悉实验室，教她如何使用各种仪器。秦琨像个小跟班似的，成天跟在他的屁股后面跑进跑出。每当碰到问题，秦琨总能在他那里得到帮助和答案。

秦琨的生活节奏又加快了。每天除了上课看书外，还要在实验室做半天实验，回到家已经很晚了。她不可能每天都回家给王昊做饭，只好烧上一锅鸡腿，煮好一锅饭，让王昊饿了就自己热热吃。每个周末，当秦琨做着这一锅锅的饭菜时，她都会想起小时候听过的一个故事：一个懒汉，什么都不会做，也不愿意动。每天都是他老婆做了饭喂他吃。有一天，他老婆要出一趟远门。老婆担心自己走了丈夫会饿死。于是，她就做了一个巨大的面饼子，套在了丈夫的脖子上。等过了几天，她回来的时候，发现丈夫还是饿死了。一看才知道，脖子周围一圈的饼子都吃掉了，可嘴巴够不着的地方他就不吃了，宁愿饿死。

　　"如果我不在，他是不是也宁愿饿死啊？"秦琨这样想着。她看了一眼坐在电视机前抽着烟，跷着二郎腿的王昊。他那多日未经修剪、有些蓬乱的头发耷拉在脑门上，眼镜后面无神的眼睛带着倦意，瘦削而显得有些苍白的脸上透着萎靡之气。烟雾在他的周围弥漫着。看着眼前的这个男人，秦琨很难相信这就是他以前崇拜过、爱过的那个男人，那个骄傲的、自信的王昊。她简直无法理解，为什么王昊是一个同时具有着两种极端品性的人：一方面是极具天赋，有着过人的天资和才能，而另一方面却又是生活和处世的低能儿。离开了他展示才华的空间，离开了他母亲和家庭在生活上的照顾，他就变得一无是处，连生存都有了问题。他不具备适应新环境、抵御逆境、艰苦创业的能力；或者说，生活从来没有教会过他。现在，展现在秦琨面前的是一个她从未认识过的、不通人情世故、没有生活能力、缺少奋进精神的王昊。她在心里问自己，"我还爱眼前这个男人吗？"她再也说不出"爱"这个字了。更重要的问题是，在这样充满竞争和艰辛的道路上，她还能驮着他走多远呢？

六 离 异

　　秦琨是一个果敢决断的女人，她没有一般女性的多愁善感、瞻前顾后和优柔寡断。一旦拿定主意，她就会毫不犹豫、义无反顾地去做她认为正确的事情。她甚至不需要跟任何人倾诉苦衷和商量对策。她以闪电和迅雷般的速度，迅速而果断地解决了她和王昊之间的问题。她不想考虑王昊会怎么想，也不想考虑别人会怎么看，更不想会不会遭到非议。

　　她悄无声息地在学校附近另租了一套公寓，把自己的一些重要物品和书本都放了进去。王昊对这一切毫无察觉。这个周六，秦琨还跟王昊一起去超市购买了不少食品，做了一顿非常丰盛的晚餐。吃完饭后，两人还像往常一样手挽着手在公寓边的道路旁散步。谁也看不出他们之间有什么不对和不一样。夜里，秦琨亲昵地拉着王昊的手，头靠在王昊的肩上，小声地说，"我们睡吧"。王昊觉得秦琨有点反常，不像这一段冷冰冰、毫无热情的态度，但也没多想。大概是这两天又高兴了，心情好吧，他这么想着。俩人上了床。半年多来由于功课和实验都很忙，秦琨几乎没有情绪和心情跟王昊亲热，就是有，也是匆匆了事。今晚的秦琨一反平时冷冰麻木的状态，像点燃的火一样，热情四溢。她双手搂住王昊，在他的胸前亲吻着。王昊可以嗅到她身体上散发出的淡淡体香，被她的热情点燃了。俩人紧紧地相拥在一起，沉浸和淹没在了激情的海洋中。

　　激情过去后，两人都静静地躺在床上，没有一丝的睡意。窗外的月光照了进来，照在了他们的床边。在月光下，王昊可以清晰地看见她面部和身体的轮廓，那高隆挺直的鼻梁、那丰满的嘴唇、那光洁的肌肤，都在月光下发出青白色的荧光。这样优美的轮廓、这样细致的线条，仿佛像白色的玉雕一样让人惊叹。王昊欣赏秦琨的美丽，也真正懂得欣赏这种美丽。此时此刻的秦琨看着多么地平静、多么地动人，又多么地冰冷如玉啊。她在想什么呢？谁也猜不透。

第二天早晨起来，俩人梳洗完，吃完早饭。秦琨冷静而严肃地对王昊说："我们能谈谈吗？"王昊觉得奇怪，这个时候谈什么？还这么严肃。

"我们分手吧。我们俩在一起不合适。"秦琨劈头就说，不想绕弯子。

"……什么分开？……"王昊没听懂，"……不合适？……"

"我们离婚吧。"秦琨眼睛看着地，冷静坚定地说。

王昊懵了，脑子"轰"一下炸了。他从来没有想过这个问题，有点不相信自己的耳朵。他不相信秦琨会跟他提出这样的事情，昨天晚上不是还好好的吗？

"你不是开玩笑的吧？"王昊吃惊地问。

"我没开玩笑。我是认真的。"秦琨脸上没有表情地说道。

王昊脸上的惊讶变成了惊惶。这太突然了，他完全没有思想准备，也没有时间让他细想。

"你……怎么从来没有说过？究竟为什么？"王昊还是一副难以置信的表情。

"没考虑好之前我不想说。"

"那……那你总该让我知道是为什么吧？"

"我想去奋斗，去追求，去争取我的理想。但是，我很累，很辛苦，我无法背着你去奋斗。我不适合你。你需要的是一个贤妻良母，一个能好好照顾你、心疼你的女人。而我，不是这样的女人。我不可能，也没有时间给你很好的照顾。"

王昊现在意识到了情况的严重性。他听出秦琨是认真的，并不是在说笑。他脑子很乱，有些惊慌失措，汗滴从他的鬓角渗了出来。他本能的反应就是要留住秦琨。

"你……你不要这么快做决定嘛，再好好考虑一下吧。你说的那些方面我会尽量改善的。"王昊几乎有些央求地说。

"唉，算了吧。"秦琨叹口气说，"何必去要求两个在一起不合适的人去努力改变自己呢？我想，你从小养成的很多德行和生活习惯是很难改变的。而我，也不可能不去追求我想要的东西。"

仔细想想，秦琨说的也不无道理，但王昊很难接受和面对这一切。他无法接受曾经是那样热烈追求过自己的秦琨现在竟然要跟他分手。

"你不要忘了，当初你是怎样来追求我的。我并没有强求你跟我结婚。"王昊痛苦地嚷道。

"你说的一点不错，我当初是很喜欢你，甚至崇拜你。直到现在，我也不得不说，我仍然崇拜你的才华。但是，我现在才明白，我们并不适合做夫妻。这一点我们在结婚时都没有意识到。"秦琨停顿了片刻，接着说，"既然现在意识到了就应该早结束，不然时间越长痛苦就会越深。"

王昊听不进这一切。他想象不出秦琨对他的照顾会有什么不合理、不公平的地方。这难道不是妻子应尽的义务吗？

"你别忘了，没有我，你是不可能来美国的。"王昊恨恨地说。

"是，我没忘。我很感谢你给了我这样的机会。但是，这改变不了我们不适合做夫妻的事实。我真心希望，今后我们做不成夫妻，还能做好朋友。"

王昊见秦琨去意已决，也有点无可奈何。他心里有一种撕心裂肺的疼痛，但他那颗骄傲的心让他在秦琨面前再无法说出央求和挽留的话语，可能也没有什么用，他心里已经预感到。屋内一片沉寂，两人都沉默了。这死一般的沉寂让王昊几乎透不过气来，他感到绝望，一种无可奈何花落去的绝望。过了好一阵。

"你……想怎么样呢？"王昊垂着头，终于挤出这样的话。

"我今天就搬出去，我已经租好了房子。"秦琨说，"你考虑几天吧。考虑好了我们去纽约的中国大使馆办离婚手续。"秦琨冷静地说。

王昊有些目瞪口呆，两眼盯着秦琨半天说不出话来。他没想到秦琨竟然如此冷酷和绝情，又这么有心机。她早就想好了，早就安排好了一切，可没有透露一个字，也没有表现出任何迹象。王昊觉得眼前这个女人有些可怕，有些太狠了，完全不是他以前了解的那个单纯、可爱的秦琨了。

"好吧。"王昊有气无力地吐出了这两个字。此时此刻他还能说什么呢？除了答应，他还能有别的选择吗？他的自尊和骄傲让他做不出跪地洒泪的挽留，他其实很想这样做，如果能挽回一切的话，他会不惜牺牲他的所有，包括自尊。当要失去时，他才猛然间感到她的珍贵，丢掉了恐怕再也找不回来了。在这异国的土地上，在这冷漠的世界里，他将会像一个无处可依、漂浮在天边的孤魂，找不到心灵的栖息地。

　　秦琨收拾了自己的一些衣物，走出了门。王昊听见她在身后的关门声，那声音猛击了一下他的心，仿佛宣告了他们婚姻的终结，也宣告了秦琨的永远离去。王昊一屁股跌坐在了沙发上，好像还没有从这个噩梦中醒过来。他的眼睛直勾勾地盯着沙发对面的墙壁，却什么也没在看，心中一片茫然。他怎么也无法从这突如其来的打击和震惊中理出头绪来，这一切到底怎么回事，为什么会发生，找不到答案。他就像一个突然被抛弃的孩子，站在高楼林立的街口，茫然地看着四周，找不到回家的路。

　　他很难形容此刻的心情，直觉得心里有一种巨大的疼痛让他透不过气来。他很想哭，可是没有眼泪。他不知道自己是伤心呢，还是愤恨？是难舍呢，还是弃绝？他心里乱极了，不知道自己该怎么办。他走进洗手间，打开水龙头，用手捧起一捧冷水往脸上浇去。他想让自己乱麻一样的脑袋清醒一下。过了一会儿，他觉得脑子清楚了一点，心情也平静了一些。他慢慢地回到了沙发上，开始思索，开始考虑对策。

　　秦琨是来探亲的，拿的是探亲签证。如果离婚，她在美国的身份就会不合法，她就必须离开美国，回中国去。"哦，不对，不对。"王昊想起，自从两个月前她被正式录取为研究生后，她的身份就不再是亲属，而是学生了。也就是说，离开了他，秦琨现在仍然可以合理合法地留在美国；而且比他自己现在的身份更为有利，没有限期，也不需要一年后必须回国。毕业后，她还可以在美国找工作。从经济和生活上看，成为研究生的秦琨每月有 1200 美元的奖学金，比他现有的 800 美元生活补贴高出快一倍。他终于明白了，离开了他，秦琨不仅不会有身份问题，也不会有生存问题，说不定还能生存得更好。他现在才发现，他与秦琨之间的位置早已悄然地发生了改变。秦琨早已不需要他提供的任何身份和经济上的保障了。倒是他自己，几个月后如果没有秦琨学生身份的关系，他就必须回国了。他现在才真正意识到，秦琨对于他来说，不仅仅是情感和生活上的需要；如果离婚，他的处境会非常不利。

他甚至想，是不是真该去央求一下秦琨不要离婚，至少不要现在离。他会努力改变自己，会比以前做得好一些的。可是，他好像可以这么想，却无法让自己做到。他与生俱来的优越感和自尊，以及他深入骨髓的骄傲，就像是他背上永不弯曲的铁脊钢椎，让他低不下头，也弯不下腰，哪怕是生死关头。"不，我是不会去求她的。她别以为现在她不需要我了就能怎么样。总有一天，我会让她后悔离开我。"他心里的声音在发狠。

此时此刻的他，一种痛恨在心里燃烧起来。他很不愿意相信，秦琨是利用他来到了美国，找到出路后又把他蹬了。可是，现在的情形是，无论秦琨是怎么想的，客观事实看起来就是这样。他想起公寓楼里的另外一个留学生——陈柯凡。他回了一趟上海，跟熟人介绍的一个女人结了婚。回美国时，就把夫人一起带了出来。这个夫人来了不到三个月，竟然就丢下他，自己跑到纽约去了。几天后，她写信回来要求离婚。"唉，这些女人啊，为了出国，什么都干得出来。"王昊心里叹道。

秦琨从家里搬出去后，她和王昊离婚的消息像爆炸式新闻一样立刻在中国留学生中传开了。大家都感到很突然、很意外；惊讶之余，也有些好奇，都想知道离婚的原因是什么。秦琨在学校里，甚至城市的整个华人圈里都被认为是少有的才貌双全的女子。大家对她有着一种特殊的关注和兴趣。总看见他们俩手挽着手，亲亲密密的，从来也没听见他们之间的吵闹，怎么会突然之间就离婚了呢？实在让人费解。人们做出了种种的猜测："听说是秦琨要离的。大概现在考上了研究生，有了身份，又有奖学金，瞧不上王昊了吧。真够势力的。""恐怕以前跟王昊结婚就是有目的的，就是奔着出国来的。""说不定又看上什么别的人了吧？"一时之间，说什么的都有。

20世纪80年代的中国人，包括出了国的人，对离婚这种事还是不容易接受，很难以一种平常的、泰然的心态去看待；总觉得有些离经叛道的感觉，想要找出谁是罪魁祸首、谁是红杏出墙。其实，有时并不见得真有什么罪人。

秦琨对周围的闲言碎语，甚至是诽谤毫不在意，置若罔闻。她有自己的认知和想法，不在乎别人怎么说，也不想跟任何人解释什么。人们愿意怎么想、怎么说，随他们去好了。婚姻是两个人的事，合不合适只有自己知道，跟别人没关系。她就像什么事都没发生一样，没有内疚，没有尴尬，也没有难堪。她自然而平静地对待着这一切，对待着她周围的每一个人。她总是坦然地迎视着人们射过来的好奇和质问的目光，没有任何躲闪和回避。

燕妮有些急切地找到了秦琨。秦琨一见燕妮急切而担忧的目光就知道她要问什么了。

"你是不是已经听说我要离婚了？"秦琨坦然地问。

"对啊。前两天我还看见你们俩手挽着手在外面走呢。你怎么突然就做出了这样的决定？以前也没听你提起过啊？"燕妮担忧地问，"你真的想好了吗？这可是人生大事，不要太草率了。"

"你放心吧。我知道自己在做什么。没有考虑好之前我是不会说出来的。"秦琨平静地说。

燕妮看着眼前的秦琨，感觉好像刚刚认识她一样，与以前会在她面前撒娇的秦琨判若两人。她以前怎么都不知道她有这么城府和果敢的一面呢。

"你确信你的决定没有错？"燕妮看着秦琨将信将疑地又问了一遍。

"确信！"秦琨坚定地答道。

"那我就没什么好劝的了。我只想知道，你当初真的爱过王昊吗？"

"是的。"她同样坦然地回答。

她们两人都沉默了，半晌没说话。也许，她们都在思考"爱"的问题。世界上真有永恒的爱吗？这是人类一直在探讨的问题。可能，这只是人们的一种理想罢了。其实，再伟大坚贞的爱也是会随时间和环境的改变而改变的，因为人是随着时间和环境的变化而变化的。这个世界的任何东西都在不断的变化之中，只是快慢而已，何况"爱情"这种看不见摸不着的思想情感呢？

"我当时很爱他，他的才华让我倾倒。他在我心目中的形象太完美了。"秦琨顿了一会儿，接着说，"后来，我发现我对他的爱很大一部分是崇拜。当真正生活在一起时，我才了解了他。"

"怎么样？你看错他了吗？"

"倒也不是。只是他与一般人不一样，有点畸形。"

"啊？你别吓我。"燕妮瞪大眼睛说。

"不是你想象的那种畸形。"秦琨说，"如果说在他的才华里他是个巨人的话，那在他的处世和生活能力里他就是一个侏儒。这也许与他的生活和成长环境有关。他从来不懂得生活的艰难与辛苦，一直就像一个婴儿一样需要母亲般无微不至的照顾。你说我是这样的'母亲'吗？能一辈子给他这样的照顾吗？"

燕妮沉默了。

"我有我自己的学业和事业需要去奋斗和拼搏，给不了他这样的照顾。我不合适他。他需要的是另外一种女人，一种温柔体贴、能干持家的女人。这种女人才能让他的才华和事业更加辉煌。我俩绑在一起，结果可想而知，只能是两败俱伤，谁也好不了。现在离婚是有些痛苦，但总比今后两人都搞得狼狈不堪时再离好吧？"秦琨说完叹了口气。

燕妮听着秦琨的话，觉得太理性了，有些缺少人情味。自始至终，秦琨没掉一滴眼泪，或出现一丝伤感，她怎么能如此平静？如果是她自己碰到这种事，不知道会有多伤痛。可仔细想想，秦琨说的也不无道理。也许她已经预见了未来，也就不为今日的分手而悲痛了。

人生中的很多事情究竟是取决于人的主观意志，还是客观因素？也许大多数人都认为是人的主观意志。其实，在强大的客观环境的影响下，人的主观意志是渺小的，是脆弱的，是难以抵御的。王昊和秦琨在中国的环境下，本来是一对最般配的金童玉女，最让人羡慕的郎才女貌的佳话。可是，来到了美国，以前固有的一切家庭、社会、经济的格局被打破；以前有价值、有光彩的东西不再有。每个人都必须从零开始。你在这里的成功与否不仅仅取决于你的智商，还取决于你的生存能力和抵御逆境的能力，而这些恰恰是王昊的致命弱点。以前优越的生活条件，没有坎坷的成功经历，现在都变成了他的劣势；也造就了他现在不完整，或者说，有缺陷的人格。他一方面是极度的自尊自傲，另一方面却是极端的脆弱和依赖。他注定是难以承受逆境所带来的不顺和坎坷。

燕妮虽然觉得秦琨这事做得有些绝情，但从心底里还是理解秦琨的。这半年多来，她看到了秦琨的艰辛与烦恼。也许只有这样，秦琨才能摆脱束缚和包袱，轻装上阵。她才能去追求她想要的东西。在这里，每个人压力都很大，特别是这几年新来的中国人，无论你是来留学，来移民或来打工，都不得不为自己的生存和更好的未来努力奋斗。谁也不可能有精力和能力担负起额外的负担。每个人都自顾不暇，还能伺候和养活得了谁呢？

"就没有别的办法了吗？"燕妮又问，"让他那大少爷的德行改一改嘛。"

"可能吗？他从小就这样长大的。"秦琨没好气地说。

"也许为了爱他可以改变呢？"

"我早就看透了，除非有强大的、无法抗拒的环境力量，不然是无法改变他从小形成的这种生活方式。"

"唉，算了算了，我也不想劝你了。"燕妮叹口气说，"只要你考虑清楚了，不是凭一时冲动做出的决定就好。"

"其实，"秦琨最后说，"我觉得他是个不错的人，有思想，有头脑，也有才华，但他只适合做朋友，不适合做丈夫。就是离了婚，只要他愿意，我仍可做他的好朋友。"

"但愿如此吧。"

俩人一路来到了生化系的实验大楼下。她们又聊了一阵修课和实验室的事就准备告别了。

"你们准备什么时候去办离婚手续？"燕妮临走时问。

"再过一两个星期吧。"

"现在你一个人了，多注意点吧。"

七 团 聚

与秦琨分手后，燕妮回到了家。燕妮现在已经不是一个人了，而是一个三口之家了。自从燕妮成为研究生，身份转成学生后，她就把丈夫和儿子以探亲的名义办到了美国。前几天，他们刚从以前的公寓楼搬出来，搬进了学校给有家庭的研究生提供的公寓。公寓是两居室的，比以前的公寓条件好多了，有自己的厨房和卫生间，有燃气，有冰箱，还有空调。搬进去一布置还真有了家的感觉，就是家具少了点，慢慢再添置吧。

燕妮进了门，看见丈夫正围着围裙做饭呢。她又看一眼在房间里的儿子，他正在玩着刚给他买回来的玩具车。这种家庭的气氛让她感觉暖洋洋的，她喜欢这种感觉，以前的那种孤独和寂寞感已离她远去了。看着忙里忙外的丈夫，她不禁想起了去机场接丈夫和儿子的情景。

他们的飞机在底特律换了一次机，到达波士顿的劳根（Logan）机场时，已经延误了一个多小时。燕妮与其他接机的人都在出口焦急地等待着。远远的，燕妮看见一个中等个子、穿着深蓝色廉价西装的亚裔男子走了出来，推着两个硕大无比的黑色旅行箱，身边还跟着一个四五岁的小男孩。大概是旅途的奔波和劳累，他们的头发都有些零乱，背上的衣服都起了皱褶，脸上带有疲惫和困倦之色。燕妮一眼就认出了他们，那就是丈夫付宁和儿子霄霄。这一刻，她所有的思念和等待都化为了激动和喜悦的泪水。她抱起了儿子，在儿子的小脸蛋上拼命地亲吻，直到儿子说，"妈妈，你把我弄疼了"。付宁也有些激动，温柔地看着妻子，一时之间不知该说什么，只是一只手紧紧地握着妻子的手。一家人终于在美国团聚了，这是燕妮盼望已久的事，今天总算实现了。燕妮抱着儿子，依偎着丈夫，走出了接待大厅。她看着这蔚蓝的天空、这高大的候机楼，看着这宽阔而奔忙的道路，轻轻地舒了一口气。她温暖的小家现在已经着陆在了美国的土地上了。

付宁早已做好了饭，只等燕妮回来就开饭了。他把饭菜一个个端上了桌子，把饭盛在了三个饭碗里。"霄霄，出来吃饭了。"他一边盛饭，一边叫着儿子。付宁看起来虽不健壮，但还匀称，1.78 米的个头。他的脸型比较瘦削，鼻头和下巴都有些尖；眼睛里总流露出温和而略带腼腆的神情，给人一种谦和朴实的感觉。他平时话不多，脸上总带着微笑，很少对别人的话提出异议，心里却很有数。

自从丈夫来了以后，燕妮又重新体验到了家庭的温暖和丈夫的关爱，那久违的满足和惬意之感又回到了她身上。但是，让她有些不满的是，尽管付宁一如既往地担起了家里的家务，可总是回避外面的事物。一遇到外面的事，他就让燕妮去处理，好像有些害怕面对外面陌生的一切。其实，来到一个完全陌生的环境，听着完全陌生的语言，谁都会有些发怵；而付宁生性内向和腼腆，就显得更加突出一些。每次在外面碰到有人跟他说英语，他都会憋得面红耳赤，脑袋懵懵的，完全不知道别人说了什么。

"你复习得怎么样了？什么时候可以去考 TOLF（托福）和 GRE？你得争取明年秋季入学。冬季肯定是赶不上了，现在都快年底了。"燕妮一边吃饭，一边问旁边的付宁。

"正在复习啦，下个月我就准备去报名考试。哎，对了，申请学校的材料你帮我拿一下吧。"付宁轻声回答道。

"你怎么来了都三个月了还什么都要我帮你弄？"燕妮不耐烦地说。

"我不知道去哪里拿嘛。"

"我告诉你，到学校行政楼二楼研究生办公室，或者去 ISO（留学生办公室）去拿。"

"你每天都去学校，帮我带一份回来就行了。"付宁低头小声说。

"不行。没有我你还能在家待一辈子？自己去！"燕妮没好气地说。

付宁不说话了。

"还有，搬过来以后，家里电话一直还没接通。你打个电话去学校管理处，让他们开通。"

"我打吗？你打一下不就完了。"付宁几乎央求地说。

"你不能什么都靠我。你得去打。"燕妮厉声道。

付宁听着这话，觉得有些不舒服。他觉得燕妮怎么变得凶巴巴的，是不是来了美国都会变成这样啊？

燕妮有意想逼着付宁走出去。不然，依付宁被动、腼腆的性子，需要更长的时间才能熟悉和适应这里。

下午，付宁来到了离家不远的公用电话亭。他犹豫了半天才慢慢拿起了电话筒，按照纸条上的电话号码拨出去了。对方的铃响了，他紧张得脸又红了起来，心里琢磨着该怎么用英语说。

"Hello（喂）。"一个男人的声音接了电话。

"Hi…，"付宁的心怦怦跳，舌头也有些僵硬了，"I…want to have telephone（我想要有电话）。"付宁红着脸用生硬的英语蹦出了这几个字，幸亏在电话上看不见他的红脸。

"What（什么）？"对方显然没听懂。

"哦……，My… home need telephone（我家需要电话）。"付宁额头上渗出了汗滴。

"We don't sell phone. We can only open your phone line。（我们不卖电话。我们只能开通你的电话线。）"对方说。

"Yes, Yes, open… phone line.（对，对，开通电话。）"付宁赶紧接上说。

"Your address？（你的地址）"

"University Village 3－202（大学村 3－202）。"付宁照着纸条上念了出来。

"OK！"

付宁挂上了电话，长舒一口气，头上渗出一层细细的汗珠。他像是度过了一道难关似的，有点如释重负的感觉。总算搞定一件事情，好像也没有这么难嘛。他在心里对自己说。

随后，付宁又来到了学校行政楼。他上了二楼，找到了研究生办公室。他在门口站了一会儿，没敢进去。棕色头发的女秘书看见有人在门口探头探脑，就询问道："Can I help you？（我能帮助你什么吗？）"付宁立刻涨红了脸，慢慢走进来。

"嗯……，I want to apply gradual student（我要申请研究生）。"他带着僵化的笑容小声地说。

"You mean you need an application form?（你是想要申请表对吗）"女秘书和蔼可亲地对他说，并给了他一份研究生申请表，她补充说，"You have to send us the application before next May, if you want to get in next fall semester（如果你想下个秋季入学，你必须5月之前交申请）。"

"OK, OK…，thank you（好，谢谢）。"付宁一边谢谢，一边从女秘书手中接过了申请表。

付宁拿着申请表走出了行政大楼，心里有一种胜利者的感觉，好像一切变得容易起来，并没有他想象得那样可怕。他好像度过了来美国后的第一道心理障碍。他发现，即便自己说不太好，也不太影响交流，也照样可以把事情办了。他显得自如起来。

燕妮看见了付宁的变化，心里暗自高兴。她了解付宁。她早就看好付宁这一点，可塑性强、肯吃苦。只要你逼他一下，给他点压力，再难的事情他也能做，还能做得不错。

燕妮和付宁是大学时代的同班同学。当时在河南医学院的医疗系里，燕妮可是个知名人士，学校的老师和同学没有不知道她的。她虽没有出众的容貌，但活泼外向的性格和非凡的组织才能让她成为学校上上下下无人不知、无人不晓的人物。她承担着学校学生会主席的职务，学校里大大小小的社会和文体活动都是由她组织和安排的。除此之外，她的文笔也是当时学校首屈一指的。她的现代诗和散文常常在学校的专栏和报刊上发表。这些诗文散发着清新、活泼的气息，给人一种真诚、美好、热情向上的感觉。她被誉为医疗系的女诗人。

大学期间，有不少男生追求过燕妮，还有人偷偷给她塞过纸条。她仿佛都不太中意。最后快毕业时，她却挑中了班上从农村来的付宁。大家都觉得很意外，不明白她怎么会看上这个土里土气的农村小子的。其实，燕妮自己也不太明白为什么。她只是觉得，比较起来付宁是最好的。付宁虽然性格内向，不太多话，但人很勤勉好学，各科成绩都名列前茅。最让燕妮看重的是他干事踏踏实实、兢兢业业的劲头和风格，让人觉得可信赖，靠得住。

当时，付宁根本没敢奢望得到燕妮的青睐，若不是燕妮主动来找他，他是绝不敢相信燕妮能看上自己的。他就像灰姑娘一样，有些受宠若惊，把燕妮视为珍宝，感激上苍给了他一个美好姻缘。

结婚后，他们的生活是美满的、舒心的。付宁对燕妮是百依百顺，承担起了家里几乎所有的家务。有了儿子后，付宁更是有了感恩之情。他的欣喜和爱是深沉的、发自心底的。他愿意为这个家、为老婆和儿子付出他的一切。这样的付出从来都是全心全意的、无怨无悔的。他把老婆和孩子捧在手心里，小心翼翼地呵护着、疼爱着。燕妮早已习惯了这样的家庭温暖和丈夫的关怀。

霄霄来到美国后，一直没太出去，都是在家里付宁陪着玩，只有他们一起出去买菜时，带他出去看看。现在霄霄很快要 6 岁了，该上学前班了。霄霄长得比较像付宁，个子矮小，性格内向，不太爱说话。燕妮总是担心他出去受欺负，最担心的是怕他走丢了。在这大千世界里，大人都有可能弄丢了，别说一个孩子。

霄霄准备去上学之前，燕妮拼命在家用英文教他，"My name is Fu Xiao.（我的名字是付霄）""My father is Fu ning.（我父亲是付宁）""My mother is Jiang Yanni（我母亲是蒋燕妮）""My home phone number is 617 – 534 – 6605（我家的电话号码是 617 – 534 – 6605）"。燕妮觉得，万一儿子丢了，凭着这些他大概就能找到家。

霄霄第一天去学校时，燕妮亲自把他送上了黄色的大校车。一个上午燕妮都有些心神不宁，直到中午儿子回来，她才算放下了心。她把儿子拉到自己面前，蹲下身子看着他。

"学校好吗？"她看着儿子的脸问。

儿子点点头。

"老师说的听得懂吗？"

儿子摇摇头。

她拍拍儿子的头说："慢慢就懂了。把书包放下，下去玩吧。"

儿子高兴地跑出了门。

八　结束过去

　　两星期很快就过去了。秦琨想给王昊打电话，催他去办离婚手续，可拿起电话又有点犹豫了。这样是不是逼得太紧了，再等等吧，让大家都多点考虑的时间吧。秦琨这样想着，就放下了电话。

　　王昊没接到秦琨的电话，心里暗自高兴，以为秦琨后悔了，大概不想离了。这两个星期他很煎熬，只要一想到秦琨要永远地离开他了，就觉得伤心和恐惧。他无法想象没有秦琨的日子他该怎么过。这不仅仅是生活上的，他现在才发现自己是多么地爱秦琨。以前在秦琨的热情和崇拜下，他觉得一切都是那么容易和轻松，他理所当然地拥有这份爱，从来也不觉得有任何不安全和危机感。他的自信让他觉得永远不会失去这份爱，也从来没有觉得需要珍惜和小心呵护这份爱。现在，这份爱即将逝去，他才猛然惊醒，才意识到他将要失去的是天底下最珍奇的宝贝。

　　这些天，他只要一想起秦琨那俊美动人的面容、那优雅而散发着活力的风姿、那进取向上的神采，他的心就在抽搐，就在隐隐作痛。不，他不能没有秦琨，失去秦琨是他付不起的代价。如果没有了秦琨，他的生命就会变得没有了意义。可是，他该怎样才能留住秦琨呢？没有答案。

　　该来的终究还是会来，又过了一个星期，王昊最后还是接到了秦琨的电话。

　　"下个星期三我没课，我们能去大使馆把手续办了吗？"秦琨在电话里问。

　　王昊虽然有一定的思想准备，但事情真的来了还是让他很难承受。他的心在抽搐，嗓子眼也觉得哽咽，但他说不出央求的话。

　　"哦，好吧。"他从喉咙里生硬地挤出了这两个字。

星期三，两人坐上了去纽约的火车。每天都有好几趟火车往返波士顿和纽约之间，比坐飞机更方便。火车上，两人面对面地坐着，感觉很尴尬，不知道该说什么。王昊此时摆出一副从容自若、无所谓的样子。他骄傲了半辈子，此时也不能丢掉了面子和自尊。秦琨这时倒是显得有些忧郁。王昊做出挺坦然的神态开了口。

"你这几天怎么样？还好吧？"他问道。

"还好吧。"秦琨显得有点尴尬地答道。

几个星期以来，一直果敢坚定的秦琨现在心里好像产生了几分矛盾和犹豫，也许是接近离婚现实前的疼痛吧。她开始第一次问自己，"真的要离吗？真的应该离吗？"她抬起头，用有些忧郁的目光看着眼前这个男人。这是一个曾经让她多么崇拜、多么爱慕的男人。她真的要离开他了吗？此时此刻王昊镇定自若的神情仿佛又让她感觉到了以前那个让她倾倒、让她魂牵梦绕的、自信和睿智的王昊。她想起了以前与王昊度过的那些愉快的日子，想起了王昊在精英环绕中侃侃而谈的神采，想起了王昊挥舞球拍、潇洒矫健的英姿，仿佛那奇异的光环此时又回到了王昊身上。

"你这几天自己住得还好？"王昊又开始询问。

"你……说什么？"秦琨愣了一下问，好像还没回过神来。

王昊嘴角上出现了隐约的微笑。他察觉出了秦琨内心深处的微妙变化和挣扎。他相信，他在秦琨心中的魅力并没有消失殆尽。他也相信，一切都还有希望，还有挽回的可能。他仿佛恢复了以往的自信和骄傲，以一种他往常特有的自如而淡然的口吻说了起来。

"我是问你这几天怎么样，睡得好不好。"他说。

"哦，还可以吧。"秦琨慢慢答道，低下了眼帘，想避开王昊询问和探察的目光。秦琨心里不得不承认，这几个星期她常常失眠，常常看书时走神。她脑海里也常常不由自主地浮现出与王昊一起度过的那些时光的画面，就像打开了开关的电视一样不受她大脑控制地一幅幅不断上演，让她思绪纷扰，无法集中神智。

"你今后有什么打算？"王昊继续问。

"读书，拿学位呗，还能有什么别的打算。"秦琨答道。

"听说，由于'六·四'的原因，美国要给 1991 年 2 月以前来美的中国人发放绿卡。如果这是真的，那我们俩都应该符合条件。"

"哦，是吗？"秦琨很惊讶。这在当时美国移民形势这么紧张的情况下无疑是天上掉馅饼的事。

"我也就不必非回中国去了。"王昊口气有几分兴奋。

"不回中国，你准备干什么呢？你天生就是该研究医学的，不做医生可惜了。"

"我想试试考美国的医生资格考试。"

"可能不容易吧。我们都没在这儿上过医学院，很多要求怕都不知道吧。"秦琨用怀疑的眼光看着王昊，有些难以置信。

"美国医学生毕业后，必须通过全美统一的医生资格考试才能做医生。美国对医生的要求很严格，不像在中国，并不是所有毕业的医学生都能做医生的。我虽然没在这儿读过医学院，但我可以自己补习补习；只要我能考过医生资格，说明我与他们有同样水平啊。我应该就可以在这里做医生了。"王昊兴致勃勃地谈论着，眼里露出了少有的兴奋。他仿佛又有了奋斗目标，又有了可以施展他非凡才华和能力的舞台。那种来美后不久就一直笼罩着他的压抑和萎靡之气这时好像一扫而光、荡然无存了。

秦琨看着王昊充满兴奋和踌躇满志的脸，她的崇拜好像又油然而生了。考美国医生？这听起来有点不可思议。这在当时 20 世纪 80 年代去美国的中国人中，几乎没人敢妄想。大家想的都是怎么能留下来，怎么能混口饭吃，做医生这种高薪酬、高待遇、在美国备受人尊重的高级职业，谁敢高攀呢？也要能攀得上不是吗？就是在美国人中，也只有那些大学毕业后能考上医学院，最后又能通过医生资格考试的高智商人群才能当上医生。这对当时的中国人来说，身份还没着落，英语又结结巴巴，这难道不是妄想吗？这不仅需要坚实的医学基础，还需要有很好的医学专业英语水平。就是美国人，也需要修炼多年，有相当的实力，才敢去闯这道难关。可是，王昊就敢想，也敢挑战。对于他来说，真正的挑战是身份和语言，而不是医学。他也算是中国人中的勇敢者，也是佼佼者了。

但是，凭着秦琨对王昊的了解，她相信王昊有这个智慧和能力。他不只是说说大话，吹吹牛而已。他恐怕是真正有能力挑战这种关口的人。

"有这种考试？"秦琨又问。

"当然！"王昊很自信地答道。

"不是美国医学院毕业的人，考过了这种考试也能在美国当医生？"秦琨又问，还是有些怀疑。

"对啊。"王昊很肯定地答道，"以前没有身份，考过了也白搭，留不下来。现在只要有了美国身份，考过了就能在这里做医生了。"他大概已经探听清楚了。

秦琨陷入了沉思。她知道，如果王昊真能通过这种考试，能当上美国医生，他就能改变他现在的现状了。他就能彻底地翻身了。秦琨真心诚意地在心里希望王昊能成功。尽管秦琨已决定要与王昊分手了，但她心里对王昊没有恨，也没有怨，有的却是一丝丝的歉意，毕竟是她要分手终止婚约的。她希望他好，希望他能一切如愿。

"那……就预祝你成功吧。"秦琨最后说。

纽约很快就到了。两人来到了驻纽约的中国使馆。手续竟然如此简单，这让秦琨感到有些意外。当使馆人员让她在离婚协议上签字时，她一时之间感到了茫然，不期的伤感在撞击着她的心，眼泪也不由自主地涌了出来。她不是一个无情的维利小人，事情发展到今天离婚这一步，也是她情非得已、情势所迫。她想尽力控制住自己的情绪，但无济于事。她感到自己的嗓子眼在哽咽，听到了自己发出的抽泣声。她索性趴在前面的写字台上呜咽起来。这是她提出离婚以来第一次，也是最后一次地为离婚哭泣。哭的如此恸情、如此忘我，好像一下子把这段时间积压在心底的伤感、抑郁和痛苦都倾泻了出来。她是为即将要离开曾经爱过的男人而伤心呢，还是为即将要告别自己的第一次婚姻而悲痛呢？她说不清楚，也许都有吧。

坐在旁边的王昊倒显得比较平静，看不出有太多的伤悲。他有些吃惊和不解地看着秦琨因抽泣而不断抖动的双肩。他很想上前去搂住她，轻轻地抚摸她的秀发，安慰她几句，但现在的境况好像不允许他这样做，他们毕竟是来离婚的。

坐在写字台对面的使馆人员看到如此情景，也有些吃惊。他点了点王昊的肩膀，头往门口偏了一下，示意王昊到门外去。两人一起出来，进了隔壁的房间。

"你没欺负她吧?"使馆人员严肃地问王昊。

"没有啊!"王昊惊异地答道。

"是你逼她离婚?"

"怎么可能! 是她要离的好不好。不信你去问她好了。"

"那她为什么这样?"那人摸着下巴奇怪地问。

"我也不知道啊。"王昊也一脸不解地说。

两人又回到了那个房间，在写字台旁坐了下来。这时的秦琨已经平静了下来，止住了眼泪。

"不然，你们再回去考虑考虑吧，等考虑好了再来办手续也不迟。"那人对秦琨说。

秦琨擦干了眼泪，没有说话，慢慢拿起了笔，在离婚协议书上签上了自己的名字。

秦琨和王昊一起走出了使馆，准备去赶当天的火车回波士顿。坐上了火车，俩人一路很少说话，气氛比来时除了压抑外还多了几分伤感。他们之间的关系好像发生了微妙的变化。他们好像都意识到他们之间有了质的变化，已经不再是夫妻了。那是什么呢? 是仇人，是路人，还是熟人? 还可以是朋友吗? 两人都不知道，但有一点他们是清楚的，他们不可能是仇人。

"你后悔吗?"王昊忍不住问，想起了刚才她痛哭的情景。

秦琨没有说话。她两眼望着车窗外不断往后移动的树木和楼房，沉默了半响。

"不，我不后悔。"秦琨慢慢地、小声地，但坚定地回答道。

王昊原本想说，"你如果后悔的话，我们可以去复婚，可以重新开始"。可秦琨的回答让他什么也说不出来了。

九　夺妻风波

回到波士顿后，王昊和秦琨两人都各自投入自己紧张而忙碌的生活中去了。同在一个学校内，两人很少再联系，也很少有碰面的机会。

秦琨把自己搞得无比的忙碌，睁开眼睛就开始上课、复习、做实验，直到过了午夜，然后倒头就睡。她很少有时间坐下来静一静，也不想坐下来静一静，以免想起些什么。她不允许自己显露出任何离婚后的失落或狼狈。但是，尽管她表现出无所谓的神态，人前也露出美丽的笑容；一种伤感，一种仿佛失恋才会有的透彻心扉的伤感会不由自主地、偷偷地袭上她的心头。她不明白为什么自己会突然喜欢起巧克力来了，买来了大堆的巧克力，有大块的，也有小粒的。时不时地，她会往嘴里放上这么一块巧克力。她好像觉得，当她嘴里嚼着巧克力时，心里那种莫名的疼痛就会被巧克力香甜丝滑的愉悦感所代替。她不愿意跟任何人谈起她的感受，哪怕是最知心的燕妮。

离了婚的秦琨就像一朵重新又回到园中的玫瑰一样招来了众多为之倾慕的"蜜蜂"。有时也因她特有的浓郁芳香，让一些"蜜蜂"望而却步。来留学的中国学生中，单身女子很少，漂亮的单身女子就更少。这些单身女子就像是稀有而珍奇的物种一样被那些单身男士们关注和追逐着，而这些单身女子也好像感觉到了自己在这里的稀有价值，一个个都骄傲得像公主一样。尽管秦琨是离了婚的，但在这个开放和自由的国度里，这一点并没有让她比其他单身女子逊色，反而让许多男士觉得她多了几分成熟的风韵和美丽。秦琨在学校里本来就小有名气，都知道她是个才貌超群的女子。秦琨的离婚让这些男人们震惊的同时，又感觉几分莫名的兴奋和心动，仿佛他们都有了采摘这朵玫瑰的机会和可能性了。已婚的男人们只敢心里这么想想，而那些未婚的男人们个个都开始心里活动起来，有些跃跃欲试。但是，他们仿佛又不太敢靠近。秦琨的美丽和聪明、强势和果敢形成了一种无形的距离感，就像玫瑰枝干上带有棱角的细刺一样，让他们不敢轻易靠近。

一个去年被生物系招进来的中国博士生，据说相当厉害，托福和 GRE 都考得很高，拿到了生物系的全额奖学金。而且，在修学校一些最难啃的课程中，其他学生都纷纷败下阵来，他却能顺利闯关。系上的教授们都认为他是一名少有的优秀生，他自己也有那么几分自鸣得意。一天，他装着闲聊的样子跟燕妮聊天。

"秦琨让我跟她打羽毛球呢。"他带有几分得意，又有几分羞涩地说，并下意识地顺手整理了一下他扎在裤子里的衬衫，把皮带上面的衬衫拉拉平。

"哦，是吗？"燕妮装着惊奇地说。

"哎，你说她怎么想起跟我打球呢？"他又说。燕妮知道他的言下之意是说，"她是不是对我有意思啊？"

"打打球嘛，有什么不可以。怎么样？你们谁打赢了？"燕妮说。

"我哪儿是她的对手。"

"没打赢啊，哈哈，那你完了。"燕妮笑着说。

燕妮心里明白，他一定是多想了，现在的秦琨刚离过婚，大概还不会考虑这些问题。再说，像他这样的人秦琨肯定是看不中的。虽然他很会读书，但除了读书外，他几乎什么都不懂，什么也不感兴趣。秦琨是不会喜欢这种无趣又无味的男人的。燕妮看着他眼镜片后面的眯缝眼，想起了曾经与秦琨聊天时对他的一番评价。

"他怎么什么都去问别人，无论是学习上的还是生活上的，而且同一个问题要问好几个人，最后选择一个他可以用的。他自己没脑子吗？完全不能分析和判断事物吗？如果是我，真不好意思这样到处去问别人问题。"秦琨不屑地说。

"这才是真正的不耻下问嘛，哈哈。"燕妮笑着说。

"真的，还真是不顾颜面地去到处问。"

"所以人家能集百家之长啊。哈哈……"

想起这一段，燕妮不禁又有些想笑。

不久，秦琨的桃色新闻就在中国留学生中传开了。中国人天生喜欢八卦，就是到了美国，这种嗜好也仍然保留着。无论圈子大小，总是有些奇奇怪怪的八卦新闻流传着。中国人总是过度关心别人的事情，甚至胜过关心自己。特别像秦琨这样引人注目的女子，那就更不能放过了。前一段传出她与王昊离婚的爆炸新闻，惊讶之余，所有关注的目光明里暗里、无时无刻不在她的身上打转，人们急于发现和探究点什么端倪出来。不出几天，另一个重大新闻又出来了，传说她正在与他们实验室的美国博士后相好。大概是有人看见她经常与那位博士后在一起，就做出了这样大胆的猜想和推测。人们越想越觉得有道理，因为当时去美国的中国女孩，无论是因为语言、身份，还是白人的地位，都想嫁一个美国人。一定是看中了约瑟夫，想嫁给美国人了呗，才要跟王昊离婚的。人们想方设法要给她的离婚找到一个合理的线索和解释。

秦琨觉得这种谣传很荒唐。约瑟夫带她熟悉实验室，自然接触多一些。她可从来没往这方面想过，怎么会跟她的离婚扯上关系呢？太可笑了。这个时候，秦琨才开始注意起约瑟夫来。

约瑟夫，一个30出头的成熟白人男子，一米八几的个子；穿着比较随便，总是上身T恤衫，下身牛仔裤。他的头发是黑颜色的，在白人中比较少，给他添上了几分东方色彩，大概有点意大利或阿拉伯的血统吧。他看起来肌肉发达、动作矫健，T恤衫的袖子总是挽在胳膊上，目光炯炯有神，给人一种运动员的感觉。遗憾的是，他过早地秃了顶，头顶巴掌大的一块已经没有了头发，只剩下耳朵上面的一圈有点带卷的黑发，一直奔拉到脖颈。看起来有点怪怪的。秦琨在心里问自己："我喜欢这个男人吗？"她找不到答案。

可是，人们仿佛比较钟爱这种解释，把所有的目光都投向了约瑟夫。只要约瑟夫与秦琨在一起，无论是谈实验还是谈修课，总会有警觉的目光从周围射过来，好像是在警防伺机偷越国界的企图者一样；就是在实验室里，这种警觉的目光也会从角落里射出。这些目光仿佛是要监视偷窃，又仿佛是要捍卫道义，有时还会伴随着窃窃私语，"勾引别人老婆，破坏别人家庭，还挺坦然、挺心安理得""想找美国人，就一脚把自己丈夫蹬了"……

有一次，系开Party（聚会）。系里大会议室的桌上摆满了各种小吃和饮料，大家都一边喝着饮料，吃着小吃，一边在聊天。秦琨找了一个位子坐了下来，拉开了一罐可乐，喝了一口；又拿起一片粘满红色粉末、带有辣味的玉米脆片放进嘴里。她喜欢这种味，有点像中国的麻辣小吃。正吃着，她听见旁边坐着的一个中国博士生和他太太正用中文与另外一个台湾来的博士后在聊天。那个太太用手拍着自己丈夫有点秃的前额说，"我就是喜欢这秃头"。说着，她站了起来，走到秃老公的身后，从身后双手抱住了秃头。她接着说，"你看，这油光锃亮的秃头显得多有学问、多有魅力啊，哈哈……"她一边笑，一边用纸巾擦着那秃头上渗出的油脂。旁边凡是听得懂中文的人都跟着笑了。秃老公没说话，只是笑眯眯地往嘴里塞着土豆片。其实，大家也都听得出来，她这话是说给秦琨听的，不觉都用眼睛瞟了一下坐在旁边的秦琨。

秦琨没说话，也没有笑。她明白那女人的意思。她不想理他们，只是心里有一种伤感和无奈。她原以为，到了美国，人们的思想不会那么保守和僵化，不会太关注别人的私事。现在才知道，只要有人的地方，都逃不出"人言可畏"的魔咒。

形势弄得越来越严重了，闹得整个学校都沸沸扬扬，不只是中国人，连许多美国人都知道了。一时之间，好像所有人都在好奇和关注着她和那个蒙受不白之冤的约瑟夫，可是谁也不当她的面说什么。她就是想解释她的离婚与任何人无关，可又向谁去解释呢？说不定还让人觉得此地无银三百两呢。她只好闭口沉默。秦琨感觉周围人射向她的目光像一根根芒刺扎在身上，难受之极。她好像被一个隐形的质疑、指责和咒骂的网所包围，出不去，也捅不破。一种可怕的无奈和无助感让她感觉窒息。她在想，这要是在中国，会不会也像前几年"文革"一样，把她揪出去当破鞋似的批斗啊？

约瑟夫也渐渐地感觉到了舆论的压力。一个中国女子为了他跟丈夫离婚的谣传也传到了系里教授和研究生们的耳朵里。关系较近的人好奇地跑来问他，"这是真的吗？老兄，没想到你还有这么大魅力哪！"约瑟夫觉得有些莫名其妙，可又有口难辩，"我只是带她熟悉一下实验室好吧。她离婚跟我没关系"。

有一次，他正在生物楼一层大厅跟一个教授说话。迎面走过来一个中国学生。这中国学生推开玻璃门，一见是他，竟然转身就走，一脸不屑的表情。

由于距离比较近，他和那位教授都愣了一下，不知为什么那个学生竟然会反感到连从他们身边路过都不愿意。约瑟夫立刻联想到了秦琨的事，他仿佛觉得整个学校的中国人都在憎恨和咒骂他。

美国人在男女情爱方面没有那么多保守和陈旧的观念。管他是异国异种、同性异性，还是老夫少妇或老妇少夫，只要两情相悦，谁去管呢？特别是婚前，就算你有一百个情侣或性侣，他们是老、是少、是男、是女都没人关心，那是你的自由。在这一范畴，仿佛没有任何道德标准的限制。但是，一旦结了婚，婚姻和家庭就被一道并不坚固的道德屏障保护了起来。如果有人非要冲破这道屏障，多少还是会受到一些指责和非议。约瑟夫觉得有些冤枉，无论"夺妻"之嫌是真是假，反正这个"夺妻"的罪名他是背上了。而学校里的几百名中国留学生仿佛也都有了"夺妻"之恨。

"夺妻"事件之所以闹得这么沸沸扬扬，一方面是王昊和秦琨在中国人中的名气，另一方面是这在当时已经不是个例。来到这里的中国女人，无论单身还是已婚，只要有机会，都想嫁给美国人，至少也是有美国身份的亚裔人。有一化学系招来的女生，刚来没几天，还没正经上几天课，就要嫁给在学校当副教授的亚裔美国人了。后来，她干脆连课都不上了，在家当起了太太。她好像就不是来上学的，而是来找美国人把自己嫁出去的。这类的事情让许多中国人，特别是中国的男人，为之不平、愤怒不已。可他们又能怎样呢？这些客观现实是不以人们的意志为转移的。

这些女人真就这么喜欢美国男人吗？恐怕并不尽然，大多是想利用婚姻来改变自己的现状和命运而已。一个女人，背井离乡来到这里，举目无亲，一切要靠自己在这残酷竞争的环境中生存，太不容易了。有时就算有丈夫的陪伴，也不觉得能增加多少安全感。身边的这个男人跟自己的境况一样，不能依，也不能靠，可能还需要自己的支撑。如果嫁一个美国人，情况就完全不一样了。首先身份问题就不用操心了，再也不用劳心劳力地去拼命争取了，一切顺理成章。另外，有了丈夫在美国的社会根基，在这里就有了依靠和保障，不再是孤单力薄了。还有，有了一个白人丈夫，要融入这个白人至上的社会可能就会容易多了。如果，丈夫再有点能耐，还会对你的事业和工作有所支持和帮助。而来到这里的中国男人能给你什么呢？什么也没有。他需要的是你跟他一起相互搀扶着，共同为有个立足之地而拼搏。很多女人会想想这到底值不值，如果有轻松的捷径，为什么要走艰辛的远道呢？男人们总说这些女人太势利，可她们也许也有可以被理解的理由。这时的婚姻已不全是爱情的需要，而是生存的需要了。这种婚姻可以让她们从社会的最底层一跃成为社会的中层，甚至高层。在任何一个社会里，婚姻都是建立在某种社会关系和某种价值观的基础之上的。来到这里，以前中国的一切都不复存在，无论它是好的，还是坏的；是有利的，还是不利的；是高级的，还是低级的。到了这里，一切都将重新衡量它的价值。在这样一个完全不同的国度里，在一个以前的一切不复存在的状况下，婚姻和婚姻观的改变还有什么奇怪的呢？男人们愤愤然，称这种改变为"夺妻"；女人们妒妒然，称这种改变为"弃夫"。其实，"夺妻"也好，"弃夫"也好，总是因为有这种环境和条件，有这种需求，才会频繁发生的。

约瑟夫一脸沮丧地离开了生物楼，回到了自己的实验室。他想了想，觉得还是应该跟导师谈谈现在课题中碰到的棘手问题。他来到了导师的办公室。

"嗨，约瑟夫，最近实验进展怎么样？"霍布森教授问。

"我已经把 K 基因克隆了，现在就是表达有问题。我刚才跟辛格博士谈了一下，他建议我换一个表达菌株试试。"约瑟夫说。

"好的。实验室应该有一些不同的株，如果不行，就去订购一株新的吧。"

"好的。"

"秦最近怎么样？"霍布森教授又问。

"还好吧。"约瑟夫警觉地看了一眼教授，接着说，"她基本已经熟悉了实验室，课题也上手了。"

"她情绪怎么样？听说她才离了婚，你知道吗？"

"不太清楚。看她情绪还可以吧……"约瑟夫有些尴尬地说，显得不太自然。他很想说"这事与我无关"，但话到嘴边又咽了回去。

最后，约瑟夫几乎不敢接近秦琨，秦琨来找他，他也尽量回避。他感觉自己好像莫名其妙地被卷进了一个怪圈，一个跳不出也解释不清楚的怪圈。在里面，他已经被钉在了罪恶牌下，被所有的人白眼和唾骂，可他自己却不知道犯了什么罪。他就好像是那个长得像罪犯的替身，不得不接受着众人的指指点点，甚至是仇恨的鞭挞。他的烦恼已经到了难以忍受的程度。

两个月后，约瑟夫以课题结束为理由，匆匆离开了波士顿，去了加州。他申请到了加州大学洛杉矶分校的一个博士后位子。谁也不知道，他到底是真的有了别的机会呢，还是想逃开这里莫名的舆论压力和不白之冤。秦琨也做完了这个实验室的轮换，去了别的实验室。这"夺妻"的风波总算是过去了。人们失去了指责和发泄的目标也就慢慢平息了下来。

这"夺妻"风波之所以闹得如此汹涌大概与王昊多少有点关系。秦琨离开后，他想不通秦琨为什么会如此绝情、头也不回地离开了他。他一反平时孤僻清高的常态，主动去接近秦琨周围所有的人。他想知道秦琨最近有什么异常，特别是有没有什么异性朋友。他打听到，秦琨近来跟约瑟夫有较多的接触。按理说，约瑟夫与秦琨接触多也正常，要带秦琨熟悉实验室。可是，难免他们之间不产生点什么想法吧。再说，现在青睐美国男人的中国女人比比皆是，难道秦琨就没有点这种想法？想到这里，王昊的心开始疼痛。他产生了一种被横刀夺爱、被抛弃和遗弃的感觉。他那颗极度自尊和骄傲的心被深深刺痛了，约瑟夫必然地成为他心中的假想"情敌"。

"不行，我不能就这样被打败，我得反击。"他这样对自己说，"不管他们之间有没有关系，我都要让舆论使他们不敢有。"他开始出入各种中国团体，向人们倾诉他的委屈和不平，特别是向那些与秦琨有密切关系的人。不仅如此，他还去告诉医学院里那些与生化系有合作和业务往来的一些美国医生和研究人员。很快，王昊就获得了普遍同情。不少中国人，特别是男性，都开始为王昊抱不平，仿佛夺去的不只是王昊的妻子，而是他们大家的妻子。

约瑟夫的离开让王昊，乃至所有的中国男人都感觉有几分胜利的快感。他们仿佛觉得他们作为男人的权益和尊严得到了捍卫。王昊回想起离婚时秦琨痛哭的情景就感觉秦琨对他还是有感情的。他要去重新获得她的芳心。

在学校里，王昊偶尔在路上能碰见秦琨。每次相遇，他的心都会涌上一种难以名状的感觉，是痛，是恨，还是爱呢？他说不清楚。简单招呼一下，他们就擦肩而过了。他还是会忍不住转过身来，沉重而深情地望着秦琨那高挑而充满活力的身影远去。他不明白为什么，秦琨身上的很多如此吸引他的东西以前怎么都没注意到。

　　王昊很想知道秦琨现在有没有回心转意的意思，但碍于他们之间离了婚的特殊关系，以及他那与生俱来的骄傲和自尊，他觉得很难在秦琨面前启齿。他找到了几个与秦琨关系比较密切的人，想让他们帮忙去劝说一下秦琨。在一个华人的聚餐会上，王昊看见了燕妮，就主动上去打招呼。

　　"嗨，你还好吗？丈夫、儿子来了很高兴吧？"王昊问。

　　"是啊。不过付宁的学生申请还没办好。"燕妮笑着说。

　　"很快吧。这个秋季应该能入学了。"

　　"但愿如此吧。"燕妮说着，看了一眼远处正在往自己盘子里盛菜的付宁。她接着问，"你呢，你怎么样？还好吧？"

　　"唉，就这样吧。"王昊叹了口气，脸沉了下来。

　　燕妮想起了一年多前秦琨刚来时王昊脸上的喜悦和得意，可现在已经被沮丧和失意所取代了。这变化真有点快，谁知道明年又会怎么样呢？真是世事无常，命运作弄人啊。在这样一个国度里，好像变数太大，什么都在变，什么都有可能变，不变的东西实在太少了。

　　"你现在自己一个人生活还行吧？"燕妮关心地问。

　　"行不行都得过啊。现在也学会点做饭了，没有天天吃方便面。"王昊有些难为情地说。

　　"那就好。在这里什么都得会，生存奋斗嘛。先要生存，才能奋斗啊。"

　　"不错，不错，是这样的。"

　　两人都沉默了一会儿。王昊好像也领会到了燕妮话里的意思。

　　"你现在经常见秦琨吗？"王昊又问。

　　"有，有，经常见。我们就在一个楼里做实验。"燕妮答道。

　　"她怎么样？还好吗？"王昊低下眼帘，避开燕妮的目光问。

　　"还好吧。我看她挺忙的。"

　　"没在忙着找男朋友吧？"

　　"没有吧。上次传的约瑟夫，其实根本没影的事。"

　　"是人家没看上她吧。"王昊带点冷嘲地说。

　　"那秦琨就一定能看上他吗？"

　　"既然她也没有要找别的什么人，不如你帮我去劝劝她吧，看她愿不愿意跟我重归于好。在这里每个人都不容易，两个人总比一个人强点。"王昊低着头小声地说。

燕妮对王昊还是有几分同情的。在这里，中国以前所有的家庭背景和社会地位都不存在了，唯一还有价值的就是人，有潜质的人，可以跟你一起拼搏和同甘共苦的人。王昊把人弄丢了，在这里就等于丢掉了一切。燕妮能够理解他的心境。

"好吧。我去试试。不过，她是个有主见的人，行不行也只能看她自己的主意。"燕妮对王昊说。

"那就谢谢了。"王昊露出点笑容说。

十　随　缘

　　自从丈夫和儿子来了以后，燕妮再也不用煎熬思念和孤独。有儿子在身边，又有丈夫的照顾，她正享受着温馨小家给她带来的久别的快乐。尽管学习很紧张，考试把她搞得焦头烂额，但她好像心里比较有底，踏实多了，不像以前那么焦虑、没有安全感了。最近让她最舒心的事是，付宁已经被生物系正式录取为研究生了。这样他们的家就不再是靠她一人打拼和支撑了，而是两个人了。今后，甚至将来，她都可能有了保障和依靠。她太了解付宁，付宁是一个有韧性，有潜能的人，而且为了她和这个家可以付出一切的人。这一次，为了考入生物系的研究生，付宁竟然拿到了托福 600，GRE 1900 的入学考试成绩。他顺利地进入了生物系，并且拿到了全额奖学金。这让燕妮都感觉有些吃惊，没想到在环境和高压的逼迫下，付宁居然可以得到这样好的结果。现在，燕妮感觉是最惬意、最舒心的时候。她感觉希望就在眼前，对未来充满了憧憬和遐想，仿佛都能看得见不久将来的美好画面。

　　燕妮跟秦琨一样，已经做完了不同实验室的轮换。她选定了生化系的一位女教授做导师。这是一位白人老太太，肖特·罗伊娜，是专门做原核生物基因表达调控研究的教授。教授的棕色头发已经花白，身体有些微胖，看上去很有学者的气质，但同时又给人一种和蔼可亲的感觉。燕妮选择她的最主要原因是，可能比较好相处，今后不会太为难自己。

　　这天，燕妮正在实验室里做实验，要用的一种 DNA 内切酶没有了，马上订也要两天后才能来。她打算去别的实验室先借一点。她来到了走廊另一头的马伦博士的实验室，一眼就看见了正在往电泳胶里加样的秦琨。秦琨看起来气色不错，上身穿了一件苹果绿的针织套头衫，短短的，正好在腰上，下身穿了一条绿色的短外裤。她的头发又长长了，披到了肩上，为了做实验方便，用一条白色的丝手绢往后扎了起来。一身的绿色让她浑身散发着青春和活力。燕妮在门口看着她迈着轻盈的脚步像燕子一样在实验室里飞来飞去地忙着她的实验，脸上带着专注和兴奋，完全没有注意到自己的到来。燕妮没去叫她，只是静静地观望和欣赏着。她有一段时间没见秦琨了，现在不住同一公寓楼，见面机会少了。燕妮突然想起了王昊的请求。这么聪明美丽的女子失掉了实在是人生中的憾事，也不知王昊还有没有这种福分赢回她的芳心。

这时，秦琨看见了站在门口的燕妮。"哎，你怎么来了也不招呼一声。"秦琨说着，上前把燕妮拉进了实验室。

"我都不知道你到这个实验室来了。"燕妮说，"你决定跟马伦博士做论文了吗？"

"对，我不太想去那些大教授的实验室了，人太多，他都顾不上你。到这种助教授实验室，他比较有时间关注你。他自己也在奋斗阶段，你跟着他比较容易出成果。"

"也是啊，就是会忙一点吧。"

"当然喽，不忙怎么出东西。"

燕妮几乎忘记了她是来借试剂的。"你放下手中的东西，我想找你谈谈。"燕妮对秦琨说。

"谈什么？"秦琨有些诧异。

"在这儿不方便，我们还是下楼去吧。"

"这么神秘？好，你等我几分钟。"秦琨说完，转身把电泳槽里的缓冲液加满，插上了电极，打开了电源。

俩人一起下了楼，在生化楼前树荫下的石椅子上坐了下来。俩人沉默了一会儿。燕妮不知道该怎么开口，在心里寻找合适的措辞。

"你……现在怎么样？"燕妮看着秦琨小声地问。

"挺好的啊。"秦琨有些不解地答道。

"真的挺好的？离了婚后一点也没难受过？"

秦琨一听是这个话题，脸色沉了下来，没有立刻回答。随后，她叹了口气。"唉，刚开始还是有一点，毕竟我曾经爱过他。这段感情算是我的初恋了，还是令人难忘和珍视的。"她望着远处绿色草坪的足球场若有所思地慢慢说道。

"也许，也许是不是不该离啊？"燕妮说，"要不要再好好想想，你们毕竟是有感情基础的。再说，一个人在这儿也挺不容易的。如果你有回心转意的意思，王昊肯定特别高兴。"

秦琨没说话，低头看着路边的青草。

"你不会还真想着那个约瑟夫吧？"燕妮说着，斜眼看了一下秦琨，笑了起来。

"为什么人们总是喜欢造这种谣呢？"秦琨平静地反驳道。

"我知道你跟他没关系，开开玩笑嘛。"

"我并不是为了约瑟夫离婚的，为什么他走了我就要复婚呢？我是为我自己离的婚，而且现在并不后悔。"

"一点不后悔？"

"我想，以前我对他的爱很大一部分是崇拜，可现在展现在我面前的他是一个我以前完全不认识、不了解的他。他的这一面让我很失望，以至让我对他的崇拜都变得暗淡无光了。我们是很难再回到从前了。"

燕妮听着秦琨的话，陷入了沉思。她感觉自己很矛盾，既能理解秦琨，又很同情王昊。她不知道自己还能为王昊劝秦琨点什么。沉默片刻后，燕妮又慢慢地开口了，"就一点也找不回以前的感觉了？"

"找不到了。"秦琨沉静地答道。

"再也没有可能回头了？"燕妮又加重语气问道。

"唉，没有可能了。"秦琨叹了口气，坚定地说，"其实，王昊还是一个很不错的人，只是我们俩不合适。他如果找一个适合他的人，对他的生活和事业都有帮助。我是真心这样想的。"

燕妮在秦琨眼里看见的不是敷衍，而是真诚。也许秦琨说得对，他是该找个适合他的人。秦琨虽然好，可能真不适合他。

"今后，只要他愿意，我们还可以做好朋友。"秦琨又说。

燕妮觉得这个话题再谈下去已经没有意义了。秦琨已经再也不可能回头了。她转移了话题，说起了自己的事情。一说起儿子，燕妮开始兴奋起来，刚才那种沉闷的气氛被打破了。

"我儿子现在去上学了。上了一个星期，问他老师说的听懂了没有，他直摇头。"燕妮笑着说，"但是，学校里每天早上的宣誓已经背得滚瓜烂熟。问他什么意思，他说不知道。哈哈……"

燕妮笑得前仰后合，秦琨也跟着笑了起来，气氛变得轻松而快乐了。两人又聊了一阵，就一起上楼了，各回各的实验室了。

回到实验室，秦琨这才想起她的电泳胶。哎呀，遭了，样品一定跑过头了。她赶紧跑过去关电源。

"我看都走到头了，再走样品就走出去了，就替你关掉了。"贾兰芝在一旁说。

"啊，谢谢啦。我都有点忘了。"秦琨有点不好意思地说，"实验室有你，我们少出多少岔子。"

贾兰芝是马伦实验室的技术员，比秦琨大十来岁，已经40多岁了。她前几年跟着丈夫一起从中国上海来到这里。她算起来应该是中国20世纪60年代的大学生，上海医学院毕业。来到美国后，由于年龄的关系，她不想再上学，找了一份实验室技术员的工作。

来到马伦实验室后，秦琨很自然地跟兰芝成为了好朋友。一方面都是从中国来，另一方面兰芝比秦琨大得多，秦琨下意识地把她当作了母亲或大姐，有事都愿意跟她商量。秦琨俊美的容貌和开朗的性格让她具有一种天生的亲和力，让人不自觉地想去接近和关心她。她的笑容、她的举手投足，甚至她有些圆润的嗓音都让兰芝心生惬意，想要去心疼和爱护她。兰芝也很自然地在生活和工作上把秦琨当作了小妹妹一样照顾，家里做了什么好吃的，总忘不了给秦琨带一盒来。时间长了，两人就建立了忘年之交，既相互依赖和照顾，又可互诉衷肠和心声。

秦琨来到这个实验室后，兰芝对她的离婚经历，以及离婚后的痛苦和烦恼表示了极大的同情。也许由于兰芝自己情感生活的不幸，让她对秦琨有种同病相怜的感觉。有时，她会像呵护女儿一样地去慰藉秦琨的伤口。

"王昊让人来劝我复婚。"秦琨看着自己的电泳胶，对站在旁边的兰芝说。

兰芝看了一眼秦琨，半晌没说话。她也不知道该怎么说。"你怎么想呢?"

她最后问。

"我不想再回头了。离婚的痛苦过去后，我认真想过，我们不适合做夫妻。他需要的是女人的照顾和关怀，我无法给他；而我需要男人的帮助和支撑，他也不能给。我们俩在一起只会两败俱伤，不会有什么好结果的。"秦琨慢慢地说。

"那就不复，听从自己的心声，也许这样对你们两人都有好处。"兰芝说。

"对啊，如果他能找到一个贤妻良母，会比我更合适。"

"我看你跟他的缘分算是尽了，还好你们现在没有孩子，不会造成更多的伤害。一切就随缘吧。你也尽早从这种情感纠葛中摆脱出来吧。"

"唉，就怕王昊不愿意出来啊。"秦琨叹口气说。

十一　跨过火焰山

　　很快秦琨就迎来了第二个学年。这也是研究生课程最艰巨、最具有挑战和考验的一年。大家都感觉压力山大。研究生们个个看起来都行色匆匆，低头蹙眉地奔波在教室和实验室之间。每学年的开始，系上都会有一个由几个教授组成的研究生指导小组。他们会跟每一个研究生谈话，根据你的情况建议你该修什么课。

　　秦琨带着小心谨慎的笑容进了办公室。教授们抬起头看见进来的是她，就相互看了一眼，会意地微笑了一下。大概秦琨的离婚和后来的"夺妻"风波让教授们记住了她。秦琨心里抽搐了一下，她明白他们的意思。但除了硬着头皮坦然面对，她还能怎么样呢？这大概就是离婚的代价之一吧，不得不面对各种舆论的质疑和鞭挞。现在她比以前更出名了，连美国教授们都认得她了。随它去吧！秦琨扬起了头，眼睛毫不躲避地直视教授们。

　　教授们翻了翻她上学年的成绩单。其中一个教授说，"去年修课的情况还不错嘛，都是 A 或 B 的成绩"。他说着，抬起头看了秦琨一眼。

　　秦琨微笑了一下，表示回答了。

　　"这个学年，"他接着说，"你需要修 15 个学分的课，其中高级分子生物学和生物信息学是必修课，可能也是比较难的课。"

　　"哈，that's a piece of cake!（一块蛋糕而已）"另一个教授在旁边笑着说。那意思就是中国人说的"小菜一碟"。

　　秦琨知道他在开玩笑。她早就有所耳闻，这两门课不好修，有不少研究生过不了关。从办公室出来，她立刻感觉到无形的压力向她的心头袭来。她意识到，真正考验她的时候到了。

分子生物学的第一堂课开始了。秦琨带着点忐忑的心情走进了教室。她扫了一眼教室里的人，发现好像每一个人都跟她一样忐忑。这是一门研究生的高级课程，是所有生物类学科研究生的必修课。教室里 30 多个研究生分别来自不同的院系，有生化系、生物系和微生物系的二、三年级的研究生。教室里的气氛显得有些紧张和压抑。她突然在教室的人头中发现了捷夫的脸，跟他点了点头。

大家的紧张不是没有缘由的。这课由四个教授主讲，没有书，教材都是生物研究期刊上最新发表的研究论文。这些新研究生本科毕业不久，几乎没有什么科研基础和经验，哪里能看得懂研究论文？虽说这门课是教授教你怎么读论文，但大多时候都是让你自己读，然后到课堂上来讨论。研究生们碰到这种课，个个都觉得头很大。

这课上半期由微生物系的莫尔顿和卡特尔教授主讲。第一堂课老师就给了研究生们一个下马威。莫尔顿教授上来就给了大家三篇研究论文，让大家下去阅读，下堂课他会随机抽学生起来讨论。他会针对每篇论文的实验方案、设计、方法和结果分析进行讨论。秦琨拿着论文一看，傻眼了，什么也看不懂；不是英文看不懂，而是那些实验设计和结果分析像天书一样，更别说实验方法，根本看不出道道。完了，完了，这课还怎么上下去啊？她的心开始下沉，完全没有了底。

第二堂课去了，秦琨像要上刑场一样的绝望。她低着头，暗自祈求千万不要叫到自己。可是，老师偏偏还是叫到了她。她硬着头皮站了起来，刚才太紧张，完全没有听见老师说的什么。

"Sorry, I didn't hear the question, please say it again（抱歉，我没听清问题，请再说一遍吧）。"她满脸通红地对老师说。

"According this paper, if the result was different from the design, how can you analyse it?（根据这篇论文，如果得到的实验结果与实验方案预期的不符，你会怎么分析?）"莫尔顿教授微笑着又重复了一遍问题。

秦琨有些发懵，不知道该怎样回答这个问题；其实她根本就没有看懂论文说的是什么，哪里还能讨论结果与预期不同是为什么。她显得非常地窘迫和尴尬，站在那里十几秒，所有探询的目光都集中在了她身上。

"Sorry, I don't know how（对不起，我不知道怎么分析）。"她最后只好说。

莫尔顿教授开始了他的分析，滔滔不绝地讲了 10 多分钟。秦琨睁大了眼睛听着他的每一个字，觉得懂了，可是又好像没有懂，因为里面用的那些实验方法她还没用过，不知道原理。

下了课，秦琨匆匆地赶回公寓。她赶紧从包里把那几篇论文拿出来，急切地又翻了一遍。尽管老师已经解释过一遍，她感觉还是不太看得懂。这下她可真碰到坎了。她以前学的是医学，没读过任何研究论文，更没接触过任何科学实验。前一段刚进实验室做的那点实验根本算不了什么，充其量也不过是知道仪器怎么开、试剂怎么配而已。现在要她来理解这些科学前沿的研究论文，而且还是英文的，实在是有些难于上青天的感觉，就好像是让一个刚下水几天的人马上参加游泳比赛一样地不可思议。而且，这课还不能混，以后每堂课都会有两三篇新的论文需要讨论，每次课堂的讨论和问题回答都是计入成绩的，并且以后考试就考论文的内容。多么可怕啊。她该怎么办呢？她现在感到的不仅仅是压力，而是一种威胁。如果过不了这门课，她将有可能被淘汰。

她眼睛盯着那几篇下节课要讨论的新发的论文发呆。她的心在颤抖，很想哭，就是哭不出来。待了良久，她最后心一横，对自己说："哭有什么用呢？前面就是火焰山也得过啊！"她硬着头皮打开论文，拼命让自己的眼睛盯在那天书一般的文字上。"不行，这样是不行的，我得想想有没有别的办法。"她对自己说。

她突然想起了第一次帮她渡过难关的捷夫。对，为什么不找捷夫一起来讨论论文呢？秦琨拨通了捷夫的电话。

"捷夫，你好吗？我是秦琨。"秦琨在电话上说。

"嗨！我很好。你怎么样？很久没有联系了。"捷夫热情地在电话另一头寒暄道。

"哦，情况不太好，今天在课堂上你也看见了，这门分子生物学课快让我死掉了。我感觉我会当掉（输掉）这门课。"秦琨憋着哭腔道。

"别着急，没这么严重。不是你一个人觉得难，大家都觉得难。"捷夫宽慰道。

"我们能一起读这些论文吗?"秦琨几乎央求地问道。

"当然,我很高兴跟你一起读的。"捷夫欣然而愉快地答应了。

秦琨和捷夫一起读了两个晚上的论文。结果,她发现捷夫比自己好不了多少。捷夫也是个没做过多少实验,不懂实验室怎么回事的人。这课与低级课不一样,不是只靠语言和记忆力,美国人占不了多少便宜;这是要靠科研经验和理解力的,只是英语好没有用,还是一样看不懂。论文读了两遍,俩人还是懵里懵懂的。

"这样不行,我们必须去找一个懂实验的人一起读才会有帮助。"秦琨建议道。

捷夫想了想说:"嗯,西蒙读研究生前在实验室里干过几年技术员,他的研究基础比我们都好。不如我们去找他一起读。"

"你怎么不早说,赶紧给他打电话啊。"秦琨急忙说,她现在已经顾不得那么多了,只要有一根救命稻草都必须抓住。

他俩一起来到了西蒙的公寓。西蒙看起来 30 岁出头一点,瘦高个子,一头金黄色头发齐耳根。他上身 T 恤,下身牛仔,看上去很休闲随便。他的面部表情看起来成熟而不老成,眼睛里流露出自信而有活力的光芒。他看见一个中国女孩跟着来了,显得有几分拘束,但很快就放开了,恢复了他原本的自如。

他们简单寒暄了几句就坐下来读论文了。很快,西蒙进入了角色,俨如一个指导者,开始逐个地讲解论文中的图表和结果分析。

"你们看这个图,"他指着论文上的一个曲线图说,"这条曲线表示的是以时间为单位,用光学仪器检测出来的培养液中 G 蛋白的浓度,也就是那个被克隆基因表达的程度。它是由低逐渐升高的,到了一定高度又逐渐下降;也就是说,这个基因的表达是一个抛物线的过程。"

秦琨和捷夫俩人睁圆了眼睛在一旁听得都有些呆傻了。那些深奥难懂的图表,那些难以理解的技术和方法,让西蒙这么一解说,懵头懵脑的秦琨和捷夫顿时感觉豁然开朗了。那些刻板的图表此时此刻仿佛都被西蒙说得活了起来,好像在极力地想要说明和表白什么。那些实验结果在理解了方法后已经不再只是没有意义的数字和符号了，它们变得如此的雄辩和有魅力了。秦琨第一次体会到了实验科学的魅力。原来能在实验室里证实和阐明某种生命现象是如此的有意思，那种快感和成就感远远超过解出一道难题后的感觉。以前选择学习这种专业只是为了生存和身份，直到这一刻她才有了学习它的兴趣。

从那以后，西蒙每周跟他们讨论一两次论文。秦琨很快就上了路子，开始明白论文的结构和格式，从其中的目的、方法、结果和分析中找到了内在的联系和逻辑关系。就算没有西蒙，她感觉自己现在也能看得懂了，除了一些方法没用过还不太懂外，其他的都基本能理解了。但她还是很喜欢听西蒙的讲解，而且很多技术和方法他都接触过，更容易理解些。

西蒙讨论起论文来很忘我，甚至带点激情，仿佛他讨论的不是一篇论文，而是一部战争片。他两手不断地做着各种手势，还时不时习惯性地用右手把垂到前额的长发往脑后捋一下。秦琨听着他自信而富有激情的讨论，看着他自如挥舞的手势，有些着迷。她开始有点崇拜西蒙了。她对知识和才华天生有一种很自然的敬仰和崇拜，特别是对那些比自己渊博、懂得多的人。

期中考试来临了，秦琨忐忑地等着试卷发下来。她不知道教授们会出什么样的题，这课大概不只是考一些概念性的题，一定会有实验分析类的题。试卷发下来了，尽管有思想准备，但秦琨还是有些傻眼，70%的题都是实验结果分析的题。这是她的短板，比例也太高了一点吧。虽然两个多月来她开始学会了阅读论文，也懂得了一些实验结果分析，但毕竟还是新手，知识面和阅读量都不够。

她看着这些题觉得似懂非懂的，紧张得手心直出汗。她只好将自己所知道的答上去，对不对也没有多少把握，听天由命吧。下课铃很快响了，该交卷了，没有时间再写了。卡特尔教授面带微笑地接过秦琨递上来的考卷。

"怎么样？没问题！容易！"他半讥讽地笑着说。

秦琨没吭声，尴尬地笑了笑。

走出教室，秦琨满脸通红。她觉得教授的话很刺耳，就像在嘲笑自己一样。看见一脸沮丧的秦琨，捷夫迎了上来。

"考得还好吗？"捷夫关心地问。

"不怎么样。我大概完了。"秦琨垂头丧气地说。她接着又问，"你怎么样？"

"哦，我觉得还不错啊。"捷夫有些喜形于色地说。

没几天成绩就下来了。秦琨只拿到了七十几分，挺危险，如果期终还是这种成绩，平均分就会低于 80，那这门课就真的过不了了。捷夫不知怎么回事，竟然只拿到了 69 分。他感觉很意外，大概是过高地估计了自己。

现在，秦琨感觉到了前所未有的压力，好像压得快要窒息了一样。她觉得自己已经很努力了，可才拿到这个结果，真不知道还应该怎样做才能比这更好。回到公寓，她实在按捺不住自己的失落和失败感，眼泪终于不自觉地流出了眼眶。她再也不想忍了，趴在桌上哭了起来。这学期的生物信息课也让她感觉非常棘手，里面应用了大量计算机方面的知识，那也是一个她感到陌生的领域。如果这两门课她都过不了的话，那她就有可能被取消研究生资格。她该怎么办呢？回中国吗？她不敢往下想，她仿佛已经看到了爷爷失望的眼神。她越哭越伤心，最后干脆嚎啕大哭起来。

哭了一阵后，她慢慢安静了下来。她感觉心里好受些了，压力好像也释放了一些。她开始思索，无论如何也不能让被取消研究生资格的这种事情发生，就是豁上性命她也要把这两门课拿下。这样回去是不可能的，那是一条死路，除非拿到学位后回去。她抬起头，擦去了脸上的泪，重新又开始在心中积蓄斗志和力量。

她突然感觉有点饿，打开冰箱，里面没剩下什么了。她顾不得给自己做饭了，她必须争分夺秒与分数抢时间，为她的研究生资格而战。她抓起了桌上的面包，塞到嘴里咽了几口。她又打开包，把书和论文拿出来，开始了她艰难而殊死的最后一搏。

从那以后，每堂课下来，除了老师给的论文外，秦琨还从图书馆找来一些相关的论文阅读。她希望增加自己在这一领域的知识面和见识。她每天都会读到深夜 2 点才躺下，早上六七点又爬起来去上课，或者进计算机房做分子模型实验。马伦博士也知道，这学期秦琨碰到了硬骨头，比较难啃，也不要求她天天来做实验了。

"你先集中精力把这学期的课拿下，别的先不着急，没时间不用天天来实验室。"他对秦琨说。

期终考试又临近了。秦琨的心又提了起来，现在她感到的已经不仅仅是压力，而是威胁和危机。她仿佛觉得好像死期在一天天逼近，可她又不甘心就这样死去，还是在做着最后的挣扎和拼搏。

一天，她在图书馆里碰到了燕妮。燕妮一脸惊讶地看着秦琨。

"你怎么了？病了吗？"燕妮关切地问。

"没有。"秦琨答道。

"那怎么这么瘦，脸色这么苍白？"

"可能睡太少，也没太注意吃。"

"我知道这学期比较紧，那你也不能把自己搞成这个样子啊。"

"没办法，这学期的课很吃力，就这么搞还不知道能不能过关哪。我期中只考了 70 来分，期末如果拿不到 85 以上我就完了。"秦琨皱着眉，阴沉着脸说。

燕妮看着秦琨小可怜的样子，有些同情。"有这么严重吗？那不是大部分人都过不了吗？幸亏这学期我没修这门课。不过，你也别太担心了，老师总还是会让大部分人过的。"燕妮安慰道。

"能不担心吗？我感觉我就站在悬崖边上。"

"哎，有些学生手里有收集来的以前的考题，你去打听打听，虽说不一定出一样的题，但能帮助你熟悉老师的出题方式，总比什么都不知道好吧。"燕妮建议说。

听了这话，秦琨眼睛一亮，立刻说，"对啊，我怎么没想到。看看以前的题，应该会有一些帮助的"。说着，她立刻跟燕妮告了个别，匆匆离开了。

秦琨开始向同学多方打听和收集以前这门课的考题。仔细研究考题后，她发现很有帮助。至少，她能了解老师有可能出什么类型和形式的题，也能预先想想这种题该从哪几个方面去回答，考试时就能赢得时间。现在，秦琨好像心里有了点底了，不再像先前那么空、那么虚了。真该感谢燕妮提醒了一句，她心里想。

期末考试结束了。分子生物学这门课，秦琨拿到了 88 分，平均成绩超过了 80。秦琨仰天长长地舒了一口气，几个月来她好像不知道什么是白天、什么是黑夜。现在，看着这蓝色的天空，她终于感觉到了温暖的阳光。尽管是冬季时节，波士顿已经披上了一层白色的银装，她还是觉得这阳光是如此的明媚和灿烂。她走在校园里通往生化楼的小道上，踏着松软的积雪向前走去。她看见远处的积雪在阳光的照耀下，反射出七彩的光芒，好像彩虹的颜色一样。多美啊！她每天从这里走过好几趟，怎么今天才有了这美妙的一瞥。她站在那里，欣赏了好一阵子，才继续向前走去。此时此刻的美好心情让她有一种想要表达和宣泄的冲动，她时不时弯下腰，抓起一把雪球往远处抛去。

秦琨的生物信息课也顺利通过了。在研究生的道路上，她最艰难的日子已经度过。从现在开始，不再会有更艰难的沟壑和山峰阻挡了。她的研究生身份算是真正得到了巩固，不可能再动摇了。经过了离婚和这一次的考验，秦琨突然之间成熟了许多。她那纯真清澈的眼睛里多了几分伤感和坚毅。现在，约瑟夫走了，"夺妻"风波也平息了下去。人们渐渐接受了她与王昊离婚的现实，那种无形的舆论压力也慢慢地消散了。秦琨感觉，到美国来两年多了，现在她才真正成为一个独立的、自主的、自由自在的女人了。

十二　听从心声

　　王昊想复婚的愿望被拒绝后，他再也不提及此事，也不再进入公众和社交场合。他把自己关在了昏暗而又杂乱的公寓里，谁也不知道他在里面干什么。只是每次出来时，他的面色苍白而又疲惫，头发和衣衫都显得有些零乱。人们感觉他可能还在离婚的悲痛之中，也无法劝他什么。可是，从他眼神里流露出来的并不是颓废和沮丧，而是坚定和决然的神情。有时，在蓬乱的头发遮盖下，他眼里闪烁出的光芒有些令人生畏。

　　离婚已经一年多的秦琨既没有嫁给谁，也没有重新复婚，男士们又开始蠢蠢欲动起来。秦琨没有因离婚和感情受过伤就把自己的心封锁起来，当伤痛愈合，她又是一个开朗的、有活力的、愿意探索和接受美好事物和情感的美丽女人。但是，她是一个理想主义者，又是一个完美主义者。第二次的选择机会对她来说，既是机会，也是一种挑战。她能否在美国这片土地上找到具有生存能力的，在这种社会和文化环境中具有竞争力的，又才华横溢的另一个"王昊"呢？这是一个大大的未知数，她自己很难回答这个问题。但有一点她是清楚的，找不到让她倾心的那个人，她是绝不会嫁的。尽管她身边不乏追求者，她也不拒绝去了解这些追求者，但她并不想凑合，宁缺毋滥是她下意识的原则。她并不是一个追求物质的俗人。她不愿意像许多来到这里的中国女孩那样，为了能留下来的身份嫁一个美国人；也不想为了钱或富裕的生活，嫁一个富豪。她说不太清楚自己想要什么，好像也没有什么明确的标准。她只是模模糊糊、不十分清晰地感觉到，能有一个两情相悦、能陪伴和呵护自己、能让自己崇拜和佩服甚至感动的人。这种要求高吗？好像不高，可好像又很高。其实，对于感情有追求的人而言，并没有条件的高低，而是要有对的人。可是，对的人往往是可遇而不可求的，这就比任何条件都要高了，因为机缘不是人能决定的。

有一天，秦琨正在运动馆里打羽毛球，她还是保持着这种曾经与王昊结缘时的运动方式。一个亚裔男士接过了对方的拍子，陪秦琨打了几拍。他步法优美，击球精准，一看就是训练有素的。难道另一个"王昊"来了？秦琨在心里对自己说。这人瘦高个，皮肤黝黑，剪着学生平头；五官虽谈不上英俊，但也不难看，给人一种比较机敏的感觉。他穿着比较随便，上身 T 恤，下身牛仔，最显眼的是脚上的白球鞋。这双白球鞋让他显得有些特别，这个时代的人都穿旅游鞋了，可他还是穿着白球鞋。也许是偏爱吧。他虽然个子很高，但并不勾背，身躯很挺拔，而且走起路来轻捷利索，像是个爱运动的人。

打完球后，他邀请秦琨一起去喝咖啡。秦琨立刻明白了他的来意。秦琨好像对他并不反感，欣然跟着他来到了运动馆旁边的咖啡厅。待坐定了，这男士大大方方地介绍起自己来，没有腼腆和羞涩，也不摆出欲擒故纵的姿态。这让秦琨有些惊讶，不过还是欣赏他的率真。

"我叫宋建兵，北京来的，现在计算机系读研究生。我父母都是军人。我从小在部队大院里长大。"他说。

听到这里，秦琨突然明白为什么他身上有种特殊的气质，大概也是军人的气质吧，有种特有的直率和自信；除此之外，好像还有点自我感觉良好的优越感。

"你父母是高级军官吧？"秦琨问。

"对。"他笑笑说，"为什么问这个？"

"我只是猜猜。"秦琨也笑了一下。

"我知道你是秦琨，能交个朋友吗？"他毫不掩饰、直截了当。

"哪种朋友？"秦琨故意问。

"当然是男女朋友喽。"他很坦然地说。

"你知道吗？我离过婚。"

"这我知道，不介意。"

"我恐怕比你大几岁吧？"

"我也不小了，28了。"

"哦？看不出来唉，你的脸有点显小。"

"其实，如果真的两情相悦，其他东西都不重要。你说呢？"

"那倒也是。"

秦琨并不反对了解了解这个直率的男人，他们开始了交往。可是，相处了几次后，她就觉得有点淡淡的、浅浅的，这男人对她没有足够的吸引力。她觉得虽然这男人直率，有朝气；但很像一个大男孩，显得不够成熟，缺少内涵。而且，这男人的一些新潮的认知和价值观，有时会让她感到惊诧。她仍然记得他们关于爱情观的谈话。

"你对爱情永恒、白头偕老怎么看？"秦琨问。

"那只是一种理想，现实生活中没有。"宋建兵笑着说。

"何以见得？许多老头老太太不是都相爱相伴一生吗？"

"不能说绝对没有，但大多都是亲情让他们相伴一生。"

"你的意思，永恒的爱情不存在？"

"因为人在变，爱情观也在变。"

"那人不是太不可靠、太不值得信任了？"

"你有没有听说过现代人的情感观，'只求今朝拥有，不求白头偕老'。"

尽管秦琨自己也是离了婚的，但"只求今朝拥有"还是让她很不舒服。虽然，她说不出宋建兵的话有什么不对，但她从小受到的传统思想的熏陶让她难以接受这样的观念。

在另一次的饭后谈话中，他们边喝着咖啡边聊天，谈到了男人眼中的女人。

"你觉得，现在男人都喜欢什么样的女人？"秦琨喝了一口咖啡问。

"这可不好回答，"宋建兵笑着说，"每个人喜好不一样。不过，据我观察，喜欢聪明女人的男人少，大多都喜欢漂亮女人。"

"为什么呢？"

"不知道。也许就是一种本能的生理反应，没有什么原因。"说着，宋建兵抬起头看了一眼秦琨。

"看来，女人的外形是先决条件。在男人眼里，什么外形的女人才算漂亮呢？我很好奇。"秦琨半开玩笑地说。

"当然是赏心悦目喽。"宋建兵也笑了笑。

"那就是大多数人眼中的明目皓齿、高胸细腰啰。"

"差不多吧。不过也不都认为瘦的女人就美，有人也喜欢胖女人。"

秦琨不解地抬头看了一眼宋建兵，问道："那你喜欢瘦的还是胖的?"

宋建兵神秘地笑笑说："胖的瘦的我都喜欢，胖的丰满质感，瘦的纤柔骨感。"

听着这种有些露骨的话语，秦琨有点不自在起来。她本想听听从男人的角度对女人会有什么看法，不仅是外表的，还有性情、才智和思想方面的，没想到宋建兵却都引到了女人的外表上。也许，他就是一个比较注重女人外表的人吧。

这些谈话虽不对秦琨的胃口，但却让她印象深刻，她好像第一次听到这些带有点新潮的说法。她感觉，他们之间虽然年龄差不多，但在思想观念上好像存在某种代沟一样。他们好像不属于同一类人，甚至不是一个时代，从思想层面和兴趣爱好都找不到心灵相通的感觉。宋建兵又约了秦琨几次没成功，也很知趣，就自行退出了。

秦琨身边也有一些美国的白人男子的追求者，她也不拒绝去了解这些许多中国女孩拼命想嫁的异族追求者。在学校的中国人中间，秦琨算是与美国人相处最多的，也是最自如的一个。常常能看见她与美国学生一起进出教室和实验室。其他中国人一般很少跟美国人混在一起，除非有事要问，或有事要做，总觉得跟美国人在一起有些不自在，也许是相互间语言、文化和习俗不了解的缘故吧。秦琨有些特立独行，主动去接近美国人，与他们一起学习、一起聊天。许多中国人都用异样的眼光看着她，不知道她是想学英语呢，还是想找个美国男朋友。秦琨不想去理睬这些目光，想学英语怎样？想找男朋友又怎样？这是在美国，不接触这里的人，不了解这里的文化，怎么融入这里的社会？怎么生存？只生活在自己的小圈子里未免太狭隘吧，能有更好的发展吗？其实，要不要融入，对许多中国人来说，不是不愿意，而是一种挑战。很多中国人都选择回避这种挑战，轻松地龟缩在自己的小圈子里。秦琨却不然，她主动地去迎接这种挑战。她也有因文化习俗的不同，在交流中出现尴尬和窘迫的时候，但每一次的窘迫都让她懂得了一些书本上看不到的东西。

有一些美国男子也会跟秦琨提出 Dating（单独约会）。那个曾经指导过秦琨学习的西蒙，以老大哥和已婚者的口气对她说，"小心啊！'Dating'在许多美国男人心里就是性交的机会，你不要轻易上当"。自从上次一起读过论文后，秦琨就把西蒙当作朋友了，有生活上的事也去请教。

"难道还不怎么熟悉就上床吗？"秦琨惊讶地问。

"是的。美国人把性看得很随便，不像你们中国人那么严肃。"

秦琨觉得难以想象，接受不了这种事情。于是，她几乎不跟这些美国男人单独约会。但是，她还是找一些机会试图了解他们。她发现，在白皮肤和黄头发的漂亮外表里大多是一些单纯的、没有城府的心灵，甚至单纯到简单和幼稚，几乎没有什么深刻的内涵，空白到无趣无味的程度。这些让许多中国女孩子青睐的面孔再也不能让她提起兴趣了。其实，无论在中国还是在美国，真正的人之精英只会是凤毛麟角，并不会因为美国的强大，就能让所有的美国人都成为精英。如果有一个对的人、一个让她倾心的人正好是美国人，那也未尝不可。可是，如果只是为了嫁给美国人而嫁给美国人，那是愚蠢和可笑的。

她想起了几年前离开北京机场时的一个情景。一个30岁左右的中国女人抱着一个两三岁的混血小男孩走过来，准备办理去美国的登机手续。她们的后面跟着一个50岁开外又矮又胖的白人男子，而且显然是个层次较低的粗人。旁边的几个机场女职员都用羡慕的眼神看着这个女人和孩子，相互议论着那孩子有多么的可爱，其中一个女职员还伸出手去想抱抱那个孩子。那女人虽没说话，脸上却是一副优越和得意的神情。看到这种情景，秦琨觉得很可笑。她们羡慕什么呢？那女人又得意什么呢？就因为她嫁了一个美国人，生了一个混血儿吗？她不觉又想起，国内现在那些有名的女歌星和女影星们，好像都在想方设法地嫁一个外国的白人男子，俨然快成了一种时尚和风潮了。在国人眼里，好像能嫁一个外国人才能显得有魅力、有身份、有地位，甚至高人一等。这是不是有些滑稽？好像她们要嫁的就是那张白色的皮肤。其实，她们也许不了解，那张白色的皮肤并不能带给她们想象中的一切。

　　捷夫当然也是秦琨的这些追求者之一。他算是与秦琨比较熟悉了，一起修了两年的课，还常常借课堂笔记给秦琨。他喜欢这个聪明、美丽又有进取心的中国女孩，尽管聪慧让他有些自叹不如，但他凭着美国白人与生俱来的优越感和自信心还是觉得能捕获秦琨的芳心。

　　捷夫有一副典型白人的外貌，黄头发，褐色眼睛，但他的个子在白人里算矮的，大概 1.75 米。他的整个轮廓显得有些圆，圆头，圆脸，圆眼睛，连鼻头也是圆的，给人的感觉比较圆润温和，但他眼睛里有时也能闪烁出比较锐利和机敏的光芒。他从不穿 T 恤和牛仔，总是衬衫和西裤，感觉是个生活态度严肃、有规矩的人。

　　秦琨与捷夫同学两年多了，都在生化系读研究生，常在一起聊天、吃饭等；秦琨有事也找捷夫商量。他们真算得上彼此知根知底，比较了解对方了。但是，他们一直就像好朋友一样地相处着，从未谈过男女之事。秦琨有时在捷夫的眼神和话语中似乎也感觉到了点爱慕之意，但捷夫不说，她也就装不知道。

　　捷夫终于忍不住了，大概也是觉得时机成熟了，修课最忙的时期已经过去，该跟秦琨提出来了。由于课程都已结束了，他们见面的机会不多了，他不得不来到秦琨工作的实验室，小声对秦琨说："秦，我有很重要的事情想跟你谈谈。"

　　"哦，说吧。什么事这么重要？"秦琨问。

　　"嗯，想单独跟你聊聊……"捷夫显得有些犹豫和腼腆，他底下眼皮继续说，"去楼下的咖啡厅吧，下午 3 点我在那里等你。"

　　"哦哦，OK。"秦琨有些惊讶地应道，觉得今天捷夫有点怪怪的。

　　捷夫说完，就从实验室出去了。他能有什么事要找我单独谈的呢？秦琨在心里猜测着。她好像隐约感觉到捷夫要跟她提出男女朋友的事了。她赶紧把最后一点试剂加进了培养瓶中，放进了 37℃培养箱，脱去了手上的胶手套。她走出了实验室向楼道另一头走去。

　　来到了肖特教授的实验室，她看见燕妮背对着门，正趴在实验台前写着什么。秦琨蹑手蹑脚走进去，用双手从背后蒙住了燕妮的眼睛。"猜猜是谁？"秦琨笑着说。

燕妮没着急挣脱蒙着她眼睛的双手说："你的声音早把你出卖了。秦琨呗，还能是谁。"

秦琨只好放开了手。她的声音的确很独特，像木琴的敲击声一样带有悦耳的磁性和共鸣，让人愉悦。

"你怎么来了？好久不见了，最近还好吧？"燕妮转过头来问，顺手拉过来一把带滑轮的试验椅让秦琨坐。

"课修完轻松多了。哎，你们家付宁怎么样了？"秦琨说。

"他还好啊，看起来好像没我们当时修课时那么大压力呢，人家高级分子生物学修完轻松拿个 B，不像我们当时那么狼狈，也许是因为他在国内读过硕士吧。"

"他在国内读过硕士，做过论文，有实验基础，肯定会比我们轻松些。付宁看着闷不础础的，不怎么说话，其实心里挺有数的。"

"哈哈，他就是这么个人，什么时候都很低调。"燕妮笑着说，露出舒心的表情。

"付宁真的挺不错的。"

"哎，别说我了。你最近怎么样？有碰到合适的人吗？"燕妮接着问，"别只顾学习，不然你这朵美丽的鲜花就白瞎了，多可惜啊！"

"我正要跟你说这事呢。捷夫知道吧？"秦琨问。

"知道，知道，就是跟咱们一起修课，你问他借笔记的那个。"燕妮说着兴奋起来，眼睛都发亮了，她看了一眼秦琨，像个八卦大妈一样，突然神秘地小声问，"他跟你提出来啦？"

"还没有，恐怕要提了。"秦琨也小声地说。

"那你怎么想的？他倒看起来是个正经人，不像其他美国人那么随随便便，就是玩玩的。他认识你两年多了，现在才提出来，看来是认真的。"燕妮正色说。

秦琨也知道燕妮说得不错，捷夫是个不错的人，对她也是认真的。而且，捷夫博士毕业后，肯定会走学术路，去大学做教授，也算是美国人里有层次的人了。她能断定，如果她真跟捷夫在一起，捷夫一定会好好对待她的。几乎能够想象得到，他们今后的生活一定是平静而温馨的。这不就是当时许多来到美国的中国女孩想要得到的吗？嫁一个美国男人，搞一个美国身份，生几个混血儿，住一个带花园的别墅，过一个美式的幸福家庭主妇的生活。这些如果靠自己，太难太辛苦，也许要花上毕生的心血，而最捷径的路就是嫁一个美国人，一步就完成了。

但是，秦琨不是这样的女人，她不想靠嫁人来得到这一切。她要靠自己的能力去争取，哪怕要付出艰辛和努力。当然，如果捷夫是那个让她倾心的人，她也不会拒绝这一切。遗憾的是，捷夫从来没走进过她的心里，让她心跳和激动过，她只把他当作同学和朋友。

"我从来都是把他当作同学，没往那方面想过。"秦琨若有所思地说。

"那你就现在想想吧。捷夫也算是个稳重可靠的人了。"燕妮一脸认真地说。

"可他对我几乎没有什么异性的吸引力，看见他我从来萌发不出那种对异性的爱恋和激情。"

"是不是他长得不够帅、个子不够高？"

"不应该吧。以前的王昊不是也没有那么高、那么帅啊。"

"还真是。男女之间真的很奇怪，也许真需要什么化学反应。"燕妮笑了笑接着说，"好了，你自己的命运只有你自己能把握。"

下午3点，秦琨去了楼下的咖啡厅。捷夫已经等在那里了。看见秦琨，捷夫站起来招招手，又赶紧给秦琨让了座。见到捷夫，秦琨今天觉得特别不自然，甚至有些尴尬。

"你想喝点什么？"捷夫殷勤地问。

"还跟以前一样，卡布奇诺吧。"秦琨说。

捷夫点完咖啡坐了下来。有这么几分钟两人都没说话，不知道该说什么。

"论文做得怎么样了？"捷夫先开了口。

"可以吧。需要的基因已经从 c DNA 库筛选出来了，下一步就是要表达了。"秦琨说，"你呢？怎么样？"

"我的课题挺顺利，估计一年半后就可以写论文了。"

"毕业后打算干什么？"

"肯定要先做两年博士后，然后想去学校教书了。"

"哎，你挺适合教书的，祝你早日当上教授啊。"

"那你呢？"捷夫看了秦琨一眼问，"毕业后想做什么？"

"还没想好哪。"秦琨说。她的确没想好，她好像并不想去学校教书。可不教书能干点什么呢？不知道。

"我想去南加州大学做博士后，跟我一块去吧。"捷夫接着说。

秦琨看了他一眼，没说话。

"秦，做我的女朋友吧。"捷夫脸红到了脖子根，开始表白说，"自从我认识你以来就一直喜欢你。你聪明，漂亮，又有上进心。我很希望你能成为我今后生活中的伴侣。如果我们真能走到一起，我相信我能给你一个幸福的家。"捷夫眼睛里放着光彩，仿佛都看到了今后幸福的家园。

秦琨看着他憧憬的眼神，有些不忍心毁灭他的梦想。她思索着，想找到合适的拒绝理由和措辞，不至于太伤害他。

"捷夫，你知道吗，你是一个很好的人，是一个懂得体贴和照顾别人的人。任何一个女孩跟着你都会感到幸福的。"秦琨说着，眼睛看着面前的咖啡，不敢抬眼正视捷夫。她有些迟疑，不知道下面该怎么说。捷夫带着自信的微笑正等着下文。

"但是，"秦琨继续说道，"我……从来都是把你当作好朋友，没有想过把你当作男朋友。而且……今后可能也不会。"

"为什么？"捷夫嘴里蹦出这样的问号，脸上的笑容僵住了。

"哦，对不起。不是你的原因，是我自己的原因。我很难把你当作男朋友。"秦琨指着自己，很歉疚地说道。

捷夫看着秦琨半晌没说话，好像是明白了她的意思。一时之间，两人都无语了，尴尬的沉默持续了片刻。最后捷夫终于开口，打破了沉默。

"哦，理解，理解，没关系的。"捷夫有些尴尬地说。

为了掩饰自己的尴尬，捷夫下意识地端起了咖啡喝了一口。咖啡都已经凉了，俩人这时才开始喝了起来。接着，他又聊起了别的事情，尴尬的气氛缓和了。秦琨也觉得自在多了。

捷夫还是有美国人对这种事情的豁达心理。这是两个人的事，只有你情我愿才有可能，不能有半点勉强。秦琨舒了一口气，好像也没产生什么心理负担，毕竟他们并没有真正开始过。他们一起走出了咖啡厅，轻松地挥手告别了。

秦琨终于还是听从了自己内心的召唤，不愿屈从于那些物质的、世人眼里看起来有价值的东西。她坚守着她的理想和向往。她愿意去寻找和等待，等待那份值得她去付出的真爱到来。这样的爱能有吗？能等到吗？她自己也不确定，但她想等下去，一定要等下去。她的个性和她的追求要让她等下去，不能有半点妥协。她不愿只为结婚生子、衣食无忧而活着。难道就不能为自己的理想和追求活一回吗？

十三　转折点

王昊在他像狗窝一样的房间里奋斗了一年多的时间，每天靠方便面和简餐生活着。谁也不知道他在里面干什么，只见他头发长到了肩膀，浑身散发着臭味，也顾不得去清理一下。唯一能看见他的时候就是出来吃饭，只见他头发蓬乱，衣衫不整，一副颓废潦倒的模样。只有眼睛里坚定固执、闪烁着光泽的眼神让你觉得他的神还在。

王昊果然正在准备美国医生的资格考试（USMLE）。这当然也是所有美国医学院校毕业生的必经之路和晋级门槛。因此，他必须要站在与美国医学生的同一平台上去，参加与他们相同的考验和竞争。与他们相比，他只能以自己知识和经验的优势去弥补自己语言的劣势，去站在同一竞技场上。这无疑是残酷的、沉重而艰难的。

当时 20 世纪八九十年代来到美国的中国留学生，都还不知道什么是医生资格考试呢，就算知道也没人敢碰。王昊可算是中国人在这个领域的先锋和勇敢者了。从中国来的人其实都不甚了解欧美国家的医生是怎么回事，并不像在中国，懂点医就能看病，甚至不需要医学院毕业。在这里，医生要求有非常高的资质，首先从医学院毕业就相当于博士，还必须通过全美统一的医生资格考试（USMLE）才能成为正式的医生。所以，在美国想当医生，要走一段漫长而艰苦的学习道路；成为医生后也不能高枕无忧，压力一直存在着。当然，医生在美国也是一个比较受尊重、薪金比较高的职业，平均年薪都是几十万美元，高的可以达到百万。

因此，王昊要去考这种医生资格考试，就是要与这些在美国医学院里受过严格训练的医学生一起竞争；而且，这些学生几乎都是美国人中智商比较高的人群。这种挑战无疑是严峻的。但是，对于他来说，如果他想在美国待下来，这大概是唯一，也是最好的选择了。他不可能重新在这里读医学院，时间太长，费用也太高。许多美国学生都必须要靠贷款才能读完医学院。而且，王昊也无法转专业，在国内十多年学习和研究的都是医学，如果现在突然让他去学计算机，那不是也挺要命的。他只能硬着头皮一试了，要么登上巅峰，要么沉入大海，大有不成功便成仁的架势。

他从图书馆借来了所有的书籍和资料，还从书店里买来了历年的考题。他大致看了一下，发现医学理论方面的东西没有太大问题，毕竟在国内是医学博士；但是，真正难的是那些英语的医学专业术语，不知道这些词是无法参加考试的。他真正需要攻克的其实是英语，而不是医学。他只好花大量的时间去记忆那些英文的专业术语。

现在，快两年过去了，他终于觉得可以去考试了。但这好像也是他的背水一战，成不成功在此一举。他这样苦熬了一年多，耗尽了他所有的资源和精力，已经无法再熬下去。如果考不过，当不了医生，他都不知道自己还能干什么。以他的个性，绝不会去餐馆打工为生。回中国吗？这样失败和悲惨地回去不如让他死去。他无论如何也无法面对同事和同行鄙视的目光。此时此刻，他就像一个疯狂的赌徒一样，压上了自己所有的资本和家当，准备最后一搏。其实，他并没有什么资本和家当，他真正的资本就是他的知识，全在他的脑子里。来到美国后，他慢慢意识到，他失去的不仅仅是妻子，还有家庭社会背景、学术地位、社会地位、事业发展前景、舒适的生活条件……以前在中国优越的一切都失去了。他现在唯一还没有失去的就是他身上的知识和才华，他要用这唯一剩下的资本最后赌一把，去赢回他失去的一切。他并不是在狂想，如果成功，一切真有这个可能。所以，他只能成功，不能失败。

考试那天，王昊稍稍修正了一下，穿上了一件正式点的外套去了。进了考场后，他找到座位坐了下来。过了一会儿，考试的医学生们都进来了。他扫了一眼，发现整个考场就他一个亚裔，不觉有点紧张起来。

考试开始了，他浏览了一下考题，发现除了几个小题英文看不懂外，大部分都能做。他定下了心。凭着他的医学基础和知识，他全力而快速地回答着出现在他眼前的一个个问题。当结束铃声响起时，他已回答完了所有问题，就那几个不太看得懂的问题也猜了一下答案。

当他走出考场时，心情再难平静，一种复杂的感觉涌上心头，不知道是喜还是悲。他仿佛感觉离成功是那么地近，好像就一步之遥了，如果不出什么意外，这一步也许就真的迈过去了。近两年的努力，想起那伏案苦读、泡面充饥的日日夜夜，他不觉有些心酸。这一切也许马上就要过去了，他又有些兴奋起来，仿佛已经看见了黎明的曙光。他的头向后甩了一下挡在他眼前的长发，迈着轻松的步子向公寓走去。

两星期后，成绩下来了，王昊果真通过了医学基础知识的考试。欣喜之余，他没敢松劲，又开始积极准备下一部分的临床医学考试了。在美国，医生资格考试是分为两部分的：第一部分是基础医学考试；第二部分是临床医学考试，包括临床知识和技能两部分。你只有通过了这两部分的考试，才能最后拿到 ECFMG（外国医学毕业生教育委员会）的认证书，也就是说承认了你与美国医学生的同等水平和合格要求。有了这个认证书，你就可以像美国的医学毕业生一样，进入医院做实习医生了。所以，王昊还不能懈怠，必须一鼓作气把临床考试的这后半步走完，才是大功告成的时候。

由于第一部分考试的成功，让他信心和自信倍增，他坚信这第二部分的考试他也一定能闯过去。在国内，他一直从事医学工作和研究，已有好几年的临床实践经验，这些都是他的优势和强项。他觉得，对于他来说，这一部分应该比前一部分更有把握和胜算。在随后的三个月之内，他分别去参加了临床知识和临床技能的两种考试。不出所料，他几乎没有什么悬念地就通过了这两种考试。

这在当时真是一个惊天动地的消息，让许多这里的中国人都感到惊讶，包括王昊自己。虽然这个结果他已有预感，但真的来临还是让他震惊。是真的吗？我真的通过了吗？他有些不敢相信。这种考试那些美国医学生有时还得考两三次，他竟然一次就考过了。真让人惊叹。他盯着这个 ECFMG 的认证书看了许久，他眼镜框后面的眼睛变得潮湿起来，一颗泪滴掉出了眼眶，顺着他瘦削的脸颊滚了下来。他闭上了双眼，浑身的血液都在沸腾，汹涌澎湃地在他的血管里奔流着。他仿佛都能感觉到他脉搏强有力的震动。怎么能不激动呢？他眼前的这张认证书就是他在美国能通向成功和幸福的通行证，就是他能改变命运和前程的法宝，就是他能找回所失去一切的钥匙。这张不起眼的纸片对他有着非凡的意义，决定着他的命运和未来。

王昊考过医生资格的消息很快在学校华人中传遍了，引起了不小的轰动。这在当时 20 世纪八九十年代来的这批中国人中还没有先例，这是第一次中国大陆培养的医学生在美国通过了医生资格考试。这个以前这批中国人不敢碰、不敢问津的领域终于被突破了。人们兴奋地争相传告着，仿佛受到了激励和鼓舞，特别是那些以前在中国学医的留学生都好像看到了光明的未来。以前看来高不可攀、遥不可及的高峰其实并不是完全不可能，只要你有足够的勇气、足够的努力，你就能到达。他们大多为了来美国都改了专业，学了生物、生化甚至计算机等专业，因为医学院没有奖学金，学费又很高昂。王昊的成功让他们看见了希望，看见了可能性，也看见了新的奋斗目标。说不定还是通向成功和幸福的捷径之路。

当然，王昊考过医生资格的消息也很快传到了秦琨的耳朵里。她好像并不十分惊讶，以她对王昊的了解，她知道他有这个实力，也有这个水平。尽管她也希望王昊成功，能彻底改变他现在的尴尬处境，但毕竟他们以前的这种关系，让她心里有些不是滋味，就像她正在吃着的热狗里面的泡酸菜一样，有点酸溜溜的。现在，她与王昊之间的状况又滑稽地掉了个个。王昊很快将成为一名美国医生，会过上富裕的生活，会有房有车，会成为美国社会的中上流；而她自己呢，现在还是个穷学生，两年毕业后能不能找到工作都成问题，因为现在许多博士找不到工作，只能一直做博士后。真是三十年河东三十年河西，命运真有意思。想到这里，秦琨自嘲地笑笑，从石椅子上站起身，把包热狗的纸扔进了垃圾桶。

她沿着校园的小径往公寓的方向走去。她脑海里出现了一个她很不想面对，但又躲不开的问题。她甩了甩头，感觉无法回避，索性面对吧。"我后悔离婚吗？"她在心里问自己，一时之间脑子有些空白，不知道该怎样回答。她从来没想过这个问题，直到现在，这是第一次问自己这个问题。她默默走了好长一段路，在脑海里回想着与王昊一起生活的点点滴滴，最后终于坚定地说，"不，我不后悔"。她抬起了头，看着远处天边的红霞，对自己说，"这一切我自己今后也能争取，我并不是因为生活境况离开他，而是不喜欢我俩之间总是他俯视、我仰视的氛围了"。她往后捋了一下垂到额前的头发，坚定地向公寓的方向走去。

十四　燕妮的选择

　　肖特·罗伊娜教授走进了实验室，面带微笑地来到了燕妮的实验台前。她的笑容总是那么和蔼可亲，让见到她的人都有一种亲切感。她觉得是时候跟燕妮商量一下博士资格考试的事了。

　　燕妮的课程已经修得差不多了，研究课题也还进行得顺利。她将沙门氏菌的一个与致病有关的膜蛋白基因已经克隆出来，下面就是要进行这个基因蛋白的一些性质检测。这时候的确可以考虑博士资格考试的事了，可是燕妮有些犹豫了，竟然不太想继续读下去了。她好像对拿博士学位并不怎么感兴趣，当初读研究生也是为了学生身份。现在丈夫和孩子都来了，问题已经解决了，好像没有再读下去的必要了。她本不喜欢做什么研究，觉得既枯燥又无味，不是因为身份问题她绝不愿意读这个书。

　　"现在是时候考虑考虑你博士资格考试的事了。你应该开始拟定两三个研究题目，准备考试了。"肖特教授温和地对燕妮说。

　　"嗯，我本来这几天也想去找你谈谈。"燕妮有些吞吞吐吐的，不知道该怎样开口，"我考虑过了，决定不继续读博士了，想拿一个硕士毕业了。"燕妮低着头，有些为难，不敢看肖特，眼睛盯着自己手中的吸液枪和试管。

　　"什么？你说什么？"肖特教授惊愕地看着燕妮，有点不相信自己的耳朵，眼镜片后面的眼睛都睁圆了。

　　"我是说我不想读博士了。"燕妮小声地又重复了一遍，眼睛仍然不敢看肖特。

　　"你以前怎么没提过？我一直以为你要读博士的。"肖特还是很惊讶地说。这对她来说太突然了，完全没有思想准备。

"我……也是才决定的。"燕妮吞吐地回答着，觉得有些对不起肖特，原来是说好要读博士的。

"你课都修完了，课题也做得很顺利，不读博士可惜了。我劝你最好再慎重考虑一下吧。"

"可是我还需要考博士资格考试，还要最后答辩等，还需要两三年的时间。我丈夫也在读博士，我们俩都顾不上家和孩子。我想，我就算了吧，让我丈夫一人读就行了。"燕妮婉转地把孩子和家作为理由提了出来。

沉默了片刻后，肖特看着燕妮，同样都是女人，她开始同情起燕妮来。女人嘛，学业和家庭两头顾是很难的。她想到了自己一路走来，艰难奋斗的经历，觉得能够理解燕妮。过了一会儿，她脸上的惊愕和不满退去了，柔和的神色又回到了脸上。

"唉，你既然已经决定了，那也没什么好商量的了，照你现在课题的完成程度，拿硕士应该是没有什么问题的。我想，我是能理解你，但是，我一个人也决定不了。你还是要去征求系里研究生办的同意。"肖特说完，沉着脸走出了实验室。

燕妮一听肖特的口气，知道她已经松口了，算是同意了。她心里立刻轻松起来，冲着肖特的背影露出了感激的笑容。她真庆幸当初选择了比较好说话的肖特，如果是其他教授，绝不会轻易答应的。她也知道，研究生办也主要听指导教授的，如果肖特同意了，他们一般不会有什么异议。

过了几天，肖特又来找燕妮，脸上又有了温和的笑容。她对燕妮说："你可以去准备你的硕士论文了。"

"真的吗？你同意了？"燕妮抬起头问，感激地看着肖特。

肖特点点头说："你可以去通知你的答辩委员会，你改为硕士学位了，初步定一个答辩时间吧。"

燕妮欣喜若狂，但不敢在肖特面前露出来。她感觉就要被解放了一样，再也不用受学习和考试压力的困扰了，心情像要飞起来了一样。等肖特一跨出实验室的门，她就在实验室里手舞足蹈起来。

其实，燕妮不想读博士并不完全是因为家庭和孩子。她不是那种思维严谨、沉稳专注的个性，也没有科学研究者应该具有特质。她不能长期潜心地研究那些对她来说枯燥无味的东西，三年的修课和做课题已经让她觉得烦闷和无聊到快要窒息了。如果不是为了留在美国，要转变身份，她无论如何也不愿意去读这个研究生，确实是个无奈之举。尽管她以前也学医，但她的兴趣爱好却是文学艺术和社会活动。她真该学文科的，也不知道为什么当初学了医，也许是觉得更实用，好找工作吧。

现在，她最想做的，也是最愿意做的事就是赶紧毕业，赶紧摆脱这种枷锁。今后的事，比如身份啊、工作啊、家庭经济来源啊等等，都交给付宁，让他去操心好了。

"你可得把博士给我读下来，别辜负了我辛苦把你弄来。"她厉声对付宁说。

付宁笑笑没说话。

对于付宁来说，生活很简单，没那么复杂；一切都是为了老婆，为了这个家。老婆指哪儿，他打哪儿。他就像一块强力的橡皮泥，可塑性极强，而且有着无限的潜能，只要是老婆喜欢的、希望的，他都会有一股强大的动力去完成和实现老婆的愿望和诉求，无论有多辛苦、多艰难。可直到现在，燕妮都还没意识到付宁就是她身边一块宝贵的璞玉，还是像对待一块不起眼的石头一样随意处置。在家里，燕妮就像女王一样，有着绝对的权威和地位。付宁从来不会对她说半个"不"字。

如果真有什么事有了争执，燕妮声音一高，他就不吭声了。乍一看，觉得付宁就是个气管炎（妻管严）；其实，付宁是处处都让着心爱的老婆，不想让老婆不高兴。

前几天，家里收到了一封很特殊的信，既不是从北京燕妮家来的，也不是从河南付宁家来的，上面落款是河南的一个什么乡政府。燕妮觉得好奇就拆开看了。原来信是从付宁河南老家寄来的，是付宁家所属的乡政府寄来的。信里说，付宁的名字已经被记载到他们的乡志里了，他是乡里第一个大学生，也是第一个留学海外的人。

"哈哈……哈哈……"燕妮看完哈哈大笑，"你看看，就你这水平还值得写进乡志哪！你都成了你们乡有名望的人了。哈哈……哈哈……"燕妮边笑边带着嘲讽的口气说道，还没等付宁反应过来，她顺手就将信扔进了纸篓。

付宁在旁边听着，脸涨得通红，一直红到了脖子根。他的自尊心被深深地刺痛了，心里难受极了。可是，他没有发火，默默走到了纸篓前，慢慢把信从纸篓里捡了出来。这时燕妮看见了付宁的脸，突然意识到这样做太随意，太不尊重付宁了。

"我是觉得这东西挺可笑，也没什么用……"燕妮说。

"那你至少给我看一眼。有些东西你看着不起眼，也许对我很重要。"付宁义正词严，但很冷静地回答道。

付宁一定会继续读下去的，就是燕妮不要求他，他也会去拿到这个博士学位。写进乡志是他的荣誉和骄傲，他要成为不仅他们乡，甚至整个县，第一个出国、第一个拿到美国博士的人。他要让他的名字再次写进乡志，甚至县志里去。

不久，燕妮就通过了硕士学位的答辩。由于她修的课程已足够，研究课题得到的结果也早已超出硕士所要求的程度，答辩时教授们都没有太为难她，很顺利地就通过了。答辩那天，秦琨也去了，在台下给她壮胆。答辩完后，听众走得差不多了，燕妮收拾起幻灯片和资料。秦琨走上台去，一本正经地伸出手与燕妮握了握手。"祝贺你答辩成功，获得硕士学位！"秦琨憋着粗厚的嗓音低沉而隆重地说道。两人都笑了起来。

"今天还真不错，我看你在台上开始有点紧张，后来就镇静自如了。真的很好。"秦琨又说道。

"其实我紧张得要死，还好一切都过去了。我自由啦！"燕妮满脸轻松地说着，喜笑颜开地做了一个飞起来的姿势。

燕妮带着一脸轻松的笑容在秦琨的陪伴下走出了实验大楼。俩人一路走着，一路聊着。

"我还是觉得你就这样放弃读博很可惜。"秦琨在燕妮旁边说。

"我一点都不觉得可惜。我不像你有这么高的理想和追求，我还有孩子要养，喜欢无拘无束的生活。"燕妮说，"你也看见了，这么多博士毕业找不到工作，几百个博士竞争一个大学教授职位。我再读个博士，毕业不就等于失业吗？"

秦琨想了想燕妮的话，觉得也有道理，理科博士的前景在美国的确不太乐观。可是，要让她自己现在也放弃读博，好像对她从小的理想和追求是一种悖叛。她好像无法面对爷爷那期盼的目光。这已经不是她个人的追求，而是全家人的理想了。她承载了多少人的希望和愿望啊！她无论如何是不会、也无法放弃这有着非凡意义的学位。

"我现在不去想今后找工作的事，等读完再说吧。"秦琨最后说了一句。两人在岔路口分了手，各自向自己的方向走去。

三个月后，燕妮在波士顿一家大型生物技术公司——津冉枚，找到了一份正式的技术员工作，年薪近4万美元。这对燕妮的家来说是一笔可观的收入，全家在美国过上一个温饱日子应该不成问题了。不仅如此，随之而来的还有全家的医保，这样不仅自己，家人都有了医疗保障。燕妮满足极了，特别高兴自己做出的选择。

家里有了这笔收入，付宁也觉得轻松多了，再也不用去中餐馆打临工，也不用为了省钱几块钱费尽心思了。他可以轻装上阵了，向博士冲刺。

十五　成为美国医生

王昊的神经一松弛下来，就感到了前所未有的疲惫。近两年来，他的神经一直都在高度集中和全神贯注的状态下，有一个志在必得的强大精神和生存的危机感在支撑着他。现在，目标已攻下，压力和危机感突然消失了，他有一种从未感到过的极度疲惫和倦怠。他感到总是睁不开眼睛，什么时候都想睡觉。他在公寓里睡得昏天黑地，不知道白天也不知道黑夜，常常起不来吃饭。一星期后，他终于醒了，不再觉得困倦了。他爬了起来，把自己清理了一番，跑到理发店把已经披到肩上的长发剪掉了。

回到公寓后，他看着自己像狗窝一样的房间，实在不能再忍受了。他把堆在地上已经发臭的脏衣服拿到街上洗衣店的投币洗衣机里全洗了，又把满地的纸片和方便面的口袋都清理了出去。他把那些堆积如山的复习资料和书籍，都塞到了床底下。这样再看看，觉得好多了，至少不妨碍走路了，不像以前连脚都插不进去的境况。他这才坐了下来，开始考虑怎么去申请住院实习医生的事。

由于美国已经给 1992 年 2 月以前来的这批中国人发放了绿卡（永久居住权），王昊现在的身份不仅可以留在美国，而且可以合法地在美国找工作。只要能达到要求，当医生也是可以的。

王昊在中国早已是内科临床医生了，但现在还是必须像美国医学院毕业的医学生一样，要从实习医生开始。这里不会承认你在中国的经历和经验，资格考试只能证明你有当医生的基础知识，并不能证明你有足够的经验。可对于王昊来说，没有什么可抱怨的了，这已经是走了捷径，比重新去读医学院强得太多了。这里住院实习生的年薪已经是 5 万美元以上了，比起王昊刚来时每月几百元的生活费和后来 2 万元年薪博士后的工资已经是一步登天了。从现在开始，他不仅有了美国身份，还可以衣食无忧、买房买车了。这在当时的中国留学生看来简直是望洋兴叹了。

王昊开始考虑他该到哪里去做实习医生，他可以在全美范围内申请任意一家医院，只要有医院能接受他。美国有一个专门的全国性住院医生的培养系统，在这个系统中，那些通过了资格考试的医学生们，需要进入全美的实习生选配，也就是业内称为 match（匹配）的过程，找到适合自己专长，又是自己想去的医院和地区。这是一种双向的选择，实习医生可以选择医院，医院也可以选择实习医生。只有在双方都满意的情况下，才能达成最后的协议。王昊想来想去，还是选择了波士顿附近的几家医院寄去了申请。他觉得在这里待了三年多，一切都熟悉了，不想再去一个陌生的地方重新适应。其实，在他心里还有一个模模糊糊、不甚清晰的原因，他好像想离秦琨近一些。

两周过去了，仍然没有收到任何回信，王昊有些着急了。他脑子里出现了种种猜测：这些医院不缺住院医生？有太多人申请？还是从来没用过中国人，不敢用，不想用？刚踏实了几天的心现在又开始发虚了，他感觉好像没有什么是自己能够把控的东西，这个世界不确定因素太多了。的确，许多全美顶尖的医院都在波士顿地区，如哈佛医学院、麻州总医院、布莱根妇女医院……美国医学生都想来这里受训，一定竞争很大。再说，他一个中国毕业的医学生，一定很难有什么优势得到这些有名医院的青睐。他心神不宁地每天上午 10 点、下午 4 点都跑到信箱前去等邮差。又过去了好几天，还是没有见到回信，他再也坐不住，在公寓的房间里来回踱着步子，考虑是不是该往波士顿以外的城市发出申请。

终于，在申请发出去后的第 27 天，他收到了伊丽莎白医院的回信。这家医院在波士顿附近的布莱顿地区，是一家相对小一点的私立医院，王昊开始并没有重点考虑，只是加上一个垫垫底的，没想到就是这家医院给了他答复。有答复就好，王昊已经想不了这么多了，也没有别的选择了。信上告诉了他时间和地点，要求他三天后去面试。他立刻开始着手准备去面试的事宜。

三天后，他上午 9 点准时来到了伊丽莎白医院的大楼下，把车停在了旁边的停车场里。下了车，他抬头望去，哇，这哪儿是什么小医院啊，五六层的大楼有好几栋，规模并不小。他穿过了楼前修剪得整齐悦目的花坛和草坪。刚浇过水的花坛小径还有些潮湿，花草上的水珠还在朝阳下闪着光。他来到了楼前，抬头看了看医院正面的大楼，"伊丽莎白医院"的字样在大楼高高的楼墙上，显得格外醒目，几里外都能看得见。王昊整理了一下自己的黑色西服和领带，手里还拎着一个黑色的公文包。这些是他从中国来时带来的，从来还没穿过，今天是第一次穿。这一身看起来很正式，一副职场男性的穿戴，与一个月前的他相比判若两人。他迈着自信的步伐向医院大门走去。这时的他，心情有些忐忑，也有些兴奋。

王昊直接上到了6楼，来到了院长办公室。门开着，里面坐着一位长者，头发花白，戴着一副金丝眼镜，身上还穿了一件医生的白大褂。他正在写字台前看着什么。王昊猜想这大概就是院长了。他走上前去，在已经开着的门上敲了两下。院长抬起头，赶紧站了起来，上前迎接王昊。他与王昊握了握手，透过眼镜片，他好奇地打量了一下这个小个子中国医生。院长自我介绍了一下，然后两人都坐了下来。

"你的简历真让我们印象深刻。"他说着，随手从写字台上拿起了王昊的简历，"你在中国获得了医学博士学位，并有5年的临床工作经验？"

"是的。"王昊回答说。

"你还发表过5篇医学学术论文？"院长又和蔼地问。

"是的。"

"你这样的经历来做实习医生好像有点屈才，不过我们从来没用过中国医学生，有一点没把握。其实，医院对聘用你还是挺有争议，不过我还是主张让你试试。"

王昊点点头。

"我们有几个专家也想见见你，随我来吧。"说着，他领着王昊来到了旁边的小会议室。

十几分钟后，几个穿白大褂、医生模样的人来了。看样子都不年轻了，五六十岁的样子，可能是内科里的一些专家和资深大夫，院长一一都给王昊作了介绍。他们坐了下来，都好奇地打量着王昊，想看看这位中国来的医生是个什么样。显然，这样一个穿着廉价西服、个子矮小的形象没有打动他们。

他们相互看了一眼，脸上的表情很微妙。随后，他们开始谈笑风生地相互寒暄了起来。从他们的笑声中，王昊感觉到了一种只能意会不能言传的藐视，这隐隐地刺痛了王昊的自尊心，但同时也激起了他的斗志和好胜心。他下意识地整了整领口的领带，有一种整装待发、准备战斗的感觉。

正式面试开始了。这些专家们从内科知识到临床经验问了个遍，从呼吸内、消化内、内分泌、心脑血管……一直到精神心理等都涉及了；还问了几个临床实例的问题。王昊都一一做了答，还有所发挥。他要让他们知道他的知识面，还要让他们知道中国5年的临床经验能让他准确迅速地对病情做出分析和判断。他心里的声音在说，"我要让他们知道我这5年的医生不是白混的"。一谈到医学，他的大脑皮层立刻处于兴奋状态，眼睛也在放光，无所畏惧任何挑战。那是一个他可以自由翱翔、自由驰骋的天地，在那里他可以找到全部的灵感和自信，甚至快乐，如同天才棋手看见棋盘、面对高手时的感觉一样。

但是，在讨论中，他有两次没太听懂医学的英语专用名词，这些词他懂，也会写，但听起来有些生疏。他问了两遍才反应过来，院长在旁边微微皱了一下眉。的确，这方面是王昊的短板，毕竟没有在美国上过学。这也是院长所担心的。不过，总体还是不错的，那一两个停顿并没有影响大局，很快过去了。

面试结束了，专家们的笑声没有了。王昊的医学才华征服了他们，远远超出了他们的想象和估计。这个时候，王昊那略显稚嫩的脸庞和那套劣质的西服仿佛没那么可笑了。他的才华像一道五彩的光环笼罩着他的全身，是那样闪亮、那样绚丽。专家们的眼睛里现在露出的是惊叹和折服，藐视和轻蔑已经消失在了无形之中。出门之前，他们都上来跟王昊握了握手。

会议室里只剩下王昊和院长了。"Amazing（让人惊奇），你这么年轻就能这么博学，就能有这么丰富的经验，真让人难以相信。"院长对王昊说。

"谢谢。"王昊礼貌地回答，自信地笑了笑。这种自信已经是王昊的本能，当谈到与医学有关的东西，这种自信就充满他的全身。

"现在我们基本能确定你做医生是没有问题的，但还有点担心你的英语，不知道问诊病人时会不会有困难。"院长说出了他的担心，"因为医生很重要的一项就是与病人交流，能帮助你更准确地做出诊断。"

"我相信只要适应一段时间就会好了。"王昊仍然自信地笑着说。

"我也是这样想的。好吧，你回去等通知。我们很快就能做出决定。"院长说着，伸手与王昊握了握。

他们一起走出了会议室。王昊与院长告了别，下楼去了。

走出医院大门，王昊信心满满，对自己今天的表现是满意的。他坚信，如果不出意外，医院一定会接受他。他回头又看了看这座大楼和那几个"伊丽莎白医院"的字样，感觉他就要成为这其中的一份子了，自信的笑容在他脸上绽放开来。他开着车，心情轻松得要飞起来了，从不唱歌的他，也禁不住跟着车里无线电播放的歌曲哼唱了起来。

果然不出所料，两天后王昊就收到了院长寄给他的聘书（offer）。上面写道：很荣幸地通知您，您已被伊丽莎白医院聘用为内科住院部实习医生，年薪7万美元，并能享受医院所有福利待遇。

这个聘书终于拿到手了，真真切切地握在了他的手上。这个让他日夜奋斗两年、让他给予了所有希望、让他魂牵梦绕、让他热切盼望的聘书已经握在了他的手上。此时此刻，他好像并没有想象的那么激动，也许是早已料到，也许是已经激动过了头，也许是一路走来的艰辛，更也许是有了新的目标和方向。

他已经在心里开始计划，准备拿到第一个月的工资后就搬到一个离医院较近，比较高档的公寓去。当了医生就不能再住这种近似贫民窟的房子了，会有失身份。还要给自己置几套像样的衣服，不能老让别人笑话。他应该过另一个阶层的生活了。他应该去适应和了解这个对他来说既熟悉又陌生的阶层，这是一个不同于中国高阶层的美国上流阶层。做一个上流社会的美国人，有太多的东西等着他去熟悉和适应，这对他来说是一个新的世界。

拿到聘书是件可喜的事，不管怎样也该庆祝一下。在这里，他没有太多的朋友，就把公寓楼里的几个中国邻居请到北京楼吃了一顿。大家都挺为他高兴，都在祝贺他的成功。在很多中国人眼里，他简直是一步登天了，许多人在这里再混十年也未必能达到这一步。大家羡慕的目光都投向了他。直到现在，王昊觉得，来到美国这些年，现在才活得真正像个人了。他好像又找回了当年在中国时的那种让人崇拜和羡慕的感觉了。

酒过三巡后，一个留学生夹了一个虾仁放到嘴里，对王昊说："该考虑考虑个人问题了吧？现在还单着，应该找个人照顾照顾你的生活了。"

"还没想过呢。"王昊笑着说。

"现在也有条件了，可以考虑了。"

"没合适的。"

"照你现在的条件，只要一招呼，那还不排着队来啊？"那留学生笑着高声说。

"别瞎扯。"

"怎么？不会还想着秦琨吧？"

王昊的心猛地抖动了一下，好像被什么东西刺了一下似的，他看了对方一眼，没说话。

那留学生一看他的脸色，赶紧闭上了嘴，怕再触动他的伤心事。他知趣地马上把话题转移到了怎么考美国医生资格证上去了。王昊漫不经心地吃着，陷入了沉思。"是吗？我一直还想着秦琨吗？"他在心里问自己。那个两年来在他内心深处一直朦朦胧胧的、不愿面对的感觉，现在好像突然间被点穿了。是的，他还想着她，对她还抱有希望。

酒席散后，王昊回到公寓。他的内心久久无法平静，在矛盾的煎熬中。他知道秦琨还没找男朋友，想去找她谈谈，但骄傲和自尊又让他犹豫了。也许，现在去找她还不是时候，他现在还不够强大，还不足以完全征服她、让她倾倒。他要让自己变得足够强大时再去找她。他要让她心悦诚服，要让她自己甘心情愿地回到他身边。他最后决定只是给她打个电话。

"嗨，你好。"王昊拨通了电话。

秦琨在另一头愣住了，一下拿不准是谁，这声音既熟悉又陌生。

"怎么？不认识了？我是王昊。"王昊又说了一句。

"哦，我说怎么声音这么熟。有什么事吗？"秦琨有点惊讶地回答道。这真有点突然，她没想到王昊会给自己打电话。自从离婚后，他们还从来没通过电话。

"也没什么事，我就是想告诉你我已经考过医生资格了，前几天去面试了一家医院，现在已经拿到 offer（聘书）了。"王昊的声音里有几分得意，可又想显得轻描淡写。

"我听说你考过了，恭喜你啊！"秦琨真诚地在电话里说道。

"消息这么快，你就知道了？"

"这里华人圈子就这么大，上午发生什么下午就知道了。"秦琨说，"我听了也没有多惊讶。我知道你能考过。"

"对我这么有信心？"王昊好奇地问。

"是我比较了解你吧。"

"伊丽莎白医院已经接受我做住院医生了，下星期就开始工作。"

"哦！那更该祝贺你了，在美国你算是熬出头了。光明的前景在等着你哪。"

"你现在怎样？什么时候毕业？"王昊又把话题转到了秦琨身上。

"不知道呢，博士论文做得不太顺。"秦琨说。

"应该没多大关系吧，希望你明年能顺利毕业。好吧，以后有事没事都联系联系呗，还是朋友嘛。"王昊最后说。

"好啊，好啊。"

王昊放下了电话，他感觉秦琨的口气还不错，似乎以前两人间的那种感觉还依稀尚存。但他不想现在就跟她谈感情的事，他只想作为普通朋友那样与她沟通一下、联系联系。他的目的已经达到，他的现状，他的时来运转，已经巧妙地告诉了她。他希望她什么时候想明白了，能主动来找他。打完了电话，他觉得很释放，有种满足感。

放下电话，秦琨觉得很奇怪，他们两年都没有什么联系了，为什么这个时候给她打电话呢？什么意思呢？为了炫耀他考过医生资格？炫耀他当了医生？好像不太像。难道是想重温旧情？可他一句也没有提起。唉，管他什么，就当以前一个老朋友问候一下呗。王昊应该还是一个很值得做朋友的人。秦琨没有去多想。

十六　中年危机

秦琨的课题确实碰到了障碍。她克隆的调控因子被转化到另一个细胞株里，可没有检测到该细胞的表达调控效果，试了很多次都是如此。她现在有点不知何去何从了，分析可能是该因子进入细胞后自身没有表达成功所至。可是，检测后发现这引进的因子是可以表达的，能检测到其蛋白分子。那原因就很复杂了，是该因子在新细胞内没被激活，还是该因子的激活被抑制了？这课题就卡在这了，如果老解决不了，就会面临换题目的危险。如果真是那样就惨了，前面一年多都白做了，一切又要从头开始。一想到这些，秦琨就有些颓丧。她甚至羡慕起燕妮来，"还是燕妮好，拿个 master（硕士）走人了，多省心啊。"秦琨自语道。

秦琨正想着，实验室的那个华裔技术员，贾兰芝走进了办公室，把一个饭盒放在了她面前。秦琨打开饭盒，一股韭菜香味扑鼻而来，一个个圆鼓鼓、有棱有角的饺子就在她眼前。

"哇，韭菜饺子啊！好久没吃饺子了，都馋死了。"说着，秦琨就抓起一个饺子放进了嘴里，闭上眼睛细细品味着那久违的美味。

"赶紧去洗洗手再吃，刚做完实验吧。"兰芝嗔怪道，口气像母亲一样。

秦琨也撒娇似的冲着她做了一个可爱的鬼脸，赶紧冲出去洗手了。

燕妮走后，兰芝成了秦琨唯一可以吐露心声的人了。她们几乎无话不谈，有些女人最隐秘的小秘密也可以无所顾忌地谈论。对于兰芝来说，由于年龄的关系，她把秦琨早已当作另一个女儿了。而且，有些不能跟女儿说的事，她却能跟秦琨说。美国的社会本来就是个人际关系淡漠、人情冷漠的社会，大家遇见不管认不认识都很礼貌地"嗨""嗨"，但很少能有推心置腹的人。

这个社会讲究的是私人隐私和空间，但从另一个角度，人与人之间较近的接触和交流就变得非常的少。在这样一种环境中，一旦有什么心理问题就很难得到化解和疏导，所以这里的心理病人比别的地方多，有事只好去找医生谈。来到这里的这批中国人其实更是如此，没有家人，没有亲人，环境又陌生，有了心理问题就更难排解。因此，知心朋友就变得尤为重要。秦琨庆幸当初选择了马伦实验室，遇到了兰芝是她的幸运。在她感情危机的艰难时刻，在她煎熬的日日夜夜里，是兰芝陪在她身边，陪她度过了那最痛苦的时期。

秦琨洗了手回来，端起饺子就开始大吃，一边吃一边跟兰芝聊了起来。

"你大女儿是不是快要上大学了？"秦琨问。

"对，最近正在选择学校呢。我正在陪她去附近的几所大学参观。"兰芝回答说。

"她想学什么专业？"

"她说想学金融。"

"金融不错，现在挺时髦。"

"唉，随她吧。在美国的小孩你哪儿能帮她做主啊。"

"哎，老汪最近常回来吗？"秦琨又问，抬起眼睛小心看了兰芝一眼。

兰芝没有立刻回答，好像突然想起了什么，眼圈有些红。

"你怎么啦？"秦琨停止了咀嚼，关切地问。

"没怎么，没事。"兰芝说着，把头转开，眼圈更红了。

"不对，你肯定有事。"秦琨认真地说，脸色也严肃起来。

过了好一会儿，兰芝用纸巾擦了一下眼睛说："老汪跟我正式提出离婚了。"

"啊？"秦琨有些吃惊，送到嘴边的饺子停住了。她干脆放下了筷子。

"你不是说，他跟那个女的只是玩玩的，没有打算离婚吗？"秦琨惊讶地问。

"可现在不同了，"兰芝皱着眉说，"那个女的刚给他生了一个儿子。"

"啊？都这种程度啦？"秦琨惊讶得眼睛都睁大了，看着兰芝不知该说什么好，惊讶过去后，她冷静地说，"看来他们是玩真的了，现在生米都做成熟饭了，还一直哄着你。"

兰芝的眼泪已经滚出了眼眶。

兰芝的丈夫，汪绍夫，1988 年以访问学者的身份来到了美国波士顿大学医学院。他没按期回国，赶上了拿绿卡，留了下来。拿绿卡一年后，他把兰芝和两个女儿都办到了美国。一家人在波士顿生活也有两三年了，老汪在科室里按博士后拿工资，两万多元的年薪；兰芝在实验室做技术员 1.8 万元的年薪。一家人生活得虽不富裕，但温饱没问题了。兰芝又是个能持家，会过日子的人，家里布置得既温馨又整洁，餐桌上总是丰丰盛盛的。一家人的日子过得有声有色、其乐融融。兰芝挺满足这种守着丈夫和女儿的平静而充实的日子。老汪虽学的是医，但蛮有经商头脑，这两年把中国的廉价小商品弄到美国来卖，赚了不少钱，生意一天天红火了起来。据说，老汪的父亲和他的家族中华人民共和国成立前就是上海的大资本家，他大概还真有点他们家的遗传基因。现在，家里的日子蒸蒸日上，眼看就要更上一层楼了，大家都羡慕起他们来，都说兰芝今后要享福了。

可是，一件看起来很偶然的事情却改变了这一切，彻底改变了兰芝的命运。每年新生入学季，学校都会组织人员接待新生，中国留学生联谊会也会组织这样的活动。两年前，也是在这样的新生入学季，老汪开车去机场接一位中国大陆来的新生。这位二十六七岁的上海女生显得娇滴滴的，好像没有人帮忙就没法在这里活下去的样子。从机场回来后，她就不断地来找老汪帮忙。老汪只好又带着她去学校报到，接着两天又帮她找公寓、搬家等等。从此，这女生对老汪形成了依赖，常常来找老汪帮忙。这样一来二去，两人竟然萌发出了感情。

老汪虽然已是 40 多岁的人了，但看起来蛮精神的，个子高高的，皮肤很白，最特别的是头发有些自然的棕黄色。当时的中国人是不兴染发的，很多人都觉得他的肤色和头发有些特别。据说他母亲有二分之一的白人血统。旧时的上海，与洋人打交道的机会不少，特别是大资本家，娶个洋人老婆也不是不可能。当然，他的脸型轮廓还是很亚裔的，而且，显得成熟干练。在许多女孩子眼里，他还是挺有魅力。对于这位新来的女生，由于远离家人，环境陌生，感觉孤独寂寞，再加上自身独立性差，特别需要照顾和呵护，像老汪这样具有成熟男人魅力又懂得照顾人的男人，对她就更有吸引力了。尽管她也知道老汪有家室，还有两个女儿，她也毫不退缩，紧紧抓住老汪不放手。老汪本不想这样，自己都有女儿了，家庭也挺温暖，没必要节外生枝。可是，经不住这女生的百般诱惑和纠缠。老汪对那女生说："我是有女儿的人了，我要对她们负责任。我是不会离开我的家庭的。你明白吗？"那女生根本不理会这些。

时间一长，这事就成了公开的秘密，兰芝和两个女儿都知道了。兰芝与老汪大闹了几场，女儿们都站在兰芝一边。可是，这些都没有什么用，反而使得这事在家里公开化了。老汪以他在家里的权威和顶梁柱的地位，使得她们娘仨不得不接受他在外面有女人的事实。老汪嘴上虽没说什么，但他的态度和行动已经让她们明白不得不接受。与此同时，他还是一如既往地关心和爱护她们；他还是疼爱女儿的爸爸，悉心照顾家庭的好丈夫。他没有让她们感觉一点点的被冷落和忽视。"我不会丢下这个家不管的，我也不会跟你离婚。"他对兰芝说。

兰芝对这种状况有些无可奈何，她无法想象这个家如果没有老汪该怎么维持下去。且不说她还爱着老汪，这家里所有大大小小的对外事务都是老汪在处理，所有大的开销都是老汪在负责，今后女儿上大学的费用也要指望老汪。她无法面对没有老汪的日子。可是，如果选择不离开老汪，她就不得不忍气吞声，接受和默认他有两个女人的现状。时间一长，家里就形成了一种奇怪的气氛；老汪在家时，还像以前一样，热热闹闹一起吃饭，一起消遣；老汪隔三岔五夜不归家，也没有人过问。这种感觉就像老汪现在有两个老婆、两个家，他想在哪边住就在哪边住，而这两个家之间互不牵扯、相安无事。也真只有老汪这样的人，才有这样的本事把这种事摆得这么平。

"他住在家的时候，还跟你干那事吗？"秦琨有一次问。

"干哪个事？"兰芝没弄明白。

"哎呀，就是床上的那个事嘛。"秦琨有些嗔怪地看了一眼兰芝说。

兰芝迟疑了一下。"有啊……跟以前没什么区别……比以前还温柔些呢。"她压低嗓音说，有些羞涩地低下头。

秦琨半张着嘴，眼睛都睁圆了。她惊讶地说："啊！这也太不可思议了嘛。我还以为他爱那个女生，就会对你……"

"你以为男人都那么专情啊，才不呢。"兰芝一脸看透男人的神情说，"你知道吗？他父亲解放前的时候就有三妻四妾，有好几个小老婆呢。他大概从心理上就是接受这种事情的，认为这是男人有本事的一种象征。"

从老汪的心理分析，大概也是这样。他生长在这种大家庭里，见过这种家庭关系的存在和运作，也许并不陌生和反感。可惜中华人民共和国成立后，中国开始实行一夫一妻制，完全没有了这种可能性；而且，在 20 世纪六七十年代，生活作风问题是可以毁掉一个人的前程的。现在到了美国，情况又不一样了，婚外情好像并不觉得十恶不赦。虽说也是一夫一妻制，但你有多少情人谁也管不了，只要你的太太不抱怨，谁会在意呢？所以，现在到了美国，在这什么都自由开放的国度里，他反而有了机会拥有多个女人。

"你也愿意？"秦琨既好奇又不解地接着问。

"唉，愿不愿意又能怎样呢？毕竟我们还是夫妻，他还把这儿当作家。原先想着他对我、对这个家还有几分留念，跟那个女人玩一阵就会收心的，没想到会是现在这样……"兰芝说着有些哽咽。

秦琨同情地看着兰芝，不知该怎样安慰她才好。她知道兰芝仍然爱着老汪，再加上这二十几年的夫妻亲情，的确是一份很难割舍的情感。要不然，她也不会一直隐忍到今天。

兰芝和老汪是"文革"前 20 世纪 60 年代的大学生。他们是上海医学院的同班同学。年轻时的老汪风流倜傥、才识过人，又是校篮球队主力。许多女生都暗恋老汪，兰芝就是其中之一。可在老汪心里，只有那个校花才是他的意中人。兰芝正好是校花的朋友，都在学校舞蹈队。于是兰芝就成了他们之间的信使，常常替校花去给老汪传话。老汪与校花有过一段刻骨铭心的恋情。后来由于老汪家中华人民共和国成立前是大资本家，家庭出身不好，校花的父母死活不愿把女儿嫁给老汪。当时的家庭出身可不是小事，也许会决定你一生的命运，父母担心校花今后跟着老汪受苦。最后，老汪只能痛苦地结束了这段恋情。

正当老汪痛苦之际，兰芝来到了老汪身边。"你愿意接受我吗？其实我爱慕你已经很长时间，因为你们俩的爱恋正浓我不便说。"兰芝道。

"你不嫌我的家庭出身吗？"老汪心灰意懒地问。

"不嫌，我愿意嫁给你；而且，我自己的事情自己可以做主。"兰芝坚定地说。

老汪用感激的目光看着兰芝，这是医治老汪伤口最好的良药。兰芝其实也是一个各方面都不错的女孩子，修长的身材，黑亮的大眼睛，一头长长的秀发编成了两条齐腰的长辫子。她的姿色并不比校花差多少，不然怎么能进舞蹈队呢？老汪还有什么理由拒绝呢？没有。在这种痛苦和受人冷落的时刻，他有的更多是感激。

毕业一个月后，老汪和兰芝就结婚了。婚后的日子一直很舒心，老汪对兰芝也很好，兰芝在心里感谢上苍给了她这样的机会，得到了她心爱的男人。可是，万万没想到命运却会发生这样的转变，像是在故意作弄她一样。看来，她跟这个男人真的没有白头偕老的缘分啊。

如果，他们的生活环境没有发生变化，他们没有到美国来，他们的生活是否就是另外一番景象、另外一种结局呢？命运是否就不会发生这样的转变呢？也许吧。环境常常是可以改变人生和命运的，有人说命运取决于主观，其实大多数时候是取决于客观环境的，因为人的主观意志在客观环境面前显得太渺小。

"你打算怎么办呢？"秦琨问。

"不知道。看来是留不住了，现在的社会不允许三妻四妾，就是在美国他也不可能两个女人都要，只能选一个。"兰芝有些沉重地说，"以前那个女人没有孩子，他可以选择这边，现在她有了孩子，他就不得不选择那边了。不然，名不正言不顺，那个儿子怎么养？"

"那他会不会跟你离了婚，跟那个女人结了婚，还跑回来跟你保持夫妻之实呢？"秦琨有些怀疑地问道。

"那就不知道了。"

"如果是那样，你还愿意吗？"

"我想，我……不会愿意。"兰芝痛苦地答道。

秦琨舒了口气。在她心里，她实在很难接受这种复杂而荒诞的关系。从内心深处，她一直很替兰芝叫屈，但又能理解兰芝作为两个孩子的母亲所处的艰难境况，真不知道该怎样劝她做出这艰难的抉择。

兰芝的经历让秦琨很感慨，好像从中国来到这里的人，无论愿意不愿意，无论接受不接受，人生格局和命运都在发生着改变。为什么呢？这让人不得不深思。也许，他们跨越的不仅仅是两个不同的国度，还跨越的是两个有着天壤之别的制度、文化和世界观，改变就成为一种必然。以前的一切人生格局和架构不得不被拆得七零八落，甚至归了零，只能依照新的环境重新构建；就像小孩搭的积木，只有推倒了，才能重新搭。有人在这个过程中迷失了自己，找不到归途，而有人却搭起了宫殿。

"这些人到了美国怎么都变了？"很多人发出这样的疑问。其实，这样的改变大多不是主观意志的作用，而是客观环境的产物。改变在这种迥异的环境下是一种必然，是不以人的意志为转移的。制度和经济的压力、文化的差别、认知的转变，都在悄然而猛烈地推动着这些改变的发生。

十七　般　配

　　学校里来了一个从日本转过来读博士的中国留学生。他在日本读了硕士，现在转到美国来读博士。这个留学生来了以后立刻引起了大家的关注，一方面是他英俊潇洒的外表，另一方面是他卓越的社交能力。他来了不到三个月，几乎所有的华人都知道他是谁了。他出入各种华人社团，在各种聚会和集会上发言和露头。他好像也很在意别人对他的关注度。很快，他就成为了华人圈子里的明星。

　　"哎，这下来了一个能与秦琨般配的人了。"很多见到这位留学生的人脑子里都会冒出这样的想法，好像不经意间大家都在为波大的这位美丽"公主"寻找如意郎君似的。大家好像都有兴致和热情把这朵美丽的名花插到一个最配得上她的彩瓶中去一样，再也不忍心看着她娇艳妩媚地开在那里孤芳自赏。正好这位男生也是单身，大家都觉得挺合适。有热心人就开始迫不及待地想要撮合了。秦琨已经知道来了这样一个人，也不反对了解了解。她早已从离婚的阴影中走出，心态放得很开，不拒绝任何可能的机缘。

　　去见面之前，秦琨刻意稍微打扮了一下，还穿上了那件红色薄尼外套。在朋友家，这位留学生已经等在那里了。当秦琨跨进门的那一刹那，这位男士的眼睛放出了光。她的脸上没有一般女孩子的那种娇柔和羞涩，明亮清澈的眼睛闪烁着聪慧的光泽，高隆的鼻梁和轮廓精致的脸颊透着高贵而典雅的气息，这几年的经历又让她脸上多了几分成熟的魅力，只有那略尖的下巴和柔软的长发让人感觉到一些女孩的柔情。其实，她的气质才是她身上最特别的东西；除了与生俱来的高雅外，她并没有一般女孩的矫揉造作，言谈举止大方而自信，又不失亲切感；也许是平日喜欢运动的缘故，她的身段像体操运动员一样健美而有活力。她从门口走进来时，在她红色外套的映衬下，仿佛是阳光下的一朵红色玫瑰，你甚至都能嗅到她身上散发出的让人兴奋和愉悦的玫瑰幽香。

这位男士赶紧站起来，上前迎接。没等主人开口，他就自我介绍说，"我是谭一凡，见到你很高兴"，并向秦琨伸出手去。秦琨微笑着，大大方方与他握了握手。站在秦琨面前的这位男士的确像大家所说的，是个英俊的男人。他大约30岁，1.85米的个子，身材匀称，眉清目秀，看着属于文雅书生型的男子。他的个性却与外貌有点反差，比较外向，爱说话，很善于与人打交道，跟谁都见面熟。这天他穿了一身西服，显得很正式。不过他平时穿着也很正式，总是衬衣扎在有皮带的西裤里，有时还打领带。也许刚从日本来，还有些日本式穿着习惯，不像美国这边都是T恤短裤，比较随便。

他们一起坐了下来，开始聊天。

"早就听说你了，一直没机会见面，今天总算见着了。真是名不虚传啊，见了才知道。"谭一凡先开口了。

"啊，他们传什么？"秦琨惊讶地问道。

"说你是波士顿大学才貌双全的大美女啊。"他表情自然、毫无局促地当面赞扬女性的美貌。

"他们那是瞎扯的。"秦琨说着，不好意思地捋了一下自己前额的头发。她并不习惯别人当面夸她的容貌。

"绝不瞎扯，非常客观的评价。"他微笑着说。

"哎，你学什么专业的？"秦琨问道，想岔开话题，"为什么从日本转到美国来？"

"我学传媒的。这个专业还是美国比较发达和先进，我想转过来读可能更好些。"

"哦，是啊，这种专业可能这边更开放、更自由一些。"

"你是生化专业，对吧？现在中国大陆出来的大多学这种专业，比较好拿奖学金，不像我们这种专业，几乎拿不到奖学金。"

"可是，今后出路也许不是太好。"

……

他们就这样聊了一阵，还在朋友家吃了一顿饭。临走的时候，老李太太凑到秦琨耳边小声说，"看着蛮般配的"。

从老李家出来，秦琨本想回公寓，周六实验室也不会有什么人。后来想想，还有细胞培养液要换，还不如去实验室接着做实验。做生物实验就是这样，实验不等人，只有人去等实验，你很难将工作时间和休息时间分得很清楚。培养一次细菌16小时，到时你就必须去终止、取出，无论是白天还是黑夜；培养一次细胞必须2—3天换一次培养液，7—10天终止培养，收集细胞，无论是周一还是周日；其他的实验就更不用说了。那些细菌和细胞是不会等你的，你说我就要过完周末再去，那它们就死给你看，你不得不重新做你的实验。所以，对于做研究的人来说，在实验室的时间比在家的时间多得多。对于单身学生来说，几乎以实验室为家，除了睡觉的时间，基本都在实验室。只有这样，你才能出成果，或者快速出成果。

秦琨来到了实验室，碰见兰芝也来给细胞换培养液。兰芝看着秦琨感觉与平日有些不同，她惊奇地上下打量着秦琨。

"哇，你今天打扮得这么漂亮干吗去了？"兰芝笑着问秦琨。

"看你说的，我也就是比平日整齐点而已，你大概是看我随便惯了。"秦琨有些不好意思地说，"我去老李家了，老李太太非让我去见见那个从日本来的研究生。"

"哦，怎么样，怎么样？"兰芝来了兴趣，急切地问。

"就只是见了见，第一印象还可以吧，还需要再了解了解。"

"我在一次聚会上见过他，看着不错，跟你挺般配的。"

"再了解了解吧。"秦琨又说了一句。秦琨今天这是第二次听到"般配"这个词了，她不知该怎样回答。她心里清楚这多半指的是他俩的外貌。

"好吧，好好了解了解吧，不管怎么说这是一个还不错的人选，但愿你们有这个缘分。"兰芝最后说。兰芝很了解秦琨，她不是一个只满足于外表的人，也许内在的东西对她来说更为重要。

兰芝走了，实验室里就剩下秦琨一人了。她拿出了实验记录，想看看下一步该做些什么。翻了翻记录本又关上了，她觉得有些心神不宁，好像什么事也做不了。她回味了一下刚才与谭一凡见面的情景，说不清楚自己是什么感觉，好像印象不错，但又没有什么心灵的振荡和感应，那种能让她被吸引的东西还没找到。她不太确定这个男人是不是她在冥冥中寻找和等待的那个人。

见了第一面后，谭一凡并没有显得犹豫和矜持，常常打电话来约秦琨，秦琨也都去赴了约。几次见面后，秦琨发现这是一个自我感觉良好、比较自恋的男人，任何时候都很注意自己的形象，以及给别人的印象，而且，过于热心于社交和人际关系。他给秦琨的感觉不太像是一个学者或潜心于研究的人，倒像是个社交明星或政客。

有一次，他俩去中国城的餐馆里吃饭。正吃着，门口进来了一位五十几岁华裔模样的男人，身体有些发福，头发向后梳得很光溜。谭一凡赶紧站起来，迎上前去招呼寒暄了一阵。回到秦琨身边后，他饶有兴致地向秦琨说起了这位发福的男人，"这是波士顿地区华人社团的负责人之一，是一个在华人社团里很有影响力的人"。秦琨漫不经心地向那人瞟了一眼，没说什么。他们接着边吃边聊。过了一会儿，一位三十几岁戴眼镜的华人男子走了进来，谭一凡又站了起来，迎了上去。他把那人引到桌前，介绍说："这是秦琨，认识吧？"

"哦，对对，认识认识，学校的一枝花嘛。"来人半开玩笑地说，"哎，你们俩怎么在一起？哦，知道了。你小子蛮有本事的嘛，刚来就把校花抢走了。"

秦琨觉得这人有些面熟，点了点头，感觉有些不自在。谭一凡在一旁得意地咧嘴笑笑。那人走后，谭一凡又重新坐了下来。

"这人是谁啊？在学校见到过。"秦琨问。

"新上任的学生会主席，龚健。"谭一凡答道。

"你刚来就搞这么清楚，我们在这儿待了几年都没你清楚呢。"秦琨说着，笑了笑。

"怎么就这么不关心你周围的事物呢？"

"有那么重要吗？"

"当然重要哪！跟名人打交道可以增加你自己的知名度，也能帮助你建立影响力。"

"那又怎样？"秦琨不以为然地说。

"当你需要时就能用得上，也许可以帮助你把握机会，也许可以帮助你成功，甚至转变命运。"谭一凡头头是道地说。

秦琨看着对面这个男人，有些不解，难道这些在他眼里就这么有价值，连吃饭都没闲着。是不是他们文科的人都这样？不知道。也许，文理科之间在人生观和价值观上就是不太一样吧。

"比如说吧，"他继续说道，"有些信息和机会只会在这些上层人物中流传，下面的人连知道的可能性都没有。还有，如果你在争取一个什么位子或契机时，有了他们的推荐和帮助，你会更容易。"

秦琨听了觉得有些惊讶，这些人际交往的潜能她好像从来没有想过，也没有注意过，更别说利用。尽管觉得他说得没错，人际社会也需要这个，但总觉得这样如此钻营和注重，未免显得有些过于世俗。

最近，波士顿正好有著名绘画大师毕加索的画展，只有一个星期，已经是最后一天了。谭一凡邀请秦琨一起去看画展，秦琨欣然一同前往了。绘画是秦琨除了她的专业外最感兴趣的领域，甚至为之着迷。她喜欢去欣赏各种流派和画风的作品，玩味其中的构思和美学。她常常觉得自己是不是学错专业了，当初为什么没有学艺术呢？真是一件憾事。

他们一起来到了波士顿的 Museum of Fine Arts（艺术博物馆）。艺术馆就在波士顿市中心，是一个几乎立方形体的两层高大欧式建筑，正门广场上矗立着一个跨在马上的印第安人青铜像。这个艺术馆在美国也算数一数二的，除了纽约的大都会博物馆，这里就算最好了。它规模比较大，每层都有大大小小80多间展厅，里面有欧洲馆、亚洲馆、美国馆、世界古艺术馆等。

当他们进入近期展出的毕加索绘画展厅时，谭一凡就滔滔不绝地说了起来："毕加索是西班牙著名的画家，也是雕塑家，1881年出生。他是现代艺术的创始人，也是西方现代派绘画的主要代表之一。他开创了法国立体主义的画风。"

秦琨听了笑笑说："背得还挺熟嘛。"

"嘿嘿，我们有艺术类的选修课，有时去听听。"谭一凡笑着说。

他们来到了靠近门厅的第一幅画前，这是毕加索比较有代表性的一幅作品，《戴帽子的女人》。秦琨凝神看了一下画，然后转脸问谭一凡："你觉得怎样？"

"我对抽象派艺术不太感兴趣，看不懂。"谭一凡说。

"我也不懂，凭感觉说呗。据说毕加索从来不解释自己的作品，让人能有足够的想象空间。"秦琨说。

"你看这帽子和上半身还看得出来，这脸就没法看了。左边的一半脸还看得出眼睛鼻子，右边的一半就不知道是什么了，怎么眼睛在脸的下部啊？"谭一凡一脸困惑地说。

"我们不能用一般人的视角看他的画。这两半脸也许是从不同视角看到的脸，可呈现在同一张脸上就会让我们觉得不对称、不协调。他不是立体主义画派吗？"秦琨饶有兴致地解释道。

"哎，你这么说我觉得好像可以理解了。"

"还有，我个人认为这画也可以有一定寓意。这两半不同的脸是不是也可以象征着一个人的两面性？人常常不只一面，而是两面，甚至多面的。"

"嗯，有见解。"谭一凡轻声道，有些醒悟的感觉。

……

他们顺着画廊来到了正厅。正厅里正对门口的一面墙上有一幅巨幅画作，色彩灰暗，显得有些杂乱无章，上面好像有牛、马、人等，还有一些残肢碎片。

"这应该就是毕加索最著名的代表作《格尔尼卡》，是一个抗议德军轰炸格尔尼卡的反战作品。"谭一凡终于看到一个自己有点了解的画作，急忙说道。

"哦，你知道啊。那就给讲讲吧。"秦琨兴奋地说。

"我知道这幅名作，也知道它的来历，但画的具体内容不是很了解。"谭一凡有点尴尬地说。

秦琨显得有些失望。随后她又侃侃而谈起来，"这是唯一一幅作品毕加索为了宣传反战作过解释。你看，这里的牛代表邪恶残暴的侵略者；嘶叫的马代表受苦受难的人民。你再看，左边这个女人正在哭泣死去的婴儿，右边这个男人正在呼救。这地上还有尸体和一些残肢"。

"那中间这个大的人头代表什么?"谭一凡不禁问道。

"好像是一个见证这一切的见证人。"

"哦……"

"这幅画还是很有寓意的,把轰炸后的惨烈场景都刻画出来了。你没看见刀枪和炮弹,这些形状不对称的怪异形体堆积在一起,给你的不是血淋淋,而是有些滑稽的感觉。可是,透过这些,你已经感觉到了战争的残酷。"

谭一凡在一旁听得心悦诚服,用略带钦佩的眼神看着秦琨。没想到她一个学理科的还懂这么多,相形之下谭一凡不觉有些惭愧。"唉,不是人人都懂抽象派的。"他自嘲地笑着说道。

看完画展,从展厅出来,已经是下午 5 点多钟了。他们来到了展馆旁边的一家 Rebecca's Cafe(瑞贝卡西餐厅),点了两份 macaroni pasta(意大利面条),开始吃起来。一时之间,俩人都没说话,气氛有些沉闷。一向爱说话的谭一凡现在也变得沉默起来,不知道该说些什么好。他好像在秦琨面前一下子失去了以前感觉自我良好、自信的心理状态。

"毕业后打算干吗?"谭一凡问道,为了打破这种沉闷气氛。

"不知道,到时再说吧。多半要去做 postdoc(博士后),像我们这种专业的博士现在不做两三年的博士后,在美国是找不到工作的。"秦琨说。

"哦,前景不是很乐观呵。"

"对啊,就算做两年博士后出来,想要找学校 faculty(教职员)或公司 researcher(研究员)竞争都很大。"

"那有没有考虑干点什么别的?"

"有想过,但还没想好,毕业再说吧。"

吃完饭,谭一凡把秦琨送回了公寓。秦琨从来没想过要邀请任何男人到她的公寓来喝什么咖啡。谭一凡也不好提,把秦琨送到门口,看着她进了门,只好快快地走了。

眼看今年中国人的春节又快到了,一年一度的中国留学生春节联欢会也在紧锣密鼓的筹办之中。学生会的人正在四方打听有什么文艺人才可以来给大家表演表演节目。谭一凡自然不会错过这种能表现自己,又能出名的好机会。

"我可以来一段男声独唱。"谭一凡对学生会主席龚健说。

"好啊，好啊，"龚健大喜道，"我们正缺这样的人哪，回去好好准备准备，下星期六就是联欢会了。你需要什么提早告诉我们，我们会尽力给你提供帮助。那我就把你排在节目单里了啊。"

谭一凡还真好好准备了一星期，这种露脸的机会一定得好好把握才行。他不知从哪里弄来了一台卡拉OK机子，准备给自己伴奏。当时美国还不时兴唱卡拉OK，这大概也是他从日本带来的。晚会的当天，他还专程去买了一把鲜花。

晚会就要开始了，台下坐满了观众，全校的华人都来了，还有周边地区的一些其他华人，礼堂里坐得满满的。谭一凡兴奋地台上台下忙活着。快开演的时候，他来到秦琨的座位旁，偷偷递给秦琨一把花。秦琨还有些诧异，他这个时候送我花干吗？

"一会儿我唱完，你就上台来给我献花。"他小声对秦琨说。还没等秦琨反应过来怎么回事，他已经转身又上台去了。

上台给他送花？秦琨在心里打了个问号，干吗上台给他送花？他们的节目需要？

晚会开始了。先是请来的中国使馆的官员讲话，然后是学生会主席讲话，接下来表演就开始了。舞台上大灯亮了，大家都睁大了眼睛，伸长了脖子等待着。穿着红色连衣裙的报幕员终于出来了，"第一个节目，蒙古舞蹈'草原牧歌'"。报幕员清脆的声音传了出来，台下报以了迫不及待的掌声。几个身穿蒙古服装的女生随着音乐的节凑，摆着一副骑马漫游在草原上的姿势，一个个从舞台后走了出来。她们表演了一段20世纪七八十年代中国非常流行、有着骑马和抖肩典型动作的蒙古族舞蹈。接下来是一段笛子独奏《扬鞭催马运粮忙》。

当报幕员的声音传出，"下一个节目，男声独唱，'北国之春'"。台下响起了期待的掌声。这是一首20世纪80年代在中国很流行的日本民谣歌曲，大家都很熟悉，很自然地都会想起那悠悠的旋律和诗意般的歌词，"亭亭白桦，悠悠碧空，微微南来风……"

当身穿白色西服，拿着话筒的谭一凡走上台来时，台下又响起了一片掌声。"哎，这就是从日本来的那个留学生，长得真够帅的。听说他正跟秦琨谈朋友哪，挺般配的吧……"秦琨听见后座的人在窃窃私语，不觉皱了一下眉。她不知道这种消息为什么会传得这么快的。

音乐响了起来，谭一凡拿起话筒有模有样地开始唱了。谭一凡的嗓音还比较亮，高音也足够应付这首歌，只是乐感差一点，听起来没有那么动人。但那个卡拉OK伴奏效果的确很好，弥补了乐感的问题。而且，他看样子蛮有舞台经验，在舞台上还有肢体表达，一点也不怯场。秦琨感觉他唱的还不错，从业余水平来讲应该算是好的了，看得出已经不是第一次上台了。

歌唱完了，台下爆发出一阵热烈的掌声。秦琨这时有些犯难了，不知该不该把手里的这把鲜花送上去。她有些犹豫，别人表演都没人送花，他表演我送一把花上去什么意思啊？可是，时间不容她多想，她最后决定还是送上去，既然他都把花给了自己，还是送上去吧。她起身走上台去，在众目睽睽之下把花给了谭一凡。谭一凡笑嘻嘻地接过了花。这一刻，台下所有的目光都集中在了秦琨身上，有那么几秒钟喧闹的大厅里变得鸦雀无声，大家都用好奇和惊讶的目光看着秦琨，不知这花代表了什么，当时那个年代并不时兴给台上的演员送花。秦琨看着台下一双双惊奇的目光，一下子有些不知所措，她自己也不懂为什么她会上来献这个花。她顿时觉得窘迫极了，脸红到了脖子根，赶紧转身跑下了台。这时台下的观众好像醒了一样，顿时爆发出掌声和全场的窃窃私语，说什么的都有，各种各样的猜测此起彼伏。秦琨简直无法忍受下去了，直接跑出了会场。

秦琨快速地走出了大门，向自己的公寓走去。她一边走一边责备自己："他叫我去送花，我就去？我自己怎么没有脑子，都没想想为什么要送？"她气愤地对自己说。她怎么就像个漂亮的玩偶一样，捧着花上去捧场呢？她后悔极了，像是被人耍了一样，心里烦躁死了。那感觉像不小心吃进去了一只死苍蝇，恶心得要命，可又吐不出来，太难受了。别说我现在跟他还没正式有什么关系，就是有这层关系也不该让我去送这个花啊？他真要喜欢这种形式，让一个小孩子去送送就好了，干吗让我去啊？这男女之间送花是有着特殊意义的啊！秦琨越想越生气。

她边走边抱怨着，最后转念一想，他会不会有什么特殊目的呢？想借此向大家明确我俩的关系？说不定想利用我增加他的所谓知名度呢。看，连秦琨都给他送花，都仰慕和追求他，这人一定很优秀、很了不起。他大概想利用我抬高自己吧。想到这里，秦琨不自觉地往地上啐了一口，仿佛要把那只死苍蝇吐出来一样。

第二天，秦琨就接到了燕妮的电话，"什么情况啊？昨天我们都看见你给那个俊男献花了。真这么倾心啊，都到了献花的程度？"

"别提了，我正为这事烦心哪。"秦琨没好气地说。

"怎么？不是你自己送上去的吗？"燕妮有些诧异地问。

"哪里，是他买了花让我送上去的。"

"啊？原来这样。我说嘛，这不像你的风格。"燕妮一副终于明白了口气说道，"他怎么会这样安排你去捧他的场啊，真没想到。不过，如果你俩真有那个意思，捧了也就捧了，没什么。"

"问题就在这儿，我们才处了几天，我还没有想好呢。"

"这样啊，那这男的够有心机的。不过，从外表看，这男的倒还可以，跟你挺配的，站在一起真堪称美女俊男呢。看看人家昨天歌唱得多好。"

"徒有其表而已。"

"听你的意思不太满意？那完了，昨天你的花已经向全世界宣布了。你就再好好考虑考虑吧。"

"你怎么样？工作满意吗？"秦琨问，想转移话题了。

"混日子呗，哪像你们 Ph. D（博士）。不过，现在有时间干自己喜欢的事了。"

"真羡慕你。"

"有什么好羡慕的，都是自己的选择。现在让你放弃 Ph. D 你愿意吗？肯定不愿意吧。"

秦琨放下了电话，心里越发烦躁起来。那把该死的花真让她痛恨极了。

谭一凡大概也看出秦琨不高兴了，有点不太敢去找她。他没想明白，不就是送个花嘛，至于这样吗？他大概觉得，给自己捧捧场既给了自己面子，她又不损失什么，为什么会有这么大反应。他完全没有学会站在别人的角度考虑问题，没有想过会对别人有什么影响，也没有想过别人是不是愿意这样做；而且，是在这样一个比较微妙和敏感的时期。

有好几天的时间秦琨都无法从烦躁的心情中摆脱出来，她已经觉得无法再跟这个男人相处下去了，不仅仅是为了送花的事。这就是一个浮华而且有点低俗的男人，在很多方面都正像他的长相一样，徒有其表而无其实，是一个内在比较虚空的人。他的追求和兴趣是最让秦琨难以忍受的，太世俗又太实用主义了。也许，他并没有什么错，在现在的这个现实社会里可能是实用的，也算得上是一种生存技巧，可这与秦琨所欣赏和赞许的东西相距甚远、格格不入。自认识他以来，秦琨从来没有感觉到，哪怕只是短暂的一瞬间，与他有心灵上的共鸣和碰撞。两个相识的人，如果心灵是陌生的、无法相交，那再长的时间也不可能相交，也不可能真正认识和感受到对方的心灵。

"唉……"秦琨不觉叹了口气，她突然觉得有些失望和茫然。"世界这么大，可好男人并不多，适合我的好男人就更少。"她不禁叹道。"可遇不可求"真是千古名句，两人心灵的相通和默契、相互欣赏和吸引的缘分只能遇到，而不能求到。可是"遇"却是一个偶然事件、概率太小，是真正需要那种"缘"的。我的"缘"在哪里呢？秦琨在心里问自己。如果按佛教的说法，这是需要修炼的，要修炼多久才能有这种"缘"呢？是不是要像白娘子一样修炼千年呢？也许吧。

十八　可塑性

　　燕妮毕业工作后感觉轻松极了。在公司里，她在一个研究员手下当技术员，完全听从这个研究员的指挥和安排。研究员设计好实验后，她就负责具体操作，把实验做出来，然后将实验结果交给研究员去分析。她觉得这样挺好，没有什么压力，老板叫干吗就干吗，不用动脑子，也不用为实验结果好坏负责。说到底，她就是老板的一双手，实验结果不好那是老板没设计好，与这双手没什么关系。回到家，实验室的事她就丢脑后了，从不用想起，实验成不成功是老板的事，不用她操心。她觉得，摆脱了像读研究生时成天为实验结果劳心劳神的状态，实在是一种解脱。

　　燕妮找到工作后，他们家就从学校的公寓搬了出来，在波士顿的好学区租了一套房子，霄霄就可以进入好学校上学了。可是，好学区的房子租金也很高，虽然燕妮现在有了收入，可每月 3500 多美元的工资要租房子，一家三口要过日子，还是有些紧张。为了省钱，他们租了一套一居室的房子，还是半地下的。好在窗户露在地面上，房子里不觉得暗，地上铺了木地板，也不会觉得太潮湿。夫妻俩住小卧室里，在客厅给霄霄架了一张小床，这样就都解决了。

　　燕妮兴致勃勃地拿出了从中国带来的一些字画，在客厅里挂了起来。这是一套长幅的"梅、蘭、竹、菊"的四幅字画，上面分别画有梅花、蘭花、翠竹和菊花，旁边还提了诗句；这是中国古代文人最喜欢表现的花草题材。燕妮凝神望着这四幅画，虽然在这小客厅里显得有些挤，但燕妮挺满足的，不管怎么说，这是她到美国后第一个比较像样的家，这套字画也是第一次被展露真容。她对这套字画非常珍视，还是几年前来美国之前一位中国小有名气的画家送给她的。她又看了看新买来的那套棕色沙发和茶几，还有旁边的那盆吊兰，一种家的温馨让她感到愉悦。

工作后的燕妮其实有大把的业余时间，可她还是忙得没有时间待在家里。她参加了波士顿地区的各种华人社团，合唱团、舞蹈团、民乐队等。其实，她并不太在行这些唱歌跳舞类，有时音调还不怎么拿得准，但她很愿意参与。她喜欢这种文艺范的感觉和氛围。1997 年香港回归时，她还跟着合唱团去了纽约庆祝回归，参加林肯中心的百人大合唱。在民乐队里，她争着要当二胡手，可拉得也半吊子，只能参加合奏，只要旁边没有人，她就不知道该怎样往下拉了。可是，每次演出，她肯定都要化上妆跟着一起上台，还要站在前台。在她心里，唱得怎么样、拉得怎么样并不重要，她就是很享受这种有团体的、有音乐的、有演出的激动和兴奋感。这种心潮澎湃的感觉让她很着迷。

除了这些文艺活动外，她还常常在华人的报刊和杂志上发表文章，都是一些她的即兴之作，《我与老人》《纽约之行》《国庆感言》《圣地亚哥风情》……其实，在她所有的爱好中，文学创作是她最具有天赋的爱好。她的文笔流畅活泼，总是给人一种阳光、清新和蓬勃的感觉。她的文章在波士顿华人中蛮受欢迎，还有人来约她为某个活动或事件写感言。在华人圈子里她已经小有名气，很多人只知其名，不知其人。

她就这样成天忙于各种各样的活动，很晚才归家，但她很充实，乐在其中，也享受在其中。很难想象如果没有这些活动，生活对她是多么的枯燥和无味，她会闷死的。

付宁在家仍然享受不到现成饭菜的待遇，每天在实验室忙完，回家还要做饭管孩子。有时老婆演出忙不过来，他还得去帮忙搬东西或接送。付宁性格本来就腼腆，对这些文艺活动也不在行，可老婆喜欢，逼得他有时也不得不陪着老婆参加。

"你也来合唱团一起唱，我们缺男声。"燕妮对付宁说。

"我又不会唱。"付宁一脸不情愿地说。

"练练就会了呗。"

"我不想去。"付宁低着头说。

"你到底去不去啊?"燕妮沉着脸，厉声问道。

付宁没敢再说"不"，只得乖乖跟着去了。看着老婆高兴，付宁自己也高兴起来，忙点累点也不觉得有什么了。为老婆付出，他总是那么的甘心情愿，从来不抱怨。凡是老婆的意愿，慢慢也就会化成他的意愿。老婆的话，只要不出格，他都会去做。很多人都觉得他太怕老婆，整个一个"妻管严"。其实人们不了解，他这是对老婆的一种爱，一种发自内心最深沉的爱，这种爱让他愿意付出一切。

付宁读博士已经四年了，修课和研究课题都算是比较顺利。过了年，如果不出什么意外，秋季他就可以毕业了。他还没想过毕业以后怎么办、该干些什么，也许像其他博士一样，先去做两年博士后再说吧。

这天，像往常一样，付宁把饭菜端上了桌，准备开饭了。晚饭是一天中唯一一顿全家三口可以坐在一起吃的饭。中午儿子在学校吃，付宁带着饭在实验室吃，燕妮也带着饭在公司吃，只有晚上大家可以聚在一起。

"吃饭啦，吃饭啦，你还在那里忙什么?"付宁一边摘下围裙，一边对正在卧室里写稿的燕妮喊。

"来了，来了。"燕妮应道，随即放下了手中的笔，从写字台前站起来，走出了屋子。燕妮正在忙着给杂志社写新年贺词。

付宁和霄霄都已经坐在饭桌边等着了。燕妮坐了下来，端起了碗，一家人热热乎乎地吃起了饭。

"哎，你今年能毕业吗?"燕妮夹了一块豆角放在嘴里，边嚼边问付宁。

"差不多吧。"付宁漫不经心地答道。这对他是一个越来越近的难题，有点不想面对。

"大概什么时候?"

"可能七八月份吧。"

"这春节都过了，也就只有半年时间了吧。你想好毕业后干什么了吗? 有没有什么打算?"燕妮眼睛离开菜碗，抬起头看着付宁问。

"还能干什么，做博士后呗。"付宁没抬起头，咽了一口饭说。

"这样做下去也没什么前景，多少博士后找不到工作啊。哎，你有没有想过考医生?"

"哪有这么容易啊?"付宁夹了一块肉到霄霄碗里说。

"能有多难啊？咱们都是学医的，有基础。你看人家王昊，不是也拿下了吗？看来，那也不是什么中国人的禁区碰不得，只要好好复习复习，也是可以试试的。"燕妮雄心勃勃地说道，一副坐着不怕腰疼的口气。

"你把什么都说得这么容易，自己呢，连博士都不愿意读完。"付宁低声嘟囔了一句。

"我那是不感兴趣。"燕妮声音又高了，索性放下了碗筷，"你可不一样啊，今后你是这个家挑大梁的，你有责任为这个家的今后着想。总不能就靠我这每月 3000 多元钱过一辈子吧。"

付宁没再说什么。

吃完饭，收拾完，付宁坐了下来。"总不能靠我这每月 3000 多元钱过一辈子吧"老婆的话又在他耳边响起，这话既刺激了他，也激励了他。是啊，这个家今后不能只靠老婆，我得加倍努力才行。理科博士（Ph. D.）的前景是不怎么乐观，就算我去做两年博士后，出来又能怎样呢？去申请助教授？几百个博士竞争一个位子，我们又是外国人希望很渺茫。老婆说得也不是没道理，为什么不另辟蹊径，试试考医生呢？也是一条路啊。我们以前就是学医的，有基础，为什么不去试试呢？对，应该去试试。是，肯定会比较难，可事在人为，我就不相信我永远考不上。想到这里，付宁精神一振，仿佛心里亮堂多了，近来心里的茫然好像一扫而光了。他又有了新的奋斗目标和人生的理想及追求。

这一刻，老婆的要求仿佛变成了指路明灯和动力，鞭策着他向新的方向和目标前进。以前不敢想、不敢做的事情现在也变得有勇气去尝试了。老婆的要求无形中化作了他自己的理想和追求。"对啊！我就是应该去考医生的，这说不定就是我的康庄大道。"他对自己说。他越想越兴奋，干脆起身去查询有关考医生资格的信息和资料。"反正博士的研究课题已经做得差不多了，就等答辩了。我可以现在就开始复习考医生。"付宁兴奋地这样想着。

付宁开始了实现新目标的伟大历程。他搬来了所有的复习资料和书籍，常常挑灯夜读到深夜。他一点都不觉得这一切的辛苦和艰辛是老婆给他的压力，这已变成了他自己的需要和追求，这种奋斗让他感到充实、满足和希望。他的奋斗充满了热情和力量。

这年9月，付宁顺利通过了博士论文答辩。"付，你准备去哪里做博士后？如果决定了，我会很乐意给你写一份推荐信的。"他的导师问他，"当然了，如果你愿意留在我的实验室做博士后，我会非常高兴的。"教授们都希望自己的学生能留下来继续做博士后，因为这时的他们已经训练有素，对这一研究领域也很了解了，正是可以大量出成果的时候。但是，一般有点抱负的博士都想换一个更强的实验室做博士后，这样可以提升自己的背景资历，也可以增加自己的不同经验和知识面。付宁早就想好了，他志不在搞研究，当医生已经是志在必得，可医生资格考试他还需要几个月到半年的准备时间。

"我决定了，就先留在您的实验室做博士后了。"付宁几乎不假思索地一口答应了他的导师。他觉得这样既可以不离开波士顿，又不用去别的实验室适应新环境，对他的复习考试比较有利。

"真的吗？那我可太高兴了。"教授兴奋地拍着付宁的肩膀说，惊喜得眼睛都眯成了一条缝。

博士后跟上班差不多，没有上课考试的压力，如果你愿意，也可以不加班加点赶出成果和论文。付宁可以全身心地投入考试的复习中去。燕妮看着他废寝忘食的劲头，心中暗喜，也不去询问和打扰他。但是，她最近却主动减少了社会活动，承担起了大部分的家务。她自己虽不愿意使这个劲去考医生，但她也懂得美国是一个既现实又竞争残酷的社会，生存是第一位的。不论你喜欢干什么，你首先要有能在这个社会生存下来的技能和职业，你才有足够的经济基础享受这里的生活，干你想干的事。她必须把付宁打造和培养成他们家在美国生存的坚实后盾和基石。

第二年的5月，付宁终于觉得自己可以去参加这个考试了。"我想去报名考考试试。"付宁有点怯怯地小声对燕妮说。

"你准备好了？"燕妮问。

"差不多吧。"付宁不敢把话说得太满，毕竟这是个没有多大把握的事。

"那就去考吧，没什么好担心的，一次不行就来第二次，顶多浪费一次报名费呗。"燕妮轻松地说，想减轻点付宁的压力。

听燕妮说得这么轻松，付宁好像也有了点底气。"那我就去考一次？"他说，脸上表情也轻松起来。

"考！"燕妮干脆明确地回答道。

燕妮了解付宁，付宁是一个做事认真、谨慎小心的人，没有一定把握的事是不会去做的。他就是有点缺乏勇气，有时得给他打打气，在背后推一把。

付宁去考试了。考完回来后，他什么也没说，表情有些不好琢磨，既不是丧气，也不是高兴。燕妮看着他有些猜不透就问："考得到底怎么样啊？是不是考得不好？"

"还好吧。我觉得都能做。"付宁若有所思地说。

"那你怎么看起来并不是很高兴的样子啊？"燕妮有些狐疑地看着付宁问。

"我做得有点慢，没做完，不知道能不能过。"付宁垂着双眼说，"结果不是还没来吗？也许过了也说不定。"他装着漫不经心地收拾着桌子上的东西。

两星期后，考试结果来了。付宁拆开一看，脸上露出了喜色。

"过了！"燕妮在旁边看着他的表情兴奋地问。

"没有。"付宁回答道。

"那你高兴什么。"燕妮白了他一眼说。

付宁把单子递给燕妮。燕妮接过单子一看，"哎呀！离及格就差两分呀，真可惜啊！"燕妮无限遗憾地叹道。

付宁却兴奋了起来。"我要再去考一次，一定有把握。"他自信地说，"我现在已经知道我的基本水平是够的，问题就是熟练程度，只要能把做题的速度提上去就没问题了。"

"这样啊，"燕妮会心地笑笑，"那就再去考一次吧。"

尽管考试没过，但两人都没有失落的感觉，反而心里更有底了，知道考过是迟早的事。这一次考试告诉他们，这并不是一座越不过去的天山，只要功夫到，过去是早晚的事。他们也没觉得这一次白考了，它可以汲取经验教训，增加考试经验。俩人更增加了向这座高山攀登的勇气和信心。

一个月后，付宁又去考了一次。这一次他不仅通过了及格线，还比及格线高出很多。拿到这样的结果，付宁反而显得比较平静，这仿佛在他的预料之中。倒是燕妮，欢呼雀跃了半天，比她自己考过还要高兴。她急忙说："赶紧准备准备，还有后面临床部分的考试呢。"

付宁笑了笑，没说话。其实他心里早憋足了劲，准备再次冲刺。

几个月后，付宁也通过了临床医学的两次考试。由于在国内没做过什么临床，没有很多这方面的经验，他在临床技能的考试中也考了两次才通过，但最终还是拿到了医生资格认证书。

看着付宁的证书，燕妮又高兴得欢呼起来。的确，这不是付宁一人的战斗胜利，而是全家人的胜利。付宁在旁边微笑地看着正在欢呼的老婆，心里荡漾起辛苦后的幸福和满足。是的，他就是为了老婆、为了这个家去打这场仗的，老婆的快乐就是他最好的回报。

当天晚上，一家人去附近的一家比较高级的牛排餐厅，吃了一顿"庆功宴"。燕妮举起了盛有红酒的高脚杯，"来，doctor 付（付医生）干一杯，祝你考试通过，也祝你今后前程似锦。"她笑嘻嘻地把杯子举到了付宁面前。付宁微笑着，有点腼腆地举起酒杯与燕妮碰了一下杯。

霄霄在一旁，一会儿看看燕妮，一会儿看看付宁，他从没见过父母这样，觉得有些好玩。他当然还不太明白考上医生对他意味着什么、对这个家意味着什么，他只是觉得今晚的父母有些不寻常，家里像是有重大的、可喜的事情发生一样。在他的记忆里，只有以前母亲临出国前有这样的喜庆和隆重的气氛外，这好像是第二次。

"霄霄，端起杯子也跟你爸碰一下！"燕妮笑着对霄霄说。

霄霄应声站起来，拿着他的可乐杯子，也跟付宁碰了一下杯。总归有好事情发生就对了，大家都很高兴，又有难得的美味，在这种气氛的影响下，他也兴奋了起来。

一家人开始吃了起来。燕妮一边用叉子往嘴里送着切好的烤牛排，一边看着桌子对面的付宁，想起了许多过去的往事。她感觉眼前的付宁与她大学时期认识的付宁很不一样，不知是她以前没有真正了解付宁呢，还是付宁改变了许多。自大学他们牵手以来，付宁总是能在人生和命运的关键转折点时送给她惊喜，让她有一种意想不到的满足。

她想起了大学毕业时的情景。当时分配名额已下来，分配名单也基本定了，但还没有最后宣布，大家心里都有些七上八下，不太踏实。燕妮家在北京，当时也是托了不少关系，才搞到了一个北京医学院的名额。付宁就不得不分到本地的河南郑州医学院了。这样一来，俩人就不得不面临分离，甚至分手的结局。

"我已分配到北医了。我给你一年的时间，如果明年这个时候你考不上北医的研究生，我们就分手吧。"燕妮对低着头的付宁说。

"我一定争取明年考上北医的研究生，你等着我。"付宁仍然低着头说，心里暗暗发了狠。

后来分配名单宣布了，果然是这样的结果。他俩只好各奔东西了。在一年的书信中，燕妮从来没有听付宁提过自己怎么辛苦复习等等，她总觉得多半是没有指望了。北医哪里这么容易考，全国学医的人都想到这里来读研究生，竞争太激烈了。可万万没想到，第二年的5月，付宁来信说，他已经被北医录取为研究生了。这消息太突然，让燕妮有些难以置信。这付宁闷不出声地从不抱怨、从不叫苦，"砰"一下竟然就考取啦？太不可思议，给人的感觉好像很容易似的。燕妮惊喜之余在想，以前在班上付宁成绩是不错，没想到在这种全国性的竞争考试中也能脱颖而出。其实，有谁了解付宁的艰辛和努力呢？当时的他，只有一个信念，"一定要考上北医，他才能得到燕妮"。为了这，他什么都愿意付出。

来到美国后，燕妮对付宁说，"你赶紧去考Ph. D.（博士）。打那些小工、赚那些小钱是没有什么前途的，今后在美国很难生存"。于是，付宁就考过了托福和GRE成为波士顿大学的研究生。现在，他又考过了医生资格，马上就快成为既有钱又有地位的美国医生了。

这一步步走过来，看似都是燕妮逼出来的，可从另一个角度看，是燕妮成就了付宁。如果不是为了燕妮，付宁从来没想过去攀登这些高峰，也许从来没想过走出河南。燕妮就像一个打造者，把这个具有无限潜能和可塑性的付宁打造成了今天这样一个有学识、有技能，今后还会有财富、有地位的成功者。

想到这里，燕妮不禁心里叹道："他的潜能和可塑性真让人惊叹，以前上大学时可一点没看出来。一个人潜能的发挥，也许真的取决于有什么样的外界环境吧。"

十九 清障碍 割毒瘤

秦琨与谭一凡的交往告吹后，她一时之间对与男人的交往有些失望，没有了兴趣；再有人来提这种事，她都很冷淡，提不起精神。再加上这一段研究课题做得也不顺，问题总是没找到很好的解决办法，她心情也很郁闷。如果现在改课题，会延长她的毕业时间半年到一年。她的导师马伦博士好像也不太着急，不紧不慢的，总是让她慢慢来，巴不得她能延长时间，多做点东西才好。他说想要秦琨改课题，可又迟迟不找秦琨谈，总让她再试试、再试试。

最近唯一让秦琨有点兴奋的事是，燕妮的老公付宁也考上了医生资格（USMLE）。这事对她触动很大，也是个刺激。本来付宁比她还晚一个学期开始读博士的，现在却比她早毕业了，还考上了医生。这事让她有些难以接受。"我比他笨吗？"她问自己，"应该是他比我运气好，课题做得顺，还不到 5 年博士就毕业了。"她这样想着安慰自己。可是，随着王昊考取医生资格后，秦琨心里就开始有些活动了；现在付宁也考过了，这好像在秦琨心里点亮了一盏灯，并开启了另外一扇门。看来，医生资格也并不是想象中的那么难考，不至于像上青天那么遥不可及。如果王昊是靠他的基础和才华，一般人不能及；那付宁就是靠他的基础和努力了，一般人是可及的，只要功夫到家。

想到这里，秦琨有些激动。"既然他们都可以，如果我足够努力，也应该是可以的。"她这么对自己说。她好像受到了某种启迪，命运向她打开了另外一扇门，一扇崭新而金光四射的门，只要她能跨进去，锦绣前程就会在那里等着她。而且，她具有跨过去的一切条件和基础。以前，这扇门也一直在，可从来没有像现在这样清晰和闪亮，再也不是那么遥远和朦胧，仿佛触手可及。她决定了，一定要跨过这扇门，绝不能让这种可以改变她未来的命运之门从她身边溜过去。只要能跨过去，她就再也不用为今后能不能找到工作、找什么样的工作、年薪够不够而操心和烦恼了。她就能在这个极具竞争和挑战的社会站稳脚跟了。想到这里，她的心情不再烦闷了，不再去为换不换课题、什么时候能毕业而焦虑了。

"反正课题也没什么进展，不去管它了，正好有时间开始复习考医生。"她对自己说。她平静了下来，不再去催老板了，潜下心来开始复习了。

几个月过去了，马伦博士见秦琨也不来催他了，觉得有些纳闷。他来到了实验室，看见秦琨正趴在写字台前聚精会神地看着什么，心想大概是在查找关于课题的资料，就走过去想看看她在看什么书。秦琨太专注，没注意马伦走了过来。马伦从她的背后看了一眼，发现竟然是医学方面的书。

"这书能对实验有帮助吗？"他一脸惊讶地在秦琨背后问道。

秦琨冷不丁地听见背后有人说话，吓得激灵了一下。"啊，你吓了我一跳。"她转脸对马伦说。

马伦还是用惊讶和疑惑的眼神看着她。

"哦，我自己想学学，不是为了实验。只是工作之余才看看。"秦琨脸红了，不好意思地答道，像是被人发现了秘密一样有些窘。

"你学这个干吗？"马伦仍然很疑惑地问。

秦琨本来不想说，怕马伦不高兴，觉得她不务正业，后来想了想，索性坦白了。"你知道，我来美国之前是学医的，以后如果可能的话，我还是想当医生。等博士毕业了，我就准备去考医生资格证。"秦琨说。

"你没在美国进医学院，没有问题吗？"

"有中国来的医学生考取了，我想我也可以的。"秦琨自信地说。

马伦看着秦琨，觉得有些不可思议，一个女孩子，来到这里既要读Ph. D.（博士），还要准备考医生，真够不容易的。他开始有点佩服起秦琨来，佩服她的勇气和气魄。"那你的课题现在怎么样？有点起色吗？"马伦又问。

秦琨摇摇头，脸色又沉重起来。

"那我再看看有什么别的办法吧。"说完，马伦走了。

秦琨看着马伦的背影。"我正等着你来找我呢，现在有点着急了吧。"她心里想。

果然，几天后马伦拿了一份资料来了，对秦琨说："这是另外一个表达菌株的资料，你看看。它的表达系统与我们以前用的菌株不太一样，把调节因子转到这个菌株里试试，也许能看到效果。"

"好的，我马上着手准备。"秦琨答道，心里窃笑，终于要有行动啦！

于是，秦琨就订购了新菌株，重新做转化试验了。秦琨两眼紧盯着试剂反应盒里的溶液，她刚把这几天转化后的菌体培养液加入了反应盒的小孔里，正在全神贯注地等待着显色反应。她有些紧张，不知道会不会还是跟以前一样，什么反应也没有。真要是那样，她就惨了，不得不面临换课题的最糟后果，毕业可就遥遥无期了。她望眼欲穿般地睁大双眼，盯着试剂盒，有些不敢眨眼，仿佛眨眼的工夫显色反应就会溜掉一样。此时的她，就像下了最后赌注的赌徒一样，心里祈祷着，极度紧张地等待着这决定命运的最后一投。

短短几分钟的时间，她像等了一个世纪，眼睛都瞪得发酸了。当试剂盒里的溶液慢慢从无色变成浅黄色，她揉了揉望酸的双眼，睁眼再看时，哇，溶液已经呈现出亮黄色了。她兴奋得眼睛闪着光，脸上也泛起了红晕。"兰芝，快，快过来看看，是不是变成黄色啦?!"她兴奋地叫兰芝。

兰芝赶紧从实验室另一头跑过来。"哎，对对，变颜色了，变成黄色了!"兰芝也兴奋地叫起来。

"这说明有反应了，调控起作用了!"秦琨兴奋地看着兰芝说。

"嗯嗯，就是颜色还有点浅，下次把培养液浓缩一下可能颜色更明显。"

"哈哈，我终于成功了！只要它变色，证明就有反应了，就有了调控效果。颜色深浅不是问题，以后可以改进。"秦琨说着，高兴地把双手举过头顶，拍了两下。

看着喜笑颜开的秦琨，兰芝也很受感染，也笑得合不拢嘴。这可是半年多来她们一直盼望着想看到的颜色，今天终于出现了，怎么能让人不兴奋呢！秦琨突然想起了什么，欢天喜地地跑了出去，几分钟后，她陪着马伦进来了。马伦也迫不及待地跑来看看这难得的、诱人的黄色。"Beautiful!（漂亮）beautiful!（漂亮）……"马伦看完赞美道。

总算比较幸运，这一次秦琨看见了她想要的反应调节效果。这样的结果意味着以前那个让人头疼的障碍解除了，问题解决了。这也意味着课题不用换了，只是换了一个特殊菌株就解决了。看来，以前的那个菌株表达系统可能缺少某种活化这一调节因子的酶，所以无法看到调节效果，而不是调节因子本身有什么问题。

这个问题以这种方式被解决是一种万幸，大家都松了一口气。没有出现那种前功尽弃、不得不换课题的让人颓丧的局面。接下来的实验应该就会比较顺利了。

这几天，秦琨的心情特别的好，感觉呼吸都畅快多了。前段课题的问题卡了壳，也像是一个不软不硬的东西卡在她的喉咙里，吐不出来也咽不下去，很不舒服。后来也试图不去着急，可问题一天不解决就一天不能解脱。现在好了，问题解决了，这块如鲠在喉的东西也终于被排除掉了，让她浑身觉得无比的轻松和畅快。接下来的事情就是，用各种不同的方法和技术再好好检测检测，收集好数据。这些并不会影响最终结果了，只是让课题更完善。她现在心里有底了，倒觉得不必太着急了，不想加班加点地赶这些实验，只需按部就班一步步完成就行了。她还需要抽出时间复习医生考试。

这天秦琨像往常一样，上午 9 点来到了实验室。兰芝已经来了，正在铺电泳胶，准备检测 DNA 用。"兰芝，你都来了，做什么呢？"秦琨隔着实验室在她的实验台这边问。秦琨没听见回答，探头看了看，兰芝还是在埋着头干她的事。秦琨觉得奇怪，这在平日兰芝早就脆声地答应她了。"你怎么啦？"秦琨又问了一句，还是没有回音。秦琨觉得有点不对劲了，放下了手里的培养皿，走了过去。她看见兰芝的两个眼睛又红又肿。"你哭了，怎么啦？"秦琨急切地问。兰芝还是没说话，皱着眉，眼睛盯着她手上的活。秦琨猜得出，一定是为了他们家的事，多半就是老汪的事。她看着兰芝伤心的模样，心里很难受。她不忍心看着这个像母亲一样爱护自己的女人伤心落泪。她不知道该怎样帮助和劝慰她才能减轻一些她的伤痛。秦琨上前去，把兰芝手里的试剂瓶和吸管夺了下来，放在桌上，然后把她拉到椅子上坐下。

"你不说我也知道，肯定又是老汪的事。"秦琨说。

兰芝一听"老汪"泪水又涌了出来。秦琨赶紧在桌上的抽纸盒里抽了几张纸递给兰芝。

"老汪昨天回家来正式提出离婚了。"兰芝声音微弱地慢慢说道。

"哦，是吗？"秦琨说着，脸上也有些凝重起来，"他有没有提出该对这个家负一定责任啊？两个女儿今后怎么办？"

兰芝抹了一把眼泪，回忆起了昨天的事。

老汪昨天下午回来了，装着情绪很好的样子，说回来看看两个女儿。两个女儿从小对老汪的感情一直很好，通常她们在妈妈面前不敢提的要求就去找老汪撒娇。老汪对她们也是百依百顺、疼爱有加。两个女儿只相差两岁，但性格却差别很大。大女儿比较内向，有心眼，显得伶俐乖巧。小女儿比较外向，没那么多心思，显得直率粗放一些。刚知道老汪在外面有女人时，两个女儿都跟他闹，给他白眼看。闹了一阵后，两个女儿发现没什么用，爸爸尽管对她们还是一如既往的笑脸相迎、关心有加，但决不提离开那女人的事。现在好，还有了儿子，她们明白，要想让爸爸回心转意是完全不可能的事了。她们不得不开始接受这个现实了，毕竟这个家是靠爸爸撑着。

大女儿开始转变了态度，对爸爸又友好了起来。她知道，今后没有爸爸的支持，她连大学学费都交不上。小女儿没想那么多，她只觉得妈妈很可怜，这样对待妈妈不公平。到现在，她对爸爸还是冷冰冰的。

老汪尽管想离婚，但他最大的顾虑还是两个女儿，他怕给她们带来太大的伤害，所以一直没有真正对兰芝提出来。现在，大女儿已经上大学了，小女儿明年也即将上大学。他觉得是时候提出来了，不然那边的问题也不好解决。

他来到了大女儿的房间。学校放暑假，大女儿正好回来了，在家里。看见大女儿埋着头在书桌上写着什么，他敲了敲开着的门。大女儿赶紧合上了笔记本，转身冲他笑笑。

"写什么哪？这么神神秘秘的。"他看着大女儿说。

"没写什么，日记而已。"大女儿答道。

"我能看看吗？"

"那怎么行，这是我的隐私。"大女儿不假思索地说。

"好好，不看。"老汪笑着说。

老汪环视了一下房间。这是一个十几平方米的卧室，收拾得很干净，桌上和墙上有一些女孩子的小挂件和小摆件，女孩的气息很浓厚。

"房间收拾得挺干净嘛，不像你妹妹的房间总是乱糟糟的。"老汪笑着说，"你妹妹性格像个男孩子一样，不拘小节。"

"是啊，她从小就这样，大大咧咧、没心没肺的，也好，没有烦恼。"女儿说。

老汪一听"烦恼"，敏感地看了女儿一眼。"那你有烦恼吗？你在学校里怎么样？"老汪问。

"还好吧。学校寄来的成绩单你都看过，都是 A。"

"是，学习上我是不担心你。"老汪说着表情凝重起来，"我要是真跟你妈离了婚，你会怎么看？"老汪有些担忧地盯着女儿，等待着她的回答。

"我能怎么看，那是你跟我妈之间的事，我们也管不了。我只知道离不离你还是我爸，我妈还是我妈。"女儿说。

这个回答让老汪比较安心，心里有点踏实了。他知道，小女儿虽然态度不太好，但没什么心眼，比较容易对付；关键是大女儿，如果她接受了这件事情，一切就好办。大女儿对小女儿也有很大的影响力。

兰芝见老汪今天情绪不错，也没有急着要走的样子，心想大概女儿回来了，他想看看女儿。

"今天就在这儿吃晚饭吧，好久没有一家人一起吃顿饭了。"兰芝对老汪说。

"好吧。"老汪爽快地答应了。

兰芝赶紧开车出去买了许多菜回来，开始在厨房忙活起来。快吃晚饭的时候，小女儿回来了。刚一进门就看见了老汪，"你来了。"她冷冷地说了一句，算是打招呼了。没等老汪说话，她就跑到厨房跟她妈聊天去了。

"妈，你看，这是我刚买的最新款的皮凉鞋。你觉得怎么样？"她说着，把脚伸过去给兰芝看。

兰芝看了看她脚上的红色皮凉鞋，上面还镶有闪亮的人工细钻。"嗯，好看，再配上你那条红色连衣裙一定特别好看。"兰芝说，"你爸好像在叫你，你去看看他要跟你说什么。"

小女儿被老汪一把拉到了自己的房间。"这么神神秘秘的干吗？有什么话不能在客厅里说。"小女儿不耐烦地说。

"我想单独跟你谈谈。"老汪一脸严肃地对她说。

"说吧。"

"你明年就上大学了吧?!"

"对。"

"选好学校了吗?"

"差不多吧。我想就选波士顿的学校,不想像我姐那样跑到加州去上斯坦福。凭我的 SAT（大学考试）成绩,只要不上哈佛、MIT 什么的,上波士顿的其他学校还是可以的。"

"我也同意你就在附近的学校上,有事还可以回家。你不像你姐姐有这么强的独立生活能力。"

"小看我是吧。"她一脸不悦地说。

"你们姐妹俩我还不了解。"

老汪停顿了片刻,眼神有些犹豫,考虑怎么说出正题。"嗯,我准备跟你妈办离婚手续了,你……不会有什么意见吧?"老汪终于说了出来。

"啊?你终于还是要离了。我能有什么意见啊,只是我妈太可怜了。你有没有想过我妈的感受?有没有为她的今后想一想?她今后怎么办?"她说着,声音有些颤抖起来。

老汪低下了头。"唉,我这也是没办法。"他叹了口气说,"不过,你放心,我会对你们姐妹俩和你妈的今后负责的。"

兰芝的饭已经做好了,都端上了桌,连碗筷都摆好了。老汪在房间里跟两个女儿谈的什么她一点都不知道。老汪的各个击破法可能挺有效的,免得待会儿说起来,女儿们没有思想准备,大吵起来就不好办了。

"吃饭啦!"兰芝在外面喊了。

老汪和小女儿从房间走了出来,大女儿也从她的房间出来了。桌上摆满了香喷喷的菜肴,有老汪平日爱吃的清蒸鱼、红烧肉,还有女儿们爱吃的炸虾球、糖醋排骨……小女儿看了一眼桌上的菜,心想,妈妈还不知道今天就要给她宣判了吧,还做了这么一大桌菜,准备"庆祝"吗?她有些心疼地看了妈妈一眼。

大家端起了碗筷开始吃饭，可是都很沉默，没怎么说话。除了兰芝外，每个人都各怀心事，没有心思品尝这桌美味的好饭菜。吃完饭，老汪见两个女儿准备离开，就开口说话了。

"大家都先别走，我有话要对大家说。"他看了看大家，接着说，"兰芝，今天我不得不正式提出离婚了。这两天我们就去把手续办了吧。"

兰芝完全没有思想准备，听了这话，脑子"轰"的一下蒙了，一脸惊愕的表情。过了好几分钟，她才缓过神来。两个女儿都用同情的眼神看着兰芝，不知道该说什么好。尽管兰芝也知道这一天迟早会来，但是这一天真的来了还是让她如万箭穿心般的难受。兰芝的眼眶慢慢盈满了泪水。小女儿赶紧上去搂住兰芝，替兰芝擦眼泪，擦着，擦着，自己的眼泪也掉了下来。老汪不忍看，把头扭到了一边。

过了好一阵，兰芝平复了一下情绪说："那边逼得紧是吧。"

"不是逼得紧的问题，这事总归要解决。我倒希望就维持现状，我也有能力照顾两个女人。可是，不行啊，法律上我只能有一个女人。我要不跟那个女人结婚，今后那孩子就名不正言不顺。为了那孩子我只能这样。还好我们的孩子都长大了，上大学了，离婚对她们不会有太大影响。"老汪停顿了一下，抬起头看了娘儿仨一眼，接着说，"你们放心，就是离了婚，我还是会对你们负责的。我会尽到我的责任。"说着，他从包里取出了一叠材料，"两个女儿上大学的费用，包括学费和生活费，我都会负责到底，直到她们大学毕业找到工作。"

听到这里，两个女儿对视了一下，没说话。

"这个是中国城北京楼饭店的房契，"老汪说着，从材料里抽出一份，"我已经把它买了下来，准备给兰芝的，作为离婚的补偿。还有，"他又抽出一张单子，"这是一笔30万美元的存款，我也准备送给兰芝作为今后的养老金了。"

娘儿仨听得目瞪口呆、惊讶万分，没想到他这么有钱，这么大方。她们知道他这几年做生意发了财，赚了不少钱，可没想到他能这么有钱。

"有了这笔钱和这个不动产，兰芝的今后是有保障的，起码衣食无忧。"老汪最后说。

娘儿仨都被怔住了，20 世纪 90 年代的中国人哪里见过这么多钱，简直是天文数字。这么丰厚的离婚补偿，她们还能说什么呢？今后除了得不到他的感情外，什么都有了。

"唉，这是我欠你的，兰芝，你陪伴了我二十多年。"说着，老汪也声泪俱下了。

就这样，兰芝把昨天发生的一切一五一十地都告诉了秦琨，还时不时地抹一把掉下来的眼泪。

听到这里，秦琨也惊呆了。"看来，他是发大财了，还不是发一点点。他能给你的，肯定只是他的三分之一，说不定还没有。他还真是个做生意的好手啊。"秦琨感慨地说。

"是啊，我当时也很吃惊啊。"

"不过，他还挺男人的，有责任，有担当。无论怎么说，这是他的错误造成了你们母女仨的不幸，但他愿意对这种后果负责，承担他的过失。他还算有良心。现在还有几个男人能这样？既想离，又不愿意负责的男人多的是。"秦琨说。

"是啊。"

"好啦，别伤心了！至少你后半生的生活不用发愁了。"秦琨抚摸着兰芝的肩膀说。

"我是伤心这几十年的夫妻就这么完了。我们毕竟不是因为感情破裂分的手。"兰芝说着眼睛又红了。

"是，也许正是因为这样他才愿意付出这么多啊。这不也是没办法的事吗，算了，丢开吧。重新开始，再找一个能对你好的男人。"秦琨劝慰道。

"唉，还找什么，我都 40 多岁的人了。"兰芝灰心丧气地说。

"40 多岁才要找哪，好生活才刚刚开始。你想啊，人到 40 事业基本稳定，儿女也大了，正是享受生活的好时候。你后半生的感情生活也很重要，美国社会这么开放，中老年人恋爱很正常啊，你一定能找到的。"秦琨说完，笑着冲兰芝挤挤眼。

兰芝当然没把秦琨的话放在心上，但这让她感觉轻松许多，未来仿佛没那么黑暗和可怕了。两年来这事就像长在她身上的一颗毒瘤，想要割掉，又害怕割掉；于是就在她身上越长越大，已经让她不堪重负。现在突然割掉了，虽然疼痛，但一下轻松了起来。她相信疼痛也将过去。兰芝心里仿佛升起了一种朦朦胧胧的希望。

二十　四海皆有价

　　王昊自成为实习医生以来，一直比较顺利。他尽管还是有些语言上的障碍，有时问诊和听诊时有一点吃力，但凭着他以前的一些临床经验，常常不需要问诊也能凭借病人的外表特征和症状判断出病人的问题和疾病。虽然现在新发明出来的医疗和诊断仪器很多，对诊断有很大帮助，特别是美国这样发达的国家更是如此，有很多仪器是王昊以前在中国都没有见过的；但是，医学这一行总归是一个经验学的学科，特别是内科学，人体代谢错综复杂，不都是仪器可以检测出来的。所以，医生的经验和见识有时就显得尤为重要。

　　实习医生在美国医生当中算是等级最低的一类，上面的主治医师、副主治医生、主任医生等，都可以使唤你，最脏最累的活都是你的。而且，你需要每天 24 小时随叫随到，也就是美国说的 "24 hrs on call"，无论白天黑夜，只要接到电话，你就得几分钟之内赶到医院。所以，住院医生非常忙，几乎没有什么休息的时间。有时忙起来连吃饭睡觉的时间都没有，压力非常大。还有，在住院实习的几年间，你还必须通过医生资格的第三次考试，也就是基础和临床知识的总汇考。以前通过的那两次考试，其实仅仅是为了获得医生资格而已。这一次才最终决定你能不能拿到行医执照。看来，医生的高薪也不是那么好挣的。也许，只有熬过实习医生这一关才会真正轻松点，才算熬出头了。

　　这一天，王昊值班，救护车送来了一位五十几岁的急症病人。当时这人正在一个小餐馆吃饭，突然觉得头晕目眩，并开始呕吐。他自己觉得好像食物有些变味，可能是食物中毒了。当时的其他人见此状也怀疑他可能吃了什么不该吃的东西，立刻打电话叫来了救护车。救护车赶到时，他已经站不起来了，被抬上了车。到了医院，他还在不断呕吐，又出现轻度昏迷症状。

见情况危急，值班护士叫来了主任医生霍姆斯。由于病人已处于半昏迷状态，也没法问诊和了解病史，霍姆斯大夫就给病人立刻做了一下脉搏、血压等常规检查。检查结果没发现有什么不太正常的指标，于是霍姆斯就准备按一般的食物中毒进行处理了。王昊一直在旁边观察，最后提了一句："他的呕吐物内好像有很少量的血迹。"

"哦，呕吐太频繁是会导致咽部和食管黏膜破裂而出血的。"霍姆斯医生以一种指导者教导的口吻说。

"可是，这个血迹看起来颜色比较深，不太像是从食管里流出的鲜红色。我怀疑他有中风的可能性，血是由颅内出血，流到消化道的。"王昊说。

"不太可能。我刚给他测过血压，并不算高。"

"出血后，血压有可能降低。我建议赶紧做一个脑内 CT，排除一下这种可能性也是好的。"王昊极力建议道。

"我觉得可能性不大，不要把病情过于复杂化了。"霍姆斯有些不屑地说道，心想，你一个中国来的小医生，懂什么？还总喜欢故弄玄虚。

但霍姆斯还是犹豫了，尽管心里不爽，他还是决定马上做 CT 检查。他知道，现在不是赌输赢的时候，人命关天，不能有任何闪失；再说，王昊说得也有道理，检测一下排除这种可能性更保险一些。

CT 检查结果发现，脑内的确有出血现象。这为治疗赢得了时间。霍姆斯赶紧停止洗胃，更换了治疗方案。他立刻进行降压和止血，以及排除脑内积血等措施。还好，出血较慢，发现得也及时，没有造成什么严重后果。后来才知道，这病人原来就有高血压病史。

一切处理完后，霍姆斯有些尴尬地冲王昊笑了笑，心想，"这小子不知是蒙对了，还是真有两下子。不过，还真有些悬，耽误了病情后果不堪设想"。

这次的病例让科内的医生们了解到了一件事，这个中国来的医生并不是酒囊饭袋，他的临床经验不可小觑。虽然他还是实习医生，可按他现在的医术和水平，可能不比他们当中的任何一个人差。

不久，又发生了另外一件事。有一位老人来就诊，也是出现恶心、呕吐等症状。初步检查后发现，他有高血压。弗兰克斯主任医生觉得他的其他症状也比较符合高血压的症状，就开始以高血压病症进行治疗了。先打了一针，又开了一些口服降压药。

在问诊的时候，王昊听见病人说有厌食现象，而且口中有时会有尿味等等。他感觉，这人恐怕不只是单纯的血压高。"我怀疑他有别的病因，不只是高血压。"他对弗兰克斯医生说。

"哦？你说说看。"弗兰克斯看了一眼王昊说道，自从上次的事情后，大家都开始重视起王昊的见解了。

"我觉得，他可能有肾衰竭，高血压只是他肾衰竭的并发症而已。"王昊说。

"可病人并没有肾功能病变史。"弗兰克斯说。

"也许以前比较隐蔽，没被发现。现在随着年龄的增长变得比较严重了，可能会有症状显现出来。"

弗兰克斯半信半疑地开出了化验单，反正检测一下没坏处。果然，肾功能检测结果表明，病人确有肾功能衰竭。弗兰克斯不得不让病人留下来住院，进行肾衰竭的治疗。

"你怎么判断出病人有肾衰竭的？"弗兰克斯还是有些不解地问王昊。

"他有恶心、呕吐症状，他还说口中有尿味，这些也都符合肾衰竭病症不是吗？再说他的年龄也是肾衰竭的高发期。"王昊解释道。

"哦，正是，正是。"弗兰克斯拍着王昊的肩膀说，眼睛里流露出钦佩的眼神。"看来，你以前的经验很丰富啊，真让人惊叹。"他又说。

这事很快在医院里传开了，都知道这个中国来的小个子有点神，总能在复杂的病情中做出精准的判断。大家都觉得他在医学方面是个奇才，今后在这个领域一定会很有造诣。从这以后，王昊像一颗冉冉升起的明星，受到了医院上上下下的关注和青睐。院长很高兴当初自己的决定。

"我说试试他，当初大家都不太赞同，现在怎么样，试出一个金子来了吧。哈哈哈……"院长对内科主任说。两人都笑了起来。

"王是很出色，在医学方面有些才气。听说他来自医学世家，父母都是医生。"主任说。

"还有，别忘了中国是世界上人口最多的国家，他在中国一定见过很多病例。所以他比我们的医生更见多知广，有更丰富的临床经验。"院长又说。

"嗯，对，对。"

……

现在，有会诊时，科室主任都会破例让还是实习医生的王昊列席，参与会诊，发表意见。其他的一些医生，特别是年轻医生，有时碰到疑难杂症也会跑来与王昊探讨一下。

在医院进门的大厅里，两个穿着白大褂的医生从对面走过来，与王昊擦肩而过。王昊隐约听见其中一个小声对另一个说，"好像这就是那个新来的中国医生"。另一个回头看了一眼，"哦，听说了……"医院里本来亚洲脸就不多，再加上中国大陆来的人与其他亚裔人在穿着和气质上有些不同，所以很好辨认。走进电梯里，两个护士冲王昊点点头。当王昊走出电梯时，只听见其中一个对另一个说，"看见吗？这就是那个中国医生"。一时之间，王昊变成了医院里的名人，走在医院里的任何地方总会有人跟他点头打招呼，有些他根本就不认识，都是些其他科室的人。

这种受人关注和青睐的氛围和感觉让王昊舒心和惬意。这是一种熟悉和似曾相识的感觉，让他想起了在协和医院的那种受人尊重和仰慕的感觉。这是来到美国6年后头一次体会到这种感觉，他以为在美国再也找不回这种感觉了。这到底是一种什么感觉呢？好像不仅仅是知名和受人关注，而是找到了自我的价值，并且是一种被人认可和欣赏的价值；是一种不仅在中国，在美国也同样被珍视和欣赏的价值。他庆幸他身上的这种价值不像其他东西一样随着国土和文化的改变而消失殆尽了，这种价值放之四海皆有效。这也是他在这里今后唯一可以依靠的价值了。现在的这种感觉让他既踏实又欣慰。他觉得，直到现在他在这里才有了真正的快乐，是前几年从未体会过的快乐。他在这种快乐中享受和陶醉，他希望这种快乐能永远伴随着他。

做住院实习医生两年后，王昊又顺利通过了最后一个医生的总汇考试，拿到了美国行医执照。这一路走来，虽然辛苦，但对于成为医生来说，就是与美国医学生相比，王昊也算是足够幸运和顺利的了。在每一个阶段中，他都以最短的时间和最有效的方式通过和完成了考核。来美国7年后，他就正式成为一名有行医执照的医生了。

由于王昊的优异表现，医院很想留他继续做医生，给他提前发送了聘书。院长也找他谈过话，表示了想留他的意思。其实，完成实习后，有了行医执照的医生就有了自由选择医院的机会，你可以到你想去的任意一所医院做医生。你可以选择条件更好，年薪更高的医院去做医生，如果这家医院也愿意接受你的话。但是，王昊自己也倾向于留下来，好不容易打开了点局面，环境也熟悉了。如果换一家医院，又要去适应新的环境，不知情况会怎么样。当然，也许会有更好的发展机会，但不确定因素也很多。他清楚自己不是一个适应能力很强的人，又属于慢热型，觉得还是留下来比较好。

成为正式医生后，一切都比较确定了，也稳定了下来，王昊的年薪也几乎涨了两倍。拿着每年近 20 万的年薪，他觉得是时候买一套房子了。"买房子"几乎是所有来美国的中国人的梦想，大概也是所有移民者的梦想。在当时公有制的中国，拥有房子这样的私有财产是绝对不可能的事情，而且几代同屋的住房困境让那个时代的人耿耿于怀。在中国人心里，私有的房子不仅代表"家"，而且代表着财富和幸福。

王昊还清楚地记得，刚来美国时，他和秦琨开着小破车来到了波士顿的近郊游玩。那一栋栋在绿色草坪上的漂亮大别墅让他们产生过无限的遐想。他们沿着别墅间蜿蜒的小道慢慢穿行着，一边欣赏着这些风格和形状各异的别墅，一边争相感叹着哪一个更好看、更别致。他们来到了一栋别墅旁，几个四五岁的孩童正在草坪上玩耍，房子周围花坛里的各色蝴蝶花和郁金香正在开放着，窗台上一只黑白花色的小猫正在睡懒觉。这是一幅多么温馨和幸福的画面啊。他们不禁停下了车，凝望着这幸福美好的一幕。"我真希望我们今后也能有一个这样的家。"秦琨情不自禁地说。王昊在旁边没吭声，他在心里发誓，一旦他有了这样的条件，他一定要买一个这样的房子，一定要让这样的梦想变成现实。

现在，实现梦想的时候到了。按王昊现在的经济条件，要贷款买一栋房子是不成问题的，而且两三年就可以还清。现在不买更待何时呢？

王昊来到了房屋中介所，推门走了进去。"你好，先生。"一位 40 多岁，有些发胖的白人女子迎了上来。她一边上下打量着穿着并不十分讲究的王昊，一边笑容可掬地将王昊让在了沙发上坐下，并端了一杯咖啡放在他面前的茶几上。20 世纪 90 年代中国大陆来的人比较穷，别说买房子，就是在超市和商店里都是买最廉价的食物和商品，美国人的眼神里常常流露出的是轻蔑和瞧不起。今天，这女人并没有表现出一般美国人的那种轻蔑眼光和态度，她的热情反倒让王昊有些不自在起来。她大概懂得，能到这里来的人一定是买得起房子的人，怠慢了对他们的生意没什么好处。

"先生，你打算买房，还是卖房呢？"女人热情而礼貌地问。

"买房。"王昊简短地答道。

"那好！我一定可以帮助你找到你满意的房子。"女人兴奋地说，"我可不可以问一下，你想要多少价格以内、什么类型的房子呢？"

王昊觉得买靠近医院的房子应该比较方便。"Brighton area（布莱顿地区）。"他说。

"想买公寓呢，还是独栋别墅？"女人又问，"这样吧，先告诉我你们家几口人。"

"一个人。"王昊迟疑了一下说。

"那你适合买公寓房。"那女人立刻说。

"不，我想要别墅。"王昊肯定地说。

"如果你确实一个人，我建议你先买一个公寓房，以后有了家和孩子再换独栋别墅比较实惠。"女人以她房屋中介的经验推荐说。

"我就想要别墅。"王昊固执地说。

那女人的胖圆脸上出现了惊讶的神色，眼神有些疑惑地盯着王昊。她还没有碰到过这样的买主。这么大的房子一个人住不寂寞吗？但她很快就恢复了常态，堆起了笑容。"哦，当然，如果你就想住大房子，不嫌寂寞的话，完全没有问题。"她笑着说。

王昊笑了笑，没说什么。

"你觉得什么时候看房合适呢？"

"现在。"

于是，在接下来的两三个月里，王昊在这个胖女人的引领下，每个周末都去看房子。他几乎看遍了布莱顿区所有新建的小区。他怀着极大的热忱去访探每一栋他想要看的房子。在他心里，仿佛早已有了房子的大致构型和轮廓，他在照着这样的轮廓和形态进行着精心地挑选和对比。

最后，他挑中了一栋最符合他心中构想和画面的房子买了下来。这是在 New England（新英格兰）地区最流行的新移民式，只是几个错落有致的房顶更高更尖一些，有几分欧式建筑的风格。那白色的门窗和灰色的墙体让人感觉到一种清淡的雅致。这房子看起来与几年前他和秦琨无意中看见的那栋让他们产生遐想和幸福感的房子有几分神似。这哪里是买房子，分明就是冲着当年的梦想去的，那就是他心中的构图和蓝本。是的，他要把当初的梦想买回来，要让这种梦想一步步地实现。他没有忘记当初的誓言。他是一个执着的，甚至有些固执的人，只要是他认定的东西，就会不惜一切代价地得到它。

房子买下来后，由于是新建的房子，建筑商又让他去挑选室内的地砖、地毯，以及灯饰等。他也像构筑自己未来的美梦一样，不厌其烦地挑选着每一样材料，从颜色到式样都在仔细地比较和斟酌着。哪种颜色更好呢？哪种式样会更符合呢？他都在想象和猜测之中。

房子终于建成了。他在开发商的办公室签完字，拿着钥匙走了出来。他站在自己的新楼前面欣赏了好一阵。这个三层的楼房旁边还有一个两车位的大车库，底下还有一个地下室。他下了几层石台阶，来到了地下室的门口，打开门走了进去。地下室还没有装修，地下和四壁都还是水泥的，他还没有计划要把这里装成什么样，是娱乐室还是健身室呢？以后再说吧。他顺着里面的木制楼梯上到了一层，一个崭新明亮的大厅展现在他眼前。他楼上楼下慢慢地转了一圈，用手摸了摸厨房台面上深红色的大理石，心中充满了满足感。

他又从大门走出了房子，站在楼前又凝望了许久，当初的那个画面仿佛又出现在了他的面前。他想象着这里的草坪上也会有几个玩耍的孩子，花坛里也会种上各色的鲜花，今后也一定会养上一只猫或一只狗。一种前所未有的幸福感在他心中荡漾着，令他陶醉。让他更愉快的是，这已经不仅仅是梦想了，而即将是触手可及的现实。

二十一　离　别

付宁通过医生资格考试后，下一步需要做的就是尽快申请上实习医生的位子。但是，在做这一切之前，他需要去跟他的博士生导师辞退博士后的工作。他开始觉得有些为难了，不知该怎样对导师说起。他想起了当时答应留下来做博士后时导师喜形于色的神态。现在，做博士后才一年多时间，手上的课题也还没有什么大的进展，他突然一下说要走，还真有点说不出口。他都能想象得出听到这个消息后导师失望的表情。他了解导师，人称"笑面虎"，是一个表面温和实际很难对付的人。可是，有什么办法呢，他不得不去面对这种尴尬局面，去面对这只"笑面虎"。

他向导师的办公室走去，不觉又放慢了脚步，该怎样开这个口呢？他在思索着。犹豫不决中，他在办公室门口停了下来。

"进来吧。"导师已经看见了他站在门口，便招呼道。

"啊，啊……"付宁一边应着，一边小心翼翼地走进办公室，坐了下来。

"是你课题的事吗？今天我正好有空，我们该好好谈谈了。"导师笑着说。

"课题的资料查询已完成，试剂材料等准备工作也都做得差不多了。"

"你有试过一下将那个基因克隆到腺病毒载体中去吗？"

"正在试。"

"有问题吗？"

"嗯……我……今天来有一个其他事情想跟您谈。"付宁有些犹豫地说道，低着眼，不敢看老板。

"哦？你家里的事？你妻子和孩子还好吗？"老板有些诧异地问道。

"他们还好。我这事算是与家庭有点关吧。"付宁像是找到了点借口，口气稍微粗了点。

"哦?"

"为了能更好支撑我的家庭，我决定要去做医生了。我想，我还是更喜欢做医生这个职业。"终于说了出来，付宁像是有些解脱。

"我知道你以前学过医，可你现在已经 Ph. D.（博士）毕业了，今后肯定要走科研的道路了。不过，以后你仍然可以做一些与医学有关的研究课题啊。"

付宁又憋红了脸，不知该怎么引到正题上去。"不是……不是，我是说，我决定……还是不做博士后了。"付宁说。

老板的笑容在脸上僵住了。这对他来说有点太突然，完全没有思想准备。"不做博士后，你打算做什么呢?"他惊讶地问道。

"我……准备去做实习医生。"付宁说。

"在这里做医生是需要资格的。"老板没好气地说，觉得付宁有些异想天开。

"对，我已经通过了考试。"付宁终于觉得说到了正题上。

"哦?"老板更惊讶了，"你不在这儿学医也能通过吗?"

"是，我已经拿到了资格证书了。"付宁说着眼睛里有几分兴奋，可也不敢过于张扬，随即又低下了眼睛。

老板沉默了，许久没有说话，气氛有些凝固。付宁也不知道该说些什么，才能缓解一下气氛，或者让老板能理解理解自己。他感觉坐在那里如同受刑一样的煎熬和难受，手心都冒出了汗。直到现在，老板才知道他留下来的真实目的。过了好一阵，他才重新开了口。

"你走了，你手上的工作怎么办?"老板皱着眉开口了，笑容早已经没有了。

付宁半天没回答，谈到了关键点也觉得为难起来，不知该说什么。是啊，这的确是个问题。

"我理解你想做医生的心情，但我这里你也不能不负责任甩手就走。这样吧，我现在马上开始招博士后，什么时候新的博士后来，你交代完课题就可以走了。"老板一脸不悦地说，虽然语气平和，但很强硬。

付宁知道老板这样说其实有点为难他的意思，说招博士后，谁知道什么时候能招到，这是个没准的事。可是，他也没有更好的办法能说服老板了，只能这样了，反正申请实习医生位子也还要一段时间。付宁不想再做什么争辩，不愿意与老板闹翻脸，吵闹和耍横不是他的个性，还是等等，缓缓再说吧。他垂头丧气地从导师办公室走了出来。

回到家，付宁把事情跟燕妮说了。燕妮一听就上火了。

"又没有跟他签过什么卖身契，还不让走啦？他就是欺负你老实，好说话。明天我去找他谈谈。"燕妮一脸怒气，口气强硬地说。

"别，别，你这样子是找人吵架吗？"付宁慌忙说，"你还是饶了我吧，让我自己解决好不好。"

"那就别理他，直接走人就行啦。他能把你怎么样？抓回来？"燕妮没好气地说。

"那怎么行。怎么说他也是我 Ph. D.（博士）导师，搞太僵不太好，说不定以后还有找他帮忙的时候，比如写推荐信什么的。在美国今后到哪里都要靠推荐信，不像在中国。"付宁说。

"那怎么办？你不会真等着他招博士后吧？"燕妮提高了声音说，"如果他两年都招不到，你就在这儿耗两年吗？"

"不会这么糟吧。我现在先联系做实习生的医院，等联系好了再去跟他说。"

"如果他还不同意呢？"燕妮仍拉着脸说。

"那我再跟他摊牌也不晚。"付宁最后说。

燕妮想想也只能这样了，现在要急于解决说不定真把事情闹僵了。

现在，付宁只好一边联系着医院，一边还在实验室里干着活。而且，他比以前干得还要卖力，有时周末还去加班。反正现在也考完试了，有的是时间，他想稍微弥补一下提前离开给老板带来的不便，也给真正要离开时创造些条件。

与此同时，他也开始了各大医院的联系和申请。他向美国境内的各大医院发出了申请函，特别是波士顿地区的。他希望最好就在波士顿地区的某家医院做，这样离家比较近，家里有事还可以照顾照顾。燕妮也是这么希望的，过惯了有家庭温暖、有人照顾和呵护的日子，她无法想象一个人带着孩子的日子怎么过。其实，这样的愿望并没有那么不着边际，波士顿和周边地区的医院有大小几十家，还有像麻州总医院（Massachusetts General Hospital）、纽英格兰教会医院（New England Baptist Hospital）等全国最顶级的几所医院，难道就不能申请上一家？哪怕小一点的？

十几天后，付宁收到了五六封回函，都是邀请他去面试的，其中就有MGH（麻州总医院）。两人又忙活起来了，燕妮忙着熨烫付宁面试需要的西服，付宁忙着查询各种面试有可能用到的资料。看来，他的背景还是很受青睐，中国北京医学院的医学研究生毕业，美国波士顿大学又拿了博士学位。这样强的背景条件不多有，相当于他有医学和理学的双重博士学位。

一星期后，付宁就去各大医院开始参加面试了。他来到了波士顿总医院的面试厅，进去一看有些紧张起来。会议室里长条会议桌对面坐着五六个医院的专家，这一面坐着六七个来面试的医学生。这好像不是一对一的面试形式。

一一作过介绍后，面试开始了。对面专家提出的问题并不针对某一个人，而是来面试的所有人，谁能答谁就答。这样一来就变成了集体面试，而且几乎是抢答的形式，竞争就更加激烈了。这种形式对于不是英语母语的付宁来说非常不利，有些问题还没等他反应过来就被别人抢答了；有些问题他虽然能听懂，等他组织好语言想回答时，也已经被别人回答了。再说，能到这种医院来面试的人，都不会太弱。结果，整个面试下来，他几乎没有什么回答问题的机会。从会议室出来，不用回家等回音，他就知道没戏了。

接着，他又去了几个一般点的医院去面试。虽然有些他也能有单独面试的机会，但由于他英语的听力和表达能力，还有他天生腼腆和内向的个性，都让他在这种特别需要张显和强势的考验中屡屡受挫，败下阵来。他与那些有7分能说出10分的、善于表现的美国人相比，正好相反，有7分都只能说出5分；他在这场竞争中的结果可想而知。

现在，刚考上医生时的那股兴奋和喜悦劲已经烟消云散了，想想自从考上医生资格后的事事不顺，事事不能如愿，仿佛上天并不想让他们一步达到幸福的顶点。他们好像还有一段艰难的路要走，还有需要经历的考验在等待着他们。

"都两个月了，没有一所医院回复。"付宁失望地对燕妮说。

"那怎么办？"燕妮也很失望地问。

"现在只能试试波士顿以外的地区了。"付宁低着头，有些颓丧地说。

"唉，那也得试啊，不然你想放弃做医生这条路吗？好不容易争取来的。"燕妮两眼望着窗外的夜空，有些无奈地说。

付宁开始向全国范围内发送申请函了，又有几家让他去面试了。面试回来后，他很希望离波士顿较近的纽约或缅因州的那两家能接受他，可是最后也没能如他所愿。最后，倒是离波士顿最远的一家医院给他寄来了聘书（offer）。这是在美国中西部亚利桑那州首府凤凰城（Phoenix）的一所邦纳医疗中心。付宁和燕妮都有些犹豫了。这在中国就相当于从北京、上海跑到西北去一样，太远不说，也属于美国的偏远落后地区。大概没有多少美国医学生愿意去那里实习，估计他们也没什么可挑的了，只要愿意来实习的都会被接受。可是，不愿意去也不行啊，到目前为止，这是唯一给他接受函的一家。

"我可不能跟你去那里。难道我要放弃这边的工作，跟你到那里去吗？再说，霄霄的学校是这边最好的学校之一，也放弃了吗？"燕妮沉着脸，眼睛避开付宁的目光，看着自己手中的杯子说。

付宁沉默了许久没说话。

"不然，你也别去了，再找找。"燕妮又说。

"现在，我们中国人在这里不是有大把的机会等我们挑，而是机会在挑我们。"付宁叹了口气说，"唉，我们不能像美国人一样可以把家庭放在第一位，工作放在第二位。我们不得不为了工作机会让家庭牺牲一些。"说着，付宁低下了头。

"那你什么意思？让我们都牺牲了，卷铺盖跟着你一起去？"燕妮声音有些提高了，一脸的不满。

"不是这个意思。"付宁急忙解释道，"我想说，不如你和霄霄还是留在这里，我自己去。等做完实习，我再回来申请医生职位。"

这次轮到燕妮沉默了。她不得不做出选择，要么跟着去，要么自己留下来。她不可能两样都要。"真在波士顿地区就没有机会了？"她很无奈地问。

"不可能了，我去面试的几家都没有给我答复。看来，波士顿地区的医院档次和水平相对高，竞争也比较大，很多人想到这里来实习。我们中国人又有语言劣势，很难争取到这里的位子。现在拿到的这个位子是目前唯一得到的机会，再申请，恐怕也不会比这好到哪里去。"付宁皱着眉说。

这种情况燕妮是了解的，她知道再去申请恐怕也是徒劳，可总有些不太甘心。为什么事事都这么难以如愿呢？就算好事多磨，也不能总这么磨下去吧。

"如果，你不希望我离开的话，我可能就不得不放弃做医生的可能了。再回去做博士后呗，以后的事以后再说。"付宁最后说。

燕妮心里的斗争非常激烈，仿佛到了决定命运的三岔路口。不让他去，留下来做博士后，今后前途渺茫；让他去，至少今后还有做医生的可能，但她自己不得不独自带着孩子在这里苦撑着。想来想去，她最后做出了一个艰难的决定。

"我看就这样吧。这两年你自己去亚利桑那，我和霄霄先留在这里，等你做完实习，在什么地方做了正式医生，我们再搬过去。"燕妮宣布了决定他们家命运的最后决策。

说来也巧，在这三个月的时间里，付宁的导师竟然真招到了一个从康州来的博士后。付宁的课题也做得有些起色，拿到了一些可拓展性的结果，老板很高兴。当他再次提出要走的事，老板很痛快地答应了，没有再为难。

"OK! 反正我也留不住你，不如让你去做你想做的事。把你的课题，以及所有的实验记录都交给新来的博士后，让他接着做。其实，你的结果很有希望，你不往下做真有点可惜。好吧，今后就 enjoy（享受）你做医生的乐趣吧。"他笑着说，还拍了拍付宁的肩膀。

付宁如释重负，从办公室里走了出来，长舒了口气，终于解脱了一件事。

去亚利桑那州的日子已经确定，很快也就要到了。付宁在家一边收拾要带的东西，一边把家整理了一番。他把一些沉重的物品都堆放好，省得他不在家时燕妮一个人搬不动。他把家也彻彻底底打扫了一遍。他知道燕妮不爱收拾，不爱做家务，以后他不在，还不知道家里会乱成什么样。他一年大概也就只能休假时能回来几天，心里还真有些担心这母子俩今后的日子能不能过好。

临走的前一夜，付宁和燕妮俩人都没睡着，各怀各的心思在床上躺着。燕妮面朝内墙，睁着双眼，不知在想些什么。

"睡了吗?"付宁小声问。

"还没哪。"燕妮回答。

"霄霄的厚衣服都放在柜顶的小箱子里了。"

"嗯。"

"鞋都放在床底下的纸盒里了。"

"嗯。"

过了一会儿，付宁又说："我走了以后，你能不能少参加点社会活动，多抽点时间管管霄霄?"

"好。"

"只要一有假期，我就会回来看你们的。"

"好。"

"只要熬过这三年，我们家一定可以团聚的，你别担心。"

"好。你快睡吧，明天还要早起。"燕妮最后说，始终没有把身子转过来。

付宁走了。燕妮果真不太参加社会活动了，每天下了班就回家，给霄霄做饭，检查霄霄的作业。付宁也经常打电话回来，询问他们母子的情况，总有点不太放心。

坚持了两个月，燕妮实在憋不住了，又开始参加起社会活动来了。这已经是她的一种生活常态和生活方式了，让她天天待在家里，她感到透不过气来，感到窒息。

"妈妈今天赶不回来做饭了。你看看家里还有没有剩饭，如果没有，就去小区门口的麦当劳吧。"燕妮在电话上对儿子说。

"妈妈你什么时候回来呢?"儿子问。

"我不知道，应该9点吧。吃完饭别忘了把作业做了，我回来要检查的啊!"燕妮最后说。

就这样，霄霄经常在麦当劳吃晚饭了。付宁打电话回家时，燕妮都还没有回家，每次都是儿子接的电话。

"你妈呢?"付宁在电话上问。

"还没回来。"儿子答道。

"这么晚还没回来,你吃饭了吗?"

"我在麦当劳吃了。"

"又吃麦当劳。"

付宁听到这里,心里很难受。可是,自己鞭长莫及,什么也做不了,也改变不了什么。他不能去责怪燕妮,也无法去要求她什么,怪只怪自己不能找到波士顿附近的位子,只能把家里的一切都交给燕妮。燕妮能够同意他离开家奔自己的事业,已经是对他莫大的恩惠和支持了,他还能去要求她什么呢?付宁放下了电话。

他想起了他们婚后总是聚少离多的日子就不免有些伤感。当初毕业分配,燕妮去了北京,他们分离了一年多;结婚后,燕妮出国,他们又分离了两年多;现在为了做医生,又分离了,还不知道要多长时间呢。想到这些,他不觉掉下了几滴伤感的泪。他抬起头,慢慢环视了一下这个冰冷的,没有生气的房间,一种前所未有的孤独和寂寞感袭遍了全身。他在心里暗暗发誓,这一定是最后一次的分离,今后永远再不离开老婆和孩子。

付宁独自在亚利桑那州的日子非常忙,常常夜里被电话铃声叫醒,跑到医院一直忙到天亮。他不怕忙,忙起来可以忘掉一切,反而最怕的是闲下来,会让他想起远在波士顿的老婆和孩子。这种一个人的日子让他非常煎熬,他几乎在数着日子,计算着时间度过每一天,每一个星期,每一个月。唉……真希望时间能过得快一些。三年时间以前也不觉得长,现在怎么这么漫长,他真正体会到什么是度日如年了。

二十二　太极班

付宁走了以后，燕妮的社会活动不仅没有减少，比以前更多了。她每天都忙得没有闲暇考虑别的东西。她不清楚为什么要把自己搞得这么忙，是热爱得停不下呢，还是怕停下来感觉孤独呢？她害怕在家里独处的时间，待的时间越长，就会越受不了。除了睡觉的时间外，她都尽量不待在家，有时甚至带着霄霄一起在外面游荡。

现在，她已不满足只是去参加别人组织的合唱团和舞蹈队了，她要组建自己的表演团队。有一次假期，她带着霄霄飞回了北京。20 世纪 90 年代末，太极系列的健身运动在国内时兴和流行起来。这样的运动并非真正的武术太极，而是简化了的，带有古风和表演性的、大众化的太极健身方式。燕妮在小区楼下看见了这种穿着白绸、舞着长剑和红扇的运动，立刻就着了迷。于是，她开始到处找人和联系，想专门拜师学艺。

燕妮是那种很容易受感染和影响的人，对什么都能燃起热情和兴趣，总有冲动和激情去干任何引起了她兴趣的事，无论这事适不适合她，她都会充满热情地去干。她好像并不在意能把这事干得多好、多精，而是在意干这事的过程和享受。所以，她干这事能干多长，那就要看她的兴趣和热情有多大。

"你专程从美国回来学？"一位近 50 岁，身材健硕精干、神采奕奕的女人问燕妮。

"是啊，是啊。时间有点紧，还请老师不吝赐教。"燕妮笑着说。

"那边也喜欢太极？"女人好奇地问。

"那边的华人，包括一些老外，都很喜欢中国文化的东西。"

女老师脸上露出了笑容。"你想学哪一套？"她又问。

"我都想学，太极拳、太极剑、木兰扇……"燕妮一脸贪婪表情说。

"你两星期的时间绝对不够。我先教你简式的太极拳和太极剑，复杂的你下次再学。"

"好，好。"

第二天，燕妮把霄霄交给了北京的父母，自己跟老师兴致勃勃地开始学起了太极拳。燕妮忙得一塌糊涂，差点连吃饭睡觉的时间都没有。她本身并没有这方面的基础，甚至没跳过舞，全身筋紧骨硬。老师让压腿抻筋，她直咧嘴，但想学只能忍着。她每天除了要记新的一招一式，还要修正学过的一招一式，尽量要做到位。

正学到一个招式，燕妮往前抬起腿，老师见了上去抓住腿举了一下说，"不够高！"燕妮疼得直叫。学太极剑时，燕妮将剑举过头顶，"肘要抬起来！"老师喊着。燕妮的妹妹在旁边陪着，心里直想笑，简直没想到姐姐有一天还能学太极拳，还能忍受这份苦。姐姐去美国读书的时候自己也想不到吧。妹妹知道姐姐不是个搞学问的人，但会爱上太极拳也实在让她有些意外。

就这样，燕妮用了20天，死活把24式简式太极拳和32式太极剑拿下了。木兰扇实在来不及学，只好下次了。她还向老师要了拳谱和剑谱，回美国后自己看着也能打了。

燕妮腰酸背痛地回到了美国。休息了几天后，只要一有空，她就蹬脚伸腿地打起了太极拳，旁边常常引来不少观众。大多数华人一见就喜欢，都认识这是太极，就在后面跟着比画。燕妮也乐得过一把当师傅的瘾，指导起别人的动作来，把刚从师傅那里学来的太极现炒现卖地就教给别人了。

"明天我们还来，接着跟你学。"一个朋友临走时说。

"我不行。我也是才学的。"燕妮笑着说。

"可以的，可以的。不然你就开个太极班吧，我们都来跟你学。"

"啊？那我得想想。"

……

燕妮想，既然大家都喜欢，她大概真的可以开一个太极班，肯定特受欢迎。她那种好热闹、好表现的个性让她心里痒痒的，有些蠢蠢欲动。

几天后，她真的开起了太极拳班。波士顿在美国算是华人比较多的地区，听说可以学太极拳，都很感兴趣，觉得一方面可以健身，另一方面还可以学点中国传统的东西。人来得越来越多，后来连排练场都站不下了，甚至还有中国城的一些华人社团也要请她去上课。那段时间，太极班真有点小轰动，燕妮一下子成了弘扬中华文化的典范。

这样一来，燕妮更没有时间回家了。她干脆每天下班把霄霄带到排练场，让他在隔壁的小间里做作业。"你在这儿不要光顾着玩，把你今天的作业做了。等一会儿我那边下了课，要检查你的作业。"燕妮对霄霄说。两小时后，燕妮的太极班下了课，已经是晚上9点多钟了。她开车带着霄霄回到家，已经是精疲力竭，哪里还有精力干别的。两人洗洗也10点多了，该上床睡觉了。

"作业做了吗?"燕妮上床前问霄霄。

"嗯，做了。"霄霄回答说。

太极班成立后，燕妮心里有了极大的成功和满足感。这让她既有做社会活动的快乐，又成了当地的活跃分子，还能顺便赚点外快。这种生活状态是她喜欢的，每天都在欢闹的人群之中，风光无限，心潮澎湃。在燕妮心里，这些活动的成功比事业上的成功更让她欢欣鼓舞。她好像突然找到了自己的价值，找到了自己生活的意义。她并不热衷于科研，更不是那种安于在家相夫教子的女人。公司的课题成功与否是老板的事，与她无关，她只负责老板交给她的活；而在家里，她又很厌烦家务琐事。毕业以后，她一度内心很茫然，仿佛没有了生活的目标和方向，生活变得无聊和乏味。现在不同了，她每天都感到兴奋和充实，虽然忙一点，但有滋有味，精彩多了。对于社会，她好像又有了价值。

其实，燕妮以前并不在行这种舞拳弄棒的东西，也没喜欢过。现在，这种培养起来的兴趣却很让她着迷，其实她着迷的不是这兴趣本身，而是这个兴趣带给她的新鲜和兴奋感。还好这种普及性的太极并不要太深厚的基本功，燕妮掌握起来也不算太难。前几天她又回了一趟北京，把木兰扇也学了回来，还让妹妹采购了一批木制剑和红绸扇海运到了波士顿。她准备给学员每人配备一套道具，舞起来更正规，更整齐，也更有气势。她简直着了魔，连吃饭睡觉都在记动作和套路，一有空就在衣柜的大镜子前比比画画，审视着自己的动作和姿势。

大镜子前，燕妮正拿着两把红绸扇在练习木兰扇，她的脸显得神采奕奕，容光焕发。只见她单腿独立，另一条腿勾起，双手举过头顶，头转向侧面"啪"一亮相，举过头顶的扇子也同时"哗"一下展开。两把扇子像两朵火红的花儿在她的头顶绽放开来，映红了她的脸颊。她看着镜子里自己优美的姿势，满意极了。"看看，我这姿势做得也不比专业的差多少了。老师做得也不过如此了。"她得意地在心里说。

这天上午，燕妮正在实验室里准备做电泳。她必须尽早加上样品，才能在下班前跑完胶，不然下班前就结束不了，延迟她的下班时间。她可不希望这样，会耽误晚上7点的太极班。前两天老板就把DNA测序的工作交给她了。可她做了两次都不太成功，显示在胶片上的条带不太清楚，读不出结果。今天这一次如果再读不出结果来，老板可能会发火了。燕妮有些紧张，不敢掉以轻心，不能像前两次那样心不在焉、马马虎虎的了。她不得不聚精会神，认真看着每一步的反应。

叮铃……叮铃……电话铃响了。燕妮顾不得去接电话，她正在给电泳胶加样，每个样孔都很细小，不小心就会溢出，流到旁边的孔里去。这样会影响后面的结果，她必须特别仔细和小心。加完了样，接上了电源，她舒了口气。脱下手套，洗了洗手，她刚坐下来，电话铃又响了。她抓起了电话。

"Hello（喂）。"她接了电话。

"Can I speak to Yanni（我能与燕妮说话吗）？"对方说。

"你秦琨吧？"燕妮猜测道。

"哎，我刚才给你打过电话，没人接。"秦琨高兴地说道。

"我正在给DNA胶加样，腾不出手来。"燕妮笑着说，"你无事不登三宝殿吧，找我什么事？"

"听说你们公司的鲍尔博士的实验室有一种荧光标记检测微量蛋白的方法。我想来学学。"

"好像是，你可以去问问他呗。"

"那好，我吃过中饭来。"

"先到我实验室来吧，我带你去。"燕妮挂上了电话。

下午，秦琨来了。燕妮迎上去给了秦琨一个大大的拥抱。燕妮仔细端详了一下秦琨的脸。"除了上次在台上见过你外，我们有两年没见面聊天了吧，你还是跟以前一样漂亮。真让人嫉妒。"燕妮嘟着嘴说。

"你怎么样？付宁走了你还好吧？"秦琨坐下问。

"他走了，没人做饭管孩子了。我又要忙外面，又要忙家里，简直忙死了。"燕妮说着，两手在空中比画着忙得不得了的样子。

"至于吗？你下了班又没什么事。"秦琨一脸不解地问。

"好好，待会儿再说，我先带你去见鲍尔博士。"燕妮拉着秦琨出了实验室。

燕妮带着秦琨来到了鲍尔的办公室，并说明了秦琨的来意。

"哦，对对，我们已经在电话上联系过了。见到你很高兴，欢迎你。"鲍尔说着，站起身与秦琨握握手。

"那你们谈吧。我回实验室等你。"燕妮对秦琨说完，走了出来。

一个多小时后，秦琨回来了。燕妮的胶也已经跑完，取下来拿去与底片反应了，明天显影后就可以读取结果了。

"谈完了？"燕妮问。

"谈完了。我明天就可以来学习他的方法了。"秦琨回答。

"今天晚上如果你没安排的话，就跟我去看看我的太极班吧。"

"啊？你打太极拳？我没听错吧。"秦琨有些不敢相信地笑着说。

下了班，俩人一起出了公司。她们在快餐店吃了点东西，开着车就来到了排练厅。这是牛顿区中学的一个舞蹈教室，正对大门的一面墙是一面大镜子，旁边还有齐腰的练功扶杆，地上铺有浅色的木地板。教室在灯光下显得明亮宽敞。燕妮换上了练功服和软底鞋，看着挺像那么回事。秦琨惊讶地看着这一切，很难相信这就是她认识的燕妮。

"当初咱俩一起复习托福和 GRE 准备考研究生时，我怎么也不会想到毕业后你会干这个。"秦琨看着换衣服的燕妮说。

"我也没想到。我以前也并不会，后来感兴趣了学的。"燕妮说着，把道具从一个大包里取出来。

"你也真行，什么都有可能成为你的兴趣爱好，而且什么时候学都不嫌晚。"秦琨笑着说。

"没想到吧,我还是这里的教练呢。"燕妮一脸得意地说。

"真不可思议。听说报纸都登了,没想到是你。"秦琨摇摇头笑着说。

"我不是专业干这个,只是业余爱好而已,搞着好玩的。"燕妮露出点谦虚的表情说。

陆陆续续学员们都来了,他们几乎都是下了班以后赶来的。来的人基本都是女性,年龄在30—50岁之间。

"你只收女学员吗?"秦琨好奇地问。

"不不,平时也有不少男学员,今天教的是木兰扇,比较适合女的学。"燕妮解释道。

音乐响了起来,课程开始了。秦琨在旁边找了一个椅子坐下了。她们每人两手都拿上了红绸扇,燕妮在前面喊着节奏,在中国民族音乐的伴奏下开始了一招一式。只见她们一会儿双脚踮起,一会儿两腿交叉半蹲;手上的扇子一会儿打开,一会儿合拢,一会儿打开一扇,一会儿打开两扇;看着有些眼花缭乱,甚是好看。那些扇子就像是飘在她们周围的红色彩云,一会儿飘在头顶,一会儿飘在左边,一会儿又飘在右边,一会儿又魔术般地消失了。秦琨还是第一次见,不觉有些惊讶和赞叹,这哪儿是打拳啊,跟跳舞差不多嘛。

正舞着,就听燕妮喊,"停,停……"她拍着手叫大家停下来。"这个动作做得不到位,这里有一个亮相没做出来……"她说着,拿起了扇子,开始示范。只见她踮起单腿,另一条腿勾起,双手举过头顶,在展开扇子的同时脸向右侧"啪"亮了一个相,动作果断而优美。秦琨在旁边看着燕妮神采飞扬的脸,都快有些不认识了,"这还是那张以前为了功课和课题发愁的脸吗?"

燕妮那种极强的表现欲和张扬的个性在这儿展现得淋漓尽致,她会毫不掩饰地得意她所做的每一个精彩和优美的姿态,她会陶醉于别人给她的赞许和欣赏的目光或话语。秦琨感觉,在今天以前,她好像从来没有真正认识过燕妮,她不禁有些感慨,"人在不同环境下会表现出完全不同的个性,人真的有多面性"。她想起了毕加索那幅《戴草帽的女人》。她觉得,让燕妮着迷的不仅仅是太极,而是人们欣赏和赞许的目光,还有就是这种兴奋和热闹的气氛。在这种气氛中，燕妮才感觉快乐和振奋。

两个小时很快过去了，到了下课的时间。燕妮换了衣服跟秦琨一起走出了排练厅。

"已经9点多了，我看你也别回去了，跟我回家吧。反正付宁也不在，你今晚就在我家睡吧。"燕妮对秦琨说。

"好吧，反正回去也是我一个人。"秦琨爽快地答应了。

"我们还可以好好说说话呢。"

"是呵，好久没说私房话了。"

燕妮开着车，俩人一路聊着往燕妮家赶去。40分钟后到了家，燕妮推门一看，电视机大开着。霄霄正两眼盯着电视，手里抱着土豆片，不断往嘴里塞着。

"你把他一人留在家里放心啊？"秦琨问燕妮。

"他也不小了，下学期就该上中学了。"燕妮说。

霄霄见妈妈回来了，立刻跳了起来，把电视关上了。他好像没听到妈妈的车门声，有些措手不及。看见秦琨进来，他腼腆地叫了一声"阿姨"。

"你作业做了没有，就坐这儿看电视？"燕妮问儿子。

"做了。"霄霄答道。

"十点了，赶紧洗脸睡觉去吧。"

霄霄睡觉去了。她们俩人也洗了洗，挤在了同一张大床上。她们远没聊够，接着路上的话题又聊了起来，从秦琨的课题聊到考医生，又从付宁老板"笑面虎"聊到申请实习生……她们分别这两年多有太多的事情发生了。

"付宁走了以后，你白天上班，晚上教太极班，还要管儿子，忙得过来吗？现在我终于知道为什么你这么忙了。"秦琨说。

"是挺忙的。可是你要让我天天待在家，不去搞这些活动，我会受不了的。"燕妮说。

"我看出来了，你很享受这些。我还是头一次见你这么投入，这么兴奋。"

"嘿嘿……"燕妮怪笑了两声。

"哎，付宁在那边怎么样？做实习医生还顺利吗？"

"好像还好吧，就是有点孤独，老想家，不放心我们。"

"就你这样成天不归家，是我，也不放心。"秦琨直击要害。

燕妮笑了笑没说话。她心里明白，这是她的问题，可有什么办法呢，她做不了以家为中心的女人。

"哎，说说你的事。"燕妮想转移话题说，"你那个日本来的男朋友最后怎么样了？"

秦琨叹了口气，把与谭一凡相处的前后经过讲述了一番。燕妮听完后，若有所思地说："其实送花也没什么，如果你真爱他的话，是不是也就不在乎了，对不对？"

"也许吧。不过，他如果真是我爱的那种人，可能就不会有送花这一出了。"

"只是觉得有点可惜，看起来挺般配的。"

"外表般配而已。"

"你会不会要求太高了点？"

"我只是听从心声，并没有什么条件，没碰见对的人罢了。如果跟一个自己没感觉的人生活在一起，那不是很难受吗？"

"不是所有夫妻都是有什么感觉的，你知道吗？"

"可我不想浪费我的人生，今生就想找到这种感觉。"

"好好，好，希望你能有这个幸运。"燕妮说完，打了一个哈欠。她看了一眼放在床头的表。"哎呀，都2点了，快睡吧，不然明天起不来了。"她说完关上了灯。

秦琨还是没什么睡意，脑子里还在想着自己的事，旁边燕妮的小鼾声已经响起，也不知又过去了多长时间，她才迷迷糊糊地睡去了。

二十三　房子梦

　　秦琨的课题自从上次排除障碍后一直很顺利。她准备用三种不同的方法检测被调控蛋白的表达效果，在燕妮他们公司学到的是最敏感的一种方法，用了荧光标记，可以测到微量的蛋白含量。如果三种方法的检测结果比较吻合，她的实验就可以成功地结束了。剩下来的事情就是写论文，准备答辩了。如果不出什么意外，她估计半年后就可以毕业了。

　　这个周六，她没去实验室。这一段时间的晚上和周末，她都不像往常一样去实验室，而是待在公寓里复习医生资格考试。她需要集中精力和时间，加紧复习，想在博士毕业之前考一次医生资格，至少把医学基础知识部分考完。虽然秦琨和付宁在美国读了四五年的博士，与王昊比起来英语好一些，没有什么语言障碍；但是，六七年前学的东西，现在要用英语复习一遍，而且美国对医学的要求与中国有很大的不同，复习起来也没那么容易。秦琨房间里堆满了书，桌上堆不下的只好摊在了地毯上。秦琨正趴在地毯上，从一本厚厚的、躺在地毯上的书里查询着什么。

　　电话铃突然响了，她没有站起来，伸手将桌上的电话筒拿了下来。"Helloo"她对着话筒应道，眼睛却没有离开书页。

　　"Hi，你好。你最近好吗？"电话另一端问道。

　　秦琨立即抬起了眼睛，脸上表情有些诧异。她听出是王昊的声音，觉得有些奇怪，王昊怎么会现在突然给她打电话。

　　"嗯……还好吧。你呢？"她迟疑地答道。

　　"我挺好的。今天有时间吗？要不要出来随便聊聊？"王昊在电话里说。他的声音听起来愉快而自信，不像三四年前那么颓丧和犹豫了。

　　秦琨还是不明白，王昊怎么想起今天邀她去聊天呢？她有些犹豫，可转念一想，自离婚后他们还从来没有像朋友一样坐下来聊一聊，问候一下。不是夫妻，还可以做朋友嘛。当了医生后他一定过得还不错，从声音里就可以听出来，该去看看他。

　　"好吧。"秦琨答应道，"你有什么重要的事情需要谈吗？"

　　"也没有啦，只是好久不见，随便聊聊。"王昊在电话另一头用轻松的口吻说。

　　"在哪里见呢？"

　　"你准备一下吧。半个小时后，我开车来接你。"

　　秦琨赶紧从地毯上站起来，去浴室冲了个澡，换上了一件淡绿色的连衣裙。她匆匆下了楼，走出了公寓的大门。

　　王昊的车已经在外面等候了。他从车窗里看见了从门口出来的秦琨。今天的秦琨在淡绿色衣裙的映衬下，显得清雅脱俗、亭亭玉立。她的秀发已经长到腰间，与衣裙一起在微风中飘动着，给人一种潇洒飘逸的感觉。看见这件连衣裙，王昊想起还是在北京他们结婚时买的。他的心抖动了一下，不知是伤感还是激动，眼前闪现出以前秦琨穿着这条绿裙的一些画面。秦琨走进了停车场，王昊赶紧下车去给她开门。

　　两人见了面感觉有些不太自然，有一种既熟悉又陌生的感觉。他们有三四年没有见面了，突然见了还真有点陌生，毕竟这几年两人都有了很大的变化，特别是王昊。秦琨一看，王昊穿着名牌衬衣和西裤，开着宝马车，就知道他现在混得不错，大有扬眉吐气的感觉。

　　"宝马车都开上了，看来混得不错。怎么样？当医生感觉还好？"秦琨上车后问。

　　"还可以吧。"王昊笑着答道。

　　"我们这是要去哪儿？"

　　"我带你去个地方，到了你就知道了。"

　　"哦？这么神秘。"

　　王昊踩了一脚油门，上了高速公路，离开了市区，向波士顿近郊的布莱顿区开去。车开了一会儿，秦琨又开口了："你这一段医生做得怎么样？好做吗？会不会比在中国难呢？"

"你想想，"王昊笑着说，"都是一样的人，得的病都是差不多的。你如果在中国能做医生，那在这儿也一样能做。而且，这里各种仪器很先进，可以帮助诊断，比在中国还容易哪。"

"是呵。"秦琨听了，觉得好像增添了不少信心。

"怎么？你也想做医生？"王昊从后视镜看着秦琨问。

秦琨犹豫了一下说："嗯……有这个想法。"

"也是，你们那个 Ph. D. 出来不太好找工作。毕竟医院还是比大学多，医生的需求量就比教授多多了。而且，学医这条路上竞争和淘汰率很高，真正能当上医生的人也并不多。"王昊说。

"嗯，对呵。"

"不过，当医生也比较辛苦，在这里责任也很大。你知道吗？在美国，医生是要买保险的，以防万一有医疗事故。我，每月就得从工资里付这笔保险金。"王昊一脸严肃地说。

"是吗？"秦琨显得有些惊讶，"我还头一次听说。"

"当然啦！特别那些外科医生，常常上手术台的，风险更大。他们付的保险金相当地高。这里死个人是很严重的事，不是开玩笑的。"

"哦？是吗？"秦琨的眼神里露出几分忌惮。

"可是医院死人是常有的事啊，真要死了人会怎么样呢？"秦琨惊讶地问。

"如果是医生处理不当，算医疗事故的话，就会赔偿上百万呢。谁赔得起？只能平日保个险，让保险公司赔。"

"这样啊。"秦琨脸上仍有几分紧张。

"当然了，这种事情不会经常发生，但一旦发生还是会比较麻烦。"

秦琨没说话，两眼凝视着前方，陷入了某种沉思。这是她完全没有想到，也从没有想过的问题，因为中国几乎没有这种问题。在中国，病人送到医院，即便有什么医疗事故，医生会受到问责，但绝不会让医生个人承担后果。看来这里医生的高工资真不是白挣的，不仅学费高昂、竞争大，今后的责任也很大，工资的一部分还要用来买保险。天下真没有免费的午餐。

"唉，你女孩子就算了吧，干点轻松的工作就好了，不一定非要做医生、教授什么的。"王昊恢复了轻松的口气说。

……

聊着聊着，车子已经进入了一个住宅小区。车子沿着小区内的小道缓缓地向前开着，道路两旁是一栋栋两层的别墅楼，别墅楼的周围是绿油油的宽阔草坪。现在正值盛夏，每栋别墅的花坛里各种鲜花争奇斗艳地怒放着，甚是诱人。有的花坛里还有一两个石雕的小顽童或小动物。每家草坪前都立了一个一米高的小柱，上面架了一个小邮箱。这里远离市区和公路，显得特别的安静和悠然，只能偶尔听见几声鸟鸣。这真是一种田园诗般的世外恬静和景色。

"这是哪里啊？这么漂亮。"秦琨禁不住问，两眼望着窗外。

"喜欢吗？"王昊也问。

"喜欢有什么用，又住不起，望梅止渴而已。"秦琨边回答，边欣赏着。

王昊笑了笑，没吭声。

他们的车停在了一栋别墅旁。王昊从车上下来了，秦琨也只好下来。她心里正嘀咕，不知王昊把她带到谁家来了。

"你有没有觉得这个房子看着有些眼熟？"王昊问。

秦琨盯着房子看了一会儿，脑子里搜索着曾经的记忆。"我有去过的谁家是这个样子吗？"她在心里问自己。

"不记得了？我们曾经在波士顿郊区看见过一栋房子，有几个小孩在外面玩耍。"王昊看着秦琨说。

"哦——，想起来了。对对，有点像。"秦琨好像想起了什么，"这是谁家啊？"她诧异之间有些好奇。

王昊微笑了一下，没有马上来回答。"来吧，让我们看看这是谁家。"他对秦琨说。

秦琨跟着王昊来到了门前。王昊掏出钥匙准备开门。"哎，等等，你怎么会有别人家的钥匙？"秦琨惊讶地问。

"你进去看看就知道了呗。"王昊说。

"你什么意思？你不会……已经买下了这栋房子吧？"秦琨瞪着眼睛惊讶地问道。

王昊冲她笑笑。"对啊！你不相信？"王昊的笑容仍在脸上。

秦琨惊愕地看着他用钥匙开了门。她没想到王昊竟然这么快就能买下一栋房子。在她的概念中，这得花上几十年，甚至毕生的积蓄才有可能。打开门后，王昊微笑着向门里伸出一只手说，"请吧！"秦琨还在惊讶之中没缓过来，机械地跟着王昊进了房子。

这是一种波士顿地区非常流行的新移民式（New Colonial）的房子，里面的房间为了最大限度地利用空间都是方方正正的。进门有一个小小的门厅，右面有一个门通向客厅，左面一个门通向书房；往前走两步右侧有一个扶手楼梯通向二楼。这个门厅是不封顶的，可以一直看到三楼的天顶，也可以看到扶手楼梯上面二楼和三楼的一条走廊和几个卧室的门，显得很敞亮。从这个门厅的天顶吊下来一盏巨大的水晶吊灯，虽然是白天，王昊还是打开了水晶灯的开关，那些水晶珠子在灯光的照射下显得格外闪亮和晶莹剔透。

王昊带着秦琨从门厅往前走，经过一个小走廊来到了厨房和家庭起居室；这里是一个很大的开间，足有100多平方米，厨房占了三分之一，其余的部分都是起居室，家人大部分的时间应该都是在这里活动。起居室里有一个大壁炉，这是所有美国独栋楼房中必不可少的部分，其实现在的家庭几乎不用，但就是作为装饰也必须存在在那里。这也是欧美房屋的一种象征和特点。厚厚的地毯上，摆放了一套深红色皮制沙发和茶几，还有一台大电视和一些音响设备。起居室和厨房之间没有隔墙，完全开放式。

厨房靠窗的两侧都有深红实木的橱柜和吊柜，台面是带有暗花的深红色大理石；厨房的中央还有一个中心吧台，也是大理石面的。在厨房的右侧，有一道门通向餐厅，里面摆放着一张深红色实木的圆形大餐桌和六把椅子。这些看起来既有质感又很殷实。在厨房靠后墙的那一面，有一个很大的，双开式玻璃拉门，可以通向后院。王昊拉开了玻璃门，让秦琨走到了门外的木制露台上。这里是后院的草坪，草坪更远处是郁郁葱葱的山林。这里除了几声清脆的鸟鸣，几乎听不到任何声响，幽静得让人难以置信。

从进了房子后，秦琨一直惊奇地睁着双眼，嘴巴微张，看着眼前的一切。她的脑子没有时间反应，嘴巴也顾不上说话。"上楼去看看吧。"她又听见王昊对自己说。

他们顺着楼梯来到了二楼。楼上有四间卧室，最大的一间是主卧，足有30多平方米，大床和衣柜放进去还有很大的空间。主卧再往里走，还有一个衣帽间和一个不小的洗浴室，洗浴室里除了淋浴间还有一个能冒泡的大型按摩浴缸。整个浴室的瓷砖，地毯和台面都是粉红色的，看起来既豪华又浪漫。外面的三间卧室相对小一点，共用另外一个洗浴室。秦琨特意到这三间卧室看了一眼，里面除了地毯还什么都没有。"这里怎么什么都没有？"秦琨问。

"还没有人住啊，等以后再添置吧。"王昊笑着说，"楼上的也是这样。"

"你一个人买这么大的房子干什么？都空着。"秦琨问。

"为今后打算啊，一步到位了。"王昊还是笑着说。

"哦，你马上要结婚成家了吗？"秦琨像是突然明白了什么。

"嗯……也许吧。"王昊含糊地说。

"也许"是什么意思？他结婚把我叫来看房子什么意思，帮着参谋参谋，还是炫耀炫耀？秦琨心里想着，有点不自在起来，感觉有些尴尬。

他们一起下了楼，来到了家庭起居室。秦琨在沙发上坐了下来。王昊从厨房的大冰箱里拿出了冰镇的可乐放在了秦琨的面前。秦琨环视了一下四周，没发现一幅装饰性的画，也许还没来得及。

"你怎么不买几张画挂上？"秦琨喝了一口可乐说。

"怕选不好，等以后的女主人来了再说吧。"王昊眼睛看着别处说。

秦琨这还是第一次参观美国独栋别墅的内部，没想到内部比外观更让人惊叹，宽敞明亮得像个小宫殿，设施和用具应有尽有，都是高级和豪华型的，住在这里面一定特别舒适和惬意。一种微微的震撼在冲击着秦琨的全身。她想起出国前与外公外婆，还有姐姐住的那个40多平方米的房子，这简直是天堂。她从来没有奢望过自己有一天能住这样的房子。

"你花多少钱买这个房子？"秦琨问。

"60多万吧。"王昊回答。

"这么大笔钱你现在就能拿得出？"秦琨惊讶地问。

"我是贷款买的。不过，3年后我应该可以还清了。"

秦琨沉默了几分钟，随后说："看来还是当医生好啊，这么快就可以脱贫致富了。"

王昊笑笑没说话。

过了一会儿，王昊又问："怎么样？这房子你觉得喜欢吗？"

"这么好的房子谁看了都会喜欢的。"秦琨说，"关键是你的那位喜不喜欢。你准备什么时候结婚呢？"

王昊看了一眼秦琨，低下头说："跟谁结啊？"

"啊？你这几年难道都没有交女朋友吗？"秦琨有些疑惑地问。

"没有时间。"

一时之间俩人都沉默了。秦琨心里有些犯嘀咕，他不准备结婚，买这么大的房子干什么？而且还专门带着我来看，他什么意思？

差不多是吃晚饭的时候了，王昊从冰箱取出上午订的外卖。"你看我们是去外面吃呢，还是吃这个订的外卖？"王昊问。

"就吃这个外卖吧，应该也挺好的，省的再跑出去。"秦琨说。

王昊把饭菜在微波炉里热了一下，又从冰箱拿出了两罐啤酒。秦琨过来打开了饭菜，里面是雪豆炒虾，宫保鸡丁，还有麻婆豆腐，闻着很香。"这是我从中餐馆订的。"王昊说。

"你还是不喜欢自己做饭呵。"秦琨笑着说。

"不会，你是知道的。"

"现在有这么大的厨房，你也不学学？"

"这辈子就算了，下辈子再学吧。"

"也是，现在有钱买来吃就好了。"

俩人坐下来开始吃饭。很长时间王昊几乎都是一个人吃饭，今天突然多一个人一起吃饭，让他有一种久违的家的感觉和温暖。秦琨也是第一次在这样的大房子里的餐桌上吃饭，有一种异样的，但比较温馨的感觉。"如果有一天，我也能有这样一个房子，能跟一个人这样一起吃饭该多好。"她心里这样想着。这个人该是谁呢？在她脑海里就像是个影子，模模糊糊看不清楚。

"我一直有个事想问你，可一直……没有机会。"王昊有些犹豫地说。

"哦？什么事？"秦琨问。

王昊欲言又止，他在做着最后的思想斗争，到底该不该现在说。最后，他仿佛下了决心，一定要在今天把这一直以来带给他希望，又为之努力了几年的事情说出来。现在不说，更待何时呢？以现在他的实力和经济条件，开口说这样的事，他已不再觉得是有失自尊的乞求了。他郑重地开了口。

"我记得你以前说过，梦想能在这样一栋房子里生活。"王昊说着，看了秦琨一眼，"那也是我的梦想，我一直都没有忘记。以前没有这个条件和能力，现在不一样了，我有了这个能力，就一定要实现这个梦想。我工作后第一个想买的东西就是这个房子，它是为你而买的，它是我们共同的梦……"王昊越说越激动，完全丢开了当初的犹豫。

听到这里，秦琨吓了一跳，夹到嘴边的虾肉突然停了下来。"你，你……说什么？"她放下了筷子，惊讶地问。

"是的，你看，这房子从外到里哪一样不是按照你的喜好设计和购买的？"王昊激动地说。

秦琨这才反应过来，为什么这房子里的一切她看起来是这么的悦目和顺眼。"为……为什么呀？"她仍有些惊讶地问，但好像已经猜到了几分他要说什么。

"因为我想赢回你的心。我们复婚吧！"王昊从容地说，"这么几年来，我一直未娶，你一直未嫁。我一直还是爱着你的，我相信你对我也还是有感情的，我们为什么不复婚呢？我想给你一个无忧无虑的幸福生活，以前亏欠你的我都愿意弥补回来。"

此时此刻王昊的心平静了下来，积在心里多年的愿望终于说了出来，他有一种释放和轻松感。一直觉得时机不成熟，条件没达到，怕被拒绝，他没敢说。现在，他认为时机到了，在这样的条件下，秦琨应该是很难拒绝的。他看着秦琨，等待着答案。

秦琨有点懵，不知该说什么。她只是淡淡地说了一句："我不觉得你亏欠我什么。"

"至少再也不能让你去餐馆打工了……"王昊说。

"你不必自责，那是我自己愿意的。"

"今后你可以不出去工作，在家干你自己想干的事情。当然，如果你想出去工作，我也不会反对。"

这时，秦琨心里乱极了，她不断在心里问自己："这是我想要的吗？是我想要的吗?"好像是,又好像不是。

"你觉得我的提议怎么样?"王昊期待地看着秦琨问。

"嗯……我觉得有点突然,没有思想准备。我……需要考虑考虑……"秦琨有些为难地说。

"哦,对,我应该给你时间考虑的。"王昊急忙说,"不急,不急,你回去考虑一下,什么时候考虑好了再回答我。"他像是一下反应过来了。

随后,秦琨就告辞了。王昊开车把她送回了公寓。路上俩人很少说话,各自怀着心事。也许是王昊的表白无果,让两人都有点别扭和尴尬,气氛有些沉闷,不像来时那么自然了。

"房子不错,我挺喜欢的。"为了打破沉默秦琨说。

"是吗?"王昊脸上露出了笑容。

回到公寓,秦琨纷乱的心还是无法平静,根本看不进书。她只好洗洗上床了。可是,在床上翻来覆去也没办法睡,王昊的话总在她耳边响着,"这房子是为你买的……我们复婚吧……"那漂亮的房子也不断浮现在她眼前。这不一直是她的梦想吗?是她所希望的吗?有这么一所漂亮的大房子,过着悠闲自得、田园般的日子。这样的生活要靠她自己可能要再辛苦10年也未必能挣到。现在,她可以不用费劲去找工作,不用艰难去考医生,一切就都有了。多好啊!可是她又问自己,"我还爱王昊吗?""我真的愿意过这种生一堆孩子,在家当主妇的日子吗?"这些问题在她脑海里翻腾着,纠葛着,让她不得安宁。她是该好好考虑考虑这些问题。

二十四　抉　择

　　王昊这几天也在煎熬之中。他在焦急地等待着答案，可又害怕听到答案。他担心那个答案不是他想要的。他那颗固执的心好像几年以来一直在等待着这个答案，他已经无法容忍会有别的答案。他就像等待命运的最后判决一样，在极度的煎熬之中。他几乎没有多大心思上班，一直有些心神不宁。只要电话铃一响，他都会打一个激灵，心脏狂跳；可当他来到电话机前，伸手去拿话筒时，又有些犹豫了，他害怕听到他不愿意听到的答案。每当拿起话筒，听到对方不是秦琨时，他在感到失望的同时又觉得有一种莫名的安慰，至少希望还在。

　　他觉得自己有些莫名其妙，为什么会如此紧张呢？她的答复就这么重要吗？好像她说"不"天就会塌下来一样。他们不是早就离婚不在一起了，并不是今天才要决定分不分开啊？其实，他从心理上一直都没有接受他们已经离婚的事实，他总觉得还可以把她赢回来。他这几年所做的一切努力其实只有一个目标——赢回秦琨。这后来几乎成了他向前奋进的精神支柱。如果现在秦琨说"不"，对他来说是毁灭性的，会毁掉他这些年来的奋斗目标，毁掉他心中的精神支柱，甚至毁掉他对未来生活的憧憬和希望。所以，他无法想象，如果答案是"不"他会怎么样。

　　秦琨的思想斗争也在进行着，看不进书，也不想做实验。这的确是一个她人生中的重大抉择，这个抉择会影响到她整个后半生的命运。她很想找燕妮或者兰芝商量一下，可她不用想就知道她们会说什么，一定会劝她复婚，接受那个大房子。这事只能她自己考虑清楚，只有她是最了解自己的，只有她才知道自己想要什么。她必须在是现在就享受生活，还是继续努力奋斗之间做出选择。她必须在是找回旧的情感，还是继续寻找新的感情之间做出选择。

她就像来到了命运的三岔口，前面的两条路一条很清楚，平坦无奇，一眼望到头；而另一条却是崎岖不平，朦胧不清，看不到头。对于安于轻松和享受的女子也许很容易选，但对于秦琨却不然，也许那条崎岖又朦胧的路对于她却具有某种挑战和探究的诱惑。她的人生也许更需要刺激和奋进，更需要不断有目标和追求，更需要有探究未知和新奇的刺激。

一星期过去了。她终于做出了决定，做出了决定她命运的重要选择。她本想约王昊出来谈一次，可后来想想，这些话也许在电话里讲更合适一些。等到下午下了班，吃完了晚饭，她拨通了王昊住宅的电话。王昊正好在家，没有夜班。他已经猜到是秦琨打来的，平常很少人打他的住宅电话。在电话铃响起的那一瞬间，他的心脏猛地抖动了一下。这一周来他一直在等这个电话，可又害怕接到这个电话。这种矛盾的心情一直在折磨着他，让他不得安宁。他迅速地来到了电话机旁，可没有马上拿起话筒，各种不同的猜测在他脑子里飞快地闪过。"她为什么打电话到这里，而不是办公室？想长谈呢，还是话题私密？""她为什么选择这个时候打来？想出去长谈吗？""她会说什么呢？"总之，他觉得打到家里应该是比较好的兆头。他闭上双眼，深吸了一口气，拿起了话筒。

"秦琨吧，我猜到是你。"他接通了电话。

"对对，我还怕你有夜班不在家呢。"秦琨在电话另一头说。

"今天正好没有夜班。"

"嗯……你考虑得差不多了？"王昊试着问。

"啊……差不多了吧。"

"要不要我们找一家咖啡厅坐下来慢慢聊？"王昊提议说。

"啊……不必了吧，应该用不了多长时间，就在电话上说吧。"

听到这里，王昊感觉有些不妙，心开始往下沉了。他好像已经预感到秦琨要说什么了。

"嗯……我也不知道该怎么说。"秦琨欲言又止地停顿了片刻，"我真的很感动你一直还挂念我，还记得我曾经说过的梦想。这几天我认真考虑过了，我恐怕不是你需要的那种类型的女人。我觉得你需要的是一个贤妻良母型的、会操持家务的贤内助，一个能让你完全没有后顾之忧、可以全身心投入事业的女人。"她又停顿了片刻，清了清嗓子接着说，"而我，从小独立惯了，也希望有自己的事业和追求，又不是一个会照顾家庭和孩子的女人。我总觉得我们在一起不太合适……"她斟词酌句地说着，想把话说得尽量婉转一些。

王昊的脑袋已经轰轰作响了，他听不下去了。"我们当初结婚之前你怎么没觉得不合适呢？"他忍不住问道。

"那时候太年轻了，根本不懂得什么是生活。现在，我对自己，对我们彼此都非常地了解了，所以才这样说。我以前爱过你，也很崇拜你，直到现在我也依然很崇拜你。你是我见过在医学方面最有才华的人。可是，我们不合适做夫妻。"秦琨说。

"那……那你的意思就是不愿意复婚了。"王昊声音有些颤抖地说。

"按你现在的条件，很多女孩会争着抢着嫁给你的。你应该去重新选择，选择一个适合你的，能给你一个温暖的家，能从生活上帮助你的女人……"

听到这里，王昊努力地控制和压制住自己失落和伤感的情绪，那与生俱来的自尊和骄傲让他再也说不出什么挽留和乞求的话语。"好了，好了。我明白你的意思了，你不必多说了。那就祝我们今后各自好运吧！"说完他挂断了电话。

他趴在桌上，埋着头，许久没有动弹。他很想哭，可是没有眼泪。这个可怜的男人，他还深深地爱着她。他感到了前所未有的绝望，就是以前他们离婚时他也未曾这样绝望过。他总认为还有希望赢回她，只要他能改变穷困潦倒的现状。这一线希望支撑着他走过了最艰苦、最困难的时期，支撑着他考上了医生，度过了实习期。现在，这一线希望突然破灭了，他好像瞬间失去了方向，失去了精神支撑一样，不知今后该何去何从了。他的眼前顿时一片昏暗和茫然。这一刻，仿佛以前所做的一切努力都不再有意义，甚至变得滑稽和可笑。他怎么会愚蠢地认为自己只要变得富有就能赢回她呢？他还是没有真正了解她。她以前对他的爱也并非他家庭的优越条件。想到这里，他更觉得她的可贵了。

怎么办？他该怎么办呢？以前的希望和努力一夜之间都化为了泡影，都变得毫无意义了。他还能怎么做才能赢回她呢？不可能了，他终于清醒地认识到再也不可能了。那今后的奋斗该为了什么呢？今后该怎么生活呢？他望着这个豪华却空洞寂寥的大房子，彻底迷失了生活的方向。

秦琨本想再多说几句宽慰王昊的话，可王昊已经挂断了电话。她只好慢慢放下了话筒，长长地嘘了一口气，有一种如释重负的感觉。做这样的决定，对她来说并不轻松，她也有过一番挣扎和纠结。在这命运的三岔口，往哪个方向走更正确，未来谁也无法预料。选择复婚当然是一条轻松捷径的路，她马上就可以享受到美国这里优越安逸的家庭生活。可是以后呢？难道就这样在家生孩子、种种花草度过后半生吗？她想想就觉得无趣和无聊。"那样的生活过久了，我会闷死的。"她对自己说。

再说，随着年龄的增长和环境的变化，她发现她和王昊都改变了许多。王昊变得不像以前那么洒脱和脱俗，比较看重和追求物质的东西了。也许是生活环境和这几年的经历所迫吧，他变得现实起来。可是，他骨子里的那种骄傲和自负，对人的那种居高临下的姿态，始终没有改变。这恰恰是她不喜欢的。而她自己呢，也早已不是那个单纯天真的少女了。她有了自己的思想和认识，有了自己独特对事物的观察和判断。她现在对男人的看法早已不单单是崇拜才华了，她开始欣赏有思想深度、有丰富阅历、更懂得人生的男人。她希望这个男人是在灵魂深处与自己有共鸣的人。这些大部分都不是王昊能够给她的。

当然，如果她要选择另外一条路，那将是一条充满未知和艰险的路。她要有足够的勇气、耐力和智慧才能走下去。她必须像一个强悍的男人一样，站在这个世界最具有挑战性和竞争性的舞台上，用智慧和能力去搏杀，给自己杀出一条通向成功和富足的道路来。她也必须要有足够的运气，才能在这茫茫人海中找到那个属于自己，能与自己心灵相通的男人。这条路她也许走不下去，当不了医生，也找不到理想的工作；她也许也无法遇到那个属于她的男人。

可是，她觉得，只有在这条路上，才能绽放她生命的光芒，才能让她活出人生的精彩和美丽。一颗华美的钻石不经过打磨，怎能褪去尘埃绽放出绚丽的光华？舒适安逸的生活不经过拼搏得来，怎能享受到其中的幸福？生命只有一次，青春只有一次，为什么浪费掉呢？应该让它发出光芒、显出色彩。也许不会有成功，但至少这种希望和努力会让人活的充实和有意义。她觉得这条充满未知和艰险的路，对她来说是一条更加刺激和有吸引力的路，就算要付出艰辛，那也是值得的。

秦琨现在是一个有着成熟思想，并且智慧的女人。她没有更多的犹豫和患得患失，果断地做出了决定，为自己选择了一条自己想要的生活道路。给王昊打过电话后，她再也没有了顾虑和纠结，再也不去想有没有房子、该选哪条路的事了。她觉得一身轻松，义无反顾地朝着自己前面的路一步一个脚印地奔去。

她打开了桌上的台灯，翻开了书本，一头扎了进去。现在的她，比以往任何时候都更加坚定和努力，不会再有任何东西能够动摇和干扰她勇往直前的决心和信心。

二十五　邂　逅

　　燕妮的太极班越来越火，来报名参加的人也越来越多，她只好分成好几个班来上课。有时碰到节庆，她还要组织学员上台表演。她忙得很，可乐在其中。不妙的是，霄霄的学习成绩一直在下降。尽管燕妮也想督促他，可无奈没有分身法，只要没人盯着，他草草做完作业就开始玩。他最开心的时候就是妈妈去太极班的时候，他可以想干什么就干什么，只要妈妈回来时看见他在做作业就行了，反正妈妈也没空检查的。这一年多来，他自由自在得像个流浪儿，饿了就去麦当劳，困了才回家睡觉。远在亚利桑那州的付宁心急如焚，可又鞭长莫及，只能遥遥兴叹了。

　　"燕妮，你抽点时间管管孩子吧，我求求你啦！"付宁在电话上央求道。

　　"我实在太忙了，不可能天天盯着他呀！"燕妮说。

　　"你少去点太极班就有时间了嘛，那实在不是你的正业啊。"付宁无奈地说。

　　"那怎么行！这么多人等着学哪！"

　　……

　　电话上，付宁的声音都有些颤抖了，他无法劝说燕妮，更无法要求燕妮什么。最后，他还是无奈地挂上了电话。燕妮也开始觉得这的确是个问题了，可要她抽时间又不太可能。怎么办呢？她想到了一个办法。

　　"明天我就送你去中文学校报名。你每天放了学，必须去中文学校上课。让那里的老师好好管管你。"她对霄霄说。

　　波士顿的中文学校虽然是当地华人民间自发筹办的，没有任何当地政府的资助和保障，仅靠微薄的学费来维系老师的工资和日常开销；但是，这绝不是一个可有可无、三天打鱼两天晒网的机构。他们有组织，有规模，不仅开设中文班，还开设数学、物理、化学等课程，用的都是中文教材，比美国同等级的学校教得深。而且，他们有从中国不同渠道来的非常优秀的老师。从中文学校出来的学生通常比美国学生基础扎实，学得更深。

燕妮带着霄霄来到了中文学校，不仅报了中文班，还报了数学、物理和化学。霄霄已经进入了中学，再有几年他也该考大学了。燕妮想着多给他报几个班，早点加强一下应该没有错。霄霄也蛮喜欢这里，天天能见到他的一些朋友，可以一起玩；学习起来也有对比和竞争，兴趣也高点。

霄霄去了中文学校后，燕妮算是彻底放了心，再也没有了后顾之忧。这样既解决了霄霄放学后没人管的问题，又提高了他的数学水平和成绩。燕妮很开心，就算太极班赚的钱大半给霄霄交了学费，她也觉得值。这样一来，燕妮可以更加热火朝天地去办自己的太极班了。

前几天，一个大学同学从加州打来电话，求燕妮办点事。"我有一个朋友要去哈佛大学做博士后。你看能不能带他熟悉一下波士顿，帮着找找出租房？"同学在电话上问。燕妮常常帮人干这种事，爽快答应了。"行啊，没问题。把我的电话给他，让他来了联系我。"燕妮应道。

燕妮是个交际广、热心肠、又比较爱管闲事的人，在朋友圈里很受欢迎。由于她的这种个性，朋友们从不顾虑向她开口，谁有事都跑去找她。她一般也有求必应，再忙再累都会尽力帮忙，无论是找房子、找学校，甚至是找工作都尽力而为。有时，并不太熟的朋友找到她，也不拒绝。正因为这样，她的朋友也越来越多，越来越广。当然，当她有需求时，朋友们也会尽力帮助。

这天，她正在实验室里做着实验，接到了一个陌生人的电话。这正是那个朋友介绍来的博士后。

"May I speak to Yanni（我可以跟燕妮说话吗?）？"一个浑厚男中音的声音从电话另一头传过来。

"Speaking, I am Yanni（请讲，我就是燕妮）。"燕妮答道。

"你好，你好。我是韩伟，"对方立刻用中文说道，"是许志国推荐来找你的。"

"哦，对对，他是给我打过电话，说你要来，想找房子。"

"对对。"

"我已经帮你联系了两家，等会儿下了班带你去看看。你现在哪里？"

"我刚来，住在波士顿市区里的 Holiday Inn Express（假日快捷旅馆），在 280 Friend street（友谊街）上。"

"好，我一会儿来接你。"说完，燕妮挂上了电话。

正好这天是周一，太极班不上课。燕妮下了班，开着车去了那人住的旅馆。在旅馆的门口，一位身材高大，长得浓眉大眼的英俊男士走上来跟燕妮打招呼。"请问是燕妮吗？"他用标准的北京口音问道。燕妮不知为什么，脸"刷"的一下红了，心脏也怦怦直跳。"哎约呵，来了这么一个大帅哥啊。"燕妮心里说。"对对，我就是燕妮。"说着，她赶紧把眼睛从那男人的脸上挪开，从车上下来。

"韩伟，韩信的韩，伟大的伟。"他自我介绍着，向燕妮伸出一只手，"所以，我的名字就是韩信伟大的意思。"

燕妮红着脸，伸出手跟他握了握。"你这么介绍自己不怕别人听不懂啊？"燕妮笑着说，"幸亏我看过西汉历史，不然还真不知道你在说什么。"

"所以啊，这么介绍的好处就是第一面就能认出谁是你的知己和知音。"韩伟笑着说。

燕妮听了哈哈大笑。她觉得这人挺有意思，不仅长得帅，而且还很风趣。这话听起来是玩笑，可有点拉近距离和关系的意思，让人听了心里舒服，好像是很有缘，刚见面就成了知己。

"走吧，上车。我给你问了两家，你去看看合不合适。这两家都是中国人，他们买了房子，愿意腾出一两间来出租。我也知道，中国人都愿意跟别人合租或合住，这样可以省点钱。"燕妮边开车门边说。

"还是你了解我啊！我就愿意合租。哈哈……"韩伟说着上了车，两人都笑了起来。

他们的车开了起来，上了路，向剑桥城区的西面开去。剑桥（Cambridge）也算一个市，紧靠在波士顿市区旁边，人们都把它看成大波士顿地区的一部分，著名的哈佛大学和麻省理工学院就在剑桥市的中心地带。

"你没成家吧？不会过几天有老婆、孩子一起来吧？如果是那样的话，最好还是租个公寓比较合适，合租会不方便的。"燕妮边开车边问。

"没有，没有。我光棍一条，去哪儿都没牵挂，吃饱了全家不饿。"韩伟回答说。

"哈哈，那你还是跟人合住比较合适，也方便。房东也愿意要你这样的房客，比较简单。"

"我也愿意，一起住不寂寞啊，顺便省点钱，呵呵……"韩伟做了一个鬼脸。

说着，他们已经来到了房东家。这是在剑桥市区布朗街上的一个两层独栋的旧房子，周围几乎没有草坪，房子之间的距离也很近，每家就只有大门前的一小块草坪及花坛。市区里的房子都这样，寸土寸金、房多地少，显得挤一些，不可能像郊区的房子能有大片草坪；但比较方便，上学上班都比较近，走路或坐公车就能到。

一个五十多岁的华人男子出来迎接他们，大概就是正在等待他们的房东了。他领着他们楼上楼下看了看房子，说了一口上海普通话。楼下有客厅、厨房、餐厅等，还有一间小卧室，好像是以前的书房改的。楼上是夫妇俩和他们儿子的卧室。"咯，楼下这间卧室就是我们准备出租的房间了，你可以看看。"房东边说，边带着他们来到了这间楼下的卧室。韩伟看了看房间，家具都全，还带有独立小卫生间。

"如果你想做饭，可以用我们的厨房和冰箱。"房东说。

"房租多少？"韩伟问。

"不包水电 800 美元。"房东说。

"这里租一个一般的一居室公寓房 2500—3000 元"燕妮说，"这里离哈佛很近，又靠近剑桥市中心。你考虑考虑吧。"

"我看就可以了……"韩伟边看边说，"家具都有了，不用我操心了。美国大多数房子没家具的。"

"还有一家你要不要去看看？"燕妮问。

"好吧。"

韩伟转脸对房东说："我觉得还不错。我们再去另一家看看，定了再回来。"

这一家在布鲁克林区，稍微远一点，条件也差不多。"还是租第一家吧。"韩伟对燕妮说。于是，他们又回到了第一家，与房东签了合同。

"你需要我来帮你搬家吗？"上车之前燕妮问韩伟。

"其实我没什么东西，就两个箱子。如果你能来帮运一趟，就算帮我搬家了。你绝对是有偿帮助啊，我会重重酬劳你的。"韩伟笑着说。

"什么酬劳不酬劳的，我要图这个就干别的去了。"

"我这个酬劳你一定喜欢。你在这儿的 Chinatown（中国城）里挑一家最好的中餐馆，我请你。怎么样!?"韩伟一脸豪气地说。

第二天，燕妮又帮韩伟运了一趟箱子，韩伟就算在波士顿地区安顿下来了，燕妮的这个忙也算帮完了。不过，燕妮在波士顿又多了一位像韩伟这样的朋友。

果然，这个周六，韩伟打来了电话。"怎么样？今天有空吗？请你们去 Chinatown（中国城）吃顿饭，望能赏光啊。"韩伟在电话上说。

燕妮觉得韩伟这个人蛮有意思，对他有几分好感，爽快地答应了。霄霄正好中文学校有课，不能去。燕妮只好自己去了。

下午 4 点多，他们来到了中国城有名的龙凤餐厅。这天韩伟穿了一件粉红色短袖 T 恤，是当时男士的流行色，一条牛仔裤。头发也剪了一下，显得特别精神。他人长得本来就帅，再这么收拾一下，更是英气逼人，搞得燕妮都有点不敢正视他的脸，像是怕魂被勾走了一样。他们坐定以后，服务生拿来了菜谱。

"你随便点，找最贵的点，别想着给我省钱。我今天豁出去了！顶多一月工资没了，也要好好犒劳你。"韩伟笑着说。

"哈哈，我俩再吃也吃不掉你一月工资啊。"燕妮笑着说，"你也用不着这么谢我，帮你这点忙没什么，我经常给别人帮这种忙。"燕妮随手点了一个宫保鸡丁。

"能有你这份热心肠就不容易。"韩伟说着，拿过菜谱来又点了清蒸桂鱼、爆炒龙虾、黑椒牛柳，外加一份大骨汤。波士顿盛产龙虾，这里有全美最好的、最新鲜的龙虾，而且价格也不算贵。来这里的人都会品尝一下龙虾的味道。

"点这么多哪里吃得完啊，你还真要花一个月的工资不成？"燕妮说。

"到这儿怎么能不吃龙虾？今天放开吃！别担心，走不动了我抬你回去。"

"哈哈……"燕妮忍不住大笑起来。

一会儿，菜都上来了，看着这些热气腾腾、油光水亮又香味扑鼻的各式菜肴，真让人忍不住扑上去。他们拿起筷子，开始吃了起来。韩伟每一样都夹了一些放在嘴里嚼了几下。"嗯，味道真不错，没想到这里的海鲜还真做得挺地道。"他眉飞色舞地赞叹道。

"这些都是早期移民来的香港人开的餐馆，他们很会做海鲜。"燕妮说。

他们一边吃一边慢慢聊了起来。韩伟是一个很会聊天的人，从来不会有冷场的时候。他见识广，说话风趣，总会让人感到兴致勃勃，妙趣横生。他们的餐桌上常常爆发出愉快的笑声。

"听口音你是北京人吧？"燕妮问。

"对对，我从北京来，家就在北京。"韩伟抬起头说。

"真的啊！我们家也在北京，就在西城区。"燕妮兴奋地说。

"巧啦！我们家也在城西，离西单不远。"韩伟也有些兴奋起来。

有这么两三秒钟，他俩兴奋的眼神相对在了一起。这是第一次燕妮正视他的眼睛。这是一双有神采、闪烁着男性英气光芒的眼睛。燕妮感觉自己的心怦怦直跳，她下意识地把眼光挪开了。

"真是缘分啊！在中国住这么近没相见，远隔重洋到了美国反而能相见。那句话怎么说的？'有缘千里来相会'。咱也用不着'老乡见老乡两眼泪汪汪'，笑呵呵行了。来，来，为老乡干一杯吧。"韩伟说完举起了杯子，俩人都笑了起来。

吃完饭，俩人挺高兴地从餐馆走了出来，感觉"老乡"又把他们的关系拉近了不少。燕妮开车把韩伟送回住处，直接去中文学校接霄霄了。回到家也不早了，各自洗洗就上床了。

燕妮在床上翻过来覆过去，怎么也无法入睡，那双闪烁着英气的眼睛总是出现在她的眼前。"我这是怎么啦？"她不解地问自己。她还从来没有这样无法克制地想到另一个男人。以前等待和盼望付宁时，好像都没有这么强烈。她不明白自己身上到底发生了什么。一直到天快亮，她才昏昏睡去。

　　第二天早晨一睁眼，已经是 9 点多了，燕妮赶紧爬起来，早饭也没来得及吃就去周日上午的太极班了。在太极班上，她也无法集中精力，总是有点走神，眼前不断浮现出昨天吃饭的情景。好不容易下了课，她草草收拾了东西回到家。吃完午饭后，她情不自禁地拨通了韩伟的电话。

　　"今天下午我有空，你想去波士顿城里逛逛吗？我可以开车带你去。"燕妮在电话上说。

　　"好啊，好啊。正求之不得呢，这里不熟，一个人也不知道该去哪里。"韩伟高兴地说。

　　于是，燕妮又开车出去接韩伟了。当韩伟的身影出现在楼门口时，燕妮的心里扬起了一阵莫名的喜悦。她好像就是想要再见到这位"老乡"。

　　燕妮陪着韩伟参观了哈佛大学的老校园，也去麻省理工学院（MIT）的校园看了看。随后，又在波士顿的城中心开车转了转，他们一路有说有笑，很是开心。

　　最后，他们来到了波士顿城中心广场。他们下了车，在广场的草坪上悠悠地漫步闲聊。

　　"你看样子也有 30 了吧，为什么还没成家呢？"燕妮问。

　　韩伟看了一眼燕妮说："没合适的呗。"

　　"谁相信啊！你长这么帅，又有学识，看上你的女孩子一定不少，是不是要求太高了？"

　　"我还能有多高的要求，到现在还在做博士后。女朋友倒是有过几个，最后都没成。"韩伟一脸正经地说，"在美国，如果没有一个年薪 5 万以上的稳定职业，谈什么成家呢？这里的女孩都很现实的，绝不会只为爱情结婚。"

　　"对啊，到了这里，人都变得很现实了，生存是第一位的。以前 20 世纪七八十年代，在中国虽然穷，大部分人还是愿意追求真爱的；如今在美国，华人虽然比以前有钱，但可比以前现实多了。真不知道是以前的人太单纯呢，还是现在的人太成熟了？"燕妮说。

　　"此一时彼一时，那时的环境完全不同。别忘了，那时谁敢娶或嫁一个家庭成分不好的人呢？那个时代政治立场是第一生存要素。"

　　"也对，任何时代的爱情观都不得不受到当时政治、文化和价值观的影响。"

在广场上转了两圈后，时间也差不多了，他们开车往回返了。快到韩伟住处了，燕妮说："下个周六我应该会有空，如果你愿意去波士顿的海港看看，周六之前打电话给我。"

"好好，到时候联系你。"说着，韩伟下了车。

这一个星期，燕妮觉得时间过得异常地慢，她还从来没有觉得时间这么难熬过。她以前总是觉得时间不够用，飞快就过去了，现在是怎么啦？她好像下意识地在等待和盼望着什么。她在盼望什么呢？搞不清楚。她只模模糊糊感到想要再次见到韩伟。"我为什么会这样？"她有些惊慌地问自己，"我不会是喜欢上他了吧？这怎么可以呢？我可是有夫之妇，孩子都这么大了。我可万万不能有这种想法。"她想极力抛开这种想法，可怎么也无法控制自己的思绪，像着了魔一样总是会想起那个才认识了一个月的"老乡"。

她就像一个春心萌动的少女一般，时而想入非非，时而又躁动不安。这是什么？是她萌发的第二次春心吗？简直不可思议，竟然会这么来势汹汹、势不可当，就是以前跟付宁谈恋爱时好像都没有这么强烈、这么汹涌澎湃过。"这到底是为什么？难道就是因为他长得帅吗？"燕妮禁不住问自己。不，长得帅并不是主要原因。付宁和韩伟是两个完全不同的男人，付宁属于内敛、谦和甚至有些腼腆的类型；而韩伟却是那种外向、活泼、机敏又情商比较高的类型。其实，对于燕妮来说，韩伟的个性与她的有些类似，更能让她青睐。她喜欢他的开朗、幽默和风趣，跟他在一起觉得很快乐，不乏味。也许是由于付宁比较内向的性格，又不善于情感表达，让燕妮觉得好像从来没有体验过恋爱中的激情和冲动。她甚至觉得，当初选择付宁只是因为周围人中他是最佳选择，并不是情爱使然。她也从来没有从付宁身上体验过情爱的冲动和满足。他们之间的情感总是那么平静绵长，没有激情，也没有痛楚。

有人说，在美国，只要两个异性在一起都能产生出火花来。也许，在美国这种环境中，人与人之间情感淡漠，人总是处于一种情感饥饿状态中，而且对性的观念又很开放，所以异性之间很容易产生出火花来。再加上，这里的华人本来就少，华人之间合适的异性男女就更少，他们如果能够相遇，彼此擦出火花的概率自然非常高。

燕妮的心里矛盾重重、波澜起伏，她此时挣扎的还不是该选择哪个男人，而是她该不该往这个方向走，该不该有这个感情。在她周围，来到美国的中国人中间，离了婚又重新组合的比比皆是，难道她就不可以吗？她的一个朋友，跟丈夫离了婚，现在找了一个比自己小十几岁的男人不是也过得挺好吗？她的另外两个朋友，女的老公在中国，男的老婆在中国，他俩在美国却像夫妻一样过着日子。想到这些，燕妮有些蠢蠢欲动。

可是，现在要问她是不是可以放弃付宁和这个家，她说不出"可以"。付宁虽然显得有些闷，有些乏味，但付宁是可靠的，是安全的，是可信赖的，对她和这个家是全心全意的。她非常清楚，不可能再有人像付宁一样这样不计回报地为她和这个家无私地付出。假如她真想跨出这一步，她可就要在可靠男人和有趣男人之间做出选择了。如果真是那样，她该如何选择呢？

这个周五的下午，韩伟还真的打来了电话。尽管燕妮矛盾重重，但她还是在盼望着这个电话，她还是希望能再见到韩伟。他们约好了，明天一早就出发。

第二天早晨，燕妮不到 7 点就起来了。穿上了自己最漂亮的白底红花的连衣裙，又改变了以往在脑后一把抓的马尾梢，而是分成两边，梳了两个辫匣，用暗红色的绸带扎了起来。这是她当姑娘时最喜欢梳的一种头式。她不知不觉地把自己打扮了起来，她的心绪仿佛回到了十几年前情窦初开、春心荡漾的年代，整个身心都在一种莫名的冲动和激情的支配之下，已经完全失去了理智和控制。她在镜子里照了照，大眼睛放着光，圆脸上泛起了红晕。她挺满意自己的这个形象，感觉并没有比十几年前老，反而多了几分成熟。她又看见了当年青春活泼的自己。

霄霄还在睡懒觉。她在桌上给霄霄留了一张纸条，让他今天跟朋友家的车一起去中文学校，便挎上包，匆匆出门了。

燕妮和韩伟 9 点左右就来到了波士顿的港口。这个港口很特别，几乎就在市中心旁边，从市中心走路几分钟就能达到。这天天气非常好，蓝天白云、阳光灿烂，在港口里停泊着一些小游艇和几只挂着白帆的帆船。放眼望去，蓝色辽阔的海洋看不到尽头，只有远处的天际和飘浮的几朵白云。这里特有的海滨风光真让人感觉惬意和抒怀。他们漫步在海边三四米宽的步行道上，脚底是红砖铺成的小道，靠海一侧沿路安置着一个个齐腰的方石柱，每隔五米就有一个，这些石柱之间有粗铁链连接了起来，形成了一个铁链组成的护栏。靠内陆一侧都是一些楼层不高的、20 世纪 30 年代英式的楼房，红砖绿窗，别具一格，大多是一些高级酒店和公寓。

"你知道吗？"燕妮边走边说，"这个港口历史很悠久的，有 200 多年了，算美国最古老的港口之一吧。由于它离欧洲最近，所以也是美国很重要的商务贸易航运港口。美国历史上著名的'倾茶事件'就发生在这里。"

"哦，对对，好像是美国人反对英国高额的茶叶税，登上英国东印度公司的船，把将近 2 万英磅的茶叶倒进了海里。"

"对对，后来不久就引发了独立战争嘛。港口那边还修了一个 Boston Tea Party Ship and Museum（波士顿茶会纪念馆）纪念这次事件呢。你看，远远的那个漂浮在港口中不大的深红色房子就是，房子后面还有一个小船，上面有表演当时是怎么把一箱箱茶叶抛到海里的。今天时间不太够，改天我们可以去看看。"

"好好。"

……

微微的海风拂面，还能嗅得到一股淡淡的海咸味，他们来到了港口的正面。这里用木板向海面搭出去了一个宽大的平台，前沿有几个铁铸的矮墩子，大概是栓船用的，旁边还有一些木制的小浮桥等。他们走上了平台，这里已经是在海面上了。

"哇，今天这里真美。我以前常到这里来，也没觉得有这么美。"燕妮看着远处的帆船感叹道。

"是啊，很美。"韩伟应道。

"你见过海吗？"燕妮又问。

"当然，北京人怎么能没去过北戴河呢？"

"对对，我忘了。"

"当然没有这里美，那里没有这些漂亮的帆船。"韩伟说着，看了燕妮一眼，"不过，今天……你也很美啊。你好像跟平常有点不一样了。"

燕妮的脸有些红了，低头腼腆地说："我以前就这样……"

"你现在也这样啊！依然青春活泼、漂亮可爱啊！"韩伟用欣赏的眼光看着燕妮说。

"你别拿我寻开心哪……"燕妮说道，心里已经是春风荡漾、美不胜收了。她也发现今天韩伟的目光频频投向自己。

离开港口，穿过一条街道，对面就是昆西市场了。这里也像海港一样有着悠久的历史，曾经是重要的商品交易场所。现在已经发展成了一个旅游和娱乐的，并具有当地文化特色的小商品市场了。早年间，市场是在一栋红砖墙、房顶三角形、门前四个高大汉白玉石柱的罗马式大建筑内，现在已经发展成整个的周边地区都在市场范围内。在罗马式建筑的两侧又建起了南北两栋规模和式样相同的建筑，大楼正门的对面还建起了半圈二层欧式的红砖小楼。在这些建筑物里，卖的都是名牌服装、金银珠宝、皮包皮鞋等。在三栋大楼之间的空地上，除了中间的人行道外，两边放满了深绿色的零售小车和餐馆搭出来的深绿色凉棚，零售小车上有各种小工艺品和艺术品卖，凉棚下的铁制桌椅上坐满了食客。一眼望去，这里熙熙攘攘、人头攒动，真是热闹非凡。有时还能看见几个搞杂耍和卖艺的，阵阵喝彩声和鼓掌声从围观的人群中传出来。

"呵，这里可真热闹啊！"韩伟说着，兴致很高地左顾右盼，看着这一切。

"这里也算是波士顿的一大景点了，也有点文化特色，当地人和游人都喜欢来逛。平日在大街上都看不见人，可这里却是人挤人了，快赶上王府井了吧。"燕妮笑着说。

他们停在了正在表演的几个音乐人面前，艺人们的手风琴、黑管、小提琴等正在奏着一支欢快的曲子。一曲完毕，他们也跟着人群鼓起了掌。

"你看这是不是有点像北京的天桥市场？"韩伟笑着说。

"应该是以前的天桥市场吧。现在早没什么卖艺表演了，都成剧场和艺术馆了。"燕妮一脸遗憾地说。

"就是。其实这种民间艺术是最有当地特色的，就该在露天和人群里。你说是不是？"

"中国是不是嫌以前那样太土啊？"

"土的东西才有真的民俗文化呢。"

"可惜啊，以前的好多东西可能都失传了吧。"

……

他们进入了昆西市场的主楼，那栋标志性的罗马式建筑。楼内只有两层，每层空间都很高，一层卖食品，二层卖服装。楼虽然很老，但已被重新装修和翻新过了，看着虽然古老却不陈旧。进门一层是一个大通廊，从大门一直通到后门，两边全是各色快餐和小吃，有汉堡、三明治，炸鱼、炸土豆条，中国的炒饭、炒面，还有各色糖果、蛋糕和冰激凌等。里面人很多，有的店铺的东西还需要排长队才能买到。他俩挤了进去，一人手上端着一份炸鳕鱼块出来了。这是波士顿人非常喜欢的一种英式快餐，馃面炸的鳕鱼。这里靠海，人们偏爱海鲜食品。

"嗯，这 Fish Chips（炸鳕鱼块）味道不错。"韩伟边吃边说。

"对啊，主要是鱼好，新鲜啊。波士顿人都偏爱英式食品。"燕妮嘴里嚼着一块鱼应道。

俩人狼吞虎咽地吃完了午餐，又进入各种商店接着逛。直到下午三四点，已经到了该回去的时候了，他们才意犹未尽地从昆西市场里走了出来。这一天玩得很尽兴，俩人都很开心。燕妮开车上了路，准备先送韩伟回去，再去中文学校接霄霄。

"哎，你搬过来后住得还好吗？"燕妮开着车问，眼睛看着后视镜里的韩伟。

"还不错。房东家也挺好相处的。你要不要上去看看我的新家？"韩伟问。

"好吧，去参观参观你的新家。"燕妮不加犹豫地欣然答应了。她正想去看看他的住所，偷窥一下他的生活品位和爱好。

韩伟住在剑桥市里，离波士顿市中心很近，没几分钟他们就到了。下了车，他们一起进了楼。燕妮跟着韩伟来到了他的房间。房间的陈设虽然简单，但收拾得蛮整洁，不像一般男人乱得狗窝似的。床上铺着蓝色条纹的床单和被罩，看着像是从中国带来的。小书桌上放了一个白色的简易台灯和一些书本。有一样东西立刻吸引住了燕妮的目光，她惊讶地盯着它凝神了半天。这是挂在墙上的几幅放大的照片。奇怪的是，它既不是风景照，也不是艺术照，而是五位年轻女子的照片。

"这墙上的照片都是谁啊？"燕妮一脸疑惑地问。

"是我以前的女友。"韩伟答道。

"啊？"燕妮一脸惊异，心想他怎么会有这爱好。

这的确让燕妮感到很震惊。他怎么会把前女友的照片挂在房间里呢？太奇怪了。她不觉仔细地观察起照片来。这些女人看起来都很漂亮，但风格迥异：有的端庄大方，有的奔放艳丽，有的秀丽典雅，有的俏皮活泼，还有的乖巧动人。燕妮看着不觉有些心惊，这些都是他以前的女朋友吗？真不可思议。她早就觉得像他这样的人绝不可能没有女朋友，只是没想到竟然如此繁花遍地、朵朵香。他到底是个什么样的人？如果这些都是他的前女友的话，他为什么不避开，反而要毫不隐讳地天天展示在眼前呢？是爱，是恨，还是难以忘怀呢？

这时，韩伟端了一杯水从外面进来。"累了吧，喝点水。"他说着，把水放在了桌上。燕妮转过脸看着韩伟，像看一个陌生人一样，眼神里有疑惑，有不解，还有不安。这个开朗幽默的男人背后到底有多少不为人知的故事呢？她发现自己根本不了解这个男人，他的经历像在他身上的一个神秘魔罩，已经让人无法看清他的脸了。

"看来你的口味还真挺复杂的，这些看起来都是一些完全不同风格的女人，你都喜欢？"燕妮问道。

"每种风格有每种风格的美嘛，不是吗？"韩伟用一种轻松的口吻回答，好像谈论的是艺术品，而不是他的前女友。他凝望着照片，嘴角带着微笑，有些若有所思。他的表情像是在欣赏自己的佳作，又像是在炫耀自己收藏的珍品。在他眼神里，这些女人像是一个个的艺术品，而不是有血有肉有情感的女人。

"都这么好，为什么最后都没成呢？"燕妮低声问。

韩伟看着燕妮，用一种神秘的口气说，"我以后再慢慢告诉你关于她们的故事"。他的表情和口气竟然没有一丝伤感和痛苦，好像是在说别人的故事，而不是他自己的。

燕妮觉得身上有些发冷，眼前这个男人让她觉得有些难以捉摸、深不可测，谁也不知道在他的背后会有多少不为人知的隐秘故事和悲欢离合。"我该回去了，时间不早了。"她说。

韩伟把她送出了门。她开着车，往回家的方向驶去。她心里乱极了，不知道是什么滋味，是酸，是乱，还是慌？说不清楚。她已经无法抛开这个男人不去想，可这个男人带给她快乐的同时又带给了她不安。他就像一个甜蜜的谜团一样在她心里无法解开，也无法抛开。不行，她必须要找一个人聊聊，梳理一下心里这团难解的谜。也许她自己迷在其中，什么也无法看清，什么也无法判断。她想起了秦琨这个可以诉说衷肠，又有清晰头脑和敏锐心智的朋友。她放慢了车速，停在了路边，给霄霄打了一个电话，让他搭朋友的车回家。然后，她转动了方向盘，向秦琨的公寓开去。

她敲开了秦琨的门，没等秦琨请就一头钻了进去，一副心事重重的样子，什么也没说就在沙发上坐了下来。

"哎哟！怎么是你，也不打个电话告诉我一声就来了。你平时忙得都没有时间理我，今天怎么不请自来啊？"秦琨惊讶地说。

"没来得及打电话就直接来了。"燕妮表情复杂地说。

"什么事这么着急？"秦琨诧异地问。

"其实也没什么急事，就是心里有点乱，想找你聊聊。"

秦琨正在看书，书桌上的灯还亮着。她走上前去关掉了台灯，又从冰箱里拿出一罐可乐递给了燕妮。她用好奇的眼光上下打量了一下燕妮说："今天打扮得这么漂亮，上哪儿去了？"她走了过来，也在沙发上坐了下来。

燕妮尴尬地笑了笑，没有立刻回答。她觉得有些难以开口，不知道该怎么说。她打开可乐喝了两口，沉凝了片刻，确定自己可以把这种隐私告诉秦琨不会有什么危险。

"嗯，我最近认识了一个人，刚从加州来的……"燕妮慢慢开了口。

"等等，男的还是女的？"秦琨立刻打断燕妮问。

"男的。"

"哦，那我猜八成是情感问题了。"秦琨笑着说，"难怪今天穿这么漂亮，我都没见你打扮这么漂亮过，孔雀开屏的时候一定是她动心的时候。"

"你别跟我开玩笑了，我这儿烦着呢。"

"好好，你说。"

"开始是朋友托我帮他找房子，"燕妮继续说道，"后来跟他接触几次后就对他有了好感。他是个长得很帅又风趣幽默的人，跟他在一起觉得很快乐。后来也不知怎么的，"说到这儿，燕妮抬眼看了一下秦琨，又迅速垂下了眼帘，"好像就真喜欢上他了，见着他竟然都会有心跳，以前跟付宁谈恋爱时都没有这样过。"说完，她又瞥了一眼秦琨，像做了什么亏心事一样赶紧避开了。

"哎呀，你这可是有点危险的信号，是不是付宁不在身边觉得有点寂寞啊？"秦琨说着，收起了脸上的笑容。

"不，不，我喜欢他身上的一些东西是付宁给不了我的。"

秦琨想了片刻，然后谨慎客观地说了自己对这事的看法。"嗯，我不想说你有什么错，"秦琨小心地看了一眼燕妮接着说，"现在是个开放的世界，别说美国，就是在中国也是可以接受这种男女情感的重新选择和组合的。关键是，他值不值得你这样做。你有家，有孩子，你的牺牲会很大。还有，你真的愿意放弃付宁了吗？他虽然有点闷，但他身上的很多优点是别的男人没有的，你可不要来的容易就不珍惜。你可要想清楚啊。"

"是啊。我知道你说得都对，可还是很纠结。"燕妮一脸纠结的表情道。

"你想怎么办？"

"不知道。我不知道是该去追求这种感觉呢，还是该阻止这种感觉。"

"你向他表白了吗？或者，他向你表白了吗？"秦琨追问。

"没有，没到那一步呢。"

"你觉得你了解他吗？"

"我原以为了解一些，今天才发现他就像个谜团一样简直看不透了，不知道他是个什么样的人。"

"哦？"

"今天我去他的住处看了一下。你说怪不怪，他把他的几个前女友的照片都挂在墙上。我简直无法理解他为什么要这样做，而且好像还挺得意。"燕妮狐疑地说。

"呵，还有这种人。他什么心理啊？难道这几段感情都没给他留下什么伤心和痛苦，他可以轻松地天天面对她们？或者，这些没得到的感情，他念念不忘？再或者，他从来就没有认真过，跟这些女人都只是玩玩，每一个都只是他的艺术品？太不可思议。"秦琨眼里也满是惊异和猜疑。

"对啊，好像哪一种都有点说不过去。"

"我分析，这人一定是个情场高手，挺招女孩子喜欢，但他恐怕有些心理问题。"秦琨思量着说。

"什么样的心理问题？"

"大概他与女孩谈恋爱主要是为了一种心理上的需求和满足感，而不是为了结婚成家。当然，他也有可能感情上受过伤，后来才变得在这方面玩世不恭了。"

"嗯嗯……我觉得也是这样。"燕妮点头赞同。

"那你还敢去招他，别成了他墙上的第六张照片。我觉得他不会是个想成家、对家庭负责的人。"

燕妮想想都觉得难堪，如果自己的照片真挂在了他的墙头上会是一种什么状况呢，真不敢想。"可是，我已经控制不了自己，像着了魔似的想要见到他。怎么办啊？"燕妮低着头小声说。

"那我问你，假设，我是说假设，你去跟他表白了，他也说接受你的感情，你能放弃付宁，放弃这个家吗？"秦琨语气轻柔，但很严肃地问。

"我就是很矛盾啊！"燕妮说。付宁腼腆笑容的脸出现在了她眼前，她想起了付宁种种的好，想起了付宁给这个家的温馨感。

"那就是你不能。像付宁这样甘愿为你付出一切的男人是不多的，你要放弃了，恐怕再也找不到了。生活就是这样，不是搭积木，不好可以重来，只要你迈出这一步，再也回不了头了。"

"可是，王昊不是对你也很好吗？也为你做了那么多，你为什么还是不愿回头呢？"燕妮说着，看了一眼秦琨。

秦琨停顿了片刻，若有所思地端起可乐慢慢喝了一口。这个问题她也问过自己很多遍，心里早就思考过这些问题，她已经很清楚自己要的是什么。她觉得也该给燕妮一个解释。"那不一样，"她说，"王昊可能是爱我的，但王昊和付宁是完全不同的两个男人。王昊是不可能牺牲他的一切来迁就我的，只能我去配合和服从他的理想和目标。付宁呢，都是你指到哪里，他打到哪里，从来都不是为他自己。付宁的爱是无私和奉献，一般的男人做不到。"

一时之间，俩人都沉默了。她们各自都想起了自己的心事，想起了生活中的种种，想起了过去日子里的那些乐与悲。她们开始回顾和反思过去，生活教育了她们，也让她们更加地成熟和坚强起来。

过了一会儿，燕妮好像从过去又回到了现实。她叹了口气说："也许你说得对，付宁是个好男人，而那个男人虽然有趣，但靠不住。可我怎样才能控制自己不去想他呢？"

"还好，你们现在交往得不深，比较容易斩断。"秦琨说，"你听我的，从现在起，无论什么理由、什么原因，再也不要跟他见面和接触。一定要把握住自己。时间一长，就淡忘了。相信我。"

燕妮想了想，觉得不太容易，但也只能这样了，虽然情感上不情愿，但理智告诉她必须这样做。她如果凭感觉走的话，恐怕会跌进万丈深渊。其实，世间的事并不都能凭感觉走的，大多凭感觉走的最后可能就是灾难。

燕妮回到了家。霄霄早已回来了，现在已经上床睡觉了。她刚放下包，电话铃响了，付宁从亚利桑那打来了电话。

"你们这几天怎么样？还好吗？"付宁在电话里问。

"没什么事，还好。"燕妮有气无力地回答道。

"听起来是不是有点不舒服啊？生病了吗？"付宁急切地问。

"没有，没有。"

"有病就去看一看，别耽误了。"

……

听着付宁从那边传过来的关切声，燕妮心里有一种负罪感。她觉得自己对不起付宁，说着说着，不觉眼睛都潮了。她赶紧敷衍了两句，挂上了电话。她坐在电话机旁，沉思了良久。

接下来的几个星期，燕妮的精神很萎靡，也很挣扎。她就像一个失恋的人一样，情绪跌进了低谷，干什么都打不起精神，就是她最热心的太极班也无法让她提起精神。她在努力地克制自己不要想起韩伟。可是，每次韩伟打来电话都会让她方寸大乱，心脏猛跳，又有些按捺不住了。"我……最近挺忙的，没有时间。"她强迫自己这样回绝了韩伟。可一放下电话，她又会觉得痛苦万分，要花上两三天的时间重新整理情绪。

　　韩伟打来两三次电话被拒绝后，大概明白燕妮什么意思了，就不再打来了。燕妮终于从低靡期走了出来，恢复了往日的平静与活力。她惊奇地发现，当她后来再碰到韩伟时竟然可以泰然处之了。她回想起过去的三个月，不觉有些感慨。尽管没有什么真正实质性的事情发生，但她从心理和情感上却经历了一次过山车一样迅速的起伏跌宕。她像初恋的人一样激情澎湃地冲到了情感的峰顶，然后又像失恋的人一样迅速地跌倒了谷底。尽管这只是她独自的内心起伏，但那种心历过程太激烈、太真实，如同她真正经历了一次感情挫折，是她以前的生命中从来没有经历过的。"不管怎么说，也算是一种经历吧。"她对自己说。

二十六　死亡的威胁

自从王昊想复婚的要求被拒绝以后，他一直处于绝望之中。由于他的生长环境和个人天资，他的成长道路非常顺畅和成功，几乎从来没有失败过。这让他养成了极强的自信和自尊感，他相信只要他想做的事，就一定能够成功。可是，秦琨的事让他屡屡遭到挫败，给他带来了前所未有的沉重打击。他很难接受这样的结果，这是他人生头一次，也是迄今唯一的一次失败。他完全没有面对和承受失败的经验和能力。他感到迷茫和恐惧，开始怀疑自己的自信，甚至怀疑自己的能力。如果他连秦琨都搞不定，以后他还能搞定什么呢？此刻，他觉得几年来一切的努力仿佛都变得没有了意义。以后呢？该向何处去呢？该为了什么再去拼搏呢？茫然一片。他失去了继续奋斗的目标和热忱。

其实，有一件事他没弄明白，情感的得失与智力和能力无关。事业和财富也许靠智力和能力可以获得，而情感却是一个很复杂的东西，需要缘分和感觉，是一种对应的、双方的感觉。这种缘分和感觉是人类最难捕捉和探究的东西，它不是一种实质性的东西，或许是一种生物间的化学反应或物理磁场效应，看不见摸不着，但确实存在。而且，这种化学和物理的效应是用外力无法改变的，就像人的外貌无法被改变一样，也许比外貌更加固有，连整形术都无从下手。所以，情感是无法强求的，放弃有时是一种明智的选择。可是，王昊的弱点就是不懂得放弃，在这方面的固执只能给自己带来伤害和痛苦。

当然，天底下没有情感和感觉的夫妻有的是，可那一定是屈从于某种外因的无奈之举，而对于像秦琨这样独立又有能力的女性而言，还有什么外因能让她屈从或做出无奈的选择呢？恐怕没有了，除非这种有反应和效应的情感了。她有能力和勇气只做这样的选择。

王昊每天还是去照常上班、下班、值班，机械地做着这一切。可是他已经失去了往日的热情和激情，失去了动力和方向。他开始变得有些颓废，不修边幅，又不与人交往了。他身边的人都能看出他的这种变化，不知道他怎么啦。他几乎从不愿意与人提及此事，现在唯一还与他有交流的就是他在中国的母亲。

"昊昊，你现在怎么样？一个人过得好吗？我和你爸在这边都挺担心你的。"母亲从中国打来电话。

"不用担心，我挺好的。"王昊冷冷地在电话这一头回答道。

"怎么能不担心呢？你到现在还是一个人，自己又不会照顾自己。你现在都做医生了，又买了房子，为什么还不找个对象呢？"母亲的声音里透着焦虑。

"没有合适的。"

"如果那边实在不好找，抽空回来一趟吧。我在这边帮你物色物色。"

"我没兴趣。"

"别没兴趣，日子还是要过的。听妈的，回来一趟，啊？"

王昊拧不过母亲，回中国休假了 20 天。在这 20 天里，他母亲通过亲戚朋友各方托人给他介绍了好几个女朋友，有做医生的，有读博士的，还有当演员的。女方一听他在美国当医生，还有房子，眼睛都放光，恨不能立刻跟着他飞到大洋彼岸去。可他呢，冷冷地看着这些女人，没有任何反应。一回到中国，他的那种优越感和目空一切的骄傲又都回来了。在这里，他能找回以前所拥有的一切，包括他身上的那道光环，也许这道光环现在比以前更明亮，因为加上了美国医生的身份。

"你怎么一个也看不上啊？"母亲焦急地问。

"都不行。"王昊一脸不屑的样子说。

"为什么啊？不够漂亮，还是不够聪明？"

"我觉得她们不是想嫁给我，而是想嫁给美国。你看见了吗？一提到美国，她们眼睛都绿了，兴奋得不得了。"

"现在的人嘛，都有点这样。"

"我可不想成为她们奔赴美国的跳板。"王昊恨恨地说。

母亲立刻什么也不敢说了，怕勾起他的伤心事。王昊还是耿耿于怀秦琨是利用他这块"跳板"去的美国。他现在恨秦琨，也恨那些不择手段、哪怕是用自己的身体也要搭起通往美国"天桥"的女子。他痛恨她们，鄙视她们。

王昊终于还是没有带一个女人回到美国。母亲急得病了一场，可还是一点办法也没有。他又回到了那种孤僻抑郁的状态中去了，索性不去想找女人的事情了。现在，唯一还能让他提起精神和兴趣的就剩下医生的职业了，毕竟这是他从事多年并热爱的。这个职业现在不仅仅是可以带给他舒适生活和财富，更重要的是，只有在这个领域里，他才能找回自信和骄傲，才能看到自己的价值。他比以前更加努力和勤奋了，把所有的精力和时间都投到了工作中。

有一天，王昊收进来一位患有慢性肾衰竭的病人。这是一位76岁的老头，身体状况看着还好，其他各项指标好像也还正常，控制得还可以。王昊准备给他做做肾透析就让他出院了。没想到，透析之前老头突然感冒了，有点呼吸道感染，王昊只好开点消炎药，让他先消消炎再做。没想到，到了夜里，老头突然开始出现咳嗽和呼吸困难的症状。值班护士赶紧打电话给王昊，把他叫来了。王昊听了听病人的心肺，发现病人开始出现啰音和哮鸣音，心率比平时增加了20次/分。他觉得病人有一些心力衰竭现象，赶紧给病人加上了鼻导管吸氧，并静脉注射了强心剂。

可是，不知为什么，老头的症状没有减缓，反而越来越严重了，来势汹汹，已经发展成急性心力衰竭了，情势变得很危急。王昊这时也开始着急了，汗珠从脑门上渗了出来。他觉得奇怪，一次小小的感冒怎么会引发这么严重的心脏问题呢？当然，年龄大了脏器功能比较脆弱，容易出现问题。但是，入院时心率等还算正常，并未发现有什么问题，不然就会有所警觉，提早预防了。他怀疑老头可能有并发症，以前病人的肾病有可能已经影响到了心脏。轻度的尿毒症有时可能引起一定程度的心肌炎或心包炎，但老头本身的心脏功能较强，这些问题以前都被掩盖了，成为一种隐患，没有较早被发现。不然，如此严重的心力衰竭绝不会因为一个小小的呼吸道感染就能引发，而且来得这么快、这么急。感冒只是一个小小的诱因，加上年龄的增高也让心肺功能有所减弱，现在这个隐患就突然地爆发了出来。

王昊决定赶紧将病人送进重症急救室，进行强心抢救。不一会儿，病人开始频繁咳嗽起来，而且咳出大量粉红色泡沫样的痰。王昊一看，觉得情况不妙，已经出现了肺淤血，形成了急性肺水肿。这是典型的急性心力衰竭症状。王昊的神经绷紧了，汗如雨下，心脏怦怦直跳。这种情况再控制不住，病人就可能有生命危险了。王昊情绪紧张得不得了，跑出跑进，神经质地不断擦着脑门上的汗珠。自他从医以来还没有遇见过如此危急的情况，情势急转直下，让人几乎没有反应和思考的时间。

病人的血压开始持续下降，高压降到了90以下，出现了心源性休克。这一切来得太快太突然，没有让王昊有任何思考和喘息的机会。他立刻进行了一切可以用的抢救措施，采用了主动脉内球囊反搏，机械通气，甚至上了心室机械辅助装置。看着血压和心率在慢慢往上升了，王昊的心揪了起来，两眼紧盯着显示屏不敢眨一下，几乎屏住了呼吸，等着它们的上升。此时此刻，王昊恨不能自己能是那老头，能用自己年轻的身体替他把血压和心率拔上来。豆大的汗珠一颗颗从王昊的脑门上滚下来。可是，很不幸，最终血压和心率还是没能升上来，又滑落了下去。所有的急救措施都已经起不了作用，血压还是在降低，呼吸已经很微弱，生命体征已经在慢慢地消失。

王昊就这样精疲力竭、无可奈何地看着病人在他面前慢慢停止了呼吸，停止了一切生命征兆。老人匆匆地、毫不犹豫地离开了这个世界，没有留下任何时间和机会让人挽留和阻止他的离去。王昊用惊恐的眼神望着躺在急救台上异常平静的、双目紧闭的老人，他的面色也像那老人的脸一样苍白如纸，双手在颤抖。他有气无力地坐在了已经完全没有了气息的老人旁边，垂下了头，用颤抖的双手捂住了脸。

他沉默了良久，急救室里所有的人都已离去，只剩下他和那位冰冷的、没有一丝气息的老人。"你为什么要走得这样匆忙呢？为什么一点时间都不愿意留给我和你自己呢？"他对着一动不动、面无表情的老人说道。他感到震惊和茫然，有些发懵，不知道该怎么办。他觉得自己很无能，为什么没能早些发现病人有心衰的迹象，不然早些预防也不至于会是现在的结果。他无法原谅自己的疏忽。按理说，人死是医院里司空见惯的事，作为医生一般也都有面对人死的心理素质；而且，在中国当医生时，他也并不是没有见过人死。可不知为什么，这一次他好像特别地紧张，自身反应也比较大，可扪心自问也不觉得做错了什么。也许，当医生后，一直以来让他引以为傲的不败纪录被打破了，而且败得如此惨烈，无论怎么说，人是在他手上死的。再或许，这次是在美国，是这几年第一个在他手上死去的病人。他不知道美国医院会如何看待和处理这类事情，医院会怎样责难和追究医生的责任。他隐隐有些担心。

其实，他应该了解的，临床上的情况是瞬息万变的，再高明的医生也不是神，不可能、也无法完全预料下一刻会发生什么。虽说现在的医疗水平很高，发明了很多高级仪器，但还是有不少的病是检测不到也无法预测的，百密一疏的事情总是不可避免的；特别是一些急性发作的病例更是难以应对。这个病例也比较特殊，因肾病入的院，以前并没有心血管病史，至少从未被发现过。现在因一个小小的诱因突然急性爆发了出来，加之病人年龄偏高，又有肾病，遇上这种并发症的猛烈攻击就再也无法抵御，再多的抢救都无法从鬼门关把他抢回来。

这时候，内科主任走了进来。他查看了一下情况，翻了翻病例和抢救记录，感觉也没有多大的错误，没发现什么误诊和治疗不当的地方，这种情况也只能这样处理了。他看了一眼垂着头的王昊，没说什么，只是轻轻拍了两下王昊的肩膀以示安慰，就走出了抢救室。

王昊有气无力地回到了家，他已经在医院里忙活了10多个小时，没吃没喝。当时精神高度集中，只顾着全力地抢救，其他的一切都没感觉到也没注意到。现在他已经精疲力竭，感觉头晕眼花，喝了几口水就倒在了床上。睡梦中，他不断梦见自己在抢救室里抢救病人。他梦见病人在吐血，在他面前停止了呼吸，那脉搏监测仪最后的鸣叫声让他猛地惊醒了过来。他的身体已经被冷汗湿透了。他伸手抓起枕套擦去了额头上的汗珠，睁眼看了一下墙上的挂钟，已经是下午2点多了。他躺在那里一动不动，昨晚抢救的经过在他眼前又一幕幕闪过。他想起病人走时那苍白的脸，不禁打了一个寒颤。

这个时候在医院里，病人的家属听说人死了，简直无法接受。前两天住进院时还好好的，怎么突然就死了呢？这也太快了点吧。原来不就是有肾病吗？怎么会因为心力衰竭而死呢？太奇怪了嘛！家属无论如何也接受不了这个现实。尽管医院已经做出了解释，心衰是并发症，是急性发作，医生也已经尽力抢救了，可是家属还是无法相信这个解释。

"我看着那个中国来的医生就知道没什么好事。"病人的儿子气急败坏地说，"他那样子一看就不会有什么高超的医术，他能看什么病啊？我父亲一定是他给耽误了。"

"不，不，王医生是我们这儿比较优秀的医生。你父亲的心衰的确比较突然，谁都没有想到。"内科主任在一旁竭力解释道。

"我就不明白了，你们医院为什么会聘这么一个不中用的中国医生，没有人了吗?!"病人儿子嚷道。

"当时的确发作得很突然，而且后来的处理也并没有太多的错误。"

"我不相信他都及时得当地处理了，不然不至于此。这肯定是个医疗事故，我要去院长那里投诉！"他坚持说，根本听不进解释。

其实，如果负责他父亲的主治医生是个美国医生，出这种事他大概也就认了。他会比较愿意去理解，觉得可能真是事出有因。可是，一个中国来的医生，他就很难不带偏见，很难不去认为是医疗水平问题。美国人只是嘴上不说，其实从骨子里就看不起有色人种，更别说你是从中国那个落后和不发达的国家来。在美国就是这样，你很难避开这种种族上的歧视和挑战，它体现在这个社会的各个方面和各个阶层；它就像一个无形的网，看不见也摸不着，但你处处能感受和体验到。没事则已，一旦有事你就能真切地感受到它的存在。如果你要选择在这里生活，那这是你必须默认和接受的现实，别想着去跟他们说什么公平不公平。

"我父亲以前也来医院做透析啊，怎么都没事？这次换了一个中国医生就有事了，还人都没有抢救过来。"说完，他气哼哼地走了出去。

他果真跑到了院长办公室，又抱怨了半天，认定这是一次医疗事故。由于死者家属的投诉和强烈要求，医院只好临时召开紧急会议，商议如何应对此事。

在会议上，内科主任认为这个病例的确事出有因，病人的心衰发病很突然，完全没有预兆，而且后来的处理也并没有什么不得当的地方。他认为这次不应该算是医疗事故。

"他应该有所预见啊，把所有的可能性都考虑到才对。对于肾脏病人，出现心衰并发症的可能性还是有的，他为什么不采取些预防措施？"霍姆斯医生说。他那振振有词的样子就好像他什么都能预见、什么都能考虑到似的，真是什么事都是说别人的时候很容易。他大概还记得上次王昊做实习医生时指出过他的误诊，让他很难堪。

"我看，"弗兰克斯医生紧接着说，"这事医院要不给个定论，恐怕对病人家属不好交代。而且，根据我观察，王昊的英语还是不那么流畅，会不会问诊时漏掉了什么关键的细节也说不定。"弗兰克斯也是曾经被王昊纠正过错误的人之一，心里大概一直也不太舒服吧。现在出了事，他当然也不会放过机会落井下石一把。

其他的医生听着没怎么表态，大概不想跟着落井下石，但好像也不想说什么好话，何必为了王昊得罪其他人呢。王昊平时性格比较孤僻，也没建立多少人缘。

"如果这是个事故，医院还真不能再用王昊了，今后会影响医院的声誉，以后病人都不愿意来了。"霍姆斯又说，极尽能事地要把这事推向极端，恨不得立刻把王昊推进井里，再盖上一块石头。

院长与内科主任交换了一下眼色，叹了口气说："今天就这样吧，我跟内科主任商量一下再做决定。"

他们最后是如何商量的不得而知，但有一点他们是不会忽视的，那就是医院的声誉和病人对医院的态度。这些关乎到医院的生存和经营。

看来，王昊的命运岌岌可危了。如果医院真做出不利他的结论和处理，那他将面临非常严峻和难以挽回的被动局面。这无疑对他是一个巨大的打击和考验。他能经受得住这样的考验吗？对于他的处境而言，一个刚移民到美国不久的中国医生，这样的厄运将会是一次毁灭性的打击，会将他拖入万丈深渊，很有可能毁掉他的职业生涯。熟悉他的人都为他捏了一把汗，但愿医院的处理决定不会太糟吧。

二十七　死者的抗议

　　一夜的奋战和抢救，再加精神和情绪上的大起大落，已经有些虚脱的王昊晕头晕脑地回到了家。精疲力竭的他在家里休息了一整天，医院里所发生的事情完全不知情，尽管病人的死让他也感觉颓丧，但他绝没有想到会有什么严重的后果在等着他。按理，医院里死个把年老体衰的病人也是常有的事，只要一切治疗抢救没问题，也不会有什么大事。这种情况只要医院尽职尽力了，一般也就没什么可追究的了。他想，顶多医院还会再调查一下整个抢救和处理过程，写一个病例审核报告等等。

　　一天后，王昊来上班了。他总感觉周围人看他的眼神有点怪怪的，好像在议论着什么。他想大概是病人死了的缘故吧，心里很难受。他低着头，尽量不去看别人。一星期后，他接到了院长的电话，让他去院长办公室。他不知道会是什么事情，但他觉得一定是跟死了的病人有关。不过，他并不觉得会有多糟，当时的抢救处理过程没有什么不妥；再说，还有医疗事故保险，应该不会有太大问题。

　　他垂着头来到了院长办公室。院长很客气地请他坐下了。然后，院长面有难色，有些犹豫地开口了。

　　"唉……找你来呢……有个事想告诉你。"院长有些犹豫地开了口，"那个死亡病人的病例医院已经定了性……定为医疗事故了。"

　　"啊？"王昊有些不相信自己的耳朵，"怎么会呢？我在治疗和抢救处理上没有什么错啊。"王昊惊呼道。

　　"是，是，嗯……可病人家属和一部分专业人士认为你应该预先考虑到这种情况的出现，应该对这种情况的发生做出预防。"院长有些牵强地说道，

"医院只能将其定性为医疗事故，保险公司也会对其做出相应的赔偿。"

"这种情况……这种情况……有谁能预先考虑到……有谁呢？"王昊有些语无伦次地问道。尽管王昊也责怪过自己没有预先想到，但他心里非常清楚这纯属一个偶然事件，任谁都无法预见，只是他比较倒霉正好赶上了；而且，像这种情况，病情发展得如此迅速，就是有预见也未必能有什么用。为什么一定要让他来承担这个责任呢？也许，家属们为了得到赔偿金，给医院施了压。医院为了规避矛盾，就做出了这样的决定，把他当替罪羊一样给牺牲了。也许，为了医院的声誉和利益，不得不牺牲一个小小的医生也在所不惜。再说，一个初来乍到的华人医生去申辩和抗议的可能性也很小，这样既可以安抚病人家属，又可以保全医院名声，而且医院不会有太多的麻烦和纠纷。在这所有的矛盾和利益面前，牺牲他大概是解决矛盾的最佳选择，也是麻烦最小的选择。

"医院做这样的决定有考虑过我的感受吗？这会严重影响到我的职业生涯，会像一个洗不干净的污点永远跟着我的。这不公平！我没做错什么。"王昊说着，嘴唇都在颤抖。

院长看了王昊一眼，赶紧把头转开，避开了王昊愤恨和冤屈的眼神。他的表情好像有些为难，不知道该怎样继续往下说了。犹豫了片刻，他不得不又开口了。

"唉……这是医院高层做出的决定，我也没办法，希望你能理解。哦，另外，由于这一次的事故，为了今后医院的声誉，医院希望你……最好能主动辞职，去别的医院高就吧。如果……你拒绝，医院只好辞退你了。"院长很迟疑、很艰难地传达完了医院的决定。说完，他皱着眉，表情为难和尴尬地看着自己桌上的文件，尽量不去看王昊的眼睛。

"什么？"王昊差点叫了起来，脑子"轰"的一声炸了，顿时一片空白，院长后面说的什么他一句也没听见。他只觉得这个震惊的消息几乎让他快要透不过气来。这样的现实对他太残酷了，简直是要置他于死地。

院长还在继续说着："……不过，你可以干到这个月底再走，还有几天。另外，我们会发给你三个月的工资，以便你在这段时间找到一个合适的职位。"

院长伸出手，想跟王昊握握手以示告别。王昊看着他，没有任何反应，已经完全懵了。院长尴尬地收回了伸出去的手，勉强笑着对王昊说道："这次的确不走运，希望你以后能有更好的运气。你的才华会让你有好运气的。"

……

王昊不知道自己是怎么从院长办公室里出来的，他已经完全失去了神智，机械性地来到了自己的办公室。同事们跟他说了什么，他一句也没有听见，他只看见了他们异样的目光。"他们在嘲笑我吗？还是在幸灾乐祸？"他心里想着。他慢慢脱下了工作服，拿着自己的包走出了办公室，又走出了医院的大门。他转过头来，看了一眼这个曾经带给他希望、快乐和身份地位的大楼，脸上浮现出凄惨的，又仿佛是轻蔑的微笑。然后，他慢慢转过身去，朝着远离医院的方向走去。

这一次的打击对于王昊来说是致命的。这种挫败感是他职业生涯中从未有过的，也是他这一生从未体验过的重击和无妄之灾；最不能忍受的是，这本不该是他承受的耻辱和后果。他无论如何也接受不了这样的结果。在他的成长经历中，只有成功和赞扬，他从来还没有真正面对过职业生涯中的失败和危机，也没有学会过怎样去处理这种危机。那些赞扬和爱护也没有让他真正认识过这个世界本来就是有不公、有丑恶的。他好像第一次发现这个世界的不公和丑恶，他就是这个世界上受到最不公待遇的那个人。他怎么也无法接受这样的结果。

王昊终于回到了家。他好像走了很久，不知要到哪里去，脑子一片茫然，只是凭着一种惯性找回了家。他只是感觉在那个地方有他的港湾，可以遮风避雨，可以把他藏起来，可以不看白眼和指责，可以尽情发泄自己。进了门，他再也站不住，已经失去了支撑自己的精神和力量。他把包扔在了地上，自己也倚着门一屁股坐在了地上，再也无法站起来。他被这重重的一击彻底打倒了，完全失去了爬起来的勇气和力量。他面无表情地坐在那里很长时间，没有思维，没有悲伤，也没有感觉。他目前一落千丈的处境让他不知所措，他的委屈和受到的不公该到哪里去申诉呢？申诉有用吗？他甚至找不到一个人可以倾诉他的一腔委屈和愤怒。

不知过去了多长时间，天暗下去又亮了起来，王昊呆呆地坐在那里十多

199

个小时了。外面的一声鸟鸣把他从这种没有意识的状态中惊醒了过来。他抬起头看了一眼窗外黎明的曙光，挪动了一下已经麻木的身躯。他慢慢开始有了意识，有了思想活动。他不得不又回到现实中，回到现在的惨烈局面中。他开始思考他该怎么办。

"我是不是该找一个机构去申诉一下这件事？"他问自己。"能有什么用呢？"他立刻否定了这种想法。他一个从中国来的、小小的医生，在这个社会也就是凭自己的一点技能挣口饭吃，看得上你给你口饭吃，看不上你请你走路，你还有什么可抱怨的呢？有谁会同情他呢？有谁会为他这样社会地位如此卑微的人撑腰呢？没有人会关心那些细节和经过，以及公不公平；在这个资本说了算的社会，雇主决定你的命运，无论你愿不愿意。退一万步说，就算告到法院，最后判出这个病例不是事故，又能怎样呢？他如果跟医院闹到了这一步，医院还是可以以别的理由辞退他。而且，以后将没有任何一家医院会聘用一个像他这样胆敢跟医院闹事的人。

"我应该重整旗鼓，重新再去寻找和申请别的医生职位。对，重新去寻找吧。"他又对自己说。可是，怎么找呢？还能找得到吗？以前没这些事都不容易找，现在背着一个医疗大事故，还被医院辞退了，还能有哪家医院敢要他呢？谁也不会去打听事故是怎么发生的，而他自己又不可能去向每一家医院解释这不是他的错。看来这条路也是很难再走通了。

"难道再回到以前的老路上去，再去做博士后？"他又问自己。不行，那是一条对于他来说没有未来，只能暂时苟且活着的路，他不能在那条路上走一辈子。他如果真转回去，就别想再从那条路上出来了。那他还能怎么办呢？他的前半生几乎都是在研究医学，他除了会做医生，其它什么技能也没有。要想继续做医生，大概只能回中国了。

"不然，就走吧，回中国去。"他劝慰自己说。他以前医院的人是了解他的，会很欢迎他回去的。可是，他现在回去算什么呢？美国混不下去回来了，别人会怎么看他？他还能在别人面前抬得起头吗？别人会耻笑他，会认为他无能才跑回去的。不行，不能这样回去。他那深入骨髓的自尊和骄傲无法忍受这样的耻笑和鄙视。

怎么办呢？他能想到的所有路都被堵死了。他已经无路可走。他感到绝望，感到一种前所未有的绝望。他望着窗外的朝霞和即将升起的太阳，心里却没有一丝希望的光亮，只有像死灰一样的绝望。

"还能怎么活下去呢?"他在问自己，可是没有答案。那个他热爱的，给他带来自信和骄傲的，唯一能展现他才华和价值的，也是他在这里能体面生存的医学事业，现在也要失去了，他的世界崩塌了。他环顾了一下四周，看了看这个他精心设计和筑建起来的房子。他看到了那盏吊在房顶的、晶莹剔透的水晶灯，看到了厨房台面上的深红色大理石，看到了红木的大餐桌和洁净松软的地毯。这里曾经承载着他的梦想和对未来美好生活的向往。他想起了秦琨，那个他一直深爱着，但又让他陷入痛苦的女人。是她毁了他的梦想，毁了他对美好生活的向往和追求，让他对生活不再有热情和激情。如果"医疗事故"是击倒他的最后致命一击，那秦琨的拒绝就是让他陷入痛苦无望的初始一击。这两击都打在了他的致命要害，让他那颗脆弱单薄的心灵再也无法承受。

现在，在他面前好像只剩下一条路可走了，那就是"死亡"。如果让他放弃自尊和骄傲，毫无尊严地苟活下去，他宁愿选择有尊严地死去。他无法想象再在这里卑微而廉价、像乞丐一样地混下去，那会让他生不如死的。他将无法安放他骨子里和血液里那颗高傲和自尊的灵魂，除非他变成一具行尸走肉。其实，这也是一条最简单的路，不用面对"事故"，不用再找工作，也不用担心耻笑和鄙视，更不用再找女人成家了，什么也不用管啦，一了百了啦，多简单啊! 想到这里，他仿佛觉得轻松起来，以前所有的包袱和担心都可以放下了。他脸上露出了凄惨的微笑。

他颤抖着双腿从地上爬了起来，慢慢地走到厨柜前，拉开了一个小抽屉，从里面取出了一个小药瓶。他突然感到了片刻的迟疑和恐惧。他两眼盯着药瓶，仿佛看见了死神，看见了躺在抢救台上那老头死灰般苍白的脸。他不禁打了一个寒颤。这是一瓶安眠药。前一段秦琨拒绝他后，情绪不好，夜里常常失眠，再加上从中国回来后又有点时差，他就从医院弄来了这瓶药。

他拿着药瓶，迈着缓慢而沉重的步子上了楼，来到了自己的卧室，坐了下来。这时天已大亮，朝阳已从窗户射了进来，在地毯上留下了斜斜的光影。他很难想象他将在这样明媚的阳光里离开这个世界，这样的阳光会让他对这个世界产生几分留恋的。他走上前去，把所有的窗帘都拉上了。

他重新坐了下来，开始考虑是不是该留一个遗嘱。他想起了在中国的父母，如果他走了，父母会多么伤心啊。他母亲疼爱和呵护了他一辈子，如果知道他就这么走了，会悲痛欲绝的。他有些犹豫了，眼泪慢慢从眼眶里掉了下来。他觉得唯一对不起的就是他的父母，养育之恩无法报答了。泪水模糊了视线，他索性摘下了眼镜，趴在桌上失声痛哭起来。哭完后，他好像觉得轻松了一些，不再有恐惧和犹豫，却更加坚定了离开的决心。

他决定还是应该留一份遗嘱。他从桌子的抽屉里拿出了纸和笔，在纸上奋笔疾书起来。他快速地将这次所谓"事故"的前后经过都写了下来，并强烈声明在这次事件中他没做错什么，这不是他所应该承担的"事故"。他不能就这样白死了，他要在纸上留下他的申辩和控诉，他要用他的死，用他的生命，来向这个不公的世界发出他的抗议。这其实不是一份遗书，而是一份申辩和抗议书。他放下了笔，将遗书叠好，塞进了一个信封里，放在了桌子中央。他冷静而有理性地做着这一切，再没有任何的犹豫和迟疑。

随后，他拨通了父母在中国的电话。他大概想最后与亲人告别吧。

"喂，昊昊是你吗？"母亲在电话另一头问。

"是，我……是昊昊。你们……还好吗？"王昊在电话里问道。

"我们都挺好的，就是有点担心你。你一个人在那边没人照顾，生活也不规律，以后怎么办啊？我还是再给你找个女朋友吧。"

"唉……不用啦。"他的声音有些颤抖。

"你的声音听起来有些不对劲，是不是生病了？"母亲有些焦急地问。

"没有……没有……"王昊极力控制着自己的声音说道。

"你一个人一定要多注意身体啊。"

"我……不在，你和爸今后一定要……保重身体啊。"王昊声音哽咽起来。他挂断了电话，这算是他与父母的最后告别了。

他没有再犹豫。这里已经没有什么东西值得他留恋了，包括他的生命。这个不公的世界无情地抛弃了他，他也将要蔑视和愤恨地抛弃这个世界了。他打开了药瓶盖，毅然决然地把剩下的几十颗药片全部倒进了嘴里，喝了一口水，吞了下去。这一刻，他看起来就像一个视死如归的勇士，脸上没有恐惧，也没有悲伤。他要用他的生命向这个世界表达他最后的不满和抗议。他平静地站了起来，走到镜子前整理了一下衣服和头发，把眼镜戴正。然后，他走到床前，端端正正地躺了下去，慢慢闭上了双眼。

他就这样没有留恋地、静静地走了，永远地离开了这个世界。一个医学才子，带着他卓越的才华，带着他对这个世界的不满和遗憾，就这样走了。一颗还未完全升起的新星就这样陨落了。这个世界从此少了一位杰出的、有可能为医学做出卓越贡献的年轻医学研究者。这也许是这个世界的遗憾和损失，可惜他只能静静地躺在那里了，再也无法完成他的成就和理想了，再也无法为这个世界做出什么了。

由于他一个人住在那栋房子里，没人知道他已经走了，已经离开了人世。他就这样静悄悄地走了，走得无声无息。直到几天后，人们才在他的卧室里发现了他的遗体。这个消息震惊了所有人。伊丽莎白医院的同事们都知道他是为了什么，但不能理解他为什么要用这么极端的方式表达不满，毕竟人的生命只有一次。院长和内科主任原以为这样就把问题解决了，王昊再到别的医院找个职位就行了，没想到他会就此走上了绝路。他们之所以这样草率地处理矛盾大概也是觉得中国人好打发吧，如果是个美国白人医生，他们会这样毫无顾忌、不计后果地处理问题吗？他们哪里会去理解外国人在这里生存的不易和拼搏的艰难。这种情况，别说是外国人，就是美国医生背着一个"医疗事故"想再去找工作也十分艰难了。王昊的死多少刺激到了他们的神经和良心，感觉到有些内疚。内疚有什么用呢？人都走了。没有人会去追究他们的责任，中国人的生命在这里能值多少呢？

王昊的父母来了，悲痛欲绝地抱着儿子的骨灰回中国去了。他们万万没想到，当初欣喜地将踌躇满志的儿子送来，如今却要伤痛地抱着儿子的骨灰归去。王昊的离世实在让人觉得惋惜，一个才华横溢的青年才俊就这样结束了他短暂的一生。他的才能还没有机会得到充分的体现和展露就这样匆匆地夭折了，实在让人心痛不已。昙花一现的光彩也许都不能体现他人生的短暂，他还没有现出他最美的那一刻哪。有人觉得，如果他的心性能坚韧和强悍一些的话，也许就不会倒在这次的打击之下，也许就能承受住压力，度过危机，绝处逢生；如果他没有这么强的自尊心和虚荣心的话，也许就可以忍一时的屈辱，另辟蹊径，置死地而后生。但也有人觉得，他用生命捍卫了他的名誉，大丈夫活一口气，可杀不可诬；他不愿像这里的大多数外国人那样，只能忍气吞声地活着，他要用死来表达他的不满和抗议，表达他对这个社会不公和歧视的愤怒；他的生命虽然短，但他活得有骨气，有气节。

王昊的死对当地华人震动不小，无论以前与他关系亲疏，几乎每个人都感到伤感和愤怒。这来美国才几年，刚混出头，过了几天好日子，就这么走了吗？王昊这么聪明有才，在这儿算混得最好的人了，都是这样的下场，不免让人唏嘘。看来，只靠努力和才智不见得就一定能在这里生存。人们多少有些唇亡齿寒的感觉，联想到自己今后在美国的命运就有些隐隐地担忧。今后难免不碰到这样不公和冤屈的境遇啊，该怎么办呢？没有点忍辱负重的功夫恐怕是不行的。看来美国这好日子也并不容易过哦。

秦琨知道这个消息后也被震惊了。"他怎么这么傻呢？为什么要走这条绝路啊？"秦琨心里这么叹道。以她对王昊的了解，她能明白和理解他为什么做出这样的举动，但她还是觉得这样做太不值得了。再难的事情最后都是能想办法解决的，只要活着就有希望。秦琨想起了他们曾经相爱时的一些美好时光，不觉潸然泪下。他们相爱过，也曾经是夫妻，而且她相信他还一直爱着自己。她不禁失声痛哭起来。此刻，她甚至有些后悔当初没有答应他的复婚请求；如果答应了，或许他就不会彻底绝望，不会这么不顾一切地选择这条路。如果他们一起住在那栋房子里，她就有可能阻止他的自绝；至少，能及时发现，及时抢救。唉……现在再想这些还有什么用呢？她抹去了眼泪，扯了一条黑布套在了左胳膊上。"我就作为前妻，对他表示我的哀悼之情吧。"她对自己说。

王昊的死让秦琨心里有了不小的震动，也思考了很多。"我们真的都应该跑到美国来吗？"她问自己。这个问题她以前从来没有问过，也没有想过。因为在那个时代，没有一个中国人不想来美国，绝不会有人问这个问题。这里就像天堂一样召唤着每一个中国人，特别是年轻人。他们想的不是该不该来，而是有没有机会来、怎么来。不错，这里是很先进发达，特别是与20世纪80年代的中国相比，这里有人们羡慕和向往的优越生活和条件。可是，这里是一个与中国完全不同的国度，除了先进外，它的社会环境、制度、习俗等都完全不相同。在这里，有一些问题是中国来的人从未面临过，但又不得不面对的，比如种族歧视，比如残酷的竞争和弱肉强食的环境，比如被不公平对待，比如势单力薄、没有社会根基，等等，这些都是在中国很少碰到的问题。如果来到了美国，你适应不了这些，你不能在歧视和不公面前低头和保持心态平衡，你就很难在这里站住脚，生存下去。也就是说，受到歧视和不公是你在这儿生存所要付出的代价之一。常常碰到事情时你会禁不住发问，"为什么他有这个工作，我没有，我比他更出色啊？""为什么给他涨工资，不给我涨工资，我比他干得更好啊？""为什么这个责任要我来负，我没做错什么啊？"可你不能觉得委屈，因为这些都是你必须接受的，尽管没人说你应该接受。其实，许多要强的人、有能力的人，都接受不了。那你就要问问自己适不适合待在这里了。这些是你必须学会的功课，如果你选择这里。

秦琨不由得想到，如果王昊还在中国，那可能就是另外一番景象了，完全不会是现在这样的结局。他的才华和能力会得到最大限度的发挥和展现。他的前程将会是坦荡而光明的，他将能够到达他人生中最光辉的顶点，他会成为比他父母更有成就的一代名医。在那里，有适合他生长和发展的最好土壤和环境；他的弱点，那些致命的弱点，在中国的环境中却可以被弥补和冲淡，没有机会显现和暴露出来，成为职业发展道路上的障碍。他家庭的优越条件、他父母在医学界的名望、他们家族在社会各界的深厚根基，是可以让他不必为家事所累，不必有太高的情商和人际关系能力，也不必承受不公或其他原因所带来的阻碍和心理压力。他可以拥有最好的机会和平台充分展示自己的才华和潜能。

可是，在美国的环境条件下，对他来说，情况却恰恰相反。他的优点，他的才华和潜能，不仅得不到充分的展现，却因其他因素会受到了限制；而他的弱点，他的低适应力、低情商、低心理承受力，都被突显了出来，成了他成功路上的障碍，甚至是死穴。因此，有时候所有人看来是好的东西，未必对某些人是好的；而所有人看来不好的东西，未必对某些人是不好的。真正有智慧的人是既能认清环境，又能认清自己的人。可惜，很多时候人们既认不清环境，更认不清自己。"唉……太可惜，一个才华横溢的医学才子就这样走了，在他风华正茂、踌躇满志的年龄。"秦琨悲叹道。

王昊自杀后，还是有一部分人迁怒于秦琨，说秦琨也是这最终恶果的原因之一。秦琨也不想去辩驳什么，人都走了，争这些还有意义吗？如果这样想能让他们好受点，那就让他们这样想吧。他们也没法找美国人去争辩，去索命，想把怒气撒在她身上，那就让他们发泄发泄吧。而且，在秦琨心中，还是觉得对王昊有些歉意，因为她知道他还一直爱着她，尽管他们已经离婚多年。这个结，对于固执的王昊来说，到死都没有办法再解开。

二十八　网　恋

　　王昊离世已经过去几个月了，医院里的美国人早已忘记曾经还有过这么一个华人医生。华人们也慢慢平静了下来，从伤感的情绪中走了出来。对于从中国来的这批新移民而言，虽然无法为他平冤昭雪，但吸取教训，引以为戒还是可以的。活着的人还要沿着前面的路走下去，还要去面对生活中的各种竞争和挑战。

　　秦琨的课题已经接近尾声，基本结束了。她开始腾出手收集资料写论文了。她的医生考试也在紧锣密鼓地准备着，打算论文答辩完后就去考一次试试。王昊的事曾让她有些犹豫，但她最后还是决定要走医生这条路，只是对专科的选择做了很大的调整，完全改变了方向。她选择了心理科作为她今后的主攻方向了，或许心理科会相对比较保险一些吧，不上手术台，不面对生死。

　　20 世纪 90 年代中期，正值网络通讯刚刚兴起的年代，很多人都开始用电子邮件进行通信和联系，特别是在不同国家和地域之间的通讯往来更是普遍。秦琨北医的同学在网上建立了一个校友网，同学间都可以通过电子邮件的方式在世界各地相互联络和交流。大家都很兴奋，许多毕业后再没见过和联系过的同学都有了联系，彼此间交换着毕业后的生活和工作情况等。校友网扩展得很快，最后已经不是某个班、某个级，而是整个学校的网络平台了。秦琨有时也会收到一些从未谋面的同学来信。曾经有一个男同学，比秦琨低一级，也在美国加州读研究生，通过校友网认识了秦琨，还专程来波士顿看望过秦琨一次。

　　有一天，秦琨又收到了一条陌生的邮件。这是另一个校友发来的，内容只是简单的问候。她看了一下落款名，好像不认识，立刻回邮件问是哪个级、哪个系。对方回答说，他比秦琨高两级，也是医疗系的，留校当了辅导员。秦琨对这个名字有点印象，可完全想不起来什么模样了，好像经常出现在运动会、联欢会等这样的学校集体活动中。对，就是他，陆明远，秦琨虽然想不起面容，但这个名字还是有印象的。

"你怎么会记得我呢？一般只有低年级记得高年级的同学。"秦琨在邮件中写道。

"你不一样。你可是当年的校花，羽毛球也打得好，当时学校所有的人都记得你的。"对方写道。

"你有什么事找我吗？"

"也没什么要紧事。听说你在美国，想了解一些美国的情况，看看以后从这边转过去会不会比从中国去容易一些。"

……

陆明远在邮件中告诉秦琨，他1992年来到了英国，现在英国伦敦的一所大学医学院里做博士后。秦琨也在邮件中简单介绍了自己这些年在美国的一些情况。

从那以后，他们开始了频繁的邮件往来和思想交流。后来，网络通讯又更进了一步，用MSN了。这可是真正的网上聊天模式，速度更快、更方便，比说话慢不了多少了。在邮件中，他们什么都聊，聊专业、聊时事、聊前景等等。他们甚至还讨论人生哲学、历史、文学和艺术。在中国刚打开国门的那个年代，十年的禁锢让人们对西方的文化和文明既陌生又渴望，特别是年轻人，对西方的文学艺术有着特殊的热忱。

"你看过小仲马的《茶花女》吗？"陆明远在MSN上写道。

"有看过，还是在'文革'时期偷偷看的。"秦琨写道。

"看过《茶花女》的歌剧吗？"陆明远又问。

"那倒没有。你很喜欢听歌剧吗？"秦琨写道。

"作为一种西方音乐艺术的欣赏吧。"

"听得懂？"

"这是意大利歌剧，都是意大利语的。我当然听不懂，但是可以欣赏和感受到那个时期西方经典高雅音乐和表演的艺术。"

"哦。"

"在歌剧里，除了歌唱技巧和表演外，声音的特质非常重要，是可以用来表现人物个性的；比如细腻柔美的嗓音可用来表现纯洁可爱的人物，浑厚高亢的嗓音可用来表现勇敢强悍的人物个性，低沉嘶哑的嗓音大概可以用来表现《巴黎圣母院》里的卡西莫多吧。"

"挺有研究嘛！"

"歌剧《茶花女》是普西尼的名作之一，已经拍成了电影，获得过奥斯卡奖。有机会可以看看。男女主角都很不错，唱得好，演得也很好。里面不是舞台布景，而是真正的场景，像电影一样。歌剧通过一个高级妓女的经历把18、19世纪法国上流社会的奢侈和糜烂展现得淋漓尽致，不是用文字，而是用影像。看起来会更真实和感性。你怎么看待茶花女这样的女人？她该有爱情吗？"

"妓女无论高级还是低级都很可怜，都是值得同情的。她们也是人，当然会有自己的情感，有自己的爱情。"

"你有没有觉得，就算没有亚芒父亲的阻止，这个女人的结局也不会改变。她顶多能拥有这段爱情的时间再长一点。"

"为什么？"

"因为这个社会不能容忍她，除了做妓女她不可能有别的路可走。她与亚芒的爱情只不过是她生命中的一段插曲而已，就像中国的名妓杜十娘、李香君、苏小小一样都不可能有什么好结局。所以，不能容忍这段爱情的其实不是亚芒的父亲，而是这个社会。"

"你说的有点道理。"

"普西尼的另外一个名作《图兰朵》与中国还有点关系呢，看过吗？"陆明远继续写道。

"我还真没看过。"

"讲的是一个中国公主选驸马的故事。公主出了三道谜语，猜中的成为驸马，猜不中的都砍头。你觉不觉得听起来不怎么像中国故事，倒是有点像阿拉伯的童话。不过，里面有一段中国的经典民歌曲《茉莉花》。也许在普西尼的年代，他们觉得中东和中国都属东方，都差不多吧。"

"是吗？听起来蛮有意思，我得去看看。"

秦琨发现，陆明远是一个很有思想高度的人，对事物的看法非常深刻；与王昊比起来，他的知识面更广，人生阅历更丰富，在很多方面都可以侃侃而谈，有自己独到的见解和想法。

有一次，他们又在 MSN 上谈到了绘画。这可是秦琨最喜欢的话题，除了不会画，她几乎了解所有的流派和知名画家。

"你们那里经常有画展吗？我们这儿是常常可以看到的。上次就有一个毕加索的画展。"秦琨在 MSN 上写道。

"有，经常有。伦敦算是个世界性的文化大都市了，怎么少得了画展呢？前几天还有一个莫奈的画展。"明远写道。

"你去看了吗？觉得怎么样？"

"当然去了。说实在的，我比较喜欢他的画。他应该是'印象派'的先驱者吧。我虽然不是很懂，但他画里模糊的结构线条让人感觉更有意境，特别是那些风景画，比如《睡莲》。"

"我跟你有同感。其实，有时你观远景或快速一瞥时就是这种感觉，好像看见了，但又不是十分清晰。莫奈的《日出—印象》就是他观察日出两分钟后凭着印象快速完成的，这种不清晰的画法反而能呈现出晨雾中迷迷糊糊的海港。有时候模糊反而让你有想象的空间。莫奈的画法在当时是一种革新，改变了传统的轮廓线条和阴影的画法，比较注重光和影，还有光影下的色彩变化。"

"是这样。与经典油画比，这种显得更活、更生动，也更需要艺术才能和天赋；可与'抽象派'比又没那么玄乎难懂。说实在的，对于有些'抽象派'画，我觉得简直不需要什么才能和天赋，反正我不太喜欢。"

"哈哈，是啊，像那种随便甩一些油墨上去的画是挺需要想象力的。"

……

秦琨觉得自己好像越来越欣赏陆明远了。她的思想和心灵与这位学长靠得越来越近了。除了聊西方文化，中国的文化他们也常常会聊起。"文革"期间的反"四旧"让秦琨几乎没有接触过中国传统的文化和思想，除了知道古时有孔子和老子外，其他一无所知。陆明远在 MSN 上谈起古人的思想时，秦琨感觉像发现新大陆一样的新奇，脑洞大开。她头一次发现和了解到古代哲学家和思想家的深刻和伟大，头一次感觉到中国古代文化的精彩和魅力。

"其实，中国古代的道家思想比儒家思想格局更大，儒家研究的是人，而道家研究的是万事万物，是整个自然界，甚至是整个宇宙。"陆明远在 MSN 上写道。

"为什么这么说？"秦琨写道。

"儒家考虑的是人该怎么做、怎么做是对的；而道家考虑的是整个大自然界的'道'，也就是自然界所蕴藏的规律和奥秘。道家可以说是人类最早的一种哲学和科学。"

"哦？"

"《道德经》里有这样的词句：'反者，道之动。弱者，道之用。天下万物生于有，有生于无。'这段话的意思是：事物的物极必反是'道'的运动规律。事物的由强变弱也是'道'的作用。天下万物生于有形之体，而这些有形之体则生于天地之始的虚无之中。你觉不觉得这段话很科学，从现在的科学认识看，这个'道'其实指的就是自然规律。草木生于土壤，而土壤最终则是由一些看不见的原子和分子组成。多么精辟，几句话就道出了大自然的规律和法则。"

"是呵。"

"还有：'曲则全，枉则直。洼则盈，敝则新。少则得，多则惑。''弱之胜强、柔之胜刚。''祸兮福之所倚，福兮祸之所伏。'这些句子听起来多有哲理啊。"

"还真是的。"

……

由于陆明远的影响，秦琨开始对这些过去的"四旧"，这些曾经被摒弃的东西，产生了兴趣。她还真去找了一些这方面的书籍和资料，有空时翻阅翻阅。她感觉，这些就好像是在那个特殊年代里，她人生中遗漏掉的珍宝。她必须要把它们找回来。

就这样，在噼噼啪啪的键盘上，在手指和电脑间，他们共享着思想和理想、见识和认知。网络就像一座虚拟的跨国天桥，让这两颗心灵和灵魂在一座五彩斑斓的、人类精神思想的殿堂中相聚在了一起，并翩翩起舞。他们在这个殿堂中，时而穿越历史，时而钻进深奥的哲学，时而又荡漾在艺术的海洋里……这样美妙的殿堂，实在让他们享受其中，流连忘返。

一段时间后，秦琨感觉自己的心灵与陆明远是如此地靠近，很多他们欣赏和赞许的东西都是那么地一致。她慢慢发现，陆明远好像就是她一直寻寻觅觅要找的那个灵魂上的知己和知音一样。她每天都盼望着与他在网上心灵相会的这一刻，这个时刻总能让她如此地享受和快乐，甚至兴奋。只要有一天没收到他的邮件，她就会有些失魂落魄，像丢了什么东西。他们尽管还没有真正见过彼此，但已经成为灵魂上的挚友，在精神上相互需要和享娱彼此。

秦琨已经不满足于只是文字和思想上的交流了，她多么希望有一天与他聊时能看见他的眼神，能听见他的声音。她眼前出现了一幅温情动人的画面；她与明远正坐在一家郊外的咖啡馆的门廊前，外面是一种欧洲乡村田园的风光；她与明远一边喝着咖啡，一边悠闲地聊着，夕阳西下，一抹红色的余晖留在了天边。多么令人陶醉和神往的画面啊。她不知自己怎么了，为什么总是不自觉地想起这个很多年没有见过、近乎陌生的男人。尽管每次想到他时面部轮廓都是模糊的，但她还是情不自禁地要想到他，而且，有一种想要见到他的强烈愿望。

"我是不是爱上他了？"秦琨很怀疑地问自己。怎么可能呢？她连他现在什么样子都不知道，除了思想外，其他一无所知。这个世界上真有柏拉图式的精神恋爱和相互吸引吗？也许有吧。至少，现在她所体会的就是一种纯精神的、不掺任何别的东西的爱恋。她爱他的思想，爱他的精神世界，甚至爱他的灵魂。对于秦琨来说，精神和灵魂是胜过一切的，其他东西并不那么重要。的确，一个人的优劣、深浅、智愚，甚至善恶都是由他的精神和灵魂决定的。一个人的精神和灵魂才是可以让这个人独特、具有某种特质、产生某种魅力的东西。

"如果这种爱恋是精神上的，难道不能把它变成实质上的吗？"秦琨问自己。以前还没有一个人能如此地牵动她的心神，让她如此地倾心和爱慕。尽管她不知道他们有没有成为情侣的可能性，但她决定要大胆地试一试。

有一天，他们正在网上聊着，秦琨情不自禁地问了一句："你大概已经成家了吧，孩子有多大？"

"没成家，哪儿来的孩子？"明远写道。

秦琨内心一阵欣喜，不觉心脏猛烈地跳动起来。看来一切还是有可能的，比想象中的要简单，要乐观。

"你应该也不小了，30多了吧？为什么还没结婚呢？"秦琨继续写道。

突然静默了几分钟。秦琨有些紧张，不知道他是不好回答呢，还是不想回答，觉得自己大概不该问这种隐私的问题。过了一会儿，屏幕上又跳出了字句。

"一直在忙着工作、学习和出国，没有时间考虑就拖下来了。"明远写道。

看到这里，秦琨几乎有些欣喜若狂了。看来一切皆有可能，只要他未娶，她未嫁，她的愿望就并非只是空想。

"你现在怎么样？你和王昊的事同学们都知道了。都过去好几年了，你现在又结婚了吗？"他的字句又在屏幕上跳出来。

秦琨也停顿了片刻，不知该怎样回答。随即她又在屏幕上写道："经历一次也挺伤人。再说，一直也没遇到什么合适的人。"

这是第一次俩人在网上谈到个人情况，显得有些不如以前那么自如和放得开，但是，至少双方都了解到了一些以前想问又没敢问的信息。

这天以后，好几天俩人都没有联络。不知道是不是那天的话题比较敏感，让俩人都产生了某种不可名状的、暧昧的感觉。他们大概都担心，如果再往下说，很难预料会说出些什么来；或许，俩人都已经萌发出了爱慕之情，也已到了需要点破这层窗户纸的时候了，可又不知该怎样去点破它。俩人也许都在等待、犹豫，并盼望着这一刻的到来。

秦琨已经开始觉得烦躁不安了，非常地煎熬。她不断地在电脑上查看有没有对方的信息过来，如果没有，就失望不已。有几次，她已经都打上了几句话，准备发过去，最后都没按下键。她还从来都没有这么纠结过，搞不清楚是因为腼腆呢，还是矜持。俩人就这样矜持着，谁也不愿先发，都希望对方能先发过来，好像这样能暗示或代表着什么。这似乎来到了一个关键点，仿佛到了恋爱中谁先表白的节点。他们都是成年人了，也早已经历过这种情感了，按理说不该这么扭捏的；可他们又是受传统思想影响长大的，又有自己的认知和内涵，难免在这种情感表达上比较含蓄和隐讳。

秦琨心里想，他如果不是跟我一样有什么想法的话，何至于这么扭捏，这么不自然呢？如果双方都有这种感觉，谁先说又怎么样呢？与其双方这样猜下去，不如让情况明朗化，这样大家都轻松。退一步说，就算他对我没有这种想法，问清楚对我也是一种解脱，何必这么煎熬呢？秦琨虽然是个女子，但她在任何事情上都果敢坚定、敢做敢为，没有那么多的扭捏和患得患失，勇敢追求自己的理想从来都是她的信念。秦琨终于发过去了一条信息，打破了这一个多星期的静默。

"嗨，你在吗？"秦琨写道。

"我在。"他立刻回道。不出 3 秒钟，那边就回过来了，表明他其实也一直守在电脑旁。

"怎么啦？这几天都没收到你的信息，忙什么呢？"

"也没忙什么。"

"那为什么不联系？"

"心里有点乱，不知该说什么。"

看到这儿，秦琨心里暗喜。他心里乱，说明他有想法，心里也在煎熬。

"那好吧，我来猜猜你在想什么。你是不是也在想，既然你没娶，我没嫁，我们该成为男女朋友吧。"

看到了"也"字，明远立刻大胆地写道："你也这么想吗？知我者秦琨也，你说出了我的心里话，我就是没勇气说出来。怎么样？你愿意吗？"这时的他，已经完全放开了。

"我觉得我们也别这么犹豫和纠结了。我猜我们的心灵有相同的感应，有相同的感觉，遇到你我有相见恨晚的感觉，还没有一个人能像你这样能与我思想和心灵相通，能让我心神为之牵动。"写到这里，秦琨有些激动。

一种巨大的感动在撞击着她的心灵，她盯着屏幕的眼睛润湿了。这不仅仅是为了明远，还是为她自己多年对爱情和情感执着的等待和追求，仿佛这一刻在这条寻求路上的一切挣扎、痛苦和煎熬都得到了回应和回报。这一切的坚守和付出现在都让她觉得是值得的，是有意义的。她是多么地感动啊。

在未来的生命中，她将怀着一颗感激和感恩的心去面对她的人生。此时此刻，她感觉人生是完美的，生命是美好的。

"我们不能总是这样在空中，在网上恋爱吧，连面都见不着？我们应该改变一下这种纯精神的柏拉图式的恋爱。"几天后明远发过来一条信息。

"我也在考虑这个问题。"秦琨写道。

以前隔空畅聊时从来没想过这些问题，也没觉得是个问题，现在这的确是个现实问题摆在俩人面前了。俩人一个在美国，一个在英国，而且各有各的学习、工作和事业，如要在一起，必须有一方要放弃现有的一切。可是，无论是秦琨去英国还是明远来美国，都涉及移民身份转换的问题，比较麻烦。明远在英国也只是访问学者的身份，连永久居住权都没有，他如果想来美国看秦琨都无法拿到签证。而秦琨现在美国已有永久居住权（绿卡），由于"六·四"的缘故，美国给这批中国人都发放了绿卡。她是可以签证去英国的。

"不然，你就先到英国来一趟，来玩玩。"明远写道。

"那好吧。"秦琨应道。

秦琨开始做起了去英国的准备。她把该做的实验都尽快结束了，紧锣密鼓地赶写论文，争取下个月就论文答辩。答辩完后，她就可以飞伦敦了。其实，她的论文早写得差不多了，只是没想这么快答辩，一直在复习考医生。

她兴奋地准备着这一切，可静下来时心里还是不踏实，总觉得问题还是存在，并没有解决。就算可以去一趟，旅游一下，俩人见见面，但几天时间也无济于事啊。以后怎么办？这个问题还是不得不解决啊。从现在的情况看，如果要想长期留下来，明远在英国的身份是不可能把秦琨办到英国去的，只能用秦琨在美国的永久身份把明远办到美国来，而且，以配偶的身份办才可能是最简单、最容易的方式。可是，如果要以配偶的身份办，事情就变得既简单又复杂了。简单的是，只要结了婚，这种空中网恋就可以结束了，俩人可以手拉手、面对面地在一起了。复杂的是，俩人除了在网上畅聊外，还没真正见过，没实际相处过，就这样结婚是不是有点冒险呢？

又过了几天，秦琨果断地做出了一个惊人的决定。她给明远发过去了一条让他完全没有料到的信息，惊得差点从椅子上掉下来。

"我们结婚吧。"秦琨写道。

过了好几分钟，明远惊得简直不敢相信地问道："你确定吗？没开玩笑吧？"

"我很确定。我是认真的。"

"可你觉得我们足够了解了吗？我们几乎还没真正见过面哪，你不怕我是个瞎子或者瘸子？我看，还是等你这次来了再商量吧。"明远有些犹豫地写道。

"我并不是一个特别重外貌的人，至少从内心和思想上我们已经足够了解了。如果你真是个瞎子或瘸子，我相信你不会不告诉我。"秦琨自信地写道。

"你就不怕我是个骗子或者丑八怪？"

"哈哈，如果真是这样，我只好自认倒霉了。关键是我们的情况比较特殊，容不得我们见了面再慢慢了解，只好像古人一样先结婚后恋爱了。"

"你还真洒脱啊，以前那是没办法，现在可就是冒险了。"

"我是这样想的。反正这次要来一趟，只是来看看太浪费时间和精力了，不如就直接来结婚好了。这样的话，我从英国回到美国后就可以立刻给你办来美国的手续了。你不觉得这样更快捷有效吗？很快我们就不用在空中聊，而是天天面对面聊了，多好啊。反正到最后还是得走这一步，不如先走来得有效。"秦琨写道。

明远想了想，觉得秦琨说得也有道理，他们现在的这种情况是很难有机会和时间相互了解的，除非结了婚。他不得不承认，秦琨比他更果敢、更有勇气。看来，情势所迫，这结婚的险也不得不冒了，好在他们都是穷学生，不会有什么预料不到的财产纠纷什么的。

"好吧。只要你有这个勇气，我是不会退缩的。"明远写道。

"好。那我们就做这样的准备了，等下月答辩完，我就去英国跟你举行婚礼。"秦琨最后写道。

秦琨从来处理事情都非常果决，不会犹犹豫豫、拖泥带水。这事就这样定下来了。她也更安心地去准备自己的事情了。

"这次就去结婚会不会太快了点？一点都不了解。"兰芝听说后有点担心地说。

"那你说怎么办？我们又不住隔壁，天天可以见面，慢慢了解。我们这是住在两个不同国家、两个不同的洲，见一面都难。你说怎么了解?" 秦琨说。

几年的朝夕相处和相互关照扶持已经让她俩的关系近乎母女，彼此间无话不说，无事不管，而且真诚无私。

"那倒也是。可总觉得有点冒险吧?" 兰芝又道。

"那什么算是保险? 你和老汪大学同学，够了解吧，结婚十几年还是离了。所以，婚姻这东西也是个命，该好的坏不了，该不好的也挽救不了。" 秦琨看了一眼兰芝，接着说，"不必这么纠结，顺其自然就好。"

"可你这连面都没见过，实际生活中的东西一点都不了解，你这不是拿婚姻在做赌注吗?"

"哎哟，没这么严重。你看，以前包办婚姻的时候，两人从来没见过面，结婚后过得好的也有的是。何况这人以前多少还是见过，有点印象的。"

"不是都记不住什么样子了吗? 何况这么多年过去了，你知道变成什么样了?"

"这半年来我们在网上交流得很多，从思想和精神层面上还是比较了解的。"

"好吧……你自己想清楚了就行，我不希望你受挫折。" 兰芝像疼爱女儿一样地最后说。

秦琨正在加紧地改论文，想尽快完成答辩。她的论文已经改过好几遍，马伦博士始终没有点头。她心里有些急，不耐烦地对马伦说："如果这次你再说论文通不过，我就不答辩了……"

"我现在要求你严一点是对你好，免得你答辩时通不过……" 马伦笑着对秦琨说。

一周后，马伦终于对秦琨说："可以了。你去通知你的答辩委员会的教授们，下周准备答辩。"

秦琨早就等着这句话了，从心理上她已经做好了准备。她把所有实验数据的图表都做成了幻灯片，开始练习演讲和问题的回答。答辩这天，秦琨换上了一套正式的黑色西服套裙，头发也扎了起来，显得既正式又精神。她非常庄重地出现在了答辩会议室。五年了，一切拼搏和努力仿佛就是为了今天站在讲台上的这一刻，为了证明这五年熬更守夜、废寝忘食的意义。

答辩开始了，随着幻灯片一张一张地流过，她从课题的背景、意义，一直讲到课题的方法和数据的获得，以及最后结果的分析和评价。她的讲解非常的流畅和清晰，教授们似乎很满意。由于最后的实验结果非常好，很具有说服力，教授们都没有什么太多的异议，很顺利地就通过了她的答辩。秦琨走出会议室时，长长地呼出了一口气。这一步算走完了，而且顺利地走完了。

这一天对于秦琨来说，是具有历史意义的一天，代表着她博士学习和工作的完成，代表着她人生的一个重要阶段的结束。这个博士学位对于她的人生有着里程碑般的意义，无论她今后还做不做学术研究，这一段都是她人生中最难忘、最重彩的一笔。这也应该是一个可以伴随她一生的成就了。

答辩结束的第二天，秦琨就订了飞伦敦的机票，准备一星期后启程。从紧张的答辩准备工作中松弛下来，她才觉得非常的疲劳，在公寓里好好地睡了两天觉。起来后，她就开始收拾行李，准备启程了。明远在邮件中告诉她，婚礼已经筹办好了，虽然简单，但一定会很浪漫，她一定会喜欢的。秦琨现在已经在期待着这个婚礼了，心早就飞到伦敦去了。

秦琨给燕妮打了一个电话，请她送一下机场。两天后，在去机场的路上，燕妮有些担忧地问道："你真决定这次去就结婚啊？"

"对啊！"秦琨带有几分兴奋的口气答道。

"你胆子真大。这么久没见过的人，你有把握吗？我劝你这次就去玩玩，先见见他，了解了解再说，下次再结婚。"燕妮劝道。

"没有这么多时间跑来跑去，就是这次结了婚他也不能马上来，还要等移民申请批下来。你想想，再不结婚等到什么时候才能真正在一起？"

"你们这种情况也是有点麻烦，但愿你能赌赢啊。"燕妮最后说。

二十九　结　合

　　秦琨下午 5 点多到达了伦敦机场。陆明远身着正装，手里捧着一束红色的玫瑰花已经在机场等候多时了。正值夏末初秋的季节，秦琨穿着那件红色薄尼外套，推着行李车远远地走了过来。明远远远就认出了秦琨，举手向她示意。秦琨看见了那个向她招手的亚裔高个男人。他上身穿了一件深褐色的精制夹克外套，领口露出了白色的衬衣领，下身穿着深色的西裤和皮鞋。他的短分头看起来很精神，眉宇间透着成熟男人的深邃和敏锐，但又略带点文人的儒雅之气。秦琨看着他的脸，脑子里的那个模糊的轮廓立刻清晰起来，她想起了大学时代的那个学长，只是看起来多了几分老练和成熟。

　　秦琨走近了，他们四目相对地凝望着对方，好像在辨认，又好像在观察，也好像在回忆。秦琨在这双眼睛里看到了深沉和智慧的光芒，"啊……这好像就是我一直在等待和寻找的眼睛嘛，……看见它才知道我在找什么。"秦琨在心里对自己说。秦琨感觉这种场景和气氛有点难以形容，他们的相见似乎很陌生，可又有某种似曾相识的感觉。

　　他们站在那里愣了一会儿，陆明远很快回过神来，赶紧把手上的红玫瑰递了上去。秦琨脸上泛起了红晕，低下眼睛避开了陆明远欣赏的目光，伸手去接玫瑰花。

　　"你怎么想起送花啊？"秦琨笑着问。

　　"你知道吗？在学校时我们男生在背后叫你什么吗？"明远也笑着说。

　　秦琨笑看着明远，用眼神在问："什么？"

　　"我们都叫你红玫瑰。"

　　"原来我还有这雅号。"秦琨惊讶地笑着说。

"多美丽的雅号，当时你明目动人，又喜欢穿红色衣服，男生们就给你这样一个雅号。别说，这雅号挺适合你的。当时很多男生暗恋你哪。"

"是吗？我怎么不知道？有没有包括你啊？"秦琨说着，羞涩地捋了一下自己的长发。

陆明远嘿嘿地笑了笑，没做回答。

这一阵对话后，刚开始见面时的那种陌生的尴尬被打破了，两人显得熟悉和自如起来。在网上聊得再多，毕竟是第一次见真容，多少还是有些生疏和拘谨的。明远看着秦琨心想，她真的就像玫瑰一样的美丽高雅，没有一点的娇揉和造作，如果说，以前还是含苞待放的话，现在就是吐芳怒放的时候。现在的她多了几分女人的成熟和风韵，更显得迷人和有魅力。

他们一起走出了机场大厅，坐上了明远的车子，往明远的公寓开去。一路上，秦琨两眼望着窗外，好奇地观赏着伦敦这座世界著名的大都市。明远一边开车一边介绍着经过的一些名胜和古迹，甚至一些有名的建筑。

"看看，那个高高的、有尖顶的老式建筑就是伦敦的标志性建筑，钟楼，也称伊丽莎白塔。看见上面的大钟了吗？那就是著名的伦敦大本钟。"明远指着右边车窗外的一座高大建筑物说道。

"嗯，真的，跟我们看过的电影《39级台阶》里的一样。"秦琨趴在车窗上说，"哎，旁边的那些带小尖顶的古式建筑是什么呢？"

"那是 Westminster（威斯敏斯特）宫，也是英国的国会议会大厦。这些建筑属于哥特式风格，1858 年建成的。"

"哦，蛮有特点的。"

……

一个多小时后，明远的公寓到了。这是一个一居室的房子，一室一厅。明远把秦琨安排在自己的卧室，自己准备暂时睡在客厅的沙发上了。已经是下午 7 点了，明远准备出去买些快餐和咖啡回来，让秦琨自己先收拾一下。

秦琨环视了一下房间，屋内的陈设比较简单，但还干净整洁，不知道是不是为了接待她，特意整理过了。客厅里除了几样必备的常用家具外，最引人注目的，也是比较独特的，就是进门左边整面墙的大书架，一直通到了屋顶，上面插满了大大小小、颜色各异的书籍。秦琨走上前去看了看，上面的书有中文的，也有英文的，而且，内容各异，有专业的医学书籍，也有哲学、文学和艺术类的书籍。除了这些书籍外，还有一些是录影盒带。秦琨凑上前去看了看，都是一些歌剧和舞剧的影带。秦琨嘴角泛起了微笑，心里道，"看来他还真喜欢这些"。

婚礼已经安排在一周后了。他们俩现在首先要做的就是去伦敦的美国大使馆，去做结婚登记。从使馆出来，秦琨看了看那张结婚证，又看了看身边这个连手都还没有牵过的男人，觉得有些不可思议。"我又结婚了吗？"她在心里问自己。她好像还没有完全做好心理准备，还没能适应这样的结婚情绪和氛围。婚礼还有一周的时间。在这一周的时间里，他们得尽快地熟悉和了解对方；也只有这一周的时间，他们不得不做好结婚的一切心理准备。

在这一周里，明远请假陪着秦琨在伦敦各处游玩了一番。伦敦是世界闻名的历史文化大都市，值得观光的名胜实在太多，没有时间全去，只能挑选最著名、最值得观赏的几个去看看。那自然白金汉宫、威斯敏斯特教堂和大英博物馆是首选，是非去不可的。

第一天他们就来到了白金汉宫，这里是英国皇宫的所在地，建于1702年。在这里可以参观到皇室的威严和富丽堂皇，可以看到身着红色制服的近卫军士兵。美国没有皇族和皇宫，所以秦琨这是第一次参观皇宫，感觉很新奇。

第二天他们来到了威斯敏斯特大教堂，这大概是世界上最古老、最壮观的教堂之一了。它也是哥特式风格的代表，建于960年，1517年又重建。站在这座教堂里，这里的隆重气氛让人还能感受到中世纪宗教的影响力和至高的权威。守门人示意他们摘掉旅游帽。进来的人在这种庄严气氛下很自然地压低了嗓音和放慢了脚步，一副肃然起敬的表情慢步走了进来。秦琨仰起头仔细端详教堂内高大穹顶以及墙体上的浮雕与花纹，真是不胜赞叹，感慨人类在一千多年前就能有这样的智慧和艺术造诣。"据说，英国皇室的重要仪式和庆典都是在这里举行，比如，皇族的婚礼，受洗礼等。所以，这里也是皇家教堂……"明远一边看一边在一旁小声介绍道。

"哦，……"秦琨一边应着，一边眼睛还在不停地张望着。

参观完教堂后，由于时间还有富裕，他们又来到了大英博物馆。这大概也是历史上最悠久、最宏伟的综合性博物馆了，建于 1753 年。来到博物馆门前，看见那巨大的罗马式建筑的一个个石柱和三角形房顶的浮雕，他俩脸上露出了兴奋的神色，这大概是他们俩都比较钟爱的一个景点了。他们迫不及待地进到了里面，一个一个的馆开始参观，里面的很多东西都很珍贵，是其他博物馆看不到的。可是，博物馆太大，藏品又太多，有 600 多万件，根本看不完。他们只好第三天又来了，就是这样也只能走马观花地看看，没有时间仔细看。在里面，他们还看到了来自中国的古董字画等。

"这恐怕都是八国联军打北京时从圆明园里抢来的吧。"秦琨小声对明远说。

"嗯，有些可能是，还有些是跑到中国去淘来的。"明远说。

"多可惜啊，好多连中国自己都没有。"

"没办法，历史原因嘛。"

一直到博物馆关门时，他们才恋恋不舍地从里面出来。看来一两天是无法把这个博物馆看完的，只能找机会再来了。

还剩下两天时间，他们又一起去了伦敦塔桥、伦敦眼，还去了国家美术馆。一星期时间很快过去了，两人都玩得有些累了。

"哎呀，伦敦真是个文化古都，值得看的东西太多，就是没这么多时间。美国没有这么多历史文化的东西可看。"秦琨感叹道。

"不着急，喜欢下次再来。"明远笑着说。

这几天的相处中，秦琨对陆明远的那种既熟悉又陌生的感觉仍然在，但有些奇特。当他们谈到上学时候的人和事，他们有共同的回忆；当他们谈到时事、历史和文学时，又有老朋友般的思想共鸣；可是这种秦琨想象过多少遍的面对面、近距离的相处，对方的神态风姿、举手投足又是那么的陌生和新鲜。这无形中给双方都带来几分新奇感和吸引力，产生出如初恋般的激情和冲动。每每秦琨从背后或侧面偷偷观察或欣赏明远时，当突然与明远的目光相遇，她都会赶紧将眼光移开，假装没在看什么。她发现似乎明远也在偷偷地看着自己。他在看什么呢？好像并没有刻意要看什么，只是看着她看书的神态，看着她走路的姿态，看着她向后拂捋长发的瞬间。可每当她向他望去时，他也会避开目光低下眼帘。他们俩就像藏猫猫一样，把痴情和爱意隐藏了起来。成熟的年龄和经历让他们多了几分克制和忍耐，让他们想要更加亲密接触的冲动变得犹豫和迟疑。几天过去了，他们都还没有冲破心理界线，连手都没有碰过。好吧，就把一切美好留到最后吧。

婚礼现场安排在伦敦近郊一个小酒店户外的草坪上了。他们不准备去教堂，也不准备穿婚纱，打算在郊外的草坪上举行一个户外的小型婚礼。这个具有田园风情的小酒店以前也筹办过这种婚礼，明远就把一切都交给酒店去安排和准备了。

婚礼的前一天晚上，他们在收拾第二天准备带走的东西和行李，只听见"啊"一声，秦琨的手被划破了。

"怎么不小心点。"明远说着，赶紧去找药箱。

"划破点皮，没事。"秦琨轻松地说。

明远取来药箱，给秦琨消了毒，贴上创口贴。秦琨顺势抓住了明远替她贴伤口的手。明远愣了一下，看着她不知什么意思。

"我还以为你一直不敢碰我呢。"秦琨笑着说。

"这不是你受伤了吗？"明远也微笑着说。

秦琨仍然抓着他的手没放开。明远看着她深情的眼神，好像明白了她的意思，慢慢地在她嘴唇上轻轻吻了一下。秦琨顺势双手搂住了明远。明远这时已经抑制不住自己的冲动了，最后的那点点犹豫和迟疑被冲破。他搂着秦琨沉沉的、深切地亲吻起来。秦琨感到了他的爱抚和吮吸，这一刻她的心像融化了一样，在爱抚中荡漾着，浑身感到一种酥软。此时此刻，她是多么渴望得到这个男人的爱啊，"你今天就睡在我的床上吧。"她柔声地在明远耳边说道。"你……不想把这美好的一刻留到明天吗？"明远也同样小声地在她耳边说。秦琨微笑着松开了手，"好吧，能留到最后的才是最好的。"她说。

第二天上午，他们赶到了酒店，一切都已布置好了。酒店二层小楼的门框上和门廊前的扶杆上都挂上了花环和彩条，看着很喜庆。一个白色金属镂花的拱门放了草坪上，上面也装点了红色和白色的鲜花。一个个铺着白色桌布的圆形小餐桌和椅子已经在草坪上摆放好了。

秦琨这天只画了一点淡淡的妆，穿了一件红色碎花的连衣裙，与这种郊外田园的风光和景致很融洽和协调。她松软的秀发披在了肩后，一顶系着黑丝带的白色小阳帽戴在了头上，这大概是英式的风格，可更衬托出了她那种高雅脱俗的美丽。她的手上拿着一把小碎花，这大概是婚礼上的新娘都得有的。明远穿了一套蓝色西服，里面是白色的衬衣，头发也修剪过了，透着成熟男人的稳重和帅气，很有点英国绅士的感觉。婚礼虽然简单，新郎新娘的穿戴也不华丽，但这对新人脱俗的容貌和气质却让人赏心悦目，不得不为之赞叹和羡慕。

10 点以后，客人陆续来了。他们都是陆明远现在的朋友和同事。由于婚礼时间定得仓促，秦琨和明远都来不及通知自己的亲属和朋友。他们也不太在乎这些，婚礼也就是个形式；再说，这么远，家人和国内的朋友也不方便来。

快中午的时候，婚礼开始了。在婚礼进行曲的音乐伴奏下，明远的导师作为长辈，挽着秦琨的手臂，从那个镂花的拱门中走了进来。秦琨脸上带着微笑，手里拿着一束小花，在明远导师的挽扶下，一起跨进了拱门。导师挽着秦琨走到陆明远面前，将秦琨的手交到了他手里。大家一阵鼓掌和欢呼。随后，导师在众人面前又给这对新人送去了一段祝福词。这个简单的婚礼仪式就算进行完毕了。

餐点摆到了铺有白布的餐桌上，大家高高兴兴地开始吃了起来。陆明远的朋友们在餐桌上边吃边聊了起来。一桌几乎全是男宾的桌子聊得最热闹。

"看见了吗？那新娘长得多漂亮啊！"其中一个说。

"对啊，挺标致的，主要气质不俗。怎么从来没见过？"旁边一个说。

"听说她从美国来，在美国读博士哪。"另一个说。

"呵，还是个才貌双全的主。"

"陆明远这小子还真有福气，不知怎么认识的。"

"对啊，也没看见怎么着，现在不声不响就已经结婚了，还是陆明远这小子本事大啊。"

"嗯，好像他们是大学同学吧。"

"哦，早就认识，怪不得。"

在这些来宾中，秦琨总觉得有一双眼睛在盯着她。这是一双年轻女人的眼睛。可是，这目光和眼神有些奇怪，有一种难以琢磨的东西在里面，好像是嫉妒，可又好像带有点伤感。这种目光让秦琨有种不舒服的感觉，这是谁呢？为什么这样看着我？我与她素不相识啊。秦琨也回看了她两眼，冲她笑了笑，然后转过了头。"管她是谁，反正与我无关。"秦琨对自己说。她又忙着去招呼别的客人了，再也没想起这双眼睛。

下午三四点，宾客陆陆续续都离开了，婚礼算是结束了。陆明远已经在这家酒店预订了房，准备婚礼后与秦琨在这儿住三天，也算是度蜜月了。忙了一整天，两人都觉得有些累，休息了一会儿才去进晚餐。晚餐后，两人坐在门廊前的小茶几旁一边喝咖啡，一边观赏着这乡村田野的暮色。终于安静了下来，可以在两人的世界里静静的、面对面的，也许手拉着手地走进彼此的心灵。

这里夏末初秋的傍晚，空气凉爽宜人，一切都已歇息和平静了下来，给人一种轻松逸闲的感觉。太阳即将落下地平线，火红色的晚霞还留在天边，远处收割后的田野上也染上了金红色的余晖，在微风里还能嗅得到阵阵的麦香和谷味。眼前的一切让人有身处世外、闲云野鹤般的自在和陶醉。

"哎哟，真美，虽不是绿水青山，但也让人有诗情画意的感觉。"秦琨叹道。

"是什么呢？嗯，该是金秋、丰硕和心怡……一种成熟和满足的心怡。"明远若有所思地说道。

"啊，对啊。这景致我好像在哪儿见过。"秦琨看着天边的晚霞说。

"不会吧，你这可是第一次来英国。"明远笑着说。

"真的，真的，就像现在这样；我们坐在门廊上，周围是田野，有晚霞在天边……"秦琨认真地说道。

"在你梦里吧。"

"有可能。在我梦里或想象中。我简直不敢相信会这么相似。"秦琨说着又问，"你说人有时会不会真有什么预见能力？"

"也许吧。"明远笑着说。

秦琨这时心中升起了对未来，对远景的一种憧憬，仿佛眼前的一切预示着未来美好的画面。她不自觉地握住了明远的一只手。明远看了看秦琨梦幻般的眼神笑了笑，拉着她一起慢慢回到了房间。

秦琨好像还没从她的梦境中完全清醒过来，明远的爱抚和亲吻仿佛也在她的梦境和想象中。此时，她的身心都在一种美景和爱抚中陶醉和享受着。她的情绪很快就来到了高潮。离婚后已经好几年没有过任何性爱了，她感到此时自己的身体在一种强烈的渴望和冲击之中。她渴望这种被拥入怀中，被亲吻、被爱抚的感受。此时，她多想立刻融入这个她深爱着，并带给她无限美好憧憬男人的身体里，与他化为一体，不再分开。她头一次真正体验到，当精神的爱恋与肉体的爱恋碰撞到一起，融为一体时，对一个女人来说是太大的幸运、太珍奇的恩赐。

她在这种精神和肉体合一的爱抚中享受到了从未有过的快乐、释放和满足。她的激情被点燃了，直冲到她从来没有到达过的顶峰，几乎让她感觉有些晕眩和窒息，但也让她感到从未有过的刺激和愉悦。她闭着双眼，在这激情的顶峰上荡漾和起伏着，享受着这荡漾起伏带给她的飘若欲仙的感觉。

不知过去了多长时间，两人已经耗尽了所有的精力和激情，终于满足和疲惫地进入了梦乡。

天已经大亮了，两人还在酣睡中。上午10点左右，秦琨慢慢苏醒了。她睁开眼睛，发现自己还在明远的双臂中。她慢慢转过头，看着还在熟睡中的明远，不敢动弹，怕惊醒还在熟睡中的明远。她凝望着他酣睡中的脸庞，回想起昨夜激情四溢的那一刻。多么美妙的一刻啊！她觉得奇怪，为什么以前与王昊在一起的时候从来没有过这种时刻、这种体验，每次就像匆匆完成任务一样。她总以为性爱的激情和快乐就是这样了，现在才知道其实远远还不是。

看来，有精神情爱的性爱才是完美的，才能真正得到其中的快乐和享受，毕竟人是有思想的动物，有精神世界。对于人来说，缺少精神情爱的性行为是有缺陷的。可惜啊！人世间有多少夫妻能到达这种境界呢？太少。二者兼有的这种爱情实属人间极品。有人觉得性爱是不需要精神思想的，那其实是自我安慰罢了，因为太难得到。很多人因种种原因恐怕一辈子也无法体验和享受到这种精神和肉体合一的爱，这太需要机遇、缘分、时间……太多因素，就像幽谷里奇异的花朵，没有岁月、滋养、稀阳、薄露……是永远不会开放一样。

　　秦琨在心里庆幸自己能有这样的幸运。她看着明远的脸，心里道，"真要感谢上苍给了我这样的恩赐"。这时，明远突然睁开了眼睛，他醒了。"你干吗这样看着我，趁我还睡着？"他眯着睡眼问道。秦琨笑了笑，在明远的脸上轻轻吻了一下。

　　他们在这个伦敦郊外的小酒店里度过了俩人这一生中最温情、最甜蜜、最浪漫，也是最激情、最享受的三天。这里远离都市，远离喧闹和嘈杂，远离竞争和拼搏。他们安静和舒心地享受着这不可多得的人间快乐和幸福，享受着这世外的闲暇和浪漫，陶醉在这诗情画意般的时刻里。自从来到美国，秦琨还从来没有过这样的清闲和神逸，多么希望时间能永远停滞在这美妙难忘的一刻。真希望在这里有一个属于他们的小茅屋，像《天仙配》一样过着男耕女织的人类最简单、最朴素、最浪漫的日子。

　　可惜，这个时代和现实生活不允许他们有这样的生活。三天后，他们不得不离开了。为了生存，他们不得不回到现实和残酷的竞争中去。他们收拾好行李，秦琨站在门廊上与明远手拉着手，凝望着远处的田野和村庄，过了好一会儿，才慢慢开车离去。

　　回到明远的公寓，他也差不多该回实验室上班了。秦琨在公寓里收拾行李，准备两天后启程回美国了。一想到两天后就要离开，秦琨心里有些惆怅和不舍，结婚才一星期，刚尝到爱人陪伴的温情与甜蜜，又要分离了。这种幸福的戛然而止让她感到有些痛苦，她真想留下来不走了；可是不行啊，那边还有太多的事在等着她哪，她不可能现在停下来。她还需要去拼搏，去为她和明远的美好未来努力。她不得不暂时离开明远，等到所有的移民手续办好后，才可以在美国与明远团聚。为了今后的不分离和未来，她现在不得不离开，不得不继续奋斗和拼搏下去。

　　在秦琨即将启程的前一天下午，她接到了一个奇怪的电话。一个女人的声音在电话里说道，"我想跟你聊聊陆明远的事，我就在你们公寓外的小咖啡厅里，如果你有兴趣就来找我"。她不等询问就挂断了电话。秦琨愣了一下，感觉这个电话很奇怪。我要不要去呢？她想说什么呢？一个女人会说些什么呢，她能说些什么呢？秦琨心里在想。她有一种不好的预感，仿佛这种好不容易觅得的幸福马上就要被人夺走了一样。她产生了一种莫名的恐惧，担心眼前的一切美好会突然间化为乌有。她好像有些怕去见这个女人，不知道等待她的将是什么。可是，不去算什么？当作什么都没有？这不是自欺欺人吗？"我且去听听她说什么，又能怎样？"她对自己说。在好奇心的驱使下，她决定去会会这位神秘人物。

秦琨来到了咖啡馆。不是周末，上午 10 点的咖啡馆里几乎空无一人。她看见角落里的一张桌子旁坐着一位身穿米灰色连衣裙，头戴黑色遮阳帽的女子。她戴着一副茶色墨镜，只能隐约看见她的眼睛，秦琨看不清楚她的五官。咖啡馆里没有别的客人，秦琨想一定是她，就来到了桌前。

"是你找我吗？"秦琨问，并警觉地看了她一眼。

"请坐吧。想喝点什么？卡布奇诺？"女子平静地问。

"不，我喝拿铁。"秦琨也平静地回答。

于是，女子把服务生叫来给秦琨要了一杯拿铁，给自己要了一杯卡布奇诺。这时，女子脱下了帽子，摘下了墨镜。秦琨立刻认出她就是婚礼上一直用眼睛盯着自己的那个女人。这女人长得眉清目秀，有几分姿色，打扮也不俗，只是说话和动作显得有些做作。一听她哆哆的国语，秦琨就知道她一定是江浙一带的人。

"我叫朱莉，你可以叫我 Julian。"

"你好。我是秦琨。"秦琨冷冷地说。

"那天在婚礼上已经认识你了。你可能还不知道我是谁。这里除了你，所有人都知道我是陆明远的女朋友。"她不想拐弯，直接这样介绍自己。

秦琨震了一下，眼睛瞪着这女子不知该说什么。她明明知道我与明远结婚了，为什么还说她是明远的女朋友，其中有什么蹊跷？

"他大概没告诉过你吧？"女子又说了一句，看出了秦琨脸上的惊讶。

听到这话，秦琨感到很震惊，明远的确没有跟她提及过此事。她看着眼前这个女人，还是没说一句话，脑子里快速地思索和猜测着这女人来跟她说这些的目的是什么。

"让我来告诉你吧，"朱莉继续说道，"陆明远来英国不久，我们就成了男女朋友，已经好了两年多了。我们都到了谈婚论嫁的程度。可是，他却突然跟你结了婚。这让我很难理解，也很难接受。"

"你为什么不去找陆明远谈呢？他没给你一个解释吗？"秦琨开口说道，"但我想，既然你们没有结婚，那陆明远就有自己的选择权吧。"她从震惊中冷静了下来。

"话虽这么说，可我们两年的感情也不能一夜之间都跑掉了吧。"

"感情的事是很难说的，既然没有了爱就不必再在一起。"

"没有爱？"朱莉满脸怨恨地说道，"你知道吗，我们几乎像夫妻一样地生活在一起，就是你来伦敦的前三天我们还睡在一张床上呢。"

听到这里，秦琨脑袋"轰"一下炸了。"这怎么可能？"她脱口而出。

"你不相信吗？"朱莉一脸毋庸置疑的神态，看着秦琨说，"你可以去问问其他人。"

秦琨有些懵了，这消息像晴天霹雳一样砸在了她头上，让她有些透不过气来。此时，她的脑子也空白了，不知道该如何判断目前的情况。看着朱莉振振有词的样子，好像一切都是真实的。这说明什么呢？难道陆明远同时爱着两个女人？这太离谱了吧。或者……秦琨有点不敢往下想……或者他纯粹是在欺骗感情？当然，这女人的话不能全信，一切有待核实；可是无风怎么会起浪啊，这里总是有点什么蹊跷吧。秦琨心里乱极了。

"我估计啊，"朱莉接着说，"他就是想去美国才跟你结的婚，想依靠你搞到美国身份呗。他现在啊，连英国身份也没有，过一段就该回中国了。"

这话提醒了秦琨，好像陆明远第一次跟她在网上联系时就是打听去美国的事。如果说刚才她还不相信这女人的挑拨，现在她开始有些相信了，因为这是个合符情理和逻辑的理由。而且，她知道陆明远很早就想去美国。如果站在陆明远的角度，跟她结婚的确是获得美国身份最简捷的路径，他不用做任何事就可以轻轻松松拿到美国身份。不然，他不得不想办法转学到美国，然后再慢慢申请和等待绿卡，难度会非常大，根本没有把握。而欧洲国家，如英国，是很难获得居留身份的；过一段如果他的签证到期，还真有可能不得不回中国了。这些问题她在网上与他畅聊时从来都没有想到过，甚至都没有猜测过，只是陶醉在精神和思想的共鸣中，没有掺杂任何世俗的营苟。现实世界的一切好像这时才刚刚展现在了她的眼前。

想到这些，秦琨觉得心里像扎进了一根针，感到很疼。她是绝不能容忍陆明远不是因为爱她，而是为了美国身份跟她结的婚。当时有太多的中国人为了身份与美国人结婚，包括她与王昊的婚姻也被认为有这种嫌疑，难道现在她也要被利用获得美国身份了吗？太讽刺了吧。她其实很鄙视这种婚姻，如果不是真为了爱，她是很难接受这种婚姻的。朱莉还说了些什么她一句也没听清。

"……好啦，该说的我都说了。我不希望只有你一个人蒙在鼓里什么都不知道，你自己再考虑考虑吧。我先走了。"朱莉说完，拿起她的墨镜和帽子，走出了咖啡馆，留下了秦琨一个人坐在那里发呆。

秦琨心想，朱莉的话未必可信，她也许有她的目的。但是，不管怎么说，朱莉一定与陆明远有些什么瓜葛，不然不会让这女人这么疯狂、这么恨。这时，她开始有些后悔没听劝，这么冲动就把婚结了，也没事先了解一下陆明远的感情经历。算了吧，现在后悔也没什么用。她的果决不会让她总去后悔和纠结已经过去了的事情。她在想现在该怎么办。她明天就要走了，现在去了解一切已经来不及了。她决定还是回到美国再说。有一点是肯定的，如果陆明远真与这女人还有什么纠缠，或者结婚目的不纯，她都会不惜一切代价与陆明远解除这个婚姻，哪怕她会承受巨大的痛苦。

这个女人的造访对秦琨的打击是沉重的，她仿佛从幸福的顶峰一下坠入了痛苦的深渊。她尽量压制着自己的情绪，不让痛苦和悲伤无所顾忌地发泄出来，再说，事情还没有完全搞清楚呢。她独自坐在咖啡馆里好一阵，心情平复后才慢慢起身走了出去。

下午6点多，陆明远回来了。他见秦琨闷闷不乐的样子就说："怎么？要走了心里不高兴啊？别难过了，我这不是很快就能去了嘛。"

听到这话，秦琨心里咯噔一下。"我要是不回美国了，就留在英国了怎么样？"秦琨平静地问。

"好啊！只要你愿意，我也可以帮你办到英国来。只是你要重新申请身份了。"陆明远笑着说。

"你不想去美国啦？"秦琨看着明远的眼睛问。

"这要取决于你，你在哪儿，我当然就去哪儿。"明远不加犹豫地答道。

"真的吗？"

"当然咯，这你应该相信我。"

"明年我就准备回中国了，博士现在已经毕业了。"秦琨眼睛看着别处说。

明远看着秦琨有些半信半疑，随后说："你没有开玩笑？那更好，我什么也不用办了，直接回去就行了。"

听到这里，秦琨的心稍微好受了点。过了一会儿，秦琨一边往包里放衣服一边又问道："你认识 Julian（朱莉）吗？"

陆明远的脸色立刻变了，严肃了起来，眉头也皱了起来。"怎么？你听说什么了吗？她……是我以前的……女朋友。"他皱着眉说道。

"你怎么从来都没有跟我提起过？"

"你也从来没问过啊，我总不能自找没趣天天说这事吧。再说，我从来就没有想过要跟她结婚，她只是一厢情愿罢了。"

"那为什么还要跟她在一起？"秦琨又看着明远的眼睛问。

"已经分开大半年了。"

"分开半年了？"

"你别忘了，我们确定关系到结婚也不过才两三个月。"明远争辩道。

秦琨想了想，好像也是呵，的确时间不长。"那总不会十几天前她还在你这儿吧？"秦琨又问。

"你这都是听谁说的呀？她是来过。她听说我要结婚了，就来又哭又闹。后来就赖在这里不走，在这儿睡了一晚。"明远气急败坏地说。

秦琨眼睛都睁圆了。明远赶紧说："你别误会。她赖在这儿不走，我就离开了，去朋友家住了一晚。"

听到这儿，秦琨不说话了。她不知道到底该相信谁。

第二天，陆明远开车送秦琨去了机场。一路上俩人很沉默，没怎么说话，表情也很严肃。这种沉闷的气氛从昨晚就开始了，俩人好像在打冷战，秦琨不想多问，陆明远也不想再多解释。陆明远心里清楚，这种事很难解释清楚，反而会越描越黑。到了机场，陆明远推着行李车把秦琨送进了安检口，俩人连拥抱都没有，只是简单招了招手，秦琨就转身离去了。陆明远看着她的背影消失在长廊的尽头，还发了一阵呆，最后也心情沉重地离开了。

三十　成功的召唤

秦琨到达波士顿时，燕妮已经在机场等候了。俩人见了面十分欣喜，拉着手寒暄了半天。"怎么样，怎么样？这婚结得还顺利吧？"燕妮迫不及待地盘问起来。

"还可以吧，没办得那么豪华。"秦琨说着，从包里取出几张婚礼照递给燕妮。

"啧啧……多浪漫啊！田园式婚礼吧？"燕妮一边看，一边啧嘴。

"算是吧。"

"你们俩看起来都很英国范呢，你看看你这黑边小阳帽戴的。"燕妮用手指着，边看边说，"哎，你别说，这陆明远看起来真挺帅的。不过，不是那种奶油小生的帅，是一种有涵养的成熟男人的魅力。"

秦琨笑笑没说话。

"我开始还真有点替你担心，"燕妮看着秦琨说，"怕你俩就只是有思想共鸣，他实际是个丑八怪，现在好啦，一切都堪称完美啊。"

说着，她们走出了大厅，上了燕妮的车。燕妮慢慢开出了机场的停车场。燕妮从后视镜里看了一眼秦琨说："你怎么看起来情绪不高啊，一点没有新婚后的兴奋和快乐，是不是碰到什么问题了？"

秦琨没有马上回答。沉默了一会儿，她有些迟疑地说道，"本来一切都挺好的，好像一切都在我的想象和期盼中。可最后两天突然有个人跑来见我，一切就都改变了"。随后，她把朱莉的事告诉了燕妮。

燕妮听完后沉默了良久，她的车在高速公路上一直向前奔去，俩人都陷入了沉思。过了好一阵，燕妮又突然开口问道："那你打算怎么办呢？"

秦琨叹口气道："唉……我本来准备结完婚回来马上就给他办移民手续的，现在有些犹豫了。尽管他各方面都挺让我满意，但我绝不能容忍我的男人对我不专一。"

"那你就不准备给他办移民了？"

"如果真是那样的话，还办什么移民。那就是办离婚的问题了。"秦琨沉着脸说。

"哎哟，你不要吓我好不好，一会儿闪婚，一会儿闪离的。我劝你还是好好考虑一下，不要这么快做决定。毕竟碰到一个各方面都让你倾心的男人不容易，你自己也知道。"燕妮说。

"那我也不能容忍他感情不专一，他其他方面再好，这方面不好等于零。"

"我同意你的说法。可是，你想想，30多岁的男人怎么可能从来没有过感情经历，没有过女人？不能要求太苛刻，只要他婚后能对你专一就行了。是不是……"燕妮劝慰道。

秦琨心里也明白燕妮所说的，但情感上还有点过不去。"好啦，别说我了。你最近怎么样了？"秦琨问燕妮。

"我挺好的。付宁再有个大半年就要回来了，他的实习期快要结束了。而且，他很有可能在波士顿附近能找到一个职位。"燕妮说。

"哎呀，太好了，真是好消息啊！你算是快熬出头了，终于可以全家团聚了。"秦琨兴奋的口气说道，很替燕妮高兴。她知道燕妮这一路走来不容易。

"是啊……终于可以过上稳定无忧的日子了！"燕妮感叹道，一种苦尽甘来的口气。

俩人一路聊着，很快就到了秦琨的公寓。秦琨下了车，搬下了行李，与燕妮招招手，目送她开远了。她看了一眼自己的公寓，出去了十几天又回到了这里，感觉很快，又仿佛隔世。她有些不敢相信，自己竟然已经结婚了。十几天她好像经历了很多，不同的国度、情势的变换、情感的起伏，都让她难以释怀。可是，这里也在提醒着她，又回到了战场，她必须尽快收拾心情和情绪，准备投入战斗。

两天的休整，秦琨很快就暂时忘掉了英国的一切。她集中起精力，又投入医生资格考试的复习中去了。她不得不把所有结婚、离婚、专一、身份等等，都统统抛到脑后。她要做最后的冲刺。她必须全神贯注，不能有丝毫懈怠和分心，才能有希望打赢这一仗。

这几年，由于外国考生的胜出比例越来越高，医考委员会提高了对外国考生特别是亚裔考生的及格分数线。那就意味着，在考试中亚裔考生必须拿到比美国人还要高的分数才能通过及格线。这其实是一个很不公平的规定，本来外国人特别中国人英语就不如美国人，还要拿到比美国人高的分数才能及格；也就是说，外国人的专业能力要比美国人高很多才能及格。有什么办法呢？这里是美国，你能说什么呢？除了遵循规定没有别的选择。你必须智商一流，比美国人更加倍地努力，才能在这种竞争中取胜。

鉴于王昊的先例，秦琨准备专攻心理科方向了。在这个领域里，即便出点什么问题，也不至于治死人，医生的责任不会这么重大，日后的风险和麻烦也会相对小一些。就算有个把自杀的人，只要不死在医院，医生也不会有太大责任。

一个月后，秦琨去参加了考试。来到美国后，这一路走来，她参加过多少考试和考核啊，还有什么样的场面没见过，没经历过呢。她已经不再为任何形式的考验所威吓和紧张。近 5 年半博士的攻读和完成，给她的英语和基础知识打下了坚实的基础，极大地提升了她的竞争优势。在考场上，她非常镇定自若，凭借着自己掌握的知识快速有效地去回答每一个她能够回答的问题。从考场出来，她感觉还不错，80% 的题好像都是可以答的。

回到家，她就不再去想了，开始满怀信心地等待考试成绩的下来。她从来都不为已结束的考试患得患失，再去想已经没有什么意义，就算真的没考好，这种考试还可以再有一两次机会。

考试结束后，她松弛了下来，论文也早答辩完了，突然感觉少有的清闲。这些天她会不知不觉地想起陆明远来。从英国回来后，除了刚到那天给他发了一个报平安的信息后，就再也没有写邮件了。后来，有好几次想给他发信，她都犹豫了。她觉得还是等等再说吧，这事最好让它平静和沉淀一段时间，她也需要好好考虑一下。她决定找机会侧面了解一下陆明远和朱莉的这层关系，以便自己做出清醒的判断和明智的决定。尽管如此，她还是没法控制自己不去想起他，想起那个奇特的、在她梦境里出现过的、田园诗般的情景，想起那几天她生命中最快乐的时光。

　　一星期后，秦琨的考试成绩来了。当打开信封看到成绩的那一刻，她高兴得跳了起来，美丽的笑容绽放在了她的脸上。她的成绩通过了，而且比及格线高很多，甚至都超过了她的预想。她终于又回到了从医的道路上来了，可以争取做一名美国医生了。这大概算是她来到美国后的第二个里程碑吧，是她实现夙愿和梦想的里程碑。在这充满竞争和博弈的环境中，她凭借自己坚韧的个性和聪慧的头脑向着自己的梦想坚实地、一步一个脚印地迈进着，没有任何东西能够阻挡她向前的脚步。

　　这个时刻，她突然又想起了王昊，想起了他当初成为医生时给自己的刺激和鞭策。"唉，真希望他还活着，也许会为我高兴的。"她对自己说。她不觉微微皱了一下眉，在她喜悦的心情上蒙上了一点阴云。也许，今后并不都会一帆风顺，但愿能比王昊走得稳当一些吧。

　　几个月后，秦琨又顺利通过了临床医学考试。现在，在她面前再也没有考验和阻隔了，做医生已不再是梦想，而是她生活中的现实了。医学又重新回到了她的生命和追求中，也许将伴随她走过整个后半生了。想想当初刚来美国时，看着那些在医学院里穿白大褂、戴听诊器的医生们，她觉得是多么地羡慕和遥不可及啊。没想到，现在自己竟然也可以了，有些不可思议，但这么多年的努力告诉她，"这是真实的"。

　　时间过得很快，转眼几个月又过去了，秦琨接到了燕妮的电话，让秦琨周末去参加她的乔迁之喜。燕妮已经买了房子，要在新房子里举行一个大型Party（聚会）。秦琨自然是要去庆贺的，也正好去跟燕妮告个别。过几天，她就要离开波士顿了，去纽约一家大医院做实习医生。

　　付宁已经回到了波士顿，在波士顿南面较远的维莫斯区的南海岸医院申请到了麻醉师的职位。他以前在中国是学外科的，上手术台给病人做过手术，练就了一手精准的手法和刀法。以前为了修练手眼的精准，还常常在家画点画或绣点花什么的。可惜，现在美国，手术刀是不可能让中国人拿的，而且手术台上风险很大，死人的概率更高。鉴于王昊的事件，付宁转了方向，降格做了麻醉师。这样可以规避风险，即便手术出什么问题，也没有什么责任，至少没有主要责任，而且以前的知识和技能都还用得上。当然，与外科医生

50—100 万的年薪相比，工资少多了，但与一般的医生相比已经不错了，最主要是不用担那么大风险了。付宁是个现实的、懂得知足的人，从不好高骛远，能这样兢兢业业保住这个饭碗他已经很满足了。燕妮也不再逼了，她也懂得中国人在美国能达到这样的目标已经不易，家里已可衣食无忧，她也满足了。

付宁与燕妮早就商量好了，只要他一回波士顿，他们就要在波士顿买房子了。在付宁正式回到波士顿之前，他们已经开始看房子，最后还是决定在付宁工作的维莫斯区买一座房子。这样付宁上班比较近，值夜班什么的方便一些。他们夫妇俩来美国也奋斗十余载了，其中的辛苦和心酸就不必说了，现在终于熬到买得起房子了，俩人真有说不出的欣喜和兴奋。这段时间，俩人工作之余都在忙着办理购房手续、购买家具、布置和整理房子等等。总算是一切都处理和安排停当了。

燕妮是个张扬、爱显摆的人，这买了房子怎么能不昭告天下？一定得举办 Party（聚会）显摆显摆。她邀请了几乎她认识和熟悉的所有人，大概一半波士顿的华人都到场了，都是来自波士顿各界的人士。

秦琨开着车来到了燕妮的新居。路边已经停满了车，秦琨只好在最后一辆车后停了下来。下了车，她走了几分钟才到了门前。她抬眼看了看这栋两层的新移民式楼房和房前的大草坪，看来房子规格不小，大概有 300 多平方英尺。秦琨心想，鸟枪换炮了！他们终于要住大房子了。

燕妮把秦琨迎进了门，里面已经挤满了人，显得十分热闹。燕妮交际很广，在波士顿也算小有名气，客人自然少不了。

"饮料和小吃都在厨房的吧台上，你自助吧！你可以到处走走，参观参观我们的新居。我就不陪你了，还得招呼别的客人。"燕妮匆匆地说。

"去吧，去吧。你不用管我。"秦琨说道。

秦琨端着一杯饮料，在房子里慢慢参观起来，除了楼上的几间卧室外，其他的房间都去看了看。这里跟以前燕妮他们住的那个半地下的一居室租房相比，简直是一个天一个地了。这里的厨房、客厅、书房、起居室，每一间都比以前的一居室大。屋内的装潢和家具虽不豪华，但也都是崭新的，都是按燕妮的意愿和审美装点起来的。它们像燕妮一样，舒适又带点小张扬。燕妮夫妇俩算是彻底翻身了。秦琨来到了客厅，一眼就看见了那套《梅、兰、竹、菊》的中国字画，当时在一居室里它们显得太大、太挤，很不相配；如今在这个大客厅里却是那么的恰如其分、相得益彰。旁边的花钵里栽种上了兰草和竹叶。整个客厅给人一种中国风的感觉，也还显得清新典雅。秦琨顺着楼梯下到了地下室，这里的一切让她有些惊讶，已经被装修成了一个不小的舞蹈厅。有一面墙是落地式的大镜子，两侧还有齐腰的舞蹈扶杆。在楼梯的底下还装了一个小小的吧台，里面有冰箱和水池，看样子是跳累了可以在这里喝点吃点。看到这儿，秦琨不由得会心笑了起来，这一定是燕妮设计装修的，大概以后在家里就可以开班教太极了。

午餐时间到了。厨房的台子上和中央岛台上摆满了大盘大盘的各式菜肴，有燕妮自己做的，也有客人带来的，还有餐馆订来的薯条和比萨饼，真是丰富极了。自助餐开始了，每人拿了一个空盘和刀叉，自己添加各自喜欢的品种。秦琨盛上菜，在旁边找了一个位子坐了下来，一边吃一边听着客人们的聊天。听到的大多是恭贺燕妮夫妇俩的，还有赞扬付宁的。大家都知道，没有付宁的成功就不可能有这个房子。

"这房子真好啊！恭喜你们搬入新居。""终于熬出头了，该享受享受好日子了。""付宁不简单，都当上医生了，算得上成功人士了。""付宁艰苦奋斗十年，现在算是出人头地了，能住上这样的房子在美国也算中产阶级了吧"……秦琨看了看付宁，他听着这些赞扬和恭贺虽显得有些腼腆，但也有几分得意的神色。他满脸通红地笑着，直摇手，眼睛里闪烁着喜悦和兴奋的光芒。一路走来，虽每一步都是在燕妮的催逼下完成的，好像都是为了老婆而做的，但其实也是他自己想要的。可如果不是老婆的催逼，不是老婆梦想的激励，他都不知道自己能不能走到今天，也不知道自己有这个能力完成这一切。他大概心里正在感激这些年老婆的残酷催逼，把他推到了今天这样让人羡慕，也让自己自豪的高度。

看着付宁，秦琨又想到了王昊。这是两个完全不同的男人。王昊来自大都市，智商极高，能力过人，有达到任何目标的才能，可是，性情孤傲偏执，缺乏变通和柔韧性，没有能适应各种环境，特别是恶劣环境的耐受力，最终无法在美国生存下来。而付宁却不同，他来自偏僻的乡村，虽没有一流的才智，但性格谦和，柔韧性和耐受性很强，有极高的适应变化和环境的能力；

他可以根据环境，以及妻子的要求去改变自己，让自己去适应这个完全不同的社会环境；最后，他却能生存下来，在环境和妻子面前立于不败之地。这也许正是应了那句中国古老的名言：曲则全，枉则直；弱之胜强，柔之胜刚。往往能弯曲，能变通，才能被保全；有时候柔弱反而能够胜过刚强。

吃过午饭，秦琨准备告辞了，燕妮把她送出了门。"看着你们日子越过越好，我真为你们高兴。"秦琨对身旁的燕妮说。

"你现在怎么样？考上医生了吧，我还没来得及恭喜你哪。"燕妮说。

"这只是万里长征第一步啊，路还长着哪。"秦琨笑笑说。

"准备去哪里做实习医生？"

"我正要告诉你，过几天我就要离开波士顿去纽约了。我在纽约 Francis（弗朗西斯）医院申请到了实习医生的位子。"

"干吗去纽约啊？在波士顿多好，都熟了。"

"唉，我一个人无牵无挂，去哪儿都一样，当然去最好的啦。这是一家美国顶级的医院，我该去那里历练历练。"

燕妮像想起了什么，突然问道："哎，我还没问你呢，你跟那个陆明远的事情最后怎么着啦？"

"我还没来得及处理这事，也想晾晾再说。他跟那女人的事情我要仔细了解了解，如果真如那女人说，我还是会跟他离婚的。"秦琨皱着眉严肃地说。

燕妮看着秦琨没说话，她了解秦琨的个性，不必劝，秦琨真要做出了什么决定，谁也无法改变。她们沉默了一会儿。

"我可提醒你一句，"秦琨打破沉默又说，"别仗着付宁疼爱你，就不把他当回事，抽点时间照顾家，你今后的幸福可都在付宁身上了。他是个愿意为你和这个家付出一切的男人，别不懂得珍惜。"秦琨最后说。

最后，两人相互拥抱了一下，招手告别了。燕妮目送着秦琨的车开出了小区，她站在那里若有所思地发了一阵呆，然后才转身回屋了。她感觉有些伤感，舍不得这个知心知己的朋友离别。燕妮从心底里佩服这个有着巾帼不让须眉勇气和胸襟的女伴，她不仅有着女人的俊美容貌，而且有着比男人更强的才智和坚韧，在她强大的内心世界里，仿佛没有任何东西是不可战胜和征服的，只要她愿意，她就可以登上任何一个辉煌而灿烂的顶峰。

后记

　　十年后，远在大洋彼岸的这三朵美丽的花仍在绽放吗？是的，她们在异国的土地上，在艰难竞争的环境中，仍在顽强地绽放着。尽管她们已不再年轻，已不再有姣美的容颜，但她们仍在绽放，活得自信而精彩。

　　秦琨已经成为一名成熟而有经验的心理医生，在辛辛那提州开设了自己的私立诊所。在当地，她的诊所效益非常好，已经建立起一批有长期医疗关系的病患群体。她每天都很忙，但忙得很充实。没有人知道她后来有没有离婚，有没有成家，但是40多岁的她仍然是许多男人眼里的花；虽然她已不再年轻俊美，但成功的事业和职业实力仍然对许多男人有着吸引力，让他们仰慕和倾倒。她永远是一朵不会凋谢的玫瑰，只是不同时期的颜色和芳香不尽相同罢了。后来，人们看见秦琨诊所的牌子加上了 Dr. Lu（陆医生）的字样，猜测陆明远已经来到美国，与她一起在经办这家诊所。当然，一起经办诊所，那一定也一起组成了家庭吧。但愿他们有情人终成眷属，就像童话故事里一样，过上了幸福的生活。不过，一直没听说他们有孩子，也许这就是女强人不得不付出的代价吧。

　　由于付宁有二十七八万年薪的收入，足够支撑整个家，燕妮干脆辞去了公司的工作，在家当起了全职太太。尽管不上班了，但她还是每天忙得不得了，开始还雄心勃勃地列出一周内每天的食谱和菜单，准备在家做个好太太，伺候伺候丈夫。结果，不到两个月就憋不住了，又到外面去了。现在既不上班，也没有孩子要管，可以比以前还自由自在地做起了自己想做的事。她又迷上了跳民族舞和打高尔夫球，每周要去打一次高尔夫球，跳两次民族舞蹈班，跳一次交际舞班；还要去波士顿的健身俱乐部跟着一个美国女老师上两次芭蕾舞课,顺便健健身、游游泳。除此之外,她有时还会去上上绘画班。她简直忙得不可开交,比上班时还要忙,有时一天参加两三个活动,开着车奔到这里又奔到那里。后来,她又增加了旅游项目,全世界到处跑,南极、北极、非洲都去过了。她就这样忙碌着并快乐着。

兰芝还在波士顿大学马伦博士的实验室做技术员,只是做着玩而已,不指着这个养活自己。中国城里的北京楼每月收益都归到她的账号下,她现在也是身价过百万的富婆了。两个女儿都大学毕业,有了工作。有人给她介绍美国男朋友,以她现在的身价,对很多老男人都有吸引力。她好像还是不太习惯这些美国男人,最不习惯的是美国男人对她说"I LOVE YOU 我爱你",都老头老太太了,听起来怎么这么肉麻和别扭啊。

舞在北美

一▸

周六下午 4 点，肖云峰夫妇收拾停当，准备出门。他们脱下平日的 T 恤和短外裤，穿上了正装；肖云峰换上了衬衫和西裤，太太宋瑾换上了一条蓝碎花连衣裙。在美国，新移民的华人很少去剧院，不是不想去，而是还没有学会和习惯这种北美所谓高雅的艺术欣赏和氛围。也许，他们从小懂得的那种文化和艺术已经渗进了他们的血液，很难再有其他东西能将其取代。这样正装穿戴，如果不是去上班，那一定就是去参加 Party（聚会）。Party 是华人之间比较主要的社交娱乐活动，碰到节假日、庆生或人生重大事情，都喜欢邀请朋友来 Party 一番；当然，也很乐意被别人邀请。每次要去参加 Party 都是一件让人兴奋而快乐的事情，这不仅是美食聚餐也是精神聚餐，可以见到许多老朋友畅聊一番。

穿戴整齐的夫妇俩跨出了大门。从他们的妆容和气质上看，没有过多的妆饰和刻意，显得简单而不俗。在俩人平凡端庄的脸上和眼睛里透着内涵、修养和自信，一看便知他们的学者背景和社会阶层。在他们背后气派雄伟的三层楼大别墅也显示出他们不凡的能力和坚实的经济实力。在美国这样富裕的国度里，他们应该也算得上是社会的中上层了。

他们一起上了车，手里还端了一盒刚做好的红烧牛肉。带上一道拿手菜参加 Party 也是北美的习俗，一个蛮不错的习俗，可以给 Party 增色，还能在聚会上尝到百家菜。这样的习俗本是基督教会的一种习俗，由于它温馨、友善和融入的美好特性，很容易就被所有来到北美的移民所接受，并且发扬光大了。

肖云峰开着车出了小区，上了高速公路。他们住在美国东海岸的纽英格兰地区，在麻萨诸塞州的莱克星顿城，离紧靠东海岸的波士顿城的朋友家有近两个小时的车程。一路上，肖云峰话不多，好像有什么心事，完全没有以往去 Party 时那种轻松和愉悦的情绪。他平日是个性格开朗、喜欢说话的人，这种时候他应该是哼着小调，唱着曲儿的，突然这么沉默还真让人有些不适应。

"你怎么了？还在想那件事？"坐在身旁的太太宋瑾问道，"我都跟你说了不着急，没关系的嘛，过一段再说。"

"唉，没有。"他小声敷衍了一句。

两小时后，他们的车停在了朋友家门口的弯道旁了。一个个子高高、眉目清秀、戴着金丝眼镜的中年华裔男子立刻出现在了门口。这就是房子的主人，他们的朋友，郝明。郝明把他们迎进了房子中央的大客厅，客厅里还没有其他客人，他们算来得早的。女主人正在厨房里忙着，离开饭还有一段时间，郝明就带着他们参观起房子来。在美国，无论是白人、黑人，还是华裔，大多有房子的人都有展示自己房子的喜好，也许是因为房子在这里是许多人能支付得起的一件家庭必需品，也是奢侈品；人们乐于在里面倾注大量的时间和精力构筑一个自己温馨可爱的家园，甚至是艺术品。因此，正如那些喜欢展示自己收藏品的人一样，房主总是喜欢带着客人们前前后后参观这个自己精心打造的杰作，一定要把房子设计的精巧处，以及别出心裁的装饰和摆设都一一介绍给客人。

这是一栋三居室的老式平房。屋内天花顶比较低，又是一层，显得光线有些暗，但屋内收拾得很洁净，草绿色的沙发和茶几给人一种清爽和简约的感觉。房子前后有较大的院落，厨房小门出去还有一个带顶棚的大平台，倒也显得舒适宽敞。

"怎么样？这平台挺大吧，夏天烤烤肉，干点什么都行。不然，还可以四周封上纱窗做一个 Sun Room（阳光房），养养花草什么的。"郝明有些得意地说道。

转了一圈后，他们坐了下来，喝起了茶。郝明是南京人，出国前学医，在波士顿一家医疗器械公司工作。他大概也有 50 岁了，但看起来比实际年龄轻些。他们一边喝茶一边聊天，一切看起来似乎如常，但不经意间能看见郝明微微蹙起的眉头，好像也有什么压在心头的事。他尽管想做出一副泰然自若、轻松愉快的模样，但还是难以掩饰他内心的某种焦虑。这种焦虑和担忧时不时就会流露在他的眉宇和神态之中，并像流感一样传染给周围的人。

"你……好像有什么心事吧？"云峰忍不住问道。

"哦，"郝明犹豫了一下，最后忍不住说道，"我失业了，已经三个月没工作了。"

听到这话，云峰不觉一震，坐在沙发里的身体也抽动了一下，迅速地与旁边的宋瑾对视了一下。

"我们公司以不成其理由的理由把我和另外一个中国人一起解雇了。"郝明继续说道，并垂下了头。

云峰也蹙起了眉头，同情地看着郝明不知该说什么。其实，最近他自己也失业了，还没跟任何人说起过。此时此刻他特别能够理解郝明的沉重心情。十几年前，云峰从犹他州立大学博士毕业后就与太太宋瑾一起来到了麻萨诸塞州，在一家生物技术公司做研究员。现在，他竟然也被公司解雇了。虽说2009年美国金融危机后经济不景气，东海岸高科技和经济发达的纽英格兰、波士顿地区也受到一些影响，许多公司都在裁员。但是，好像这些高科技公司里被裁掉的几乎都集中在高学历、高职位的资深华人中间。他们都在美国获得了博士学位和公民权，已在公司工作了十几年，曾也是公司的中坚力量，为公司做出过不少贡献。现在，公司一遇到点危机，首先想甩掉的就是这批人，说不要就不要了，真让人有些心寒。为什么都集中在这批20世纪八九十年代来美的高学历华人中呢，而且大多是男性？真是因为金融危机？还是有什么别的原因？

客人陆续都到了。郝明太太把刚烤好的油吱吱香喷喷一大盘牛排和鸡翅抬了上来，整个屋子立刻充满了碳火烤制后散发出的浓烈丰厚的肉香味，还混杂着中国人烤肉喜欢涂抹的一种特有的酱汁味道，闻着好不馋人，客人们都情不自禁地往下咽口水。接着，又端上来几盘蔬菜和沙拉，再加上客人们带来的各式菜肴，餐桌上已经摆满了，真是丰富极了。大家已经有些迫不及待了，还没等主人招呼就拿起了盘子，像吃自助餐一样开始往自己盘里盛菜了。美国的聚餐几乎都是这种形式，很少有坐一桌相互敬菜的。这样也好，很随意，想吃什么就吃什么、想吃多少就吃多少，都由自己决定，无拘无束，绝不会有不好意思、吃不饱的尴尬情形。郝明太太的手艺真不错，这牛排烤得是外焦里嫩，甚是可口。中国人不吃带血的肉，但这肉里仍有许多的汁液。

饭后，大家又聊起来找工作的事。对呀，失业了，再找工作是不得不面对，也是无法逃避的事。郝明现在也顾不得那许多了，面子和难为情终究挡不住急切的心情和需求，反正都说开了，就向大家讨教讨教吧。大概这次他们夫妇俩把大家请来也有这个意思，想请大家一起想想办法，看能不能帮助或介绍找个工作。在这里根基浅，没有亲属和亲戚，只能靠朋友了。

"我已经投出去几十份简历了，可没有一家给我回音，有些非常对口的职位也不理我。"郝明一脸愁容地说。

"你应该根据招聘的每一个职位稍稍改动一下你的简历，去匹配那个职位。"一个朋友说道。

"我不能改我的简历，没做过的不能说吧。"郝明看着那朋友，有些刻板地说道。

"当然不能太出圈，要与你的专业有关，你懂就行，到了公司你很快就能捡起来的。"

……

美国的社会是典型的资本主义社会，是靠资本、金钱和能转化成资本的利益驱动的。它是功利和残酷的，50岁以上的人在公司一般资深薪高，如果公司不是非你不可，那你被解雇的可能性就一定不会小，而且被其他公司雇佣的可能性又很低。因此，在美国这样竞争激烈的大环境下，这个年龄是有生存危机的。这也是一个不上不下的尴尬年龄段，工作不好找，可离退休还有十几年哪。该怎么办呢？

"你还是想申请你以前项目经理的职位吗？"另一个朋友问。

"对呀。其实……我也无所谓，低一点也无妨，只要有份工作，有份工资就行。"

"就是嘛，先有份工作再说，高职位不太好找。"

"我现在只求有份工作。我太太没出去工作过，我们家就靠我了，我每月还有这房子的贷款要还哪……"郝明说着，抬头四周看了看这精心购置起来的房子，下面的话没说出来。大家都明白他的意思，如果再找不到工作，这房子恐怕是保不住了，只能卖掉。

看着郝明焦愁的模样，能感受到他内心的巨大压力。的确，在美国失去了工作就意味着失去了一切，没有了经济来源，也没有了所有的保险。其实，他不仅仅是还不起房贷，连看病都成问题了。他的焦急每人都能理解，或多或少都亲身体验过。

"听说，最近失业的人有不少都回国了，在中国倒能找到不错的工作哪。"又一个朋友说，"如果合适的话，其实回国试试也是一种选择。"

"唉，别提了。我们当初出国时单位不同意，是私自跑出来的。现在早被单位开除了，根本回不去了。"郝明垂头丧气地说。

肖云峰在一旁静静地听着这些讨论，不觉想到了自己。他现在要再去找工作，恐怕也会像郝明一样的艰难。虽然他太太还有工作，不像郝明家这么迫在眉睫；可是，一个50多岁的大男人坐在家吃闲饭也不是个事吧。他心里清楚，如果他还不想放弃所学的专业，恐怕就只能回中国了。但是，老婆孩子都在这里，他又如何能一个人回去呢？也许，他只能想想做点什么专业以外的事了。能做什么呢？他在美国的这二十年几乎都在做学问、搞研究。除了做研究，他还能做什么呢？

聚会回来后，云峰对太太说："看着郝明的状况，我看我还是不要再找什么生物技术方面的工作了。郝明好歹还算医学工程专业都这么难，我这个生化博士大概就更难找到工作，职位和薪金又高，没有公司愿意养的。而且，这个年龄再去申请大学的职位恐怕也太晚了点。"

"我并没有催你，我知道不容易。"宋瑾说。

"我不想搞专业了，想干点别的。"云峰若有所思地说。

"你学的就是生物化学，你还能干什么别的呢？再说，不搞专业，你学了这么多年，不觉得可惜吗？"

"唉，有什么可惜不可惜的，当初拿这个学位其实是为了对知识和学位的一种崇拜。现如今要在这里生存，实用才是最重要的。"

"那你想搞点什么呢？"

"我想了想，可以去中文学校开一个 SAT 班，给孩子们补习高考。你觉

246

得怎么样？"

"嗯，你没教过，行吗？"宋瑾不太确定地看着他。

"前两年儿子高考时，我给他补习过，有经验。美国高中的数学很简单的，对我们来说太容易了。还有那些化学、生物类的专科考试还能难倒我这个生物化学博士？还不是小菜一碟啊！"云峰说着有些兴奋起来，把眼镜往鼻梁上推了推，一改这几天因失业带来的低落和沉闷。

美国的高考（SAT）分为两部分，一部分是普通高考，其中主要考英语和数学；另一部分是专科考试，有物理、化学、生物等，每一种都是单科考试，你可以选择其中一门或几门进行考试。一般大学录取主要看普通 SAT 部分，专科成绩对录取有帮助，但只作为参考。对于美国长大的孩子，普通 SAT 的难点主要是数学，他们学得浅，基础不牢固。所以，补习班的重点就是数学。这点数学对于一个在中国大陆受过高等教育的人来说的确是小菜一碟，不过以前谁也没想过要办这种班。是啊，有工作的人谁会去想呢？况且，他一个博士，怎么说也算是社会的高级人才了，为什么要屈才做这个？真想做这个，20 年前不读博士就能做。可此一时彼一时了，现在的情势已经容不得他患得患失，他需要的是一份他现在可以干的工作。

云峰甚至有些得意自己能想出这么个路子来。从这时起，他就做出了人生中重要的选择和抉择，与他以前的专业和职业说拜拜了，勇敢地去尝试全新的挑战。

"行啊，你要愿意就去试试吧。"宋瑾最后说。

宋瑾与云峰是大学同学，后来一起来到美国留学，也读了生物化学博士。毕业后，她在麻州的一所大学申请到了助教授的职位，他们就举家迁移到了麻州。很快，云峰也在附近的一家公司里找到了职位，他们就在这里真正安下了家，买了房子，买了车，享受起安居乐业的平和时光。一晃十几年过去了，早已习惯了的平和日子突然被打破，云峰的失业让这个家增添了几分不安定因素。宋瑾深知这种专业在美国求职的不易，不想给云峰太大压力。还好她自己的工作是保住了，家里经济压力没那么大，云峰想要干点什么就让他干点什么吧。

二

肖云峰说干就干，没几天他的 SAT（高考）班在波士顿的中文学校就正式开班了。虽说这个生化博士的头衔现在是用不上了，但从办学信誉上还是帮了他的忙。由于他生化博士的学历，让许多家长多了几分尊重和信任，纷纷把自己即将参加高考的孩子送进了这个博士引领的 SAT 班。云峰根据自己的高考经验，又参考了一些中国内地高考复习班的经验，将历年美国 SAT 的考题作为教材，把一些难点和要点抽出来专门进行讲解和答疑。学生们回家都说效果好，有收获。于是，家长们又去要求加增物理、化学和生物的专科补习。

"真的不行……"云峰笑着对家长说，心中却有些忐忑。

"你就是不喜欢我女儿嘛，觉得她笨是不是？"一个妈妈说。

云峰一愣，没想到家长会这么说，有点哭笑不得。其实他是没教过，不太有把握。

"不是，不是。"云峰忙解释道，"我是怕教不好，不是学生的问题。其实，学生聪明不聪明基因决定了，不重要，只要努力就好，老师就能教好。"

"那你就教教呗。"

"好，我试试吧。"云峰只好答应了。

第一期结束后，SAT 班上竟然有考上哈佛、MIT（麻省理工学院）等名校的学生。这一下，SAT 班的成功让肖云峰的名声大振，很快在波士顿地区打响了。这在当地的华人中引起了不小的震动，华人本来就比较重视高考，没想到补习一下能有这么好的效果，都对这个补习班有些趋之若鹜了，仿佛肖云峰有什么魔法一样。以后每年，肖云峰的 SAT 班都爆满，连老美也慕名把孩子送来了。美国家长找到云峰，坚决要让他帮助孩子补习物理、微积分等。还有的美国家长居然让他给孩子补习 SAT 英文。云峰诧异得张着嘴半天没回过神来，难道他们自己都不能教？这可是他们的母语啊！也许，平时的口语与考试的英语不是一回事吧；还有，大概考试和答题的技巧也不是平时哪里都可以学到的吧。

云峰现在感到，赚钱已经不重要，而是这种小小的成功让他找回了自信和尊严，他仍对这个社会有意义、有价值。他心中重新又有了充实和满足。

可是，SAT 班虽成功，每年也就一期，也就是高考前的两三个月。他还有大把的空闲时间，该干点什么呢？没有明确的目标。他还在寻找和尝试更多的可能性。他并不在乎做什么，只要是他喜欢的，能充实他那些无聊的空闲时光就 OK。

2013 年的秋季，云峰回国探亲。当时正值广场舞盛行之季，晚饭后走在大街上，随处可见五六十岁的大妈们在录音机的伴奏下迈着蹒跚而熟练的步伐欢快起舞。一路走过去，跳舞的一拨接着一拨，把稍微宽敞点的广场和街沿都占满了，好不热闹。有的手里还摇着红绸扇或甩着红绸巾，真让人眼花缭乱、音不绝耳。云峰觉得有意思是，这些大妈无论舞得多蹩脚，脸上都没有任何羞涩的表情，只要腿脚能跟上节奏就心满意足了。有些跳得好一点的，还很投入和享受，脸上充满自信和得意。也是，她们大概并没把它当作表演，而是当作一种运动，还有什么不好意思的呢？这广场舞俨然已经成为中老年人的一种特有运动方式了。而且，虽说它好像是大妈们的专利，有时队伍里也能出现几个爷们儿的身影。

受到音乐的感染，云峰不觉停下了脚步，站在旁边观看起来。那一首首20 世纪七八十年代的老歌熟悉得都已经渗进了他的骨髓，《草原之夜》《敖包相会》《花儿为什么这样红》……这些音乐仿佛唤醒了他身体里沉睡多年的记忆和热爱，一下子把他带回到了青春时期文工团的年代。此时，当年的激情和情怀又在他血液里流淌起来。他的心燃烧了起来，身子和腿脚也不自觉地跟着旋律动了起来。最后，实在忍不住了，他索性走上前去，打开双臂和腿脚跟着跳了起来。随着音乐，他的举手和抬足比旁边的大妈们还要标准，优美舒展的舞姿引来了不少赞许的目光。尽管他从未跟她们学跳过，他仍然能踩着节奏和旋律跟着她们的动作一起舞动。看来，他好像是有深厚舞蹈基础的，这种大众化的简易舞蹈对他来说一看便会。大妈们都好奇和惊讶地向他这边转过头来。他在音乐中继续着自己的舞步，自如地冲着大妈们咧嘴笑笑。

乐曲终了，他身上渗出了汗，身心都感觉畅快，特别有一种内心情绪和情感得以抒发的感觉，就像多年前演出后的那种舒畅和满足。这大概就是舞蹈与其他运动的不同之处吧，不仅可以活动身体，还能抒发和愉悦心情，完全没有其他运动的枯燥和乏味。"这个不错，比跑步有趣多了，要是每天都能跳跳多好。可惜美国不兴跳广场舞。"他这么想着。突然，一个想法出现在他的脑海里，"为什么不可以在美国跳？我先在美国跳起来啊！"就这样，一个以健身为宗旨，在美国开设广场舞的想法在他心里孕育而生了。

中等身材的云峰由于多年的读书学习，以及实验室工作的陶染，已经让他的鼻梁上架上了眼镜，脸上也透着文绉绉的学者气质，就连举手投足也已经没有丝毫的文艺范了。你无论如何也想象不到上大学之前他竟然是湖北地区文工团的一名专业舞蹈演员。在20世纪70年代"八个样板戏"风靡的时代，全国上下都在演"革命样板戏"，这在当时远不止是音乐艺术和文化娱乐，俨然是一项全国范围内的政治号召和任务。为了演好"样板戏"，从中央到地方的大大小小专业文艺团体都在招募演员，甚至一些大型企业和机构也都在招募文艺人才，组织业余"文艺宣传队"。当时的青年没有一个不希望自己能进入这些文艺团体，这样不仅可以演戏，还有了一份拿工资的正式工作。这对于当时只能上山下乡的青年来说，该是何等的幸运啊。云峰就是在这样的大背景下考入了地区文工团，成了一名舞蹈演员。如今广场舞的老歌仿佛唤醒了沉睡在他身体内多年的那些舞蹈细胞，它们势不可当地繁殖了起来，一发不可收拾了。

有了组织广场舞的想法后，回美国时，云峰特意录制了一些广场舞的音乐和舞蹈带了回去。他想试试能不能把这中国盛行的广场舞在美国跳起来。回到美国，他迫不及待地把他的想法告诉了太太宋瑾。

"你一大男人，跟着合唱团唱唱歌也就罢了，跳什么舞啊？你看看有几个男的去跳广场舞的？"宋瑾不赞成地说道。

"哎，谁说男的就不能跳广场舞了？我就跳给他们看看。"云峰说。

"你快别去露怯了。"

"唉，就当锻炼身体了。你知道我的血糖是靠每天跑步降下来的，跑步多枯燥啊，这有音乐的舞蹈就不一样了。你知道我骨子里其实是个文艺人呢，哈哈……"云峰说着笑起来。

宋瑾一看，反对不起作用，也不好再坚持了。她转念一想，既然他喜欢，就随他去吧，好像也没什么大不了的。

"我这不是也想找点事做嘛。SAT班每年也就两三个月，其他时间待在家也无聊是不是？"

"好了，好了，你想跳就去跳吧。我懒得管你了。"宋瑾最后说。

最初，云峰在波士顿一带的华人电邮网上发布了一条关于广场舞的倡议，立刻收到了不少人的响应。

"大家要不要像国内人一样跳跳广场舞？我试过了，感觉不错。这其实是个不错的运动方式，有健身的作用，又不枯燥。"云峰写道。

"对对，我回国时看见他们跳，挺喜乐的。"一个网友写。

"好啊，好啊，应该是个不错的运动方式。"另一个写。

"没人发起和组织啊，一个人跳多没劲啊。"又一个写。

……

云峰感觉，在这里还是有这种需求的，应该可以跳得起来。于是，他就决定在自己居住的莱克星顿城里举行第一次广场舞，地点就在城里的海灵顿小学户外的操场上，这里离波士顿不远，华人也相对集中。他在网上发布了这条消息，并登出了跳舞的时间和地点。

这天傍晚7点，他背着音响箱和播放机来到了操场上，做好了一切准备。可没想到，到了预定的时间，他只等来了一个人。看来，大家反应虽然热烈，但真要付诸实施还没那么大的动力和吸引力。没关系，有一个人总比没人好，也算有个追随者，他没泄气。他放上了音乐，准时开始跳舞。后来多跳了几场，人们就慢慢一个个的来了。

"还以为他就说说玩而已，没想到真跳起来了。""你去看过吗？他的舞还真跳得挺棒的。""我去过两次，感觉还挺好的。你不去试试？"……人们这样议论和传说着。

来了的人看着他训练有素的舞蹈功底和优美娴熟的舞姿，很是惊讶。

"没想到你一个大博士还能跳这么好。"一个舞友说。

"没想到吧！"云峰笑着说。

"一看就是以前练过的。"另一个说。

云峰没说话，只是哈哈地笑着。

云峰在波士顿一带的华人中也算知名人士了，常常活跃在当地的一些华人社团中，特别是文艺团体，合唱团、民乐队等。大家都知道他喜欢这些，可真还没有人见过他跳舞，让人惊讶的是还跳得真不赖。一开始，大家听说肖云峰在跳广场舞都觉得挺新鲜，许多人跑去只是想一睹他的风采，并不见得真想跳舞。

"啧啧……你看这舞跳得，你能想象他是学生物化学的博士吗？"一个旁观的女士小声对旁边的同伴说。

"可不是嘛。"同伴应道，"你看这腿抬得，这腰扭得，以前肯定练过你信不信？"

最后，甭管是来跳的，还是来看的，都受到了感染，都在后面随着音乐舞了起来。跳完后，大家都出了汗，觉得浑身轻松，大大体验了一把国内跳广场舞的那种欢乐气氛和心情。

来跳舞的人多了起来，广场舞一时之间在波士顿一带风潮了起来。在北美的华人本来娱乐生活就贫乏，有了这么一个既健身又轻松愉快的大众化活动好像正好填补了这方面的精神需求。与中国大陆不同的是，来跳舞的并不是退休的大妈，而是30—40岁的职业女性。她们一般白天上班，下班后开车来跳一两小时，既能健身，又能缓解工作压力和疲劳。所以，北美这里的广场舞是中年人的活动，而不是老年人的活动。当然，舞蹈类型也就不会是动作单调的"僵尸舞"，而是复杂一些的民族舞。广场舞有时还是这些女性们的社交场所，平日住得比较分散，各忙各的，难得见面；有了广场舞，大家按时按点都来了，也能借机会会朋友、聊聊天什么的。这引进的广场舞正好与美国华人女性的各种需求一拍即合，受到了众多女同胞的青睐和喜爱。

来参加跳舞的人越来越多了。起初云峰并不收任何费用，义务组织，义务教舞，纯属为了大家一起跳舞高兴。后来，人越来越多，场地也增多了，他就开始收点学费。就算收了几块钱学费，还是有越来越多的人想来，相对他们所得到的，这几块钱很值得。如果是去美国人的健身房，费用远远不止这些。而且，在那里还会显得有些格格不入，远不如在这里轻松愉快，大家有认同感。

美国东海岸的纽英格兰地区是华人比较集中的地方，广场舞的巨大魅力一度吸引了近 200 人齐舞的盛况。宋瑾觉得有点不可思议，难道真有这么多人喜欢跳广场舞吗？她跟着云峰去观看了一次，那种百人齐舞的宏大和壮观场面还真让她震撼和感动。

"没想到北美的华人对广场舞的喜爱一点都不亚于中国大陆，甚至还盛一点哪。"她对云峰说。

"说明啊，这里的人更需要广场舞。"云峰回答说。

从这以后，宋瑾再也不说"男人不要跳广场舞"的事了。

三

肖云峰掀起的这股"广场舞浪潮"让纽英格兰地区的新闻媒体都坐不住了，争相赶赴广场舞现场，要目睹这壮观的场面。记者们都惊讶不已，搞不清楚为什么广场舞会有这么大的吸引力，竟会聚集起上百人来参与。他们为什么不跳迪斯科呢？在美国聚在一起跳迪斯科还是很普遍的啊。想健身的话，还有很流行的健美操啊？而他们却选择聚在一起跳中国民族舞，还有这么高的热情。

广场上，人们排成了方阵。云峰身着红色 T 恤和黑色长裤，腰间挎着一个小型扩音器，耳朵上戴着一个轻便麦克风，旁边还立着一个小旅行箱大小的黑色音箱。他站在了方阵的最前面，开启了音乐播放器，记者们的摄像机也举了起来。一首优美动听的《天边》从音箱里传了出来。这是一首中国大陆新出的蒙古族歌曲，旋律优美，词句动人，已唱响了中国的大江南北。

清脆的竹笛声在蒙古马头琴的伴奏下，瞬间将人们带到了遥远辽阔的大草原上。随后，一个抒情男高音深情款款地唱道：

天边有一对双星，那是我梦中的眼睛。

山中有一片晨雾，那是你昨夜的柔情。

我要登上，登上山顶，去寻觅雾中的身影。

我要跨上，跨上骏马，去追逐遥远的星星，星星。

……

那悠扬高远的歌声，以及诗一般的词句仿佛在人们眼前展现出一幅草原、高山和骏马的画面。随着歌声，只见云峰慢慢抬起了右臂，仿佛指着天边的星星和山脉；后面的方阵也跟随着抬起了右臂。然后，他领着方阵，踮起脚尖旋转了一圈，双腿交叉半蹲，双手从腋下伸出向上展开，两个掌心朝向天空。那动作好像是登上了山顶，仰望着星空一般⋯⋯

"哎哟，好美啊。"一位华裔女记者说道，"我终于知道为什么这么多华人想来跳舞了。"

"为什么啊？是音乐美吗？"旁边另一位记者问。

"不，这不仅仅是跳舞，还是对久别故乡的音乐和文化的一种思念和回顾啊。"她说，大概从华人的角度她能体会到这一层。

是啊，这样的音乐和舞蹈是这些华人曾经熟悉，但又久别了的东西。他们是北美这块土地上唯一深深懂得，并能欣赏其中的诗意和美丽特质的人群。在这种音乐中，他们更能理解和融入，更能感受到旋律深层的意境和寓意，更能得到感动和情感的抒发。他们在这种音乐和舞蹈中能找到他们的民族认同和自豪感。"这是我的音乐，这是我的舞蹈。"他们的心中会有这样的感觉。这种音乐和舞蹈会让他们在北美这块土地上感觉很独特，很与众不同。

如果一个美国人来到这里，他可能会觉得音乐好听，舞蹈好看，但他绝对不会有如此深刻的文化认同感，不会像喜爱迪斯科一样的去欣赏这些音乐。这些音乐对他们来说也许有些特别，但绝不会有情感和情怀，甚至记忆。

音乐还在进行着，只见云峰一会儿踮起脚尖，一条腿勾起；一会儿弓步叉腰，抖动双肩，甚是好看。他的舞姿并不像许多男舞者，为了抒情尽力模仿女性的柔美，而是柔中带刚，颇有柔性男儿的英姿和健美。后面的方阵舞得也蛮整齐的，这大概是一首已经学会了的舞蹈，大家都很熟悉。方阵里也有几个跳得不错的学员，看得出有舞蹈基础，以前一定也跳过舞。她们到这来大概也是想找回当年的记忆和美好，想要抒发抒发在音乐和舞蹈中的情怀吧。

音乐已经接近尾声，歌声唱道：

我愿与你策马同行，奔驰在草原的深处。

我愿与你展翅飞翔，遨游在蓝天的穹谷，穹谷。

⋯⋯

竹笛和马头琴声渐渐远去，仿佛随着那奔驰的骏马消失在了草原的尽头。曲终的笛声一结束，记者们拿着话筒，扛着镜头，把云峰围住了。

"请问，肖先生您是什么时候开始教广场舞的？"一个记者问道。

"您为什么想要跳广场舞？"另一个又问。

"Are you professional dancer（你是职业舞者吗）？"美国记者问。

"Do you have training in dance（你在舞蹈方面有训练吗）？"

……

这么多的问题，云峰已经不知道该回答哪一个。他没想到这广场舞竟会有这么大的影响力，招来了这么多的记者和媒体。

第二天，纽英格兰、波士顿地区的各大电视台和报纸播出和刊登了广场舞的盛况，以及对发起者肖云峰的现场采访。"哎哎，看见了吗？肖云峰上电视啦！"大家奔走相告。一夜之间，肖云峰就成了纽英格兰、波士顿一带的大名人，无人不知，无人不晓，不仅华人，美国人也都认识了他。甚至连新闻网也登出了肖云峰广场舞的采访报道，全世界各地都能看到这则报道。宋瑾在电脑前打开了《中新网》，看到了《世界日报》的报道是这样说的：

在中国大陆各地流行多年的广场舞热风最近吹进波士顿。在发起人肖云峰的带领组织下，一群爱好舞蹈健身的人士自今年夏天起，每周至少聚会一次，在节奏明快的音乐中，热情欢快地挥汗练舞，自娱健身。发起人肖云峰，早年曾是舞蹈演员，接受过舞蹈专业培训。之后，弃"舞"从文成为科研博士，有50份以上专利和论文。他说，年纪越长，越感觉人需要"动"起来。他重拾舞蹈旧爱，活跃在社交舞班中。

宋瑾一边看一边说，"没想到你跳广场舞还能跳出这么大名声"。她说完笑了笑，看了一眼在旁边切菜的云峰。云峰没吭气，仍然切着手中的红色柿子椒。的确，现在这种火爆场面和影响力也是他没想到的。在中国，广场舞不是满大街都是吗？没人觉得有什么新鲜的，在这里倒成了稀奇事儿了。也许，他在这就是那个第一个吃"桃子"的人。

"或许，你一个生化博士在教广场舞也是个新鲜事儿吧。"宋瑾笑着嘲讽地说。

"也许吧。"云峰回答说，"我会跳舞并不影响我拿博士学位啊。"

"所以你比较特别啊！"

是啊，只会跳舞或者只会读书都不稀奇，稀奇的是一个会读书的人能跳出专业水平来。看见自己的形象出现在电视新闻上，云峰心里产生了太多的感慨。以前攻读博士、在公司搞技术攻关时，从来没想过自己有一天能成为名人；现在失了业，跳广场舞倒成了新闻人物，名满波城了。这是以前搞科研不可能到达的知名度和影响力。而且，由于参舞的人越来越多，他的收入也越来越可观了。现在，每年广场舞的收入加上 SAT 补习班的收入，已将近20 万美元了，远高出了以前在公司做研究员十来万的工资。他现在的收入已经比他太太的工资都高了。这也是他以前怎么也想不到的。原以为失业了，找点事做，能补贴点家用就好。没想到，现在却成了家里收入最高的人。现在想想，当初失业对他来说，真不知道是坏事还是好事。人生就是这样，常常都是祸福相依的，真应了古人的名言，"塞翁失马焉知非福"啊！

云峰突然想起了郝明，那个与他差不多时间失业的朋友，也不知道找到工作没有。云峰立刻拨通了电话。

"Hello（喂）。"郝明的声音传出来。

"你最近怎么样？"云峰问。

"哦，云峰啊。我在电视上看见你了，真没想到你还会跳舞哪。"

"最近找到工作了吗？"

"唉，难哪。"郝明叹道，"一直没找到什么正式的工作，现在只能帮别人干点临时的项目，挣点钱。"

"我看你也别那么古板，抱着专业不放。"

"哎哟，我不像你，会跳舞。"

"不是这个意思。我是让你视野打开点，想想什么别的路子，比如翻译方面，贸易方面等等。"

"嗯，好吧。"

肖云峰上电视后，广场舞更加红火了。一个场地已经不够，他在波士顿以北的牛顿、埃克顿、韦斯特弗等城都开设了新舞场。每个场地每周都会有两至三场，一周下来他每天都会有班，再加上每年都开设的 SAT 班，他忙得几乎没有什么空闲时间了。他就这样，一边教着跳舞，一边又教着数学，在这种忙碌中倍感充实和快乐。他常常说，"我喜欢数学，也喜欢跳舞"。

有人觉得奇怪，数学与跳舞两个风马牛不相及的东西怎么会在他身上得到统一的？对啊，一个是抽象的逻辑思维，另一个却是肢体的形象思维，这么矛盾的两种东西怎么会同时存在他体内呢？就像你很难把微积分和方程与舞姿和律动放在一起一样。你会觉得不可思议。一般喜欢数学的人是不太可能喜欢跳舞的，可这两种东西竟然可以神奇地在他身上得到统一。也就是说，他既善于逻辑思维，也善于形象思维，是一个比较全面的人。如果这两种东西真统一在了一起，那会产生出什么样的效果和反应呢？那他到底是哲者还是艺人呢？也许，两者都可以是吧。这样的人应该是最能适应环境和变化的人，环境需要他是哲者他便是哲者，需要他成为艺人他就可以是艺人。这种人有着强大的内在，他的强大在于他的可变性和柔韧性。当初，20 世纪六七十年代的"文革"时期，所有的青年都要上山下乡，他凭着自己的形象思维能力和舞蹈基础考上了文工团，在城里留了下来。后来，1977 年恢复高考，他又以自己的逻辑思维能力考上了大学，进而出国深造，获得了美国博士学位。现在由于工作、生活种种原因，他又重操旧业，跳起了舞蹈。总之，无论时代如何改变、环境如何优劣，他都能不断改变自己去顺应时代的节奏和环境的变化，让自己永远不被时代所抛弃。更厉害的是，无论是逻辑的，还是形象的，他都能搞得有声有色、风生水起，总能站在时代的前列。

在后来的几年中，肖云峰不仅带着大家跳舞健身，还带着部分优秀学员跳出了波士顿，参加各种广场舞的表演和竞演。当然喽，每年纽英格兰、波士顿地区的节日和各种庆典，也都能看见他们的身影。肖云峰率领的舞蹈团已经成为当地一支极有特色的健身和文艺的团体。

2018 年肖云峰生日时，在自己的大房子里举行了一个盛大的生日 Party（聚会），舞蹈团的大部分核心成员都来了。当然，肖云峰的 Party 自然少不了唱歌跳舞，真是热闹非凡。肖云峰翻开这几年演出的剧照，回想起这几年自己与广场舞一起走过的路，真有太多的感慨。学员们也有说有笑叽叽喳喳地在旁边一起观看着。

"这个是 2015 年的民族舞蹈节吧？"一个女学员指着其中的一张剧照说。

"是啊，在莱克星顿的体育馆里。"其他人立刻说。

照片中，云峰身着粉色 T 恤黑色长裤，后面 8 列纵队都是清一色的深红色 T 恤、黑色长裤，背景上挂着一排三角形的美国星条旗帜，场面甚是壮观。

"看看，这是 2018 春节晚会的剧照呢。"另一个说。

"哎对对，跳的那个蒙古舞《草原的月亮》……"

剧照中，几个女学员身穿镶银边的大红色蒙古裙，头戴挂珠链的蒙古帽，做出了一个踮起脚尖、展开双臂的造型动作。再加上后面红色节庆的背景，真有红红火火的感觉。

"还有这张《玉茗花开》。"

"这有点中国风的服装真好看呢……"

照片中穿着白色长裙、花色对襟小褂的学员们双腿交叉踮起脚尖，手臂一高一低，双手正打着兰花指。看起来有一种典雅秀丽、古香古色的华风。

"这还有 2016 年埃克顿的中国文化节。"

照片中，学员们身穿领口和衣边绣着红花的天蓝色汉服，前排弓腿左臂向前，后排站立右臂向后高举，摆出了一个展望未来的造型。

"这张，这张，2016 年的亚美节吧？"

……

大家看着这一张张照片，七嘴八舌地讨论着，回顾着这一次次的演出盛况。从这些剧照上，你能看出参与者们的执着、喜乐和享受。也许，对于她们来说，跳得是否专业并不重要，重要的是在这练舞和演出的过程中所感受到的喜乐和享受。虽然，在这些照片中并没有多少云峰的身影，但从他看照片的眼神中能看得到他作为组织者的自豪和满足。

云峰的人生就是这样，尽管也会有坎坷和低谷，也需要他付出努力和艰辛去克服和跨越，但他总能以胜利者的姿态站到了前面。他是怎么做到的呢？是他可以随着环境的变化不断改造自己的能力，还是他既善于逻辑思维，又善于形象思维的全面？也许，这些都不重要，重要的是在他的内心有一种强大力量。看起来他好像比较灵活，不那么固执和刻板，可以随着环境和形势的变化而改变；但实际上这种改变并不是每个人都能做到，它除了需要智慧外，还需要强大的内在力量和坚韧。

云峰的内心和性格正像他的舞蹈一样，柔中带刚。他就像一棵能在岩缝中生长的山松，无论环境多艰难、多贫瘠，都能扭转着身躯，伸出多条枝干，向着空气和阳光，坚韧地扬出自己的头，长出自己的躯干，最后成为形状优美、枝繁叶茂的大树。像他这样的人，无论在哪里，无论在什么样的环境下，他都能生存；过去在中国能生存，现在在美国也同样能生存得很好，还能活出一份精彩、一份灿烂。

法律武器

一

法庭大厅里只有寥寥数人。虽然今天是开庭时间，但除了原告和被告以及律师外，几乎没有什么旁听者在座。大厅里显得有些冷清。也许这是个工程技术类的官司，没有多少人明白；或者，牵扯案子的人很少，没有多少人关心；再或者，真正了解此案的人都觉得这案子已经没有什么悬念，结果已经在预料之中了，还有什么可听的呢。

方正宇一个人孤零零地坐在被告席中，旁边没有律师，后面也没有支持者。看来今天他只能是孤军奋战，连一个心理支撑者都没有了。原告席里坐着HANS（汉斯）公司的总裁、副总裁、总裁助理，还有公司聘请的辩护律师等，一行人西装革履地坐了一排。一看今天这阵势，明显感觉方正宇处于一个绝对的弱势，至少从人气和气势上是这样的。汉斯公司的总裁，Boswell·James（鲍斯韦尔·詹姆斯），时不时斜眼看看头发零乱、身上还穿着T恤和牛仔裤的方正宇，脸上露出轻蔑的微笑。他本没期待方正宇会出现，因为华人少有法庭经历，常常会感觉不知所措。他以为方正宇会像其他华人一样害怕对付公堂，根本不会出现。"你来了又能怎样？"他心里想，"就你？还想来跟我打官司。我会让你输得明明白白。"他下意识地整了整自己的领带和西服，一副稳操胜券、自信得有些骄傲的神情。

方正宇安静地坐在那里，脸上有一种倔强和固执的表情。这是他有生以来头一次作为被告出现在法庭上，而且还是美国的法庭，心里多少有些紧张和忐忑。他还从来没想过自己有一天也不得不对簿公堂，但这一切都是被逼的，他不得不来面对。他倔强和不服输的个性让他决定勇敢地来应战。他也不打算请什么律师，决定自己上。一是没那么多钱请律师，二是律师并不懂技术，需要自己给他解释，还不够耽误事的，不如自己为自己辩护，毕竟自己才是最懂这种技术的人。他也知道，他缺的是法律知识。开庭前一个月，他借来了所有相关的法律书籍，仔细研读过了。"我一个光脚的，还怕跟你一个穿鞋的打吗？输了我顶多还是光着脚，赢了我就能穿上鞋。"他抱着一颗不怕输的心态，决定跟他们殊死一搏。"就算要输，也不能不辩就认输吧。"他对自己说。

"哎哟，干吗非要跟那家公司对着干啊？律师也不请一个，一个人势单力薄的，怎么打得赢这官司啊？"方正宇的朋友说。大家替他捏了一把汗。

"是啊，他不信邪，非要跟他们闹到底不可。"方正宇的妻子周晓莹满脸焦愁地说。

其实，方正宇与公司的矛盾早在一年多前就开始了，闹到现在要对簿公堂的地步已经是最后的绝杀了。

HANS（汉斯）公司是美国东海岸众多技术小公司中的一个，主要经营和开发仪器分析技术和设备。公司上下共 30 来人，除了秘书、财务、后勤，以及公司的几个大头外，搞技术的人有 10 多个。几年前，方正宇被这家公司聘用后一直做技术开发方面的研究工作。进入公司后，公司很快就发现方正宇是个不可多得的人才，对化工仪器分析这个系统非常精通，从软件的分析开发到硬件的组装修理样样拿手。很快，他就成为技术开发部的顶尖核心人物。这不仅仅是因为他有化工博士学位，有坚实的理论基础，还得益于他对电路和仪器方面极强的动手能力。

早在少年时期，他就迷上了各种小型机械和无线电组装。在当年中国 20 世纪六七十年代物资紧缺和匮乏的时期，他会用自己攒下的零钱，想方设法买来需要的小零件，组装航模、收音机等。当第一次听到从他亲手组装的收音机里发出的声音"中央人民广播电台……"，他心里的喜悦实在难以言表。一种成功的自豪感从他幼小的心灵迸发而出，自信和自尊从此在他的心灵深处扎下了根，而且随着年龄的增长也越来越强大起来。为了这份自信和自尊，在他高级知识分子家庭的影响和鼓励下，他一直发奋地向知识的高峰攀登着。他明白，他不仅要会装收音机，他还要有更多更广的知识才能创造奇迹。一口气，他已经登上了理论知识的高峰，拿到了美国芝加哥大学的工程博士学位。现在正是他踌躇满志、积累了足够的学识和经验，将要大显身手的时候了。

进入 HANS（汉斯）公司后，由于在理论和实践两方面的实力，他逐渐成为公司技术方面的中坚力量和不可缺少的核心人物。公司对他已经形成了依赖。在 2008—2010 年，美国金融危机爆发，一度引发了全国性的经济萧条。公司从上到下没有一个人涨工资，只有方正宇例外。为了留住方正宇，公司只给他一个人涨了工资，这足以说明方正宇对公司的重要性。除了能力外，公司的美国人还发现，方正宇的外貌好像与一般的小个子、小眼睛的华人不太一样。他有 1.8 米的个子，肩宽体阔，走路和站立时腰杆都是挺直的。他的脸上虽带有几分书卷气，但长得浓眉大眼、气宇轩昂，下巴有些微微上扬，脸上总带有自信和泰然不惊的神情，常常露出一种从容不迫的微笑。他们都觉得他也许有几分高贵的血统，对他有几分自然而然的尊重。

按理说，公司这样求贤若渴，而方正宇又找到了能赏识他，并能发挥他才能的平台，这样岂不是对谁都有利无害。可是，后来发生的事情让所有人都始料未及，彻底改变了这种情形，使得方正宇站到了公司的对立面，变成了公司的敌人。最后，矛盾激化到了剑拔弩张，双方不得不对簿公堂的地步。

方正宇静静地坐在被告席里，等待着即将开庭的那一刻。HANS 公司显得人多势众，正谈笑风生地聊着什么，一副此战必胜的势头。方正宇向他们那边瞟了一眼，他有一年多的时间没有见着这些人了，不觉想起了在 HANS 时的一些往事。那些与公司一步步走上决裂的场景不断浮现在他的眼前。

公司的小会议室里，首脑们正在召开重要会议。方正宇作为技术骨干列席在这次会议中。他们正在讨论是否将公司的第一个主打产品机油分析仪推向市场。

"通过几年的奋战，我们研究开发的这款机油分析仪终于成型，可以运转了！"总裁抬起双臂振奋地说道，"我建议尽快推向市场，不知各位有什么意见？"他正式地向在座的各位宣布了这样一个公司高层的，也许就是他的抉择意向。

总裁，Boswell. James（鲍斯韦尔·詹姆斯），看上去三十七八岁，中等个子，有一张典型欧洲白人的脸，高额骨、高鼻梁、尖下巴，棕黄色的头发。

他快速的语气和动作除了给人干练和敏捷的感觉外，还让人觉得有几分冲动和急躁。他毕业于马里兰州立大学工程学院，有经商头脑，在当地商界有些人脉。五年前，他从政府的中小企业投资基金会搞到了一笔三百万的投资，创建起了 HANS（汉斯）公司，颇有几分创业者的激情和自命不凡。

他左右看看，最后眼光落在了方正宇身上。他知道，尽管方正宇不是公司的决策层，但他的意见举足轻重。"方，你觉得怎么样？"他问道。

方正宇正低着头，本不想说话，可点到他头上了，只好说出自己的看法。他看着总裁詹姆斯高涨的热情，不太想泼冷水，但还是觉得应该说出实际情况。

"嗯，这个仪器虽然已成型，"方正宇有些犹豫地开了口，"但测试过程中还是有问题，其中有个关键性的技术问题还没能得到彻底解决。我建议还是等这个问题解决了再上市吧。"

"我知道你说的是机油气化问题吧，可好像大多数时候都 OK 的啊！"詹姆斯乐观地说。

"大概有 20% 的出错率，还是比较高的。"方正宇正色指出道。

詹姆斯沉凝了片刻。他双手交叉在胸前，后又右手半握拳放在嘴唇上思索着，眼球也在快速转动着。他在思考，在权衡，在思想斗争。很快，他仿佛拿定了主意。

"尽管有出错率，"他停顿了一下，继续说道，"但毕竟成功率还是比较高的。我建议还是先上市，随后我们再继续解决这个问题。"

副总裁在一旁点点头，表示赞同。

"可是，如果卖出去的仪器出了问题怎么办？"方正宇问。

"只要在保修期内，我们就去修吧。"詹姆斯说。

"这样会很被动的，如果经常去人修也一样耗费人力、物力。不如再等等，把问题解决后再上市。"方正宇坚持地说。

"唉……"詹姆斯叹了口气说，"这几年我们对这款仪器的研发投入不少，整个公司的运营都是靠贷款和小额投资。如果我们再没有产品卖出去的话，这些贷款将无法偿还。"

财务总监也在旁边直点头。

方正宇一看这种阵势，知道公司意已决，再说也无意，就闭上了嘴。可是，他心里明白，这种产品卖出去，一旦有问题又是他们技术部的事情，不免有些忧心忡忡。

产品如期上了市。这款仪器是一种检测性仪器，主要是通过色谱分析对发动机使用后的机油进行各种金属离子含量的分析，从而诊断出发动机的质量和运行情况。这相当于给发动机进行体检，尽早发现问题，排除隐患。由于概念比较新，适用范围也较广，凡是用到发动机的机械都可进行检测，甚至那些汽车修理小店也都用得上。产品一经推出，就受到了关注，不少机修和汽修公司都愿意尝试尝试，产品一度销售不错。

可是，产品上市不久，方正宇担忧的情况果然出现了。公司接到了好几个买家的报告，仪器出问题了。方正宇不得不赶到买家，上门去维修。每次都费尽辛苦才能让仪器又重新运转起来。

随着销售量的增多，问题也越来越多。方正宇知道，如果这个根本性问题不解决，以后只会是卖得越多，问题就越多，报修也会越多。现在技术部几乎成天疲于奔命，到处去维修，完全没有时间和精力坐下来解决根本性问题。

"这样下去恐怕不行，我们需要有时间解决存在的固有问题。"方正宇对总裁说。

"你们弄几个人负责维修，其他人可以去研究主要问题。"詹姆斯说。

可是，派出去的人常常解决不了问题，最后还是只能方正宇去。方正宇忙的时候一周要出差2—3次。有时候，修过的仪器又出问题了，他只好去第二次。他实在有些烦了。

有一次，方正宇刚从佛罗里达修完仪器乘飞机回来，还没离开机场，又接到公司的电话，让他去德州，说晚上的机票都订好了。回家是不可能了，他只能在机场等待去德州的下班飞机。好几个月，方正宇的大部分时间都在天上飞，在候机室里吃饭，几乎没有时间回家。方正宇有些忍不住了，"这叫什么事儿？这样下去，整个公司变成维修队都不够用。"他心里抱怨道。他已经跑得够够的了，谁要让他再上飞机，他恨不能吐出来。"总这样下去也不是个办法呀！得想办法解决一下根本问题才对。"他在考虑怎么对总裁提出这个问题。

出差回来，方正宇抓住在公司的仅一天时间，找到了詹姆斯。他决定把憋在心里已久的话，郑重地提了出来。

见到方正宇，詹姆斯立刻笑脸迎了上来。"最近维修仪器辛苦了。"詹姆斯拍着方正宇的肩膀说，"多亏有你，不然那些难搞的维修问题还没人能应付得了。"

"我正想跟你谈谈这事……"方正宇说。

"哦，什么事这么要紧？"詹姆斯脸上没有惊诧，漫不经心地问。他大概已经猜到方正宇要说什么了。

"我觉得，仪器的销售……还是先暂停一下吧。我们应该抓紧时间把根本问题解决了再卖也不迟。总这样忙于维修，不解决根本问题，也不是长久之计。"方正宇婉转地说。

"方，你知道吗？为了卖产品，我们已经花出去了大笔的宣传广告费。如果现在停，公司会有损失的。"

"广告费损失点没多大碍吧，以后问题解决了再挣回来就是了。"

"再说，现在仪器卖得正好，正是收回成本的时候，怎么能突然停止呢？"詹姆斯加了一句。

……

说到底，总裁就是不愿意停卖。这一段时间卖仪器公司收回了大笔的资金，他正欢欣鼓舞呢，怎么可能叫停？也许，他早就知道会出现现在这种局面。他已经不想再投入资金去解决什么根本性问题，只想尽早卖出去产品，把资金收回来。他已经不在乎仪器会出问题，能卖出去就行。虽说可以修，可不是他去，他如何体会得到其中的辛苦。他只希望熬过保修期，一切万事大吉。这大概才是他心里的算盘，但又不便说。可方正宇偏偏对他的意图没有心领神会，或许早就明白，一直没表露。现在再也忍不住了，方正宇开始产生抵触情绪，再有报修，死活也不肯去了。

加州的 Compton（康普顿）公司打来电话，报仪器出现故障。技术员，John（约翰）赶到加州，修了两天没修好。他只好打电话求助。方正宇没好气地对他说："你还是打电话找总裁吧，我没时间处理这事。"

约翰犹豫了半天，实在没办法，只好硬着头皮把电话打给了总裁。没过多久，詹姆斯沉着脸来了。方正宇看都不看他，自顾自地摆弄手上的色谱分析仪。

"方，你还是去一趟，约翰自己解决不了问题。"詹姆斯虽沉着脸，但语气柔和地说。

"我去不了，你看我正忙着哪。"方正宇回答道，还是没看他。

詹姆斯看着他爱搭不理的样子，知道他有情绪，可没有其他的法子，事情又必须去解决。他有些着急了。

"你，必须去！我代表公司要求你去！"詹姆斯提高声音严肃地说。

"为什么?!"方正宇针锋相对地问道。

"因为公司雇你来就是解决问题的，公司付了你钱，让你干什么，你就必须干什么！"詹姆斯说完，转身走了。

方正宇不觉一股怒火从心中升起。他扔掉了手中的工具，一屁股坐了下来，心想："这不是逼着我给他们擦屁股吗？这不是把公司的矛盾和问题都转嫁到我身上吗？哦，他们在前面赚钱，让我一路跟在后面替他们扫屎。"他越想越生气，感觉自己的技能被公司滥用了，自己好像处在一种不得不为五斗米折腰的境况。可想起刚才总裁的话，他又只好气鼓鼓地飞去加州了。

从加州回来以后，方正宇实在有些忍无可忍了。他感觉自己不仅技能被毫无尊重地滥用，而且还受到了威逼和胁迫。他长久以来不可触碰的那道自尊的底线被踏破了，他那颗敏感的心受到了刺伤。在他平静和斯文的外表内，一座即将爆发的火山正在孕育着，滚滚的岩浆在他身体里翻腾着，正寻找突破口喷涌而出。

他沉着脸，扬着头，走进了公司的门。他跟谁都不打招呼，直径走进了自己的工作间。过了一会儿，詹姆斯面带微笑走了进来，一副想要缓和的表情。

"听说你一到那里，问题就迎刃而解了，真不愧是我们公司的技术总监。"詹姆斯笑着说。

方正宇绷着脸没说话。

"我知道你有情绪，可现在也是没有办法，只好委屈你们技术部的人了。"

詹姆斯又说。

"不是委屈技术部，是委屈我。"方正宇没好气地说，"以后，就算你要开除我，我也不会去了。"

詹姆斯收起了笑容。"该去还是要去的。"他正色说道。

"你们雇我来是做技术开发的，不是维修工。"方正宇道。

"公司现在需要你做这项工作。"

"这种工作本来是可以避免的，是你执意提前上市造成的。"方正宇直击要害，已经顾不得许多了。

"这是公司的策略。"詹姆斯阴沉着脸说。

"公司的策略难道就可以不顾公司的声誉和职工的辛苦，只为了赚快钱吗?!"方正宇不想再给他留什么面子，直接揭了他的底，暴露在阳光下。

这下真戳到了詹姆斯的要害，他已经彻底被激怒了。可是，方正宇还不算完，继续往下说，反正他是豁出去了。

"你这样做就是欺骗，你在损害公司的声誉。再继续卖这样有问题的产品，过一段就不会有人想买我们的产品了。你这不是毁了公司吗?"方正宇的每句话都像一块块带火的岩浆砸向詹姆斯。

詹姆斯气得满脸通红，眼睛都瞪圆了，可这的确是他的短处，一时之间无可辩驳。他两眼怒视着方正宇，嘴唇在颤抖，胸腔急速地起伏着。气氛异常地紧张，硝烟在弥漫，只要再有一点点的火星子就会爆炸。方正宇的火山终于喷发了，火红的岩浆已经流了出来。詹姆斯意识到，如果他再不收手，所有的岩浆都会溅到自己身上来，会伤得更厉害。这时门口已经围满了员工，想看看究竟发生了什么。詹姆斯沉默了一会儿，终于把这口气咽了下去，用手将自己前额的棕色头发往后捋了一把，转身准备离去。走到门口，他突然转身，指着方正宇恶狠狠地说："你，只要在公司一天，就得去维修，不然就走人!"说完，他冲出了门。

从这以后，方正宇与 HANS 公司的决裂和战争就此拉开了序幕。总裁走了以后，方正宇的岩浆也流得差不多了，他平静了下来，开始考虑会有什么后果。他知道，自己这次算是把总裁彻底得罪了，说不定真的会被公司开除。"那又怎么样! 开除就开除好了，此处不留爷，自有留爷处!"他这么想着，不觉也将前额的头发往后一甩，一副不信邪的样子。不管怎么说，这次算是出了口恶气，尽管有可能是以失业为代价，他还是觉得痛快，好像这辈子从来没有这么畅快过。人要是不再顾忌得失，大概才能活得潇洒、活出真正的自己吧，他浑身的傲骨终于舒展开来。就是在美国又怎么样？工作不好找又怎么样？那他也不愿意为五斗米折腰，他也要活的有骨气，有尊严。

接下来的几天，紧张气氛一直持续着，大家都小心翼翼，低头干自己的活，完全没有了往日的嬉笑声。人们时不时看看沉着脸经过的总裁，时不时又看看绷着脸的方正宇，谁也不敢去与他们交谈什么，或者劝解什么，深怕一不小心又引爆炸弹。方正宇心里开始变得坦然，反正都撕破脸了，索性横下一条心，静观其变。他心里明白，公司肯定是待不下去了，必须找退路了。但是，首先有个事必须要解决，那就是不能以被开除的名义离开公司，这会影响他今后的从业生涯。他借来了有关劳工权益法的一些资料，挑灯夜读，想找出有利的对策来。

这几天，方太太，周晓莹，听说方正宇跟公司闹得如此之僵，也开始紧张起来。周晓莹是个体态娇小、眉目清秀、性情随和的女子，平时很少与人发生矛盾和冲突。这次方正宇与公司的这种崩塌性的冲突着实让她有些心惊肉跳，她好像已经嗅到了某种危险和不祥。

"你何必跟老板闹这么僵。"她劝说道，"让你干什么，你就干什么呗，反正拿这份钱，干什么不是干啊。他是老板，你跟他拧着能有你什么好果子吃？"

"那我也不能让他像使唤狗似的，净干些徒劳无功的事。"方正宇没好气地说。

"你也别身上有点技术就心里不平衡，人怎么说来着，'以前来的中国人修铁路，卖苦力；现在来的中国人干技术活，卖脑力'。本质上有什么不同呢？只不过是高级一点的劳工罢了。你能有个工作，有个出卖劳力的地方就不错了，好多来的中国人还没工作哪。"

"那又怎么样？难道我就该连自尊和人格都出卖吗？"方正宇沉着脸说。

晓莹了解他的性格，他要真决定了什么，打死也难回头了，便不再说什么了。多年夫妻的经验告诉她，如果真有什么不好的后果和结局，那也只能听天由命，与他共存亡了。

其实，近来詹姆斯也感觉到产品提前上市不是一个明智之举，日后公司可能会很被动。可是，木已成舟，现在想要转弯也太晚了。这也许是一个他决策上的错误，已经不能不走下去了。他这几天在心里琢磨该以什么理由将方正宇赶出公司。他觉得，方正宇虽然能干，对公司也很重要，但对公司的决策心怀不满，不愿听从指挥，在公司内部会造成极不利的影响。这种人虽然能干，如果不能为公司所用，那就会成为公司的祸害，看来是留不得了。

拿定主意后，詹姆斯把方正宇找来了，在办公室里口气严肃地对他说："你如果对公司决策不满，不愿执行公司分配给你的职责和任务，那你就可以离开公司了。"

尽管方正宇已料到会有这么一天，可没想到来得如此之快，他还没有做好充分的准备，还没找好下一家公司呢。他看了詹姆斯一眼，平静地反问了一句："你这是要解雇我吗？"

"对，你被解雇了！"詹姆斯狠狠地说道，总算是发泄了一下心头之气。

"根据劳工法，你不可以解雇我。"方正宇扬着头，从容不迫地说道。

詹姆斯一愣，没想到他会这样说。他瞪大了眼睛说道："公司有权雇用和解雇员工。"

"根据劳工法，如果公司没有正当理由是不能随意解雇职工的。"方正宇说。

"你不执行公司交给你的工作。"

"根据劳工法，员工有权不执行不合理的要求。"

詹姆斯又涨得满脸通红，呼吸急促起来。他大声说道："公司解雇人不需要任何理由！"

"那我就去告你种族歧视。"方正宇直视詹姆斯，毫不退让地说道。

詹姆斯瞪着方正宇，有些傻眼了，一时不知该如何应答。方正宇转身走出了办公室。这第二个回合方正宇又赢了，公司好像真还不能随便开除他。他当然也知道，再在公司待下去也没什么意思了，一周后自己递上了辞呈，算是自己辞了职。

一

辞职后，方正宇不露声色地回到了家。他虽看着平静，思想准备也是有的，但内心还是掀起了波澜，毕竟从今天开始他就正式失业了。一种惆怅、感伤、若然所失的情绪抓住了他。原本与公司的怨气还没完全消散，现在又增添了失业的压力，他怎么能轻松得起来。今后能不能找到工作、什么时候找到工作，都是未知数；就算能找到工作，也不知道在哪里。或许不久，他就得离开这个住了几年的房子和城市，卷铺盖走人了。人生仿佛又回到了刚来美国时一切都无定数的起点。想到这里，一丝凉气袭上心头，不免让人感到阴郁和烦闷。可是，尽管如此，他绝不后悔自己的决定和选择。他心里非常清楚，自己再也不愿意为五斗米折腰，这样的结果是必然的。

他扬了扬头，仿佛要甩掉这些阴郁和烦闷，脸上又出现了倔强的神情。人生起伏是常事，他又何必在意从头再来呢？尽管他已是四十七八岁的人，早已过了发奋图志的年龄，但他并不惧怕重新再来。好在他并不是从零开始，他比 10 年前刚来美国时有了更多的知识和技能。

吃晚饭时，他眼睛看着菜碟里的青椒炒鸡丁，对坐在对面的妻子晓莹说，"今天我已经给公司递交了辞职信"。

"嗯，比开除好一些。"晓莹一脸平静地说，眼睛只盯着自己的碗。

"你怎么一点都不惊讶？"正宇有些诧异地问。

"我早料到会有这么一天，凭你的个性，这不是迟早的事。"晓莹沉着脸说。

"你在怪我吧？"

"唉……"晓莹叹了口气说，"怪你有用吗？今后的日子怕是有点困难了。

我一个技术员的工资每月 3000 多，要支撑这个家，要还每月的房贷，怕是有点不够吧。"

"别担心，我会尽快找工作的。"

"但愿不会遥遥无期吧。"

直到吃完饭，两人都闷着头，再没多说一句话。从这天起，家里的气氛变得沉闷、阴郁和焦虑起来。幸亏儿子已经上大学去了，不在家，免去了多一个人的担忧。

回到家后，方正宇着手开始重新找工作。他在网上查找了几天，全国几乎没有第二家公司真正做这方面技术和产品。如果改做别的，这几年的工作经验就白费了，有些可惜。他转念一想，既然没有第二家做这方面技术，市场上就不会有太多竞争；而且，这种类型的产品是有一定市场潜力的，这他很清楚。"我自己开一个公司怎么样？为什么不能呢？"他这样问自己。

其实，他掌握着这项技术全部的精髓和核心，如果他能解决存在的关键性问题，他为什么就不能成立第二家这种公司呢？这种想法一开始萌芽，他就看到了极大的可行性和可实施性。如果换一个人，也许还是个梦想，可对于他来说，这就是一个真实的，完全可以付诸实践的大好契机。他有可以抓住这个契机的所有条件和基础。想到这里，他眼睛里的光彩异常的闪亮。

"对呀！为什么不自己干呢？干吗总想着找个公司替别人干呢？"他兴奋地对自己说。一想到自己成立的公司今后有可能与 NANS 公司竞争和对峙，他就感觉无比的兴奋和刺激。这样的刺激和激励让他开启了所有的灵感和才智，忘我地向着目标冲去。

他走下了这栋三年前买下的两层楼别墅，又直接下到了地下室。打开灯，他四处环顾了一下这个 80 平方米见方的、空旷的地下室，里面除了堆放的少量杂物外，几乎没什么东西。而且，四周墙体的上部还有几个小小的透气窗，微弱的光线从窗口射进来。"对，我就在这里弄一个工作间出来。"他对自己说。这样他就可以在这里工作，办起他的第一家公司。当初比尔·盖茨成立微软公司（IBM）之前，不就是在他家的车库里起家的吗？想到这里，一股创业的热忱和希望将他点燃了，仿佛又充满了青年时代的朝气和勇气。

他开始清理和打扫这间"未来的工作室"，还买来了浅蓝色的油漆，把墙壁和水泥地都刷成了浅蓝色。然后，他在中央搭起了一个长长的、大大的木制工作台，又将屋顶的小灯拆下来，换上了四盏大瓦数的白炽灯。他又着腰，抬头四周看看，脸上露出满意的神色。现在，这个地下室整洁明亮，真有点工作间的样子了。他又订购来了所有需要的零配件和工具，那劲头像是要大干一番的样子。

晓莹见他这几天都猫在地下室里忙活着，又搭台子又刷油漆，还以为他没事干，想把地下室整理整理，万一要卖房子也好卖一点。她有些好奇，想下去看看搞成什么样子了。当她下来一看，大吃一惊，除了漆得崭新外，大台子上还放满了大大小小的零件。正宇戴着手套，拿着螺丝刀正忙着。

"你这是要干什么啊？"晓莹一脸惊愕地问。

正宇神秘地笑笑说："你猜猜我想干什么啊？"

晓莹惊讶地看着这些零件，有些不太相信地问："你……不会是想自己组装仪器卖吧？"

"哎，你说对了。我准备自己成立公司了。"正宇一脸自信和得意的神情说。

"啊？开什么玩笑，你能……行吗？"晓莹仍然有些不太相信地问。

"你看看这里，现在不是一个标准的工作间吗？"正宇双手一摊，微笑着说，"在公司的工作间里，那些仪器不都是我装起来的，难道在这里我就装不起来了吗？"

晓莹四下打量了一下，仍有些半信半疑："……就算你能装起来，有人买吗？"

"当然，我的质量会比他们的好。"

……

晓莹慢慢上了楼梯，走出了地下室，在餐桌旁坐了下来。她觉得脑袋让正宇搞得云里雾里的。开公司？哪有这么容易？在她心里，开公司可是一件神圣的事情，她从来没想过像自己这样的人能开得了公司。那可是要资金，要技术，要产品，还要会管理才行啊。正宇现在就算有技术，也能做出产品，那其他呢？难道就开一个人的公司，顶多加上我，两个人的公司？……她越想越觉得不真实。不过，这种想法和正宇的那股劲头倒是给她和这个家点燃了点热情和希望，能不能成先不说，至少有个方向、有个目标可以去努力啊。不是吗？晓莹不觉也有些兴奋起来，心里开始佩服起正宇的勇气来，没想到在形势的逼迫下，他还真敢想敢干。"让他试试吧，不试怎么知道行不行呢？"她在心里对自己说。

一个多月来，方正宇在他的"工作间"里忘我地工作着，失业和找工作的事早已被忘记，被抛到了脑后。他用自己一万多元积蓄买来的零配件终于组装起来了第一台机油分析仪。他看着这台崭新的仪器，脑海里一直盘旋着一个问题，那就是 HANS 公司一直没能彻底解决的问题，也就是他与 HANS 发生矛盾、最后决裂的根源之所在。他意识到，在推出自己产品之前必须先解决这个问题。也就是说，他必须先攻下这道"关"，攻下这个 HANS 不再愿意花费人力物力攻克的难"关"。只有这样，他才能获得优势，才有决胜的把握。想到这里，他放下了手中的工具和零件。

第二天，他开着车到达了市区最大的图书馆。他翻开了大厚本的化工手册，一头扎了进去。放下了零件，翻起了书，书里有解决问题的答案吗？一连几天的时间，他都泡在图书馆里，废寝忘食地寻找着。他投入和专注的神情真让人不禁好奇，他在找什么呢？他想找到一种能解决问题的有机溶剂，这些书里也许还真有他要的答案。通过仔细查询相关的信息和资料，他最后选择了几种性质相对符合的溶剂，拷贝了相关的性质和反应特性，带回了家。

他已经有了一个设想，如果成功的话，将可以从技术上彻底推翻以前 HANS 公司仪器的检测方法。HANS 公司采用的是比较传统的气相色谱的原理，将机油通过高温气化后进行色谱检测。可是，这种方法虽然简单，却对高温气化过程要求极高，稍有条件不稳或样品差异较大都会出现不完全性气化，检测出来的结果就会有较大的误差。而且，机油属于油脂类的物质，容易造成仪器气路中的污染，导致洗脱峰值的丢失，甚至是检测失败。HANS 以前总是在如何解决这些问题方面下功夫，但一直没有什么突破性结果。现在，方正宇想跳出这个魔咒，彻底改变思路，从另外一条路走，抛弃气相，改为液相色谱检测。HANS 以前并不是没想过，但觉得液相比气相成本高，操着烦琐；而且，以前没人做过，还要花人力物力去试验，就放弃了。这也是方正宇对公司不满的一个重要原因。现在，既然他自己要搞，就算要贴上自己的老本，他也非要把这个问题解决了不可。

他在自己的地下室里开始了试验。液相检测的关键是，找到一种能充分溶解机油的理想溶剂，后面的检测才能成功。他订购来了已经查到的几种有机溶剂，又从自己的车里取出了一些旧机油。他将机油分装在一个一个的小试剂瓶里，分别用溶剂进行溶解，然后涂抹在进样的薄层板上，放进色谱仪中进行测试。从得到的结果发现，有些溶剂并不能充分溶解机油，有些虽能很好溶解，可挥发太快，无法进行后续的检测。第一批溶剂就以失败告终了。他并不气馁，对试验有充分的心理准备，预料到不会那么容易。他又去了图书馆，又重新查询和寻找，又开始试验下一批。他就这样一批接着一批地试了又试，终于从几十种溶剂中找到了一种，既能将机油完全溶解，又有较好的稳定性，对后面的检测十分有利。

当他从众多溶剂中找到这一种时还有些担心，担心测试到的数据只是一个巧合，没有可重复性。他又重新取了一些机油样本，又做了一次测试。他打开显示屏，两眼紧盯着屏幕，神情紧张地等待着色谱峰和分析数据的显示。色谱图和数据终于出来了，他急忙与头一次的实验数据做了对比处理，结果相似性在95%以上。这表明用这种溶剂做出来的测试不仅有很好的分离效果，也有很好的重复性。他一连做了三次，都是同样的结果。他放心了。随之而来的是兴奋和激动，他知道他离胜利已经不远了。紧接着，他将获得的数据中各种金属离子含量的比例与系统标准数据进行了对照。结果表明，使用这种机油的发动机已有一定程度的老化和磨损。这正符合他这行驶了七八年老车发动机的现状。

一种说不出的喜悦涌上了心头，他知道他已跨过了最艰难的障碍，前面已经再没有什么能够阻挡他通向胜利和成功的路了。这时候，他的喜悦、自豪和得意就像少年时装好一台收音机一样，让人陶醉和享受，也让人留下刻骨铭心、永生难忘的记忆。这是他人生中另一个伟大的胜利，至少对于他自己的人生来说，它是伟大的，是非凡的，是能扭转命运的胜利。

接下来的几天，他又从几辆不同的车中取出了机油样本，用同样的溶剂做了色谱分析。数据结果显示，样本中金属离子间的比例与车辆的新旧，以及里程数等都有极大的相关性。这样的结果进一步巩固了他的胜利成果。

现在，他已经可以肯定，液相完全可以取代气相，而且避免了气相所固有的问题和弊病。从操作和成本上来看，由于液相仪本身的不断改良，现在已不需要注射液体样本进入色谱仪，而是简单将样本涂抹在样板上就足以让敏感的仪器进行检测了；另外，由于去掉了高成本的高温气化装置，液相与气相比较，操作同样简单，而且成本比预计的低得多。

"上来吃饭啦。"晓莹对着通向地下室的门口喊道。又到了吃晚饭的时候，每天也只有这个时候正宇才能见到自己的太太。晓莹总是早上去上班，下午6点多才能回来。她通常都是做好了晚饭，才把正宇从地下室的工作间里叫上来。

桌上的饭菜都已摆好了。他俩坐了下来，拿起碗筷，开始吃了起来。正宇面带喜色地端起碗往嘴里刨了两口饭，一边嚼着一边偷瞥了一眼旁边的晓莹。

"我的试验成了。"正宇故作平静地突然对晓莹说。

"啊？什……什么成了？"晓莹有些莫名其妙地问。

"就是我的新检测仪啊！"正宇实在按捺不住心中的喜悦，兴奋地说，"我换了一种新方法，与 HANS 公司的不同，比他们的好得多。"

"啊？真的吗？"晓莹惊讶不已。

她只知道正宇在地下室里捣鼓了三个多月了，账上的积蓄已经花掉了两万多，真不知道他都做了些什么。

"那当然，我还能骗你。"正宇带着神秘的微笑，一脸骄傲地说。

"行啊！没想到你还真能捣鼓点东西出来。我还以为咱家那些钱都打水漂了呢。"晓莹喜形于色地说，也兴奋了起来。

家里大半年来的沉闷气氛被打破了，有了笑声和喜悦气氛。晓莹平静下来后，不觉又皱起了眉头。

"可是，就算你能做出比他们好的产品，怎么卖啊？别的公司可是有专门的销售人员，还投钱做大批的广告。你一个人怎么卖啊？"晓莹发愁地问。

"别急，别急，有好东西还怕卖不出去吗？我再想办法。"正宇安慰道，显得有几分胸有成竹的样子。

"唉，我们可没有那笔钱去做广告。"晓莹叹口气说。

方正宇心里已经有了规划，首先要做的事就是赶紧把自己试验出来的方法和技术成果申请专利，免得一经推出就被别人模仿了去，特别是 HANS 公司的同行们。这种意识是他在公司工作多年学到的，要对自己的发明创造进行保护。然后，他就去正式注册一个公司，专门制造和营销发动机检测仪。这样，他就可以名正言顺、放心大胆地卖仪器了。一想起今后能与 HANS 公司匹敌，两军对垒，公开叫阵，他就觉得过瘾和带劲，也倍增斗志和力量。

方正宇像上足了发条的转轮，铆足了劲来回奔赴在专利局和工商管理局的路上。一个月后，专利局审核了他所有的实验数据和结果，批准了他的专利。顺理成章，他的"方维（FANGWE）"公司也就成立了。让他没想到的是，在美国注册一个公司竟然如此简单，连几万元的公司本金都不用核查，只是核实了身份，缴了手续费，就算成了。现在，总算是万事俱备，就等着锣鼓开张，卖仪器了。

晚饭后，正宇拿出了公司注册单，夫妻俩在灯光下仔细欣赏和研究这张具有非凡意义的纸片。

"没想到我们也有自己的公司了，真像做梦一样。"晓莹边看边说，神色有些感慨。她以前对公司的那种神秘和神圣感在这一刻突然消失了。原来公司也可以这么简单和微小，甚至一无所有，并不一定要像 GE 或 IBM 那样豪气冲天、不可一世、富可敌国。

"公司就那么回事，一个名而已，能不能盈利、赚到钱才是真的。"正宇在一旁严肃地、特别接地气地说道。

三

公司成立后，方正宇花了些小钱，在几个仪器设备、汽车维修等专门的网站上登出了自己的广告。他当然没有钱请广告公司，也不可能上电视，还好现在网络比较发达，费用也相对低廉。他打出的广告语是，"方维仪轻松给你的爱车做体检""想知道你的发动机寿命吗？用方维仪查一查"。虽然他以前从来没有成立过公司，这是平生第一次，可是办公司的套路好像还挺清楚。正像那句老话说的，"没吃过猪肉，还没见过猪跑吗"。在公司待久了，看也看会了。

他把他的仪器就直接命名为"方维仪"，价格定得比 HANS 公司的低两成。就算价格低两成，他的方维仪也能赚钱，因为他没有这么多消耗，没有这么多人需要养。所以，HANS 卖 8 万元一台，方维只卖 6.5 万，除去成本，他也能赚 2.5 万。他还把 HANS 公司产品没有的优点写在了广告最显眼地方，这样还不够，他又写信给以前买了 HANS 公司仪器出问题的那些公司，说他有改良的新产品，保证再不会出现以前那种问题。由于方正宇去这些公司修过仪器，这些公司比较了解他的技术水平，对他有一种自然的信任感，再加上以前的那台总有问题，他们都有些动心了。

方正宇开始忙了起来，加班加点地在他的"工作间"里组装仪器。为了不把资金积压在仪器和零件上，他要看见订单才开始采购零件来组装，可订单一多就有点忙不过来了。晓莹也开始利用工作之余的时间帮他管理采购、进账、出账等杂事。他一丝不苟地对待每一个订单，亲自上门组装和调试，而且保证在三年保修期内随叫随到。这样的价格、这样的服务让客户们都很满意；最关键的是，的确没有以前的那些问题了。这样一来，HANS 就有了一个强劲的竞争对手，从价格和品质上都无法与之抗衡了。

正当方维公司扬起了风帆，准备乘风破浪前进时，巨大的麻烦也接踵而至了。方维的仪器卖了不到一个月，HANS 就从网上和客户嘴里得知了方正宇的公司和产品。销售人员急匆匆地找到了总裁詹姆斯。他打开总裁办公室的电脑，找到了方正宇在网站上发布的广告。詹姆斯一看，肺都气炸了，血液立刻涌上了头，脸涨得通红，呼吸也变得急促起来。

"没想到才走了不到一年，他就开起了自己的公司，还跟我卖一样的东西！"詹姆斯气急败坏地说，从鼻孔里喷出了一股粗气。

"这还不算呢，他把我们的顾客都带走了。"销售员加了一句。

詹姆斯气得一巴掌拍在了写字台上，台上的杯子、笔筒和笔架都跳了起来，销售员也惊了一跳。

"这分明就是要跟我抢顾客，跟我对着干嘛！"詹姆斯瞪圆了眼睛嚷道。

"是啊。"销售员低着眼小声应道。

"不行！我不能让他这么嚣张！我要去法院告他。"詹姆斯怒不可遏地叫道，"去，把副总和几个管事的都给我叫来。"

销售员急忙出去，把其他几个人都叫来了。公司的领导层立刻开始商议如何应对此事。詹姆斯一副气势汹汹的劲头，看来这次不把方正宇彻底打趴下他是绝不会甘心的。

方维公司成立三个月了，这段时间是正宇和晓莹比较忙的时候，他们的公司开始有了订单。他们忙着采购，忙着组装，忙着卖货，沉浸在忙碌并愉快的日子里。这种忙碌是兴奋的，是喜悦的，他们的公司要盈利赚钱了。其实，赚钱并不是让他们喜悦的主要原因，而是看着自己亲手创建的公司开始运营，开始走向市场，就如同看着自己出生的孩子能够站起来，开始迈出第一步的喜悦、兴奋和自豪一样。这可是他们自己的"孩子"，自己的公司，忙碌就意味着成功。这种忙碌带给他们的是甘之若饴的快乐，完全不像以前给老板打工加班时的不情愿、烦恼和抱怨。他们希望能一直这样忙下去，直到公司足够强大，直到不用他们亲自动手，直到能开上几家分公司。他们也像盼着孩子长大一样，已经在憧憬公司的美好未来了。

有一天，他们突然收到了一封法院的传讯，通知方正宇一个月后以被告的身份出庭，如不准时出庭，将自动裁判为罪名成立。看到这封信，正宇和晓莹都有些发懵，一时不知如何是好。原来，HANS公司已经提交了诉讼，指控方正宇和他的方维公司犯了侵权罪，将他告上了法庭。这辈子别说在美国，就是以前在中国，正宇和晓莹都从来没与什么法庭和司法打过交道，没被人告过，也没告过人。他们不知该怎样应付这种事情，总觉得有些恐惧，如临大敌一般。

"这可怎么办？HANS把我们告了，不会判我们有罪坐牢吧？"晓莹有些惊恐地问。

"那倒不至于。顶多判个公司关闭、赔款罚钱之类的。"正宇猜测地说。他虽看着还镇定，但心里也七上八下的，完全没有底。

"赔款我们也没有啊！刚卖出去几台仪器，连本都还没赚回来呢，拿什么赔？"

正宇看着晓莹没说话，脑子里飞快地思索着，如今的局面是他完全没有料到的。

"也不知道会判多少，别说几百万，就是几十万我们也要倾家荡产了。"晓莹极为颓丧地说。

"可是我有什么错呢？总不能随便判罪吧？"正宇说。

"就怕有理讲不清。这可不是平日吵吵架，不理就完了。这可是在美国，是上法庭，咱们是不是也该请个律师辩护辩护啊？"晓莹说。

"你知道律师费有多高吗？咱请得起吗？"

"那怎么办？等着他们判罪？"晓莹皱着眉问，鬓角都渗出了汗珠。

是啊，难道等着他们判罪吗？正宇心里也在问。

他们放下了手中的活，再也没有心思干下去了，连公司都快没了，还能干几天呢？他们坐了下来，开始琢磨如何应对眼前这棘手的又关乎生死存亡的事情。

如果是在中国，也许还能找一两个懂法律的人咨询一下，至少知道一下司法程序也好。可现在是在美国，美国的法律更是一窍不通，身边的熟人也都没有一个懂法律的。怎么办呢？两人都在发愁。

又到了吃晚饭的时候，两人心事重重地闷着头把饭吃了，没说一句话。

家里好不容易有了几天的喜庆和希望，这一下又回到了以前的沉闷和无望中去了。正宇看着菜盆中吃剩的红烧肉，那是他平日最爱吃的菜，今天好像也没吃出那红烧肉是什么滋味。他眼睛看着肉，心里想着别的事，若有所思地说道："活人不能让尿憋死，不懂可以学啊。"

"啊？学什么？"晓莹转过头看着他问。

"法律啊。"正宇抬起头，看着晓莹说。

"就你？"晓莹一副难以置信的表情说，"现在开始学法律？你不觉得晚了点吗？"她的口气中带着嘲讽和不耐烦。

的确，这听起来有点不可思议，就像是无稽之谈一样。美国那些律师本科毕业后，要花五六年的时间攻读法律，毕业后都是法学博士。他们还要通过专门的资格考试，才能成为正式的律师。方正宇一个学化工的，现在想临时抱佛脚学法律，感觉就像天方夜谭一样的那么不真实。

"我又不是要去当律师，要学所有的法律，我只要把我需要的那点搞懂就行了。"正宇说道。其实，他心里也没把握，这都是被逼的，这是他能想到的唯一对策了。

他自己也从来没想过40多岁了还需要学美国法律，他只是个不轻易认输的人，就算要输，也不能不辩解就被定了罪。他无论怎样也要上去据理力争，为自己辩解辩解，至于成败也只能听天由命了。他不知道在美国打官司会是一种什么状况，虽说是法治社会，可那些法官们真会抛开种族、抛开近疏、抛开势力，秉公执法吗？可这些都不是他可以掌控的，他现在只能是尽人事听天命了。

方正宇放下了仪器，又奔波在了图书馆的路上。这次不再是寻找溶剂了，他翻开了美国法典。他找到了商业管理法和技术专利法等，一头扎了进去。他没有时间可以耽搁，只有一个月的时间，他必须把这些相关的法规都搞清楚。晓莹没有阻止他这么干，因为她也想不出更好的法子了，这至少还可以去努力努力。"就让他去试试吧，总比什么都不做强。"她心里这么想。现在，家里出了沉闷外，又多了几分紧张和焦虑气氛。

一个月很快就过去了，方正宇不愧是高学历、高智商的博士，尽管以前学的不是法律，但这么多年的教育培养了他卓越的学习能力，只要他愿意，他可以读懂和学会任何一门知识。那些法律条款其实并不比数理化更复杂、更深奥，真要想懂得，对于他来说并不是那么的困难。现在，他心里有点底了，自信和勇气又回到了他身上。

"时间可快到了，你准备好了没有？不然，我们还是请个律师吧，花钱就花钱吧，不够可以借，总比就这样输了强吧。"晓莹皱着眉有气无力地说道，"万一罚我们赔几十万、上百万的，多的去了。"

"不用。我自己辩护。"正宇冷静而坚定地说，"律师不懂专业，我还得花时间跟他解释半天。"

"你确定？你真能行吗？"

"我想试试。这几天我都在读那些相关的法律条款，心里有数。"

"你觉得我们会输吗？"

"现在还不知道，影响判决的因素很多，法官的态度也很重要。不过，至少我现在知道怎么替自己辩护了。"

"哎？法院那封信放哪儿了？"晓莹好像想起了什么，说着就在桌上的一堆信函杂志中翻找，"里面好像说，如果我们有申诉材料可以提前寄到法院备案。"晓莹从书桌的抽屉里找出了那封信，递给了正宇。

正宇接过来看了看说："好，明天我就写申诉材料，尽早寄过去。对于我们中国移民来说，写比说更有利。我们英语不如美国人，如果写的话，可以斟词酌句，反而可以表达得更清楚些。"

第二天，正宇郑重其事、咬文嚼字地写出了一篇申诉稿，又把一些重要的文件复印了一份。他把申诉信和复印件装入了一个大牛皮信封，贴上邮票，按照法院提供的地址寄了出去。他希望这些材料能帮助法官了解事情的前因后果，并能让法官明了事情的真相和原委。

信寄出去后，正宇感觉他已经从心理上彻底做好了应对此事的准备。他仿佛觉得自己像一名即将奔赴战场的战士，已经披挂和武装好了，只等最后的号角吹起了。

开庭的这一天终于要来了。晚饭后，正宇清理了一下材料，把所有需要的材料都装进了公文包，准备第二天带去法庭。

"明天我陪你去吧。"晓莹看着正在收拾材料的正宇说。

"你还要上班呢，不用了。"正宇说着扣上了公文包。

"我明早打电话去请个假就行了。"

"你去干吗呢，又起不了什么作用。"

"哎，至少可以给你助助威啊。"

"算了吧。我从来没打过官司，明天会是什么结果还未可知，如果真打输了，你去了还多一人看笑话哪，或者，多一人受奚落。"正宇说完自嘲地笑笑。

晓莹不说话了。

这晚两人早早上楼就寝了。正宇在床上翻来翻去难以入眠。

"睡不着吧？要不要吃一颗安眠药？"晓莹在旁边问。她自己也没睡着。

"不用，过一会儿可能就睡着了。"正宇小声嘟囔了一句。

第一次上法庭，有些难以平静？有些紧张？有些担忧？也许都有点吧。

次日清晨，两人都起得很早。下楼后，都装着若无其事的样子，各人干着平日该干的一些日常琐事，没说一句话。这异常的平静和安静中透着夫妻俩此时忐忑和不平静的内心，虽然没说，其实彼此都能感受得到。双方都害怕触碰和刺激对方此时的那根在压力之下的敏感神经。还是什么都不说吧，就算有什么想提醒、想嘱咐的，让它在无言中表达吧。此时真是无声胜有声，多说已无义了。正宇匆匆吃了点早饭，拿上了准备好的公文包上了车，开出了小区。晓莹从窗口目送正宇的车开出了小区。她坐了下来，沉凝了片刻后，开始收拾桌上的碗筷。

四

开庭时间终于到了，法官从厅尽头离前台最近的侧门走了进来。方正宇猛然间从沉思和回忆中惊醒过来，跟着大家一起从椅子上站了起来，表示对法官的尊重。法官是一个中等身材，有些偏胖的黑人，50 岁左右，修着短平头，鬓角已有些花白。他身穿法官的黑袍，腋下夹着一叠材料，走到了前台的椅子前坐下，将材料放在了他面前的台子角上。他脸上没有任何表情，显得老练而沉稳，但从他的眼神里仍能透出修养和洞察一切的阅历。他用右手拿起了小木槌，轻声敲击了一下，用浑厚低沉的嗓音宣布开庭："今天开庭的是一桩技术专利的侵权案，原告是 HANS 技术开发公司，被告是方正宇先生和他的方维公司。"他看了一眼下面的原告和被告，接着说，"首先，请原告方的辩护人进行申诉"。

HANS 公司请来的律师立刻站了起来，整了整自己的西服和领带，走到了台前。律师是一个 40 岁左右的白人男子，身材高大，一身正装，头发和脸部都清理和修饰得干干净净。看到律师的着装，方正宇下意识地看了看自己的衣服，才意识到来法庭之前该稍微整理一下外表，穿得正式一点的，毕竟法庭是有威严的地方。这是他有生以来第一次上法庭，一些不成文的规矩一概不知不懂，他低头看了看自己身上的 T 恤和牛仔裤觉得有些难为情。唉，随它去吧，反正他们也觉得我是个不懂规矩的外来乡巴佬。乡巴佬就乡巴佬吧，穿什么不重要，不输了官司才是关键。他扬起了头，挺直了腰，眼睛迎视着那位律师的目光。

"尊敬的法官先生，"律师转过头，看着法官，开始了他的演讲，"这位方先生一年前曾是 HANS 公司的雇员，"他抬起手臂优雅地向方正宇的方向挥了一下，"而且，在公司里是重要的技术骨干，掌握着公司内部的核心技术与机密。一年前，他辞职离开了公司。在离开公司短短一年的时间里，他注册了另一家'方维'公司，卖起了与 HANS 同样的产品。显然，方先生的这种行为等同于剽窃。他利用在 HANS 学习和掌握的技术建立了另一家公司，并将与 HANS 公司相同的产品卖向了市场。这严重地损害了 HANS 公司的商业利益和权益……"律师在前台来回渡着步子，双手在空中比画着。他潇洒的姿态和自信的表情，以及流畅的演讲，都表现出一种必胜的信心。看着方正宇那不堪一击的模样，他简直没把他放在眼里，这对于他来说不过就是一个极简单的小案子。

"尊敬的法官先生，"律师继续道，"我代表 HANS 公司向方先生提出控告，控告他的行为侵害了 HANS 公司的权利和利益。"说着，他从他的座位桌上取出了两份文件递给了旁边的法庭工作人员转交给法官。"这里，一份是 HANS 公司的核心技术专利书，另一份是方先生受聘于 HANS 公司时签署的合同书。合同书上明确阐明，受聘于 HANS 公司的高级技术人员离开公司 7 年内不得从事相同的技术和行业。"律师言辞凿凿地提出了他的指控。法官仍然面无表情地接过工作人员递上去的文件，大致翻阅了一下就交给了旁边的助理去鉴定了。

坐在下面的总裁詹姆斯脸上带着冷笑，转头向方正宇这边看了一眼，好像在说，"看你还有什么可抵赖的"。

"方先生的行为"律师继续说道，"不仅违反了 HANS 公司的聘用合同，而且侵犯了 HANS 公司的专利权。HANS 公司要求方先生立刻停止这种违法的商业活动，并赔偿 HANS 公司所受到的一切损失。我们希望法院能……"

方正宇听着律师头头是道的诉讼，尽管通过这一段对法律的了解，觉得还是有辩护空间的，但律师的语气和气势还是有些震人，方正宇心里不觉怦怦跳起来，好像正面对逼在眼前的刺刀一样，随时都有可能扎进他的胸膛。律师什么时候结束的，他都没有意识到。法官的声音惊醒了他。

"被告有什么可申诉的吗？"只听见法官问道。

方正宇愣了一下神，赶紧站了起来，"有……"他答道。

他定了定神，往下咽了一口唾沫，开始了他自己的辩护。"尊敬的法官先生，"他学着律师的口气说道，"我……一年前的确是……HANS 的高级工程师。我也与公司……签过合同。"方正宇显得有些紧张，句子说得也不够流畅，但他不想多废话，直奔主题和要害。"但是……，我现在方维公司所用的技术和出售的产品都与 HANS 公司的不同。"

听到这儿，只听见原告席那边有些骚动，那边的律师立刻站起来说："我抗议！这是狡辩！"

"抗议无效，你继续。"法官不动声色地说道，示意方正宇继续说。

"我在注册公司之前已经成功研制了用液相色谱的方法检测样品。"方正宇继续说道，"所以，我并不是采用 HANS 公司气相色谱的技术。我已经将液相色谱检测的技术申报了专利。这是我的专利书。"方正宇说着，从公文包里取出专利书递给工作人员转给法官。法官仍然不动声色地接过了证书。

这时，原告席那边静默无语了，显然这是个他们完全没有料到的信息。詹姆斯瞪大了眼睛，半张着嘴，一副极为震惊的表情。他小声对旁边的副总说，"他竟然在这么短的时间内把液相的方法搞出来了？真是难以置信"。

"所以，我现在的产品用的是液相，而不是气相。"方正宇又说道，"这个方法能有效地解决 HANS 产品以前存在的问题。这个问题也是我与 HANS 产生矛盾的根源之所在。"方正宇说着，看了一眼仍在惊讶之中的詹姆斯。"因此，我并不涉及侵权和破坏合同。我是在卖一种与 HANS 完全不同的新产品。"

方正宇说完后，场内又是一片静默，原本趾高气扬、势在必得的 HANS 原告们现在都陷入了沉默。方正宇的英语虽不如律师的流利和漂亮，也不能像他一样风度潇洒、侃侃而谈。但是，他把想要表达和应该表达的都表达出来了，而且重要的关键点一个也没有落下。他庆幸自己在家练习和演示过，不然在这样的现场，一紧张还真有可能不知该说什么，或者忘记什么该说了。

"原告还有什么需要申诉的吗？"法官冷静而低沉的声音又响了起来。

HANS 公司的人你看我，我看你，一时不知该如何应对了。只见詹姆斯凑到律师耳边嘀咕了几句，律师站了起来。

"就算他用的技术有所不同，但产品的设计理念，应用于发动机检测的思路还是窃取了 HANS 公司的。"律师大声说道，仿佛又充足了气。

方正宇站了起来，说道："法官我有话说。"

"请。"法官答道。

现在的方正宇已经没有了紧张和局促，法庭上的形势已经从有利于 HANS 倒向了他这边。

"色谱仪对油脂性的样品检测早就有了应用，并不是今天才发明。"方正宇理直气壮地说。

"但是，用于发动机的诊断和预测 HANS 是第一家。"律师针锋相对道。

"至于对发动机的检测那也不是 HANS 的专利，科技文献上已经报道过。"方正宇毫不退让地说，"而且，HANS 已有的专利是对他们的检测方法和技术的保护，并不是对这一应用的保护。难道其他人就不可以用不同的方法达到同样的目的吗？"他振振有词的质问在大厅里回荡着。

方正宇随即将查询的关于发动机检测的文献报道也递给了法官。场内又是片刻的静默。的确，方正宇的质问很难被辩驳，这就好比，"土豆烧牛肉"家家都会做，各家有各家的配方可以保密，但你不能说你做了"土豆烧牛肉"别家就不许再做"土豆烧牛肉"了。

"还有要申诉的吗？"法官的声音又响起了。

"没……有了"律师显得有些迟疑，看了一眼詹姆斯后，不是很干脆地答道，"不过，法官先生，方先生这属于诡辩，我们希望法庭能做出公正的判决。"

"方先生，你还有什么要说的吗？"法官又问。

"没有了。"方正宇坚定地答道。

法官举起小木槌敲击了一下说："现在休庭 15 分钟。"

他走下了台，从侧门出去了。他大概是去旁边的会议室与助理和其他人员一起商议和核对材料去了。这时候，大厅里双方都在焦急地等待着，原本把握十足的 HANS 一拨人也没有了自信。在现在这种情势下，谁也没有了决胜的把握。这个时候如果法官带有什么偏见或恻隐之心都有可能影响最后的判决。

15 分钟过去了，法官又出现在了门口。他走上前台，坐稳后，又敲击了一下小木槌，开始郑重宣布判决结果。

"现在，我宣布判决结果。"他洪亮低沉的声音在大厅里回荡着，"通过资料和专利的核实，我们认为方先生的行为不构成违法。他的商业行为并未损害 HANS 的权益。他获得的这项专利，"说着，他举起了那份盖有钢印的专利书，"表明他的技术与 HANS 的完全不同。因此，法庭决定驳回原告，判决方先生以及方维公司拥有合法的经营权。"

法官的话音刚落，HANS 公司的总裁，詹姆斯立刻从椅子上跳了起来。"什么?!"他惊呼道，一脸无法相信的表情。律师也站了起来，一脸的质疑。法官没多说什么，平静地站起来，走了出去。詹姆斯又涨红了脸，瞪着双眼，一脸怒容地目送法官走出门。其实，他们心里明白，当那份明晃晃的专利出现时，他们的优势就失去了，但这种彻底败诉的结果是他完全没有料到的。他觉得，就算不能全胜，顶多罚款免了，但方正宇的公司一定是开不成了。可现在这样的结果实在让人难以接受，简直就是给了他当头一棒。

此时的方正宇，静静地坐在那里一言不发，可惜现在没有人与他分享这种胜利的喜悦和兴奋。他的内心却在翻腾着，呼喊着，"胜利啦——!"他很难形容此时此刻的感受，是激动，是喜悦，还是逃过一劫的庆幸呢? 也许都有吧。他不觉眼睛有些潮湿了。他低下头，调整了一下情绪，把资料都收进了公文包，走出了法庭。

在楼外焦急等待的晓莹看见走出门的正宇，赶紧迎了上去。她哪里有心思去上班，怀着一颗忐忑不安的心早早来到了法庭外等候了。

"怎么样? 没判我们要赔款吧?"她担忧地劈头就问。

"没有，没有。"正宇笑着说。

晓莹脸上的表情立刻轻松了不少。这是她们夫妻俩想要争取的最好结果了，无论怎样，去辩护一下，能争取到不被罚款，就算没白去法庭辩护一场。

"不仅没有罚款，还判我们的公司可以合法经营哪!"正宇笑着加了一句。

"啊? 真的假的?"晓莹有些不敢相信自己的耳朵。

"当然是真的啦! 这份专利证书起到了关键性的作用。"正宇拍拍手中的公文包接着说，"当初开公司前申请了这个专利真是一个明智之举。不然，现在可是有理也说不清了，不知会是什么结果呢。"正宇兴奋地说着，眼睛里放着光彩。

"哎呀，谢天谢地啊。这段时间都把我愁死了，感觉都老了 10 岁。"晓莹做了一个双手合十的动作，脸上绽放出美丽的笑容。

正在这个时候，HANS 的那群人也从大楼里走了出来。他们一个个沉着脸，耷拉着脑袋，刚进法庭时的那股趾高气扬、谈笑风生的劲头已经荡然无存。这样的结果是他们万万没想到的，挫败感尤其强烈。当他们走过方正宇夫妻俩时，方正宇脸上带着他惯有的从容不迫的微笑迎视着他们。詹姆斯沉着脸，恶狠狠地说，"别得意太早，你小心点"。方正宇像示威一样，仍带着优雅从容的微笑目送他们上了车。随后，夫妇俩也轻松地上了车，开出了法院。

"这么说，我们的公司还可以开下去?"晓莹还有些不放心地问。

"那当然啦!"正宇开着车，理直气壮地答道。

"我们的仪器还可以继续卖?"

"当然啦!"

"这下我们的本钱可以捞回来了。"

"何止啊!"

好一阵子，晓莹在后座没吭声，正宇从后视镜里看了看，发现她在抹眼泪。

"你这是干嘛呀?"正宇吃惊地问，"吓得不敢赚钱了?"

"我是高兴，高兴……"晓莹抹去了眼泪说，"老公，我们结婚几十年了，我还从来没像现在这样佩服过你。真是没有什么事可以难倒你。"

正宇听了没说话，眼睛盯着前方的道路，心里也感慨万千。连他自己也没有想到，在危急关头，他能爆发出这么大的潜能。在这次几乎要倾家荡产的危机中，他凭着自己的智慧和勇敢力挽狂澜，化解了危机，使这个家化险为夷。虽然这一切开公司、上法庭都是被逼出来的，但他还是为自己能有这样的勇气而欣慰。来到这里的华人，谁不是唯唯诺诺、小心翼翼的，特别是20 世纪八九十年代来的新移民，脚跟还没站稳，谁敢造次? 真要有什么事，特别是与美国人之间的矛盾，都选择退避和忍让来化解矛盾。在公司，老板叫干什么，就干什么;被开除了，也不敢叫屈。在社会，从不敢惹事，有事只能避让，没有几个人敢去法庭讨公道。像方正宇这样敢与美国人对簿公堂的实在少之又少。这次的胜利让方正宇明白一个道理，在这块土地上，一味的忍让未必有出路，要想生存得好一点，有时是需要去勇敢地争取和斗争的。这批华人在北美这块土地上，面临的不仅仅是语言、习俗、学习和就业的挑战，还会有很多意想不到的，来自各个方面的竞争、危机、风险和灾难的考验。你如果没有应对这些危机的能力和勇气，那你将在这些危机和灾难中被毁灭。

上世纪来到美洲修铁路的第一批中国人，祖祖辈辈都生活在 China Town（中国城）内，有些连英语都不会说。100 多年过去了，他们虽然在这块土地上，但仍生活在自己的文化和语言的孤岛里，很难融入这个白人的大世界里去。是他们保守和固执吗？也许更多的是紧张和恐惧吧。而这批 20 世纪八九十年代来的中国新移民却要在中国城之外的大世界里勇敢地迎接挑战和考验。他们不仅要融入这个世界，还要成为这个世界的一员。他们要用 10—20 年的时间跨越他们的先辈 100 多年都未曾跨过的语言、文化和种族的壁垒。他们正在努力成为真正的美国人。

正宇的车已经到了家门口，夫妻俩轻松愉快地下了车。他们的心情从来都没有这么好过，看着院子里的花草都觉得格外鲜艳喜人。正宇深情地看了看这房子和院子，那眼神像是看着刚从悬崖边抢救回来的恋人一样。这次的胜利意味着他们不会搬家了，要在这长住下去了。

"你回家去等着，我到后面菜园子去割点韭菜来，今天给你包饺子吃。"晓莹喜滋滋地说着，拿着大剪子跑到后院去了。

正宇走进了家门，连公文包都忘了放，直接下到了地下室。他打开灯，在工作台旁边的一个木凳子上抱着公文包坐了下来。他慢慢地环视着这个自己建起来的"工作间"又感慨起来。这里除了有他的汗水外，还诞生了他的专利，见证了公司的成立。现在，经过这场官司，它将更加稳固和长久地存在下去，将会成为方维公司发展的基地和摇篮。对于他来说，这里有着非同凡响的意义和象征。他放下公文包，用手摸了摸那光滑的台面和那些锃亮的工具和零件，一种对美好未来的憧憬和向往占据了他的整个身心。

这次的胜诉让方正宇深切体会到，在美国这样一个国度里懂法是何等的重要，可以帮助你争取到公平和平等，有时甚至是生死存亡的拯救。对于在这个社会处于弱势的群体，想要在这里生活得更好，学会用法律武器保护自己和争取自己该有的权益，的确是这批新移民应该补修的功课。"在美国，不懂法可不行啊。我可是研究过美国法律的，以后有什么法律上的问题可以来找我。"方正宇总是自豪和骄傲地这样对周围的人说。他的口气虽有几分得意，但这的确是他这次成功的经验。人们后来给了他一个"法专"的雅号。这"法律专家"的雅号虽听起来有些嬉戏，但也多少有几分尊重和钦佩。

五

官司胜诉后，方正宇的公司更加名正言顺地卖起了产品。由于他的仪器质量比 HANS 的过硬，价格又便宜，销路很快打开，销量也很快超过了HANS。平均每台仪器除去成本和缴税，他可以净赚2.5 万元。每年只要卖出3 台以上，他的收入就比以前在 HANS 工作时的工资高了。而且，除了美国市场，他还想到了中国市场。他利用他曾经是中国人的优势，熟悉中国文化和语言，又有中国人脉，想将产品卖到中国去。只要有发动机的地方，都用得上这种产品，就凭中国这十几年增加了这么多车辆，大多数汽修厂和4S 店都可以配备这样的仪器。他在中国找到了一个搞市场的人，替他做产品宣传和联系买家，开始向中国市场进军了。

方正宇的产品果真卖到了中国，每年他都飞往中国很多趟，随着产品一起到买家去进行仪器的安装和调试。方维公司每年卖仪器少则七八台，多则10 多台，运营状态良好，还有上升的趋势。

可是，HANS 公司的状况却不怎么乐观。由于它原有的质量问题一直没有很好地得到解决，导致它的产品卖不出去，而且，卖出去的产品又不断在维修。两年后，HANS 公司最后撑不下去了，不得不宣告破产。

HANS 的倒闭让方正宇有一种打倒敌人的快感，最后的这一回合还是以HANS 的失败而告终了。正在大家觉得一切尘埃落定，再也不会有与 HANS 的任何纠葛了，一件意想不到的事情发生了。一封恐吓信寄到了家里，内容很简单，用打字机打印出来的几行大字：别得意太早，你的命可在我的手中！

尽管是一封匿名信，方正宇不用猜就知道与 HANS 有关，很有可能就是詹姆斯本人写的。他大概还在耿耿于怀呢。自从官司输了以后，他也许就怀恨在心了，后来又看着方维公司一步步抢夺了 HANS 的市场，直至 HANS 倒闭。他怎么能不恨呢？胸中的怒火大概无法平息吧。其实，从表面上看，好像是方维把 HANS 挤垮了，但实际上 HANS 是败给了自己。当初，詹姆斯如果大度一点，眼光长远一些，他就会听取方正宇的建议，不急于赚钱，先解决技术问题，公司就不会处于进退两难的尴尬局面。赶走方正宇是他最大的败笔，公司的核心技术力量都没有了，还怎么解决问题，怎么往前发展呢？那如今的结局也就是迟早的事了。就算没有方维公司的竞争，整日忙于维修也会把公司拖垮。

"哎哟……他们要干嘛？"晓莹看了信叫道，"他们公司垮了要拿我们出气吗？"

"别理他。"正宇说。

"哎，美国人手上可都有枪，哪天躲在暗处给你一枪怎么办？"晓莹担忧地说。她又开始不安起来。

"我想，还不至于，他没那么傻。我要是死了，第一个值得怀疑的就是他们。把这信收好了，说不定是个证据。"正宇若有所思地说。

"那他们写这信什么意思？"

"想吓唬吓唬我，出出气吧。"

"还是小心点吧，万一他们失去了理智，可什么都干得出来。"晓莹最后说。

他们不得不比以前小心了。到了夜晚和僻静的地方，他们都不自觉地警觉起来。就是在家里，有什么意想不到的响动也会让他们的神经紧张起来。这种草木皆兵、提心吊胆的日子实在让人烦恼。

几个月过去了，一切平静，晓莹担心的那种"暗杀"终究没发生。看来，他们还是没那么傻，这样的结果只能是双方同归于尽，犯得着吗？他们好像也没到这样的绝境非杀人不可。詹姆斯虽没有长远眼光和胸襟，也比较意气用事，但毕竟受过高等教育，这样的得失还是算得清楚的。再说，这两年卖仪器虽说免不了维修，但本钱还是捞回来了，不至于赔得精光，欠一屁股债。他有什么理由非要拼命不可呢？也许，他心里正在感到惋惜，如果当初没急着卖仪器，没与方正宇闹僵，没把方正宇赶走，现在的 HANS 可能正走在发展的正确轨道上。HANS 加上方维，一定比其中任何一个都强大。HANS 就会有一个光明的前景。

　　方正宇夫妻俩舒了一口气，把心搁到了肚子里。这种恐吓和威胁的心理战也告结束了。他们终于可以安安心心、全力以赴地投入在北美这块土地上的创业之路了。创业难，华人在美国的创业更难。这一路走来的坎坷和惊心让他们真正懂得和学会了怎样在这块富饶，但又充满竞争和挑战的土地上生存，并要生存得有尊严。他们明白，这仅仅是开始，创业的路还很长，这路上还会遇到未知的荆棘和险滩，但他们会迈着坚定的步子往前走下去。他们会凭借自己的智慧和勇气在这条路上披荆斩棘、踏破险滩，勇敢地走下去。

三十年再回首

一

2018 年是一个值得关注和纪念的年头。这一年老齐正好满 60 岁，也是他来到美国的第 30 个年头了。30 年的时间说长也长，说短也断，好像就是一眨眼的工夫，刚来美国时的那些情景仍是历历在目，仿佛就是昨天的事情。可是，30 年再回首，他又觉得有太多的经历和往事让人不得不感到人世的沧桑巨变。当年下飞机头一次踏在美国土地上时，他还是一个满头青发、英姿焕发、充满憧憬的小伙子，而如今却是鬓发斑白、体态臃肿、一脸平淡无奇的半老头子了。这脸上的皱纹、微蹙的双眉、以及头顶向后退去的发际都刻下了这 30 年不凡的经历和变故。在这异国的土地上，他经历过留学、求职、失业、跳槽等生存奋斗的考验和锤炼，也经历过当年中国无法想象的有肉吃、有房住的富足生活。

"唉，时间过得真快，"老齐感叹地说道，"一晃我们都是 60 岁的人了，来美国也 30 年了。"

"对啊，想当初刚来美国在密苏里上学的时候，好像才是不久前的事情一样。"老齐的妻子，吴敏应道。

"哎，你说我们要不要回密苏里去看看，去看看以前的学校?"老齐若有所思地问道。

"好啊，好啊。"吴敏高兴地答应道。

这个建议立刻得到了妻子吴敏积极地响应，她也很想回到几十年前的老地方去看看。人上了岁数大概都有点怀旧，怀念老地方、怀念老人。她与老齐几乎是同一年进入密苏里大学读研究生的，在那里度过了初到美国时既艰苦又充满希望的 5 年时光。毕业后，他们辗转到过美国许多不同的城市和州郡，但真正印象最深刻的还是在密苏里小小学校城哥伦比亚（Columbia）的那些人和事。

有了这个想法后，老齐一点没耽误，立刻在网上订了去密苏里的机票和旅馆。凑上一个节日和周末两天，他们准备赶赴那个他们在美国的发源地，也可以说是在美国的第二故乡，去故地重游一番。

6月16日，他们降落在了堪萨斯机场。在机场取了预先租好的轿车，他们开出了机场，上了高速路，往哥伦比亚城的方向开去。哥伦比亚是一个学校城，密苏里州立大学的主校区就设立在那里，城里除了大学和几所医院外几乎没有什么别的机构。它正好在密苏里州最大的两座城市圣路易斯（St. Louis）和堪萨斯（Kansas）之间，东面是圣路易斯，西面是堪萨斯，从哥伦比亚去这两个地方都只需2小时的车程。在老齐的计划中，这三座城市都准备去看看，就把旅馆订在了中间的哥伦比亚。

开出堪萨斯后，看到的是大片的平原和开阔地，既没有农田，也没有民居，就像开在无边无际的荒原上一样。他们有些惊讶，就算美国地广人稀，也不能有这么多望不到尽头的荒地吧。这要在中国，早就种上粮食或住上人了。其实，这里就像未经开垦的处女地一样，几十年静悄悄地躺在那里，从未改变过模样，只是他们再看到它时有些不习惯罢了。

下午五六点钟，哥伦比亚城到了。这里的一切倒是让他们有些意外，比他们想象的要繁华。虽然许多街道和建筑物还能认出以前的样子，但城市的规模好像扩大了，周边的城郊地带建起了新楼房和商业区。街道上的车辆和行人也多一些，比刚离开的堪萨斯显得繁忙和热闹。他们来到了城郊的Super 8旅馆，安顿了下来，准备第二天直接赶到圣路易斯，第三天再回到这里慢慢参观学校。

次日清晨，他们又出发了，继续向圣路易斯开去。一路上的景致与昨天从堪萨斯出来一样，广阔而荒芜。吴敏看着窗外，觉得有些不解，这么多年过去了，这里怎么一点发展和开发的迹象都没有。密苏里不是美国的农业州吗？至少也能看见耕地和农作物啊？没有，只有杂草丛生的荒原。也许，不在这一带吧。但无论怎么说，这里与东海岸的州郡相比，反差可太大了。如果从波士顿开出去，尽管是城市之间或州郡之间的郊野，看到的都是整洁的小道和门前开着鲜花的民房，就是高速公路两旁，那也是郁郁葱葱、高楼林立。看来，尽管都是在美国，地区的发展和发达程度也有着很大差别。

两小时后，圣路易斯到了，他们开着车在城里逛了一圈。这里的一切让他们更感失望。与昨天的堪萨斯城一样，城中心虽还有些大高楼，但已是陈旧灰暗，看不到奔忙的车流和建设中的楼房，完全没有欣欣向荣、生机盎然的景象。有些地方甚至还显得有些荒僻和破败，路上只有寥寥无几的行人和车辆。整个城市给人的感觉是悠散、滞慢和寂静的，就像一个被遗忘和遗弃的、曾经辉煌过的老城一样没有了活力和生气。到了这里，你可能会怀疑这真的是密苏里数一数二的大城市。再次见到这两座城市，老齐夫妇刚到美国时的那种现代、高级和繁华的印象顷刻间被颠覆了。

记得30年前从中国来读书时，州里这两座大城市对于只见过20世纪七八十年代中国的他们来说，是神奇而高大的，象征着现代和发达。有时为了见识见识现代化大城市，他们会专程开两小时车来城里逛逛。那些平整的高速公路、高架的立交桥，以及城里明亮的玻璃大楼都会让他们啧啧称奇、感叹不已。没想到30年后再次见到这两座城市竟会有如此大的反差，完全没有了当时见到它们时的那种高大尚的神奇感了。

"这圣路易斯怎么完全不是我想象的那个样子了？"老齐有些不解地说。

"对呀！一点现代感都没有了，感觉不太有生气，太沉寂了。"吴敏应道。

感慨了一阵后，他们想明白了。这些年这两座城几乎没有在发展，而是随着时间在慢慢的衰败和老去；可是他们呢，却见过了太多的现代化都市，就连中国的北京、上海也已经发展成为国际化大都市。现在再回头看着两座几十年不变的城市，当然会觉得陈旧和沉寂了。他们再也不是从低端和狭窄的视角观察世界了，认知也随着发生了改变。看来，视角和眼界对人的影响还是很大的，不仅会影响你的感官和视觉，还会影响你的认识、判断和分析能力。难怪古代文人都讲究云游四方，大概也是需要眼界和见识吧。

吴敏看着窗外这座既陌生又熟悉的城市，想起了第一次来圣路易斯的情景。当时刚从中国来不久，几个中国穷学生挤在两辆破车里开到了圣路易斯，想尝尝这里华人餐馆的粤式早茶。下高速时，没踩够刹车，撞在了路沿上，爆了一个胎。开车的学生吓得脸都青了，这是他第一次上高速。大家七手八脚换上了一个备胎，开进了圣路易斯。他们来到美国后还从没走出过哥伦比亚城，按中国话说，哥伦比亚就是个美国偏远的乡下小镇，那这帮学生当然也就是这小镇里没见过大城市的乡巴佬喽。

进了圣路易斯可算是见到了大城市，只觉得眼睛不够用，一个个瞪着眼，张着嘴，看着窗外的一切。那些大高楼让他们把脖子扬得发酸，高楼外琉璃墙反射的光芒让他们直觉得晃眼，宽敞平滑的街道让他们心神飞扬。随着破车的前行，他们恍如来到了神话般的"未来世界"。车内不断响起一阵阵情不自禁的惊叹和赞美之声。

其中有一个学生曾经来过，引领大家来到了中餐馆。十几个人围了一大桌，开始大吃大喝起来。当时来的中国学生都不富裕，在学校都是买最便宜的食物自己做饭，平时谁都舍不得下馆子。这天可算是打了牙祭，每个人都敞开了吃，饱得都到了嗓子眼，再不能塞下任何东西。记得，那些虾饺、凤爪、糯米鸡、叉烧包……好像是这辈子吃过的最好吃的东西，简直赛过一切人间美味。不知为什么，后来再吃多好的东西也比不上那一餐了。吃完后，大家 AA 制，每人掏了 10 美元。当时觉得特别值，本以为这样的美味会很贵，结果鸡鸭鱼肉什么都吃到了才 10 元钱。尽管当时 10 美元相当于 100 元人民币，但也觉得这个荤开得值得。吃饱后，一个个心满意足地回去了，这一趟既饱了口福又饱了眼福。

老齐夫妇俩来到了城市的标志性建筑 Arch（大拱门）之下。这是每一个来到圣路易斯的人必到的地方，这不仅是城市的标志，还是当年美国西部开发的标志，也被称作"西进之门"，意思是向西部进发之门。它的高度和跨度正好都是 630 英尺（大约 200 米），是用不锈钢筑成的一个巨大弧形拱门。它坐落在密西西比河畔，远远看上去就像一道银色的长虹飞架在大地之上，壮观而又艺术。他们抬头看着这个高大的建筑物，感觉好像只有这个"拱门"还是当年留在他们心里的样子，在阳光下闪闪发光，美丽而雄伟。他们拿出手机给这个巨大的、闪着银光的艺术品留影，还特别要让自己 60 岁爬满皱纹的脸印在这"拱门"之下，准备回去要与 30 年前的照片做个对比。随后，他们又沿密西西比河岸漫步了一段，观赏了一下两岸的景色。

圣路易斯除了"拱门"外，还有一个在全国久负盛名的植物园。虽然以前去过，但既然来了，还是该去看看。这里之所以有名，首先是它的规模首屈一指，占地面积 874 公顷；其次是它拥有 20 多栋大型可人工气候调控的温室，里面养殖了各种珍奇的热带和沙漠带植物，平时难得一见。除此之外，里面还有各种精巧的园林建筑，让人赏心悦目。在园内，他们还找到了建有小桥流水、亭台楼阁、月亮门的中国园，里面种有清雅的翠竹和兰花。据说是中国南京的一位女士赠送的。在中国园的旁边，竟然还发现蒋介石以前送的一个石雕牌坊。这些中国元素是这次他们的新发现，以前并不知道。也有可能，这个中国园是他们离开后的二十几年内修的。

　　傍晚，他们又回到了哥伦比亚，在旅馆旁边的小店里随便吃了点东西，就回旅馆休息了。

二

　　次日清晨，他们来到了密苏里大学的校园里。这里其实是他们这次出行的主要目的地，他们在这里学习生活了 5 年之久，有着太多的回忆和故事。在这里，他们不是要观景，而是想回顾一下 30 年前的往事和记忆。

　　他们惊奇地发现，这里的一切几乎还是从前的模样，看起来是那么地熟悉和亲切。奇怪的是，这么多年过去了，看不到任何陈旧和衰败的迹象，楼房和街道还是整洁鲜亮如新。不知道是不是经常维护和翻新的缘故。学校里几个具有代表性的欧式古典风格的建筑还是生机盎然地矗立着。学校行政楼，Jesse Hall，一个四层的罗马式建筑，银灰色的圆顶在阳光下反射出耀眼的光芒。钟楼，Memory Union，一个顶上带有四个细尖顶的小三层哥特式建筑，仍威严地竖立在那里，上面的时钟仍然一分不差。看着那些曾经走踏过无数遍的大道和小径，他们仿佛又回到了那个难忘的年代、那个充满奋斗和希望的年代。他们站在图书馆前面四周由楼群包围的一个小广场上，中间有一个下几层台阶的圆形小池，里面铺有刻有图案和字样的大理石。池子左面是一个象征性的门洞，右面是一个金属铸造的十多米高半躺半立的长锥形造型，上面还套着两个金属环。这仿佛象征着进入校门，通过小池内学校的培育，再走向创造的高峰。广场靠图书馆的一面还有树木和大花坛。这里应该算是校园的中心了。开学期间这里总是人来人往，花坛旁边坐满了学生。

　　他们踏着广场上的红地砖，向这曾经是那么熟悉的一切观望着。

　　"记得这里吗？"吴敏问。

　　"当然啦，以前每天要经过好几遍哪。"老齐答道，"去图书馆，去 Memory Union，去那边的学生中心，都要经过这里。"老齐指了指图书馆对面的楼。

"我也是。这里不知留下我们多少足迹呢。"

"记得,当初家里托人带东西给我,来人也不认识,就约在这里见面呢。他说,他会站在广场的那个门洞旁边,手里拿一个包袱。呵呵……"老齐说着笑了起来。

30年再回首,两人除了感慨外,心情也有些复杂。想想当初如果没有来美国,会怎么样呢?或许在中国的日子也不会太差吧,会赶上中国改革开放最发展的20多年。他们都是恢复高考后的第一批大学生,毕业后都在国家重要机构和部门工作。如果当初没有出国,或者学完立刻回国,恐怕都已经成为部门的高层人物了。再或者,下海经商,可能也已经成为富翁了也说不定。其实,当初选择留在美国也是命运使然,是北京的"六·四"事件让他们拿到了绿卡(永久居住权)。怎么能辜负这掉在嘴边的"馅饼"呢?这可是多少人一生奋斗的目标和梦想啊。几乎所有在美国的中国人都挤到移民局去,争先恐后地要接住这个掉下来的"馅饼"——绿卡,谁也没有问过自己,留在美国就一定好吗?现在回头看看,在美国这样高度发达和竞争的环境下,这一路走来并不容易,奋斗和辛苦半生好像就只奔了个生存。有个别发了点小财的,也是利用中国的资源、便宜货或廉价人工发起来的。不过,好在美国只要能有一份稳定工作,就可以不愁吃穿,住得起房子,享受到这里较好的生活环境。所以,工作就是你要在这里有尊严生存的一切基础。

"唉……"老齐叹口气说,"看来我们这辈子就交代在美国了。好在奋斗了大半辈子,今后的基本生活还是有保障的。"

"是啊,每个人都有自己的活法。在国外我们见到了不同的世界,经历了别样的人生,也挺好的。人生未必要大富大贵,只要活得精彩和充实就行。"吴敏说。

"说得对,说得对。"老齐应道。

……

说着,他们来到了那栋带有银灰色圆顶的罗马式建筑 Jesse Hall,学校的行政楼的旁边。他们准备停下车,下去照照相。可是,周围转了一圈,除了几个投币的计时表外,再也找不到停车位了。停到校园外去,走过来又太远了。吴敏从包里掏出一个0.25元的硬币投进了计时表,一看只有15分钟。

"快，快，我们快去快回。现在暑假期间，可能也不会有人来查表。"老齐怀着侥幸说道。

"也许吧。"

他们快步向 Jesse Hall 的正门走去。正门的前面是一片开阔的草坪，草坪中央竖着 6 根高大的汉白玉石柱子，上面雕有花纹和图案。每根柱子顶部都有一个方形的石顶，像是毕业礼服帽子上的方冠一样。每一届的毕业生都会在这里拍下一生最值得留念的毕业照。这六根柱子就是学校的标志和精神象征，高大而挺拔，永远屹立不倒。它们与地上翠绿的青草形成了白绿色的鲜明反差，甚是醒目亮眼。夫妇俩望着柱子沉凝了片刻，那目光亲切而熟悉，像是看见了多年未见的老朋友，这些柱子曾经给过他们太多的遐想和想象。俩人都在石柱前留了影，还请人给照了一张合影。

随后，他们转过身，给 Jesse Hall 这个圆顶古典风格的行政楼也照了好几张。

"好了，走吧。计时器时间快到了。"老齐催促说。

"不到楼里去看看吗？都在这门口了。"吴敏有些不情愿地说。

"算了，算了。停车时间到了！"老齐有些着急了。

"难道你坐飞机来一趟，只在门口照几张相就完了？"

"那你去吧。我不去了，我去看看车。"说着，老齐走了。

吴敏看着他的背影，心里觉得好笑，花了好几百块钱，专程坐飞机来看学校的，到了门口，因为怕停车超时宁愿不进去了。

吴敏只好自己进去了。她推开大门，通过一个宽大的走廊，进入了大厅。虽说是暑假期间，里面却很热闹，一拨一拨的人群进进出出、上上下下。中心岛里站着几个负责接待的男女大学生，身穿校服，正在热情地回答每一位到访者的询问。一个帅气的男生见吴敏进来，立刻上前问道，"Can I help you？（我能帮助你什么吗）"。吴敏一愣，急忙摇摇头，笑笑走进去了。她是不需要帮助，在他们面前，她恐怕算得上奶奶级的校友了，30 年前就对这里了如指掌了。吴敏突然明白了，虽然是假期，但正好是考大学的孩子和家长们来学校参观访问的季节，也正是学校行政部忙于接待的时节。

吴敏上上下下浏览了一番，只要开着门的房间都去看了一眼，有办公室、会议室、展览厅等，墙上挂满了各种学生活动的画片。大家都在忙，人来人往，谁也没有注意到有吴敏这样一个老校友的来访。照了几张相后，她顺着楼梯的台阶往下走，不觉在楼梯中间停了下来，四周打量起来。记得，当年申请研究生时，就是第一次从这里上楼去领申请表的，后来这个楼梯不知踏过了多少回，查成绩单、注册课程、申请打工……每次都要经过这里。这一切是多么地熟悉和亲切啊。

她不敢太耽误，转了一圈后匆匆出了大门。老齐早已不在门口了。她直接赶去了路边的那个计时停车位。老远见老齐沉着脸站在车旁，她心想，坏了，一定是吃罚单了。她来到车旁，果然，车窗上夹着一个黄色信封，里面一定装着罚单。尽管老齐连 Jesse Hall 的门都没进，赶到这里还是超时了。看来，学校的警察并没有因为放假就在家睡大觉了，非常准时地赶来开了罚单。或者，他们可能就猫在附近的什么地方，随时都会现身，出来给超时的车开上一张罚单。

"瞧，你非要进去，现在被罚款了吧。"老齐气呼呼地说。

"罚了多少啊？"吴敏急忙问。

"90 元！"老齐白了吴敏一眼说。

"这么多？学校里怎么罚这么多？"吴敏有些惊讶地问。

"没这么多，也有 60 元。"老齐没好气地说。

吴敏知道，就算是 60 元，那也像挖老齐的心头肉一样。60 元能买多少廉价东西啊。

"罚都罚了，算了，就当我们赞助学校了。"吴敏有意用轻松的口气说道。

老齐板着脸没说话。

"实在不行就从我工资里出吧。"吴敏又说。

老齐还是气呼呼的，总觉得吃了大亏。

"好了，好了。别这么不高兴，我们再去别的地方看看吧。"吴敏劝慰道。

反正都已经罚了，他们就索性让那个单子夹在车上，把整个校园都逛了。开始老齐还沉着脸，照相时脸都拉得老长，后来有点忘了，才好了点。

他们去了老齐曾经上课的工学院，一栋三层的红砖楼，还去了吴敏曾经上课和做实验的生物楼。最后，他们穿过了铺着红色跑道的运动场，来到了医学院大楼。医学院的变化比较大。以前这里是整个学校最气派、最先进、规模最大的楼，几乎是一个立方体的8层大厦。这是一个综合性大楼，里面什么都有，除了临床和住院部外，7层以上还有基础研究实验室；楼内左侧有一个不小的三层图书馆，地下一层还有一个规模不小的餐厅。现在，这里比以前更加气派和庞大了，左右两侧都盖起了规模不小的十几层的大楼，左侧是肿瘤中心，右侧是眼科医院，三个楼之间彼此是相互连通的。这大概是现代医学的发展和当地对医疗服务的需求所致吧，哥伦比亚虽是一个学校城，但现在也是州里的一个重要的医疗中心。

他们从后门进到了医学院的老楼里，顺着楼梯上到了二层，这里就是医学院的图书馆 J. Otto Lottes Library 的大门口了。这里离以前的研究生宿舍很近，以前他们常常到这里来看书和查资料，而不是去学校的大图书馆。他们熟悉这里的一切，每一层每一个角落都有过他们的足迹。这里还是以前的样子，深红色的地毯、棕黄色的书架和桌椅。里面显得宁静、舒适和温馨，还有点淡淡的书香味，让人完全没有压力和紧张感，可以安下心来阅读，低头沉浸在知识和理论的海洋里。他们在里面转了一圈，又坐在门口的长木凳上照了几张相。

从图书馆出来，他们下了楼，本想从以前熟悉的过道穿到大楼的前门去，结果发现已经不通了，过不去了。

"本想再去地下餐厅看看，现在也过不去了。记得刚到美国时，你还牛哄哄地请我在医学院这个餐厅里吃过汉堡包呢。"老齐笑着说。

"是吗？我都不记得了。"吴敏说，"是啊，对于中国人来说，那时能吃汉堡包可不就是牛哄哄的嘛。"

他们只好又从医学院后门出来，从外面绕到正门去。以前的研究生宿舍楼就在医学院正门的对面，只隔一条不大的街。他们想去曾经住过4年的二层小楼看看。很可惜，这里的十几栋小楼已经不见了踪影，取而代之的是一个庞大的十几层现代化大楼和停车场，也就是现在的眼科医院。它与医学院的主楼以一条空中走廊跨街连接了起来。他们抬头看着这幢大楼发了半天呆，最后带着遗憾离开了。

他们来到了学生活动中心。这活动中心完全不是以前的样子了，比以前扩大了两三倍，走进去简直像机场的接待大厅。厅内宽敞明亮，设施很新，一个巨大的电子屏幕悬挂在正门入口处的上空，一幅幅彩色画面不断在上面闪过。他们在里面看见了大餐厅、小饭馆、商店、书店……应有尽有。虽然是假期，这里仍然熙熙攘攘，人声鼎沸。在这个学校里，随处可见到老虎的形象和黑黄相间的老虎色调，这个厅里尤为明显。在下到书店的楼梯拐口处，整面磨砂玻璃墙上刻有巨型的虎头花纹，虎纹下的边台上趴着两只披着真虎皮的假虎，商店里还站着一人多高的玩偶虎。老齐高兴地咧着嘴跟每一只老虎都照了相。老虎是密苏里大学的形象代表，校篮球队的名称就是 Tiger（老虎）。据说这支篮球队在全国都蛮有名，常常在大学生联赛中夺冠。老虎的黑黄色调也逐渐成为学校的标识色，常常出现在学校的各种庆典和装饰上。

他们走进商店，里面有各种各样印有密苏里大学字样或老虎花纹的 T 恤、帽子和运动衫等。老齐拿起一顶帽子看了看。

"我们买两顶帽子回去吧？"

"好啊。"吴敏一边说，一边开始挑选。

她为老齐挑了一顶灰色的，为自己挑了一顶红色的，上面绣有 University of Missouri Tiger（密苏里大学老虎）字样的两顶帽子，作为这次再度光顾母校的纪念。

所有该看的地方都看完以后，他们又回到了那个夹着罚款单的车旁，拿下了罚款单，开车离开了校园。老齐边开车边神秘兮兮地对旁边的吴敏说出了实情。

"其实……那个罚款单上才 15 元。"他坦白说。

"哦！可你那样子像掉了一斤肉似的。"吴敏惊叫道。

吴敏心想，幸亏有了这个罚单，才让他们不再有后顾之忧，安心悠闲地把整个校园逛了。不然，按老齐的个性，还是舍不得多付停车费，每过十几分钟就要慌慌张张地跑去看时间到了没有。这 15 元买得了心安和时间，多值得啊。其实，花钱有时不在多少，而是值得，可老齐永远想不清楚这个道理。他大概觉得，早知道会被罚款，不如投上 3—4 元钱足矣，何至于被罚去 15 元呢，白白损失了 10 多元钱。10 元钱能在快餐店吃顿饭了，买水的话，能买好几箱呢。

的确,10 元钱说多不多,说少不少,可老齐从来都不懂得人生中的很多东西是不可能等价交换的,因为它们是无价的。比如安心,值多少钱呢?不知道。为了安心,有人花成百上千去买各种各样的保险,值吗?其实很难有事发生,也就是买个安心。也有人花百万千万捐助慈善,值吗?其实也是为了买另一种安心。这世上的很多东西都是不能用金钱衡量的,它们在你心里值多少,只凭你的价值观。对于得失,不同的人从不同的角度和观念去看待,会有完全不同的结论。其实,人生中的得失是一种常态,有得就会有失,有失就会有得,有时必定会失去时,不必太纠结。

从校园出来,他们专程开到快速大路旁的 Long John Silver 快餐店去吃中餐。这个店 30 年前就来过,没想到这么多年过去了,它依然在老地方。老齐只想坐进去找找久别而熟悉的感觉和味道,就像在学园里寻找熟悉感一样,并不是它的食物有什么特别。他们一边吃,一边商量下午该去哪里。

"我们还是去帕克家看看吧。"吴敏往嘴里塞了一块炸鱼说,"她多半不住在那里了。可是来都来了,去看看也无妨。"

"行吧。去看看吧。"老齐应道。

帕克教授是吴敏的博士生导师,吴敏刚到美国时在她家住过几天。后来,每年感恩节吴敏夫妇都是帕克家的座上宾。吴敏与帕克的关系已经远远超过一般的师生关系。在刚来美国的那两年,在这无依无靠、孤立无援的异国他乡,帕克就像是唯一的依靠和保护神,吴敏无论碰到学习还是生活上的问题,能够依靠和求救的人只有帕克,是帕克的帮助让吴敏度过了刚来美国时最艰难的时期。在吴敏心里,帕克就像母亲一样的亲切和慈爱。这么多年过去了,她只要一想到帕克,就有一股暖流在心里流淌。她永远都不会忘记帕克那温和的眼神和慈祥的笑容。

他们俩对帕克家的那栋别墅有着深刻而亲切的印象,已经不记得具体的道路和门号,只凭着当年的记忆还是找到了那个离校园二十多公里的住宅区和那栋已变得陈旧的别墅。

"应该就是这栋把街口的房子,褐绿色的。"吴敏向车外张望,指着那栋房子说。

"对对,好像是。"老齐也感觉是那栋。

他们曾经是多么地熟悉这里的一切啊，就如同熟悉自己父母的老房子一样，永远都不会走错。幸而周围的街道和房屋，以及环境都未发生太大变化，他们很容易就找到了这里。这是一栋在坡顶的平房，背靠小树林，连外墙的颜色都没改变，还是褐绿色。他们把车停在道边，下车四周又查看了一番，肯定这是当年那栋房子。

吴敏走上前去，敲了几下门，没什么动静，大概是没人在家。她在门旁的外墙上看见了一个小牌子，上面写着 Joseph's House（约瑟夫之家）的字样。她断定帕克一定是不住这里了。

"帕克不住这里了，现在已经是别人的房子了。"吴敏对老齐说。

"哦？是吗？肯定是退休离开时把房子卖了。"

"他们好像去了佛罗里达她儿子那里了。"

吴敏凝视着那熟悉的房子，不觉想起了往事。她想起了从这房子背面落地窗看到树林里飞来的红色珍奇鸟儿，想起了她与老齐在前院的菜地里除草浇水，想起了每年感恩节时，帕克的丈夫如何将烤好的火鸡一块块切下来放在每人的盘子里，还想起了帕克最喜欢吃自己做的放辣椒的那种中国凉菜。这房子里曾经的一切，想起来是多么的温馨啊。

"走吧。"老齐在旁边提醒道。

"哦"吴敏应道，从回忆中醒来。

他们看着这熟悉的老房子，真是应了那句老话"物是人非"了。他们只好带着无限的遗憾离开了。这里是最有可能找到当初熟识人的地方，如果找不到，那就再也没可能找到当年的人了。当年的同学和老师早就毕业和退休了，特别是学生，绝不会留在这没有多少工作机会的小城里谋生。当初快毕业时，就听说帕克准备病退了，得了一种什么神经末梢的病，也许早已离开了人世也说不定。想到这里，两人不免有些伤感。真是岁月如梭，30 年弹指一挥间，如今他们自己也是要退休的人了，找不见以前的老人大概也算是常事吧。

晚饭时分，他们来到了哥伦比亚城中心的 Broadway（百老汇街）。这天正好是父亲节，怎么也该有点庆贺吧，他们打算去吃一个丰富点的晚餐。于是，他们找到了老齐 30 年前打过工的中餐馆，也想找找当年的感觉。这个称作

Formosa（宝岛）的中餐馆虽然还存在，但老板早已不是曾经那个干瘪黝黑、脾气火爆的台湾人了，餐馆里也没有了曾经的兴隆景象。里面的大厅黑着灯，只有外面小厅的四五张小桌亮着灯，也都还没坐满。当初身穿白衬衫黑背心黑领结、年轻精神的亚裔服务生们已不见了踪影，只有一个身穿花色套头衫，腰间扎着围裙的美国半老徐娘在招待客人。从她发胖的身体和一步三摇的步态就能断定是几个孩子的母亲了。墙上的牡丹图和中国扇早已褪去了颜色，蒙上了一层细细的灰尘。所有的这一切都在表露着餐馆难以挽回的衰落进程。

老齐翻开了菜谱，点了三样他喜欢的菜：酸菜鱼、辣子鸡、红烧茄子。结果，他们等了很久菜都没有上来。老齐下楼去了，在街上照了一圈相上来，还是没来。

"是不是不会做啊？"老齐笑着小声说。

"大概我们点的不是美国人常点的菜，说不定真有点不会做。"吴敏也小声说道。

"说不定，大师傅在里面炒一个出来，一尝不对，只好重炒；再一尝，还是不对，又重炒……"老齐戏谑地说。

吴敏忍不住捂嘴笑了起来。

老齐环顾了一下四周，想起了当初第一天来这里打工的情景。陈师傅正在骂人，他既是老板也是大厨，最不能容忍的就是服务生叫错菜。"你蠢猪啊，宫保鸡和辣子鸡这么大的区别你都会搞错。我告诉你，这菜他妈的要从你的工资里扣……"他叫骂着，提着炒勺从后厨冲了出来，整个大厅都能听见他的声音。幸亏他说的是中文，只有服务生们能听懂。出错的服务生低头不语，为了学费不得不忍受着他的叫骂和侮辱。老齐见此状神经紧张起来，看来这服务生也不是这么容易做的。奇怪的是，老齐忙的时候偶尔也叫错菜，但陈师傅从来不骂他。陈师傅常常说，老齐宽大的前额和嘴角旁的黑痣很像中国的某个伟人，也许由于这个原因，他对老齐有几分自然的青睐和尊重，从来没对他瞪过眼。后来，暑假期间，老齐还去纽约的中餐馆打过工，送过外卖。有一次送外卖时，他还被黑人抢过呢。想起这些经历，老齐不禁有些感慨。

最后，菜终于上来了。他们一尝，的确不尽如人意，特别是那碗酸菜鱼。

那简直就是清水煮鱼片，放了几片酸菜而已，与浓烈酸辣的正宗酸菜鱼根本没法比。他们只好把里面淡得无味的鱼片挑来吃了就算了，不然这碗菜就浪费了。半老徐娘还跟他们说，这大厨是正经从中国雇来的呢。

从餐馆出来，老齐很失望，本想来找找当初在这里当服务生端盘子时的感觉，没想到这里已经是几经兴衰，面目全非了，老板都换过好几个了，再也找不到当年的影子了。真是只有当你再回首时，才能感到时光的流逝和时代的变迁。

"唉……这餐馆的名字一直还在就很不容易了。"老齐叹道。

三

次日清晨，他们退了房，准备赶往堪萨斯，坐下午的飞机回波士顿。行李都搬上了车，还剩下八九瓶水没喝完，老齐也都搬上了车。"今天上飞机之前得把它们喝完，带不进安检的。"他说着，关上了后车盖。他们的车开出了旅馆，向通往堪萨斯的高速公路开去。吴敏看着那几瓶水，想起了刚下飞机那天在路上买水的情形。

两天前在堪萨斯下飞机，从机场开出来，一路觉得口渴，可在高速公路上又没法买水，一直快开到哥伦比亚了，在郊外看见有超市就停下了。他们进去后直奔饮料区，看见有15瓶箱的矿泉水，就立刻拿了一箱。等走到收银处，老齐一眼就看见旁边有24瓶箱的，而且与15瓶箱的居然一样价钱，也是2.50元。他立刻搬起一箱放进推车里，正准备把15瓶的那箱放回去。

"15瓶足够了，"吴敏急忙说，"剩下两天时间，我们每人每天喝6瓶也足够了。"

"一样价钱啊，为什么不买多的?"老齐睁圆眼睛问。

"喝不完，你要来干吗?"

"喝不完带走啊。"

"飞机上可不能带。"

"那就剩在旅馆里。"

"何必呢? 旅馆也不一定要，打扫房间时都得清除。"

吴敏其实非常了解他的心理，他一定觉得这个便宜不挣不舒服，就算喝不完，浪费了，也比不挣这个便宜来得舒服些。他站在那里犹豫了半天，最后才咬牙将24瓶箱的放了回去。可是，他一直还耿耿于怀，如果不是在旅行，他一定会搬回家，慢慢一瓶一瓶喝掉，才会觉得这 2.50 元划得来，花的过瘾。最后的结果是，两天过去了，马上要离开密苏里了，这 15 瓶箱的水还剩下 8 瓶。每天在餐馆吃饭时，都配有饮料，而且喝完还可以免费加满。所以水省下来一半。现在想想，幸亏没有买 24 瓶，不然还真不知该如何处理。

吴敏不觉又有些感慨，30 年过去了，这一路看到的一切都不再是以前的样子了，可回头看看才发现，怎么人竟然没有什么变化。其实，老齐早已经从当初一个全部家当只有 200 美元和两只大箱子的穷学生，变成了现在有房有车、有十多万年薪的高级工程师了。但奇怪的是，这些变化对于老齐来说似乎就像长出来的白发和皱纹一样都是表面和外在的变化，在他的内心和心理上好像从来没有发生过什么变化。相比在美国度过的 30 年，还是之前在中国度过的 30 年对他的一生有更深刻、更久远，甚至是永远的影响和烙印。或许是，人的世界观和价值观在 30 岁以前，也许更早的时间就形成了，而且很难再被改变，特别是价值观和生活习性更是如此。尽管老齐的工资已经是 30 年前的好几倍了，但还是很难撼动他固有的观念和习性。

直到现在，老齐还是很少根据需要买东西，而是根据价格，一般只买最廉价和打折的东西。无论多想吃樱桃，他绝不会在 3—5 元时出手，一定要等降到 2 元左右才会出手；而且会买许多放冰箱，直到吃得发腻。无论多想吃龙虾，他绝不会在 7 元以上时出手，直等到 8 月龙虾盛产季节，降到 5 元左右才会出手；而且，这个季节无论自己和家里人想不想吃，他都会买回来，逼着大家吃。也就是说，他完全不是根据自己的喜好和胃口购买食物，而是根据价格和性价比来决定是否购买。这让人很难理解，按他现在的经济能力，完全不必为几元钱的东西精打细算，完全可以想吃什么就买什么，只要不过于昂贵。但是，他不愿意，他要让每一分钱得到最高的价值。每次去超市，他都会拿着广告小报，找到折价商品，如牛肉、鸡肉、比萨饼、冰激凌……买来储存在大冰箱的冷冻柜里，慢慢享用。有时，冻肉在冰箱里一两年都没能吃掉。那情景常常让人想起中国 20 世纪六七十年代物资紧张或脱销之前抢购商品和囤积商品的时代。那时连酱油涨价前，人们也会把家里所有的空瓶子打满酱油，希望能吃上一阵。

"不是降价便宜就非买不可，也要看需不需要。冻在冰箱里也不是永远不坏，时间长了也会变质的。"吴敏有时忍不住会这样说。

"抓紧吃呗，总会吃完的。"老齐总是这样回答。

其实，在老齐心里，东西是可以买的，但必须是廉价和超值的。廉价是很重要的，哪怕买来没用也心甘。久而久之，这种习性演变成了一种嗜好，见着廉价东西不能不买，买到了廉价东西无论大小，都会让他有极大地满足和快乐感。到了这种程度，其实已经不是什么省钱、节约的事情了。他现在的经济实力完全没有必要省这几个钱，他只是改变不了从小养成的生活习惯，而且是在 20 世纪六七十年代中国经济最困难时期形成的。就是在美国这样世界上最富有、物资最丰富，乞丐都饿不死的国家生活了 30 年，也没能改变他的这种习性。就是现在的中国，也早没人过这样拮据的生活了。这不得不让人费解和深思。

说话堪萨斯城就已经到了。时间还早，他们又去了城里的艺术博物馆参观。在博物馆里，他们看到了许多中国商代和汉代的文物。真是不得不让人感慨，世界上几乎所有像样点的博物馆，巴黎的卢浮宫、伦敦的大英博物馆和纽约的大都会博物馆自然不必说，里面都有中国的文物。不知道他们都是怎么弄来的，很难不让人想起八国联军火烧圆明园的历史。

时间差不多了，他们来到了机场。还了车后，他们来到了候机大厅。还有几瓶水没喝完，怎么办？托运没必要，又不能带进安检。老齐的第一反应是，不能浪费，得喝进肚子里。于是，在安检门外，他俩就坐在候机室里拼命喝水。上了卫生间后，出来又接着喝，最后一瓶实在喝不下去了，只好打开瓶盖喝了两口才扔进了垃圾桶。吴敏忍不住捂着肚子笑了起来。

"等会儿安检时，一扫描，警铃响了，通不过，因为肚子里的水太多了。"吴敏自嘲地笑着说。

"哈哈，哈哈……你还挺幽默嘛。"老齐说，笑得也忍不住捂着肚子。

结果安检时，还真的挺奇怪，警铃真的响了。安检人员不得不让他们把裤兜都翻出来，皮带也解下来，细细检查了一遍，可是警铃还是响，已经没有什么可查的了，再查就要脱内衣了。最后安检人员只能让他们通过了。他俩还从来没碰到过这种事，难道真的是肚子里的水在作怪吗？太不可思议了。这后来还真成了一桩笑话，回来后每每想起都不觉要笑出声来。

回头想想，老齐好像也没什么错，不浪费总是没什么错吧，也算是美德了。那些水不喝完的确浪费了。可细想想又觉得有点过了，再想想平日怕浪费吃下去的那些剩菜剩饭，似乎有些本末倒置。如果总是这样，为了不浪费，逼着自己吃下去不愿吃或吃不下的东西，难免会吃出毛病来。再花钱去看病，不是得不偿失吗？恐怕浪费的钱和资源更多。节约没错，但如果过分和极端，可能也会得到适得其反的结果。

吴敏不觉又想起了一些最近才发生的事情。她因工作关系有一段时间不在美国，回来时进门吓了一跳。屋内堆满了各种纸盒、瓶子和塑料袋，好端端的一个新房子堆得像垃圾站。她以为是没人收拾，才弄成了这样，急忙开始收拾起来。

"这些东西为什么不扔垃圾，留着干什么？"她边收拾边说。

"别给我扔啊！"老齐说着赶紧跑了过来，"我还有用哪。"

"干吗用啊？"她大惑不解地看着老齐问。

"有时装点东西什么的。"

"那也用不了这么多吧。"

这些盒子和塑料袋都是从超市装食品回来的。盒子是超市包装货物的，堆在墙角，顾客可以随便拿，用来盛装买到的商品。老齐每次装食品都带回几个来，但从来不往外扔，家里越堆越多。她环视了一下房子，大门内的地上垫了一个拆开的纸盒，作为踏脚垫；门旁边放了两个，一个里面竖着一双老齐的旅游鞋，另一个里面竖着几把雨伞。书房的地上放了好几个，有些放满了空瓶子，有些放满了用过的塑料购物袋，还有许多空的堆在了洗衣房的架子上，连书柜里没书的地方都堆满了。那些空瓶子都是盛装各种酱菜和食品的，吃空后舍不得扔，都存了下来；塑料袋也一样。整个家看起来就像农民工的临时窝棚，完全没有美国中产阶级家庭应有的讲究和摆设。如果一个美国人走进这个房子，会惊得掉下巴的。他会无法理解一个能用几十万买这房子的人怎么会过着像拾荒者一样的生活。别说美国人，就是美国长大的儿子也越来越受不了啦。吴敏看着这一切直皱眉。

"去买个鞋架或鞋柜来放鞋和伞吧，这都放在破纸盒里算怎么回事啊？"她有些不耐烦地说，"还有，那些空盒子、空瓶子和塑料袋都扔掉！"说着，她就开始去收拾那些东西准备扔。

老齐赶紧上前阻拦："不能扔，不能扔，我留着还有用。"

"不行，今天我必须得给你扔了。你看看，这家都成垃圾站了。"她强硬地坚持说。

老齐一看拗不过，只得眼睁睁地看着老婆把他积累了一两年的东西准备拿去扔了。他眼神里流露出极度的惋惜和痛心，像要挖他的心头肉一样。"……还可以用的。"他在一旁伤感地嘟囔着。

她看着他的表情，心里窃笑，说道，"我会留一两个给你备用的"。

她用了两天时间总算把这些破烂清理出去了，把家收拾干净了。当她还在欣赏这收拾干净后的、赏心悦目的房子，老齐又开始往家里带东西了。他带回来了一个个揉成团的粗白纸，放在了大餐桌上，很快餐桌上就堆满了这样的纸团。

"这是什么纸？你从哪里弄来的？"她惊讶地问道。

"是我们办公楼里卫生间的擦手纸。我洗完手擦干后就把纸存下了。"老齐回答说。

她听了简直不敢相信自己的耳朵，睁圆了眼睛，嘴巴半天没合上。"你存它干吗啊？"她惊讶之余问道。

"这些纸我擦过手后并不脏，带回来还可以擦擦锅底和灶台什么的。"老齐说。

"哎哟，我求求你啦，别捡了。你们公司的同事看见不笑话你啊？"她说着，真不知道自己是该笑呢，还是哭。

"他们不知道，没事。不然这些也就丢垃圾了。"

"以后别再捡了，你不觉得可笑吗？"她有气无力地说道。

她无奈地摇摇头，真不知该如何理解老齐的这种行为。家里明明有厨房用纸，不到 1 元钱可以买一大卷，就算他真想用这些捡回来的纸擦锅底，能省几分钱呢？其实，他已经不是想省钱了，而是习惯了这种收集废品，然后再利用的生活方式了。真可谓到了一种极致，一种病态的程度。

她又想起了另一桩事。前几天厨房地板上有块破布才被自己扔掉，不知怎么又出现了一块。

"这布是你放这儿的吗？"她问老齐。

"旧衣服不能穿了，用来擦擦地板多好。"老齐说。

"不是有拖布吗？这破衣服扔在地上太难看了。"

"没关系，没关系，放在这里旧衣服还能发挥点作用。"老齐说着，用脚踩着那块布在水池旁的地板上蹭了几脚，擦去了几滴溅出来的水珠。她看着老齐有点无可奈何，只好让那块破布待在那里了，为了不影响屋内的整洁感，她用脚把它踢到了墙角。她突然想起，好像老齐北京家里的厨房地上也有这么一块，看来是他们家的老传统了。

老齐的这种行为实在让人难以理解，可他自己却浑然不知，觉得理所当然。20 世纪六七十年代的中国，物资紧缺，人们习惯将用过的东西存起来再利用。比如，酒瓶、罐头瓶都会留下来打酱油、打醋、装咸菜什么的；纸盒也会存起来，储存棉絮和鞋等。现在，别说在美国，就是在中国也已经没有人再存这些东西了，每次去买什么都会配一个瓶子或盒子回来。整个社会和经济的运转，以及现有的生活方式早已经不再需要这些东西。如果真有人存这些东西，那应该是捡废品卖钱的人。可是，老齐还是固守着这些习惯，无论外界环境如何变化。在美国生活了 30 年，也没能让他受到丝毫美国人生活方式的影响。关起门来，他还是照他以前的样子过日子，只是与外面的这个繁华的、富裕的、追求享乐的社会显得格格不入。但他一点都不介意，自得其乐地沉浸在自己拮据和节省出的每一分钱的满足之中。

这些看似有点可笑的小事，可细想起来不得不让人深思。为什么所有的东西都在随着时间的流逝和推移在不断地变化，而人的价值观和生活观却很难改变呢？城市可以变得陈旧和衰落；餐馆可以变得冷僻和败落；医院可以变得发展和壮大；人的认知和观念随眼界的扩展也可以变得精准和全面；可是，人的价值观和生活观为什么如此的固执，很少随着时间和环境的改变而改变。"环境造就人"这句话其实并不完全正确，人在成长早期形成的观念和习性好像很难随环境而变化。

或者说，人的性格是骨子里的东西，也就是说刻在基因里的，由 DNA 决定的。它不会随着环境的变化而变化，只有可能是表现出来或不表现出来。人们也许可以举出许多真实的例子，说明有些人没钱时还好，有了钱就变坏，开始吃喝嫖赌。其实，这些人也许并不是有了钱才变坏的，他们骨子里就是个贪图享乐的人，只是没钱时受到了限制，表现不出来；一旦有了钱，有了这样的环境和条件，他们就会表现出来，或者很容易被诱发。像老齐这样的人正好相反，骨子里就是个苛刻吝啬的人，再有钱也会一分掰成两分来用。省钱，以及由省钱带来的省油、省气、省水……的拮据生活已经变成了他的一种嗜好，并不是环境所迫。他为能省下的每一分钱，或交易中获得的每一厘价值而感到满足和快乐。这每一分、每一厘都会让他感到像胜利者一样的自豪和得意。银行里的数字都不如省下来的每一分钱让他这么兴奋和激动。

再或者，老齐离开中国的这 30 年，正是中国经济和生活发生巨变的 30 年。他错过了生活上从无到有、从有到丰、从丰到富的过渡时期，从心理上他从来没有经历过由穷到富的适应和转变过程。当初刚到美国时，尽管也见到了美国人奢华的生活，但这种猛然间跳到"天堂"的感觉有些不真实，总觉得那不是他的生活，那些生活不属于他。尽管踩在美国的土地上，但还是有隔岸观花的感觉，再好看那是别人的，跟我没多少关系，从来也不会有与美国人攀比的心态和心理。他的心理暗示是"我还是那个中国来的穷小子"，关起门来还是过着以前习惯了的拮据日子，而且，这种日子还过得美滋滋的。这里的食品丰富又便宜，鸡肉当初是中国最滋补的食品，这里才 0.25 元一磅（≈1 斤），大片片的猪肉才 1.50 元一磅，再拮据也能让一家人吃得饱饱的。在当初 20 世纪六七十年代的中国，肉限量、油限量……这难道不是天堂吗？来到这里后，吴敏还能记得当初自己说过的话，"我好像把这辈子的肉都吃掉了，如果要我现在就死的话，我都没有什么遗憾了"。这说明，当时在食欲方面的满足感已经达到了极致，虽然并不是什么山珍海味，仅仅是一些美国最廉价的食品。

老齐现在已经买得起车，也买得起房，早已不再是他人生中仅满足于温饱的阶段，但也许错过了中国由穷变富的心里蜕变过程，也没能真正融入美国人的生活方式中去，他就还活在中国 20 世纪七八十年代的生活方式中，用装酸奶的杯子舀米，用罐头瓶子喝茶，用破旧衣服当擦布。虽然简朴和节约是一种美德，但这样的拮据方式已经很难让许多人接受了，别说美国人，就是现在的中国人也会觉得是另类了。他就好像不属于这个世界，完全生活在他自己过去的那个年代中，你很难相信他是生活在美国这样富裕的国度里。在这里，连乞丐都不会再用吃过的酸奶杯和罐头瓶，他们会用讨来的钱去买新的东西。这里的穷人接受捐赠也要新的东西，绝不稀罕你的旧东西。这大概就是生活观和价值观的根本区别吧。

也许，不仅仅老齐，30 年前来到美国的这一批中国的新移民可能多多少少都有点这样的习性，有着节省和拮据的生活方式。这大概是中国那个时代给他们留下的烙印，已经很难被时间和环境抹去。只不过，老齐显得更为极端和突出罢了。这批人虽没有暴富的，但基本都能达到工薪中产阶级家庭的水平，有房有车，有的还有钱投资房地产。但他们却很少花钱提高自己的生活品质和享受，比如，看看歌剧或舞剧，买高档衣服或装饰品，旅游时住高档一点的酒店，买菜时挑最想吃的菜，而不是折后折的菜。回国探亲时，他们会被国人豪气冲天的大手笔消费方式震惊，也会被国人嘲笑小气和土气。他们没有机会改变的那种出国前的生活观和消费观，在现在的国人眼里也已显得格格不入了，早已成为历史和古董了。

因此，这批生活在美国的人，既没有真正融入美国的生活方式，也没有跟上现在的中国生活方式。他们成了一批独特的群体，以自己独有的方式生活在美国。他们有中产阶级的经济实力，但过着近乎中国 20 世纪七八十年代拮据观念下的、满足而幸福的生活。在他们的生活圈子里，既没有美国人的影响，也不必与现在的中国人攀比，从心理上他们满足于这样的日子，自得其乐地生活着。

他们的后代，这批在美国成长起来的华裔子女，却有着与他们父辈完全不同的价值观和消费观。尽管在华裔家庭长大，但学校和同学们的近距离影响终于把他们变成了美国人，形成了美国式的生活方式。他们习惯进电影院，穿名牌，参加 Party（聚会）。他们对父辈的拮据方式开始反感，逐渐与父辈有了矛盾。他们的兴趣爱好是靠钱堆出来的。要去学芭蕾，还没开始，首先就把所有的行头都备齐，舞鞋、练功衣、服装、头饰等。缴了学费，还没学几天，又转兴趣了，所有这些行头和学费也就都废了。要去学射击，花几千元买了射击枪和迷彩服，没学几天，没兴趣了，这些服装器械也废了。他们好像只感兴趣体验穿着那些服装道具耀武扬威的感受，而不是那项专长和技能。对于父母心疼花在这上面的费用，他们却不以为然。他们会要求父母给他们举办生日 Party（聚会），把所有朋友和同学请来，父母不想太破费在餐馆举办，只好忙碌一天在家做出最好的饭菜和糕点。

随着年龄的增长，他们越来越反感父辈的拮据方式，与父辈开始有了文化和价值观上的差异和矛盾。他们常常会说，"你干吗收集这些废品？难道没有杯子和瓶子卖吗？""我们干吗不能去好一点的餐馆吃饭？""你们给我买的这些衣服我都穿不出去，以后别再给我买了"。这些下一代再也不能像他们的父辈一样生活了，父辈过去形成的生活观和价值观已经不能再影响他们了。美国的教育和大环境的影响已经让他们基本形成了美国式的生活和价值观，他们已经成了在心理上和观念上的真正美国人。

飞机已经降落在了波士顿机场，这一趟的故地重游即将结束了，太多的感慨让吴敏久久不能平静。这对她来说，不仅仅是 30 年前的故地之游，好像也是 30 年的心历回顾之旅。看到了太多的物是人非，也看到了太多的物非人也非，可蓦然回首，发现人的心灵却没有改变。现在算是真的理解那句至理名言"江山易改本性难移"的深刻含义了。这个本性应该多半指的是基因的成分，包括性格、性情、习性等，环境对习性的影响虽然重要，大概也只有在青少年之前才有用。过了这个时期，习性就再难随环境的变化而变化了。

他们回到了波士顿的家，三天的旅行已经结束，一切又回到了从前。所有该改变的已经改变，而不变的还是没有变，何必操心去改变什么呢？一辈子已经过来了，想怎么过日子就怎么过吧，只要自得其乐就好。

贝尔岛

一

　　2019 年波士顿（Boston）的夏季还是像往年一样迟迟不肯露面，直到 7 月才算真正的到来了。在这之前，你还是不得不穿上一件外套出门，缩手缩脚地不愿下水游泳。今年的夏季虽然许多地方都已出现高达 40 度的高温，但波士顿的夏季还是姗姗来迟，太阳直到 7 月初才觉得有点热辣了。趁着这可贵的骄阳，我们接到了一个让人惊奇和兴奋的邀请，去朋友的私人岛划船和游泳。

　　在美国，拥有房子，拥有车子，已经不稀奇了，可拥有一个岛屿还是头一次听说。因为岛屿与陆地不相连接，有水相隔，比较独立，主权和领地感更加浓厚和强烈，真不知道他们拥有一个岛，成为岛主，会是什么感觉。这让我们产生出无限的想象和猜测，脑海里总是不断浮现出各种岛屿的画面和轮廓；这会不会像海子诗歌里的句子"我有一所房子，面朝大海，春暖花开……"呢？或者像《鲁滨孙漂流记》里，一个杳无人烟的原始荒岛呢？对于我们这辈人来说，大概只有在小说或电影里听见过，总觉得有些不真实，仿佛是个遥远的梦境或久远的传说。如果不是身边亲近的朋友，还真会以为是虚传，因为的确有些让人难以置信。其实，许多美国人的梦想也是一生能拥有一个自己的岛，可能实现的人并不多吧。这大概算"美国梦"中更高级、更理想化的一种了，但在美国也并不是遥不可及、不可实现的一种。我们带着好奇和兴奋感，有些迫不及待地想要立刻见到这个在我们心目中近乎神秘的小岛。

　　7 月 6 日，我们一行三对夫妇开车 2 个多小时来到了马萨诸塞州（Massa-chusetts）邻近的纽罕布什州（New Hampshire）太阳红大湖下游（Lower Sun-

cook Lake）的岸边。原来这是一个淡水的湖岛，应该比海岛更安全、更实用吧。我们已经接到电话，戴着小红帽的洪磊已经上岸等着我们了。我们顺着小路向私人摆渡码头开去，很快就见到了戴着红色运动帽，穿着蓝色救生背心的洪磊正在码头上向我们这边眺望。车子停稳后，我们纷纷跳下车来，兴冲冲地问洪磊，"在哪儿？在哪儿？岛在哪儿？"洪磊指着对面湖中心的小岛说，"那就是我们的岛"。他黝黑的脸上除了腼腆的微笑外，完全没有岛主该有的得意、自豪和霸气，也没有按捺不住的沾沾自喜。我们都知道他是个低调、不爱张扬的人，不可能从他脸上得到更多岛的信息。我们顺着他手指的方向，放眼望去，那个让我们期盼、又觉得神秘的小岛映入了我们的眼帘。

"哇……"大家不禁张口叹道。在波光粼粼的湖面上，一座郁郁葱葱、松林密布的小岛矗立在碧水的中央。岛虽不大，但那一棵棵细高挺拔的松柏树让小岛显得格外秀丽多姿、风光旖旎。还有那环绕着小岛清澈碧绿、波光点点的湖水，更是让小岛多了几分灵动和生气。在阳光的照射下，透过高大树干的缝隙，依稀可见一栋艳黄色的小木屋坐落在小岛的坡顶。真是美不胜收啊，正如小岛的名字 Belle 那样，像一位美丽长发的姑娘亭亭玉立在水的中央。据说，如果是在清晨，还会有一层淡淡的白色清雾环绕着她，让她若隐若现。那一定会婉如蓬莱仙女一般，让人如痴如醉。

我们也都套上了救生背心，坐上了洪磊的机动船，州里法定下湖必须穿救生衣。船向小岛驶去，越接近小岛一分，我们的心情就越高涨和兴奋一分。尽管这岛是朋友的，不是我们的，可我们好像也有了几分即将登上自己人岛屿的兴奋和自豪。来到了岸边，大家迫不及待地跳出小船，登上了小岛。小岛的每一寸土地都被厚厚的一层棕褐色的松针覆盖了，这大概是多年从岛上的这些松树上掉下来的吧。我们顺着土台阶，踏着像海绵一样的松针向坡顶的黄色小木屋走去，迎面一股湿润清香的松脂气息扑面而来。我们环顾了一下小岛，透过那些高大的松林树干可以看见环绕四周清澈碧绿的湖水，再远一点，还能看见对面两岸的树木和式样各异、错落有致的漂亮小别墅。这是一个方圆差不多一英亩（5亩）地的小岛，可岛上一应俱全，周围又风景秀丽，真是一个休闲度假的绝佳之地。

顺着松针覆盖的土台阶上来，一路能看见岛主精心设置的小雕像，有彩色蘑菇、猫头鹰、展开翅膀的小天使；还有一个一米多高红白相间的小灯塔，塔顶的太阳能小灯还可以日夜不停地旋转和闪光。见到这一切，立刻让人领略到一种岛礁的气息和氛围。

来到了小木屋外，登上了门前红色的木制矮平台，进到了木屋内。这木屋其实一点都不小，相当于一个三居室的平房，里面壁板和地板都是用厚厚的上乘松木制成，没有刷过任何带色的油漆，都是木质的原色，非常天然和舒适，让人有身处郊野和世外的感觉。除了三个小卧室外，进门是一个较大的带有厨房的大开间，有做饭吃饭的空间，也有沙发待客的空间。除此之外，房子侧面还有一个长条的、带纱窗的廊房，地上垫着草编的席子，可以派有多种用途，堆堆工具，喝喝茶，客人多了还可以打打地铺什么的。

"今晚我就睡这儿了！"大伟太太指着这廊房地上的席子兴奋地叫道。大家都笑了起来。的确，这里是房子里最靠近外面松林和湖水的地方，像是在外面搭一个宿营帐篷差不多，与大自然更接近，更能体验到露营野外的乐趣。一帮人仿佛又回到了勇于冒险的青年时代的冲动和猎奇。岛主早已告诉大家要在岛上过一夜，几十年都没有这种孩童时期到朋友家 sleep over（住一夜）的兴奋和快乐了，大家都有些孩童般的兴奋和期待，还有新奇。

女主人已经将水果和各种小吃端上了桌，有樱桃、草莓、李子、花生、瓜子……摆满了一桌子。参观完木屋后，大家坐了下来，开始吃小吃。不一会儿，大伟太太说："我们不去岛游一下吗？"她那开朗好动的性格总是能挑逗起大家的兴致和热情。"对对，走走走……"大家立即响应道。其实这也是大家的强烈意愿，只是没像她那样显得这么急切而已。大家七嘴八舌地站起来，拍拍手上的瓜子壳，跨出了门。在岛主洪磊的引领下，大家踏着厚厚的松针，顺着洪磊夫妇一锹一铲开辟出来的林间小道走了下去。

一路上，我们看见了浅滩附近躺着的独木舟、皮划艇和独人筏，还有一个很大的彩色水上充气漂浮球，型似飞艇，载一个大人都没问题。这些应该都是水上游玩的用具。我们沿着小径绕岛了一周，右边是碧绿的湖水，左边是小岛高大的松林和低矮的小灌木，再过一年不知会不会还有五彩缤纷的鲜花。此时此刻，又想起了海子的那首诗，也许改一改更能应景：

我有一所房子，面朝大湖，春暖花开。

从明天起，做一个幸福的人，

给每一棵树每一块石头取一个温暖的名字。

陌生人，我也为你祝福，愿你在尘世获得幸福。

……

啊，让我们的思绪和想象放飞吧，充分体验一把拥有一个小岛是什么样的感觉，让这种感觉不再是传说或者梦想，而是真真切切、实实在在地踏在脚下的感觉。来到了坡顶，眼前出现了绑在树干之间的、两个迎风摇晃的吊床，一个是白色绳索编织的，另一个是棕红色麻毡制成。大伟太太马上躺了上去，一翻身就滚落在了满是松针的地上。"哈哈……哈哈……"大家爆发出一阵笑声。

"我们平日一人躺一个，仰望着天空和树木，什么也不想，什么也不做，或者迷糊一小觉。"洪磊太太说。哇，呼吸着清香的松脂味，听着湖水轻轻的拍岸声，闭目养神或冥想。这是何等的宁静、清闲与享受啊，不是神仙也甚是神仙了。当然，在陆地自家房子的后院，你也可以吊两个床，可总感觉根本不是那个环境和气氛了。这世外自然宁静的感觉大概只有在这岛上才能找到吧。

游完了岛，大家没想停下来，又直接下了湖，开始湖游。等大家都登上了船，洪磊打开了发动机的引擎，向湖的上游深处开去。我们坐在船上，目不暇接地向两岸和前方望去，欣赏着流域两岸的景致和风光，品评着两岸颜色和形态各异的别墅。我们并不是这湖里孤独寂寞的漂游者，时不时会有大船小船从我们旁边经过，激起一阵波浪和颠簸，也激起一阵惊慌和兴奋。我们越开越远，不知不觉已经穿过了上游和下游之间的小桥，来到了连洪磊都没有到达过的上游湖区，小船还在继续向前挺进着。不知不觉间，"轻舟已过万重山"，正如李白的诗句那样，只是没有"两岸猿声啼不住"，而是"两岸鹤声孤鸣有"。

"油够不够啊？别开不回去了。"有人担心地问。

"应该不会有问题吧。"后面开船的洪磊沉着地回答道。

但此时他也开始转舵了，掉转了方向，向下游回程的方向开去了。回到小岛，也差不多到了开晚饭的时候了。桌上已经摆满了主人早已准备好的饭菜，有烤牛排、烧羊肉、炒虾仁、红烧茄子、凉拌三丝，再加上客人带来的熏鱼等等，真是丰盛极了。大家围着圆桌坐了下来，开始享用这桌岛上的丰盛晚宴。大家不断地举杯，为这美丽的小岛干杯，也为这次愉快和兴奋的聚会干杯。

酒足饭饱后，天已近黄昏，有人还没有安分下来，还要去划船。于是，几个兴致高的又跳上独木舟，抄起桨就划；你往这边划，他往那边划，没能把握住方向，朝着岸边就冲过来。岸边甲板上的人又笑又叫，想指挥他们转弯，最后在冲到岸边的前一刻小船转弯了，几个人终于协调了力度，控制住了方向，向湖的远处划去。岸上的笑声这才慢慢消退了下去。不过，这"惊险"的一幕已被岸上的人用手机捕捉了下来，只等他们返航后自己欣赏吧。

"快看！那边的日落。"洪磊太太在甲板上指着大湖上游的方向说。

"哇，好美哦！"甲板上的几个女士望着大湖尽头的晚霞发出了惊呼。

从小岛的甲板上往上游的方向望去，除了水面就是天际尽头依稀可见的山脉，没有任何遮挡，一览无余，视野无比开阔。夕阳从天际尽头的山脉落下，映红了天边的晚霞，晚霞又映红了整个湖面，出现了天水相连、水天一片红的景色，真是难得一见的水上夕阳日落。它与任何一种所见到过的日落景色都不同，是如此的壮观、如此的火红，红得有些让人难以置信。每过去一分钟，天上和水中的红色都会加深一分，直至深红得如血色一般。他们划出去的小船在红色的湖面上像荡游在燃烧般火红的熔浆之中一样，让人浮想联翩，感觉这才是真正的"血色浪漫"啊。看到这幅景色，终于明白为什么人们会把 Suncook Lake 的名称赋予这片湖水了，意思是被太阳燃烧的湖，的确太形象了，在落日红霞的映照下，湖水就像被燃烧了一般。我们呆呆地望着这残阳如血、天水难分的红霞，感慨万千，好像从未见到过如此壮观和特别的日落。感觉用一个"美"字已经难以形容和表达此时此刻、此情此景所给予我们的感受和感动了。但愿我们这帮人将近的暮年也能像这眼前的夕阳一样，如此的火红、美丽和浪漫。

我们一个个都掏出手机将这难忘和难得的景致记录了下来。当然，也没有忘了将那群欢快地荡漾在血色湖面上的老顽童们记录在了这精彩和浪漫的一刻里。"快，快，给我们照一张！"他们也当仁不让地在小船里向我们呼喊道，有人甚至举起了船桨，想要更加醒目和突出一些。

夜幕终于降临了。小船靠了岸，一群人这才不得不上了岸。洗洗换换后，大家又坐了下来，一边吃着小吃一边聊天，直至深夜。

一

第二天清晨，大家都还在酣睡中，有人就早早溜出去在岸边钓上了鱼。吃过早饭后，有人嚷嚷着又要下湖了。

"准备出海（湖）吧！"有人喊，故意把"湖"说成"海"，显得更像渔民。

"走，走……"立刻得到了大家的响应。

既然来了，怎么能放过游湖或游岛的任何一个机会呢。这次除了女主人外，所有人都出动了。一个小船已经不够了，又增加了一个双人皮划艇，还有一个水性好的人游泳跟在小船和小艇后面。天气非常晴朗，风和日丽，一行人划着小船和小艇，快快乐乐地又向上游奔去。大家沐浴着阳光，感受着拂面的清风，一路说着、笑着、划着，好不惬意和畅快啊。这么畅快的好心情总觉得必须得抒发一下才对，于是在这美利坚合众国的大湖上扯开嗓子唱起了《洪湖水》。对于我们这辈人来说，《洪湖水》大概是儿时的记忆，永远也不会忘记的中国民歌。尽管近30年的美国生活，已经忘记了一些中国话和中国字，但《洪湖水》好像已经刻在了记忆里。

洪湖水呀，浪呀嘛浪打浪啊——

洪湖岸边，是呀嘛是家乡啊——

清早儿，船儿哟，去呀嘛去撒网

晚上回来，鱼满仓……啊……

四处野鸭和菱藕，秋收满畈稻谷香

人人都说天堂美，怎比我洪湖鱼米乡……啊……

……

划船回来后，还不算完，大家又准备试试 Kayak（独人筏）了。这 Kayak 不太好掌握平衡，弄不好就会翻船的。但这也挡不住大家的新奇感，都想上去试试。于是，每人都穿上了救生背心，几个人把住筏，不让它倾斜，另一个人踩进去，坐稳，然后几个人将筏推入水中。看着有些好笑，准备划的人几乎是被其他的人架进去的。不过，一旦坐稳了，一切就容易多了。湖面很平静，没有什么大浪，只要你自己身体不歪来歪去破坏平衡，一切就尽在掌控中了。你只需要轻轻左右摇动两头桨，筏就轻轻向前走去。划得好的人，看起来就像飞在水面上的燕子一样，左右扇动着翅膀，轻捷而优雅地向前飞去。后来，连女士都被架上去划了一圈体验体验。

最后一个水上项目就是游泳了。从昨天到现在，虽然都是在水上活动，但大多数人还没真正接触到水。这里的湖水很清澈，没有任何污染，据说是从远处的雪山流下来的。可奇怪的是，水温并不低，大概有20℃以上，下到水里感觉很舒适。大家都换上泳装，跳进了水里。水性好的人，向几百米外的湖对岸游去；水性一般的，到了湖心就折回来了。总之，这次大家都很尽兴地彻底玩了一次水，比以往任何一次都玩得彻底和花样齐全。这就是有岛在这里的优越性了，不然是不可能的。

说起来，洪磊夫妇来到美国算是混得成功的了，不然也不能拥有这样一个小岛。其实，这个小岛也就是他们的夏季休闲度假的夏宫而已，冬天湖水结冰后，他们是不会住在岛上的。他们在马萨诸塞州的哈德森城还有一个大房子，那里才是他们真正的根据地。以前没有这个小岛时，我们都是去那里聚会。作为移民的第一代中国人，洪磊艰苦奋斗30年，在公司技术研究方面卓有成就，为公司做出过非常有价值的成果和专利，已经拿到了公司 Fellow（公司合伙人）的高级职位。这已经是高于一般的研究员或教授的职位了。对于大多数美国博士毕业的中国人而言，能做到教授已经是很不容易了。当然，来到这里的中国人，由于背景、根基、人脉甚至种族等等，不可能像成功的美国人那样拥有自己的大公司，以老板的姿态掌控着公司的兴衰。对于在美国的绝大多数华裔而言，无论你能力多强、智商多高，也只能为别人打工。在很多情况下，能有工打已经很不错了。

在公司不比在学校，只发表论文是不行的，你的成果对公司必须是有价值的，是能为公司创造直接经济收益的。据说，洪磊的发明专利为公司创造的财富都在千万以上。所以 Fellow 这样的高级技术职位并不是轻易能拿到的，是以你对公司贡献的大小，以及能否达到某种高度来决定的，是要用你的智慧和勤奋来换取的。当然，这样的职位也代表着你对公司的重要性。

这个能让我们痛快游玩的小岛当然也是洪磊努力付出的最直观的回报。在这块土地上，从来就没有像传说的那样满地是黄金，随手能捡到。你所得到的任何一件东西都需要你用汗水和才智来换取。来到这里的许多中国人几十年后"美国梦"醒来，发现自己已是鬓发斑白、满脸皱纹，可那个金色的"美国梦"还是很遥远。自己所拥有的不过就是一张绿卡或一份美国护照，离自己当初雄心勃勃的梦相距甚远，恐怕永远也不可能了。于是，终于回到了现实，不再幻想了，比任何时候都清醒地意识到，奋斗了几十年不过就是混个身份和生存罢了。

又到了中午，吃完中饭后就到了该回去的时候了。明天还要上班呢。大家都有点意犹未尽的感觉，好像还没有玩够呢。让我最感到遗憾的是，已经没有时间在那两个摇晃在林间的吊床上冥想一阵了，这应该是我最享受的事了，只能等到下一次了。

"我们虽然没有岛，可在这里已经完全体会到了有岛的全部快乐和享受。谢谢啦！"临走前我们对洪磊夫妇说。每个人都获得了一份少有的开心和舒畅。

的确，尽管只是朋友的岛，我们好像每人都体验了一把有岛的快乐和自豪，看起来比低调的洪磊夫妇还要骄傲和张扬。那种心理上的主权和领土感油然而生，一想到这是属于我们自己人的岛就无比的满足。在岛上度过了一天一夜后，终于感觉不再是"梦"或"传说"，而是的的确确踏在了自己人的岛上，是真实的。

洪磊又开着机动船把我们送到了对岸。我们依依不舍地再次凝望了一眼小岛后，坐进了车，驶离了岸边，往回程的方向开去。再见了，美丽的贝尔岛。我们为你祝福，为你这个中国移民者的小岛赞美和歌唱。愿你在移民者的道路上像一颗璀璨的明珠，闪耀出勤奋和智慧的光芒。